KB111936

어차피
다 볼 사이

어차피
다를 사이

초판 1쇄 인쇄일 2014년 8월 21일
초판 1쇄 발행일 2014년 8월 25일

지은이 | 나린
펴낸이 | 김기선
펴낸곳 | 와이엠북스(YMBOOKS)

출판등록 | 2012년 7월 17일 (제382-2012-000021호)
주소 | 서울시 도봉구 노해로 379, 1005호(창동, 대성빌딩)
전화 | 02)906-7768 / 팩스 | 02)906-7769
E-mail | ymbooks@nate.com

ISBN 979-11-5619-277-0 03810

값 9,000원

어차피
다 볼 사이

나린 지음

YM
BOOKS

목차

프롤로그

쿵쿵쿵쿵.

샤워를 마치고 나올 아내를 기다리는 남편의 심장 소리가 스위트룸에 메아리치는 것 같았다. 그렇게 요동치는 심장이 맘에 들지 않았지만 그녀가 욕실로 들어가는 순간부터 그의 의지대로 할 수 있는 것은 아무것도 없었다. 주책없이 날뛰는 심장부터 1초 이상 한곳에 집중할 수 없는 시선까지. 욕실 안에서 아내가 더 이상의 시간을 지체했다가는 오늘 밤, 그가 돌연사로 죽지 않을까 싶을 정도였다.

찰칵.

욕실 문이 열리는 소리가 들리고 그녀가 밖으로 나왔다.

엥? 튀어나올 듯이 난리를 치던 심장이 한순간에 멎어버렸다. 뜨겁게 끓어오르던 피도 한순간에 식어버리고 타버릴 것 같던 몸도 피시식 불이 꺼졌다.

"한주원."

그래서일까. 그녀의 이름을 부르는 목소리에는 달콤하거나 다정함이 없었다. 서운함이 들어 있는 살벌한 톤이었다.

하지만 그런 그의 마음과는 다르게 그녀는 살며시 미소만 짓고 있을 뿐이다.

"이건…… 아니잖아."

정말 이건 아니다.

속옷을 만드는 나의 사랑, 나의 아내가 기다리고 기다려온 오늘 밤 입고 나온 속옷이 그저 하얗기만 한 평범한 슬립이라니? 오늘 밤을 기대하라며 사람 가슴을 잔뜩 부풀게 만들어놓고는. 하늘하늘한 망사라도 있으면 그래도 참을 만했을 텐데.

여자 속옷에 그 흔한 망사도, 레이스도 없이 그저 하얗기만 슬립이 남편의 불끈불끈한 파워를 단숨에 빼놓고 말았다.

저 평범한 슬립을 벗으면 그가 그토록 원하는 그녀의 뽀얗고 보드라운 속살이 숨어 있지만 그래도 이건 아니다.

속옷 디자이너인 주원의 애인으로 그녀가 만든 팬티를 입어보는, 그녀만의 피팅 모델로 지낸 지 어언 6개월. 그렇게 아무나 볼 수 없는 모습을 보여주고, 또 그 모습을 보며 흐뭇해하는 그녀를 보는 행복한 시간이었다. 취향에 맞지 않는 컬러 속옷을 가져와도 기쁘게 입어주고 웃어주었다. 그녀가 만족해하는 그 미소가 그를 행복하게 해주었고 사랑스러웠으니까.

그런데 언젠가부터 기본에서 벗어난 요상한 디자인의 팬티를 한두 벌씩 만들어다 입혔다. 성인용품숍에서나 팔 만한 코끼리 모양의 팬티를 가져다 입혀도 호준은 군말 없이 입어주었다.

그리고 우여곡절 끝에 올린 결혼식. 이 무슨 신의 장난인지, 임신 초기인 주원이 조심하지 않으면 유산의 위험이 있다 하여 결혼식을 올린 첫날밤도 그냥 보내야 했다.

어디 첫날밤뿐이던가. 결혼하고, 아니 임신을 병원에서 확인한 그날부터 오늘까지 장장 두 달 동안 아내를 안아보지 못했다.

몸에서 사리가 나올 것 같은 인고의 세월을 보내고 드디어 부부관계를 의사로부터 허락받은 대망의 날이다. 그런데 그런 그를 위해 오늘 밤에 입은 아내의 속옷치고는 너무 소박한 거 아니냔 말이다.

뾰루퉁 화가 난 것 같은 호준의 표정을 살피던 주원이 룸의 조명을 최대한 낮추고 그에게 다가왔다. 그리고 그 앞에서 슬립의 어깨 끈 하나를 옆으로 내렸다.

꼴깍. 슬립 끈 하나 옆으로 내렸을 뿐인데 다시 심장이 요동친다.

또다시 그녀가 반대쪽 어깨 끈을 옆으로 내렸다.

이번에는 시선이 그녀에게서 떨어지질 않는다.

스르르 아래로 떨어지는 촌스럽고 폐쇄적인 하얀 슬립. 그리고 그것을 벗어버린 주원의 몸에 붙어 있는, 작고 앙증맞은 란제리에 호준의 입이 벌어진다.

소파에 앉아 넋을 빼고 있는 호준의 허벅지를 올라타고 앉은 주원이 부드럽게 그에게 키스해왔다.

　그녀의 키스를 받자 아이처럼 삐쳐 있던 마음은 어느새 사라지고 여자를 처음 안는 숫총각처럼 뜨거운 설렘이 그를 지배하기 시작했다.

　촉촉한 그녀의 작은 혀가 그의 입술을 적시며 서서히 그의 입속으로 침범해 들어왔다. 하지만 그녀를 향한 갈증을 해갈하기에는 그 속도가 더뎠다. 당장이라도 그녀를 마시지 않으면 온몸이 타들어갈 것 같은 목마름에 호준은 그녀의 목에 키스를 퍼부으며 브래지어를 벗기려 했다. 그런 그의 손길을 그녀가 막았다.

　그녀가 그의 입술 가까이로 가슴을 내밀었다. 탐스러운 유실을 맛보고픈데 브래지어가 가로막고 있어 속이 탔다. 그런데 또다시 벗기려는 그의 손길을 주원이 막는다.

　"한주원, 이러지 마라. 나 피 말라죽는다."

　그러나 주원은 그의 손을 잡고 놓아주지 않고 가슴을 더 내밀었다.

　"한주원, 이거……."

　그냥 볼 때는 브래지어에 앙증맞게 달린 리본으로밖에 보이지 않았다.

　그런데 자세히 보니 그 리본 아래로 길게 구멍이 나 있는 게 아닌가. 그리고 그 구멍으로 보이는 그녀의 핑크빛 유두가 그를 유혹하고 있었다.

　더 이상 참을 수 없다는 듯 성급하게 그녀의 가슴을 베어 물었다. 이와 혀로 간질이며 물고 놓기를 여러 번. 서서히 주원의 몸이 뒤로 휘어지며 그녀의 엉덩이가 들썩였다.

"더 참았다가는 죽었을지 몰라. 너무 좋다, 주원아."

자신의 중심부에 자극을 주며 그녀의 엉덩이가 들썩일 때마다 호준에게서 그동안 억눌렸던 욕망의 신음이 터져 나왔다.

그녀가 황홀해하는 그를 보며 또다시 야릇한 미소를 보인다. 그리고 잡고 있는 그의 손을 아래로 내려 자신의 다리 사이로 이끌었다.

"헉!"

없다. 분명 팬티를 입고 있는데 천으로 뒤덮여 있어야 할 그곳에 그녀의 여린 속살이 고스란히 만져졌다.

"기대하라고 했잖아."

주원이 호준의 귓가에 속삭이며 그의 가운을 벗기고 팬티도 벗겨버렸다. 그리고 그대로 그의 허벅지에 올라탄 채 자신의 몸을 그의 몸으로 채웠다.

"으윽."

그리워하고 원했던 것만큼 서로의 몸이 채우고 조이며 마음껏 상대를 느끼고 있었다.

"멈추지 말고 더 해줘, 주원아."

주원이 격하게 허리를 튕겼다. 그럴 때 호준이 가장 좋아한다.

호준은 주원의 가슴 끝을 자근자근 씹으며 한쪽으로는 손가락으로 자극을 주었다. 이럴 때 주원은 허리가 꺾이고 섹시한 신음을 내뱉는다.

서로에게 가장 좋은 느낌을 주고 또 상대가 주는 자극에 희열을 느끼며, 두 사람은 결혼 두 달 만에 맞는 첫날밤의 갈증을 해갈했다.

"호준 씨."

소파에 포개지듯 누워 있던 주원이 호준의 몸 위에서 일어서며 그를 은근한 목소리로 불렀다.

"왜?"

"오늘 내가 입은 이거 어땠어?"

"좋았어. 앞으로 밤마다 입고 있어."

"이거…… 내가 커플로 만들었는데."

"커플?"

주원이 소파 한쪽 귀퉁이에서 무언가를 꺼내 호준에게 내밀었다.

검정색 망사로 된 것이 그녀가 만들었다는 커플 팬티로 보였다.

"사실은 자기한테 입히고 시작하려고 저기다 숨겨놨는데 그렇게 시간 끌었다가는 자기 숨넘어갈까 봐 못 입혔어. 그러니까 지금 입어봐요."

아래가 뻥 뚫려 있던 그녀의 팬티와 커플로 세트라면? 오 마이 갓!

망사로 된 삼각형과 양쪽에 이어진 얇은 끈. 거기까지는 괜찮다. 그런데 그 삼각형 한가운데가 뻥 뚫려 있다. 그 구멍의 용도야 굳이 주원이 설명해주지 않아도 안다. 언젠가 만들어다 입혀보았던 코끼리팬티의 코와 같은 용도이리라.

이걸 꼭 입어야 하나 하는 생각을 하는 순간,

"입고 또 한 번 할까? 자기 많이 참아서 지금 또 하고 싶을 텐데."

주원의 말에 호준은 어떤 망설임도 없었다. 바로 그 요상한 팬티를 입고 주원을 안은 채 침실로 향했다.

두 달 만에 아내를 안은 남편의 파워는 그날 밤 식을 줄 몰랐다.

1.

하느냐, 마느냐! 이것이 문제로다.

한주원, 그녀의 머릿속은 하느냐, 마느냐의 고민으로 다른 어떤
것은 의식할 수 없는 상태였다. 런닝머신 위에서 뛴 40분 동안에
도, 팩덱 플라이를 15번씩 3세트를 하는 동안에도 그 하나가 다였
다.

'해? 말아?'

1시간 30분 동안 운동과 함께한 고민은 운동이 끝나고 탈의실
로 향하는 그 순간까지도 계속되었다.

'안 해도 먹고사는 데 지장 없고 이대로 만족스러운데…… 꼭
할 필요는 없지 않을까?'

생각의 끝이 하지 않는 걸로 치달아가고 있을 때였다.

"더 보고 싶어요? 다 보여드릴까요?"

무겁지도 않고 굵직하지도 않은 남자의 목소리가 들려왔다. 남자의 목소리가 상큼하게 느껴지기는 처음이었다. 하지만 귀에 들려온 좋은 느낌의 목소리에 비해 주원의 눈앞에 있는 남자의 모습은 상큼하지 못했다. 아니, 그녀의 상황이 상큼하지 못한 상태였다.

심각하게 고민을 했다고 해도 정신줄을 놓을 만큼은 아니었는데 그녀가 들어와 있는 곳은 어이없게도 여자탈의실이 아닌 남자탈의실이었다. 그 결과 여기저기에서 남자들의 '억' 소리를 듣고 있는 중이다.

"죄, 죄송합니다."

머리와 허리를 조아리려가며 굽실거리는 그 와중에 문득 그녀의 시선을 사로잡는 것이 있으니, 바로 더 보고 싶냐고 물어보던 남자의 미끈하게 빠진 하체였다. 다행인지 불행인지 남자는 알몸이 아닌 팬티 차림으로 서 있었지만 치골에서 시작해서 허벅지를 지나 발목에 이르는 선이 주원의 눈에 쏙 들어왔다. 신이 만들어낸 조각이라 할 정도로 환상적이었다.

남자탈의실에서 찰나에 스친 한 남자의 완벽한 몸은 그녀의 결심을 다시 서게 만들고 말았다.

'하고 싶어졌어. ……하자! 하는 거야!'

처음부터 이 동네가 썩 맘에 드는 건 아니었다. 길 건너 보이는 주상복합의 건물부터 외국 분위기를 내고 있는 정신 사나운 번화가가 별로였다. 외곽 신도시 주변으로 알아보고 싶었지만 입맛에 딱 맞는 입지 조건을 찾는 것은 하늘에서 별을 따는 것만큼 어려운 일이었다. 그나마 가장 나은 조건으로 욱현이 물어온 이곳으로 결정하고 모든 준비를 마쳤다. 어차피 돈이 목적이 아닌 즐겁게 일하고 싶어 시작하는 사업이다. 하지만 주변의 상가 점주들이나 근무자들과 친분을 쌓아야 영업에 도움이 된다며 길 건너 상가 내 헬스클럽 1년 회원권을 끊어준 욱현 때문에 생각보다 쉽게 일을 할 수 없을 것 같은 느낌이다.

게다가 출근 첫날부터 헬스클럽 남자탈의실에 아무렇지 않게 들어와 영혼 없는 사과를 하고는 자신의 몸에서 시선을 떼지 못하는 여자 변태를 보고 말았다. 뭔가 평탄치 않음을 예고하는 것 같았다.

"안녕하십니까?"

호준의 목소리가 예약실 내부에 울려 퍼졌다. 크지 않은 목소리임에도 불구하고 작지 않은 예약실이 그의 목소리로 밝게 채워지고 있는 느낌이다. 동시에 여직원들의 얼굴에도 밝은 미소가 생겨났다.

20년이라는 세월 동안 쌓아온 우정은 그냥 이루어진 것이 아니다. 목소리 하나만으로 친구의 감정을 읽어낼 수 있는 내공도 함께 쌓였으니 지금 호준이 애써 웃고 있다는 걸 욱현은 느낄 수 있었다.

호준의 공식적인 첫 출근이지만 이미 직원들과 안면이 있어 간단한 아침 인사를 마치고 예약실을 나왔다.

대표실로 올라가는 호준의 등에 내리꽂히는 여직원들의 하트눈빛을 보며 욱현이 그 뒤를 따라갔다.

"뭐야?"

"뭐가?"

"억지로 출근하는 사람처럼."

"표현이 틀렸어. '억지로 출근하는 사람'이 아니라 '억지로 헬스클럽 다녀온 사람처럼'으로 바꿔."

"이왕 할 거 제대로 하자. 돈 한두 푼 들어간 거 아닌데."

"그렇다고 해도 아닌 건 싫다. 시설도 맘에 안 들고, 무엇보다 물이 안 좋아."

호준이 욱현에게 헬스클럽 회원 카드를 던져주었다.

"야, 신호준."

"아무리 사업상 이유를 들어도 여자 변태가 있는 헬스클럽은 사양이야."

"여자…… 변태?"

의심스럽게 바라보는 욱현의 시선이 호준에게서 떠나지 않았지만 그와 상관없이 호준은 업무준비를 하고 있었다. 업무라고 해봐야 그동안의 예약 상황을 훑어보는 일밖에는 없지만.

자신과 회원 카드를 번갈아 보는 욱현에게 호준이 한마디 던졌다.

"궁금하면 가보든가."

할 말은 많지만 욱현은 조용히 대표실을 나왔다.

'핑곗거리가 그렇게 없었냐? 여자 변태는 무슨?'

MINT LOVE.

지나가는 사람들의 시선을 한 번씩은 꼭 받는 곳이다. 민트와 블랙이 조화를 이루고 있는, 모던하면서도 세련된 인테리어에 눈길이 간다. 그다음은 그곳에 디스플레이되어 있는 상품에 시선이 머물기도 하고 다른 곳으로 옮겨지기도 한다.

소녀의 수줍음을 보여주듯 핑크와 앙증맞은 리본이 예쁜, 주니어용 브라에서 아무에게나 보여줄 수 없는 섹시함과 대담함이 보이는 블랙의 아찔한 망사 브라까지. 여자는 물론이고 남자들의 시선을 사로잡는 그곳은 여성 란제리 전문점이다.

모르는 사람은 모르지만 입소문으로 인해 아는 사람은 다 아는 이곳은 판매용 란제리도 인기지만, 맞춤용 란제리를 제작해주는 곳으로 더 유명하다. 고객이 원하는 디자인과 소재로 맞춤 제작을 하고 있으니 오늘도 그곳에서는 고객과의 상담이 이루어지고 있었다.

"허니문에서 입으려고 하는데…… 야한 것보다는 청순한 분위기로 가고 싶어요. 그리고 커플로 맞출 수는 없나요?"

허니문 속옷을 맞추려는 여자들에게서 나오는 기본 질문이다. 동시에 사장과 직원들을 고민에 빠뜨리는 귀찮고 힘겨운 질문이기도 했다.

"생각 중에 있습니다."

"심플하게 만들어주시면 되는데…… 그냥 밴드에 사각으로…… 그래도 만들기 어려워요? 만들어주셨으면 좋겠는데……."

"글쎄요, 사장님께서 고민만 하시고 결정을 안 내리시네요. 조만간 결정될 것 같아요. 커플 속옷 결정되면 먼저 연락드릴게요. 죄송합니다."

먼저 연락드린다는 말에 만족을 한 것인지 아니면 어쩔 수 없다는 체념을 한 것인지 여자가 고개를 끄덕였다. 그리고 청순하고 싶다는 콘셉트에 맞춰 디자인과 소재를 결정한 뒤 돌아갔다.

"민정아, 사장님 어디 계시니?"

"제작실이요."

"제작실? 오전에 원단 사러 시장 간다고 하더니 제작실에서 뭐 하고 있는 거야?"

숍 매니저이자 사장의 친구인 성아가 방금 주문받은 작업 지시서를 가지고 매장 뒤쪽에 있는 작업실로 들어갔다.

민트 러브에서 판매되는 모든 란제리들이 제작되고 있는 곳인 만큼 재봉틀과 작업대는 물론이고 원단과 부자재들이 가득 있었다. 재단하고 남은 원단들과 실밥들이 사방에 굴러다니고 공업용 재봉틀 소리로 인해 무척이나 정신없을 것 같지만 이곳은 다르다.

한쪽 수납장에 원단들과 패턴들, 그리고 색색의 실들이 가지런히 정리되어 있고 부자재들 역시 한쪽에 종류별로 깔끔하게 수납되어 있었다. 바닥과 작업대는 그때그때 바로 쓸어내 지저분한 원단 쪼가리나 실밥들이 눈에 보이지도 않는다. 사장인 주원의 성격이 아닌 27년차 베테랑 미싱사 영숙의 성격 때문이다.

민트 러브에서 없어서는 안 되는 기술 인력이라 작업실 내에서는 사장인 주원보다 영숙의 지위가 높다고 해도 과언이 아니다. 그러니 주원은 물론이고 매장 직원인 성아와 민정도 작업실에서는 정리 정돈이 필수로 몸에 배어 있다.

그런데 오늘은 그 깔끔한 작업대가 어지럽게 널려 있었다. 작은 원단 조각들은 물론이고 수십 장이나 되는 인쇄물과 잡지 화보들이었다.

"뭐 하는 거야? ……헐, 이게 뭐야?"

원단 조각들은 남성 드로즈의 재봉 부분을 모두 뜯어낸 조각들이었고 인쇄물과 화보들 역시 조금은 남우세스러운 아슬한 드로즈 차림의 남성들 것이었다. 그 외 남성 팬티들이 여러 벌 널려 있었다.

"커플 속옷…… 결정한 거야?"

성아의 질문에 주원은 지친 듯 머리를 뒤로 젖히며 대답 대신 앓는 소리를 먼저 냈다.

"아, 머리 아파. 허리도 아프고, 눈도 아프고. 으으윽."

"그냥 패턴 만들어서 브라자하고 같은 원단으로 제작하면 쉬운 걸, 한 사장은 아주 남자 빤스 연구를 하고 있다, 연구를 해."

결벽증에 가까울 만큼 깔끔한 성격에 비해 입은 좀 거친 영숙이 투박한 말투를 내뱉었다. 그렇다고 마음마저 거칠거나 투박하지는 않은, 언니보다는 이모라는 호칭이 더 어울릴 법한 50대 여인네지만 그녀는 영숙 언니로 통하고 있다.

"남자 빤스 잘못 만들면 거시기에 습진 생겨서 큰일 난다고 한 건 언니잖아요?"

"내가 언제 거시기라고 했어? 거기라고 했지. 음마, 한 사장은 시집도 안 갔으면서 거시기라는 말이 어찌 그리 쉽게 나온대?"

"거시기고, 거기고 간에…… 어떤 건 안에 구멍이 있고, 또 어떤 건 없고, 팬티 안에 이 구멍이 무슨 용도인지, 이게 꼭 있어야 하는 건지, 이 구멍이 있는 거랑 없는 거하고의 차이점이 있다면 뭔지, 또 그 장점이나 단점 사이의 갭은 얼마나 되는지…… 알 수가 없으니 답답해 미치겠어. 정말 남자가 되고 싶다."

다를 거라고, 달라서 힘들 거라는 예상은 했지만, 처음부터 난관에 부딪힐 거라고는 예상하지 못했다.

자신이 만들고 있는 여자 속옷이야 뭐가 편하고 불편한지는 기본으로 알고 있다. 그뿐 아니라 사이즈별로 디자인별로 원단별로 입어보며 장·단점의 조언들 구할 수 있는 체험 모델들도 수두룩 많다.

하지만 남자 속옷은 다르다. 남자 속옷에는 관심도 없었지만 남자 속옷을 가까이서 볼 기회도 없었다. 하다못해 부모가 15년 전 이혼을 해서 따로 살고 있고, 여동생 하나 있으니 남자 팬티라고는 시장조사 나갈 때나 영화, 드라마 볼 때뿐이다. 관심도 없고 눈에 들어오지도 않던 남자의 속옷을 디자인하고 제작하려니 어디서부터 뭘 해야 할지 난감하기만 하다. 인터넷 블로그와 지식인을 뒤지고 뒤져도 이론적으로 이해를 하는 것에는 한계가 있었다.

"형부는 아시지 않을까?"

성아의 희망적인 시선이 영숙에게 향했다.

"우리 영감은 저런 빤스 안 입어서 몰라. 안 그래도 한 사장이 한번 물어나 보라고 해서 전화했다가 남자 빤스 안에 거시기 넣는 구멍이 있는지 어떻게 아냐고 괜히 펄펄 뛰더라니까. 이런 거 저런 거 다 필요 없어. 내 말대로 삼각, 사각 두 가지에다가 브라자 원단 맞춰서 가자고. 이렇게 복잡하게 만들면 미싱질 하는 나만 귀찮고 죽어나! 월급도 안 올려줄 거면서."

영숙의 말대로 란제리에 맞춘 원단으로 기본 패턴만 가지고 만들 수는 있다. 하지만 그렇게 대충 할 거면 처음부터 여성 란제리 전문점이 아닌 속옷 전문점으로 시작했을 것이다. 누가 입어도 자신이 만든 란제리가 돋보이길 바라는 마음으로 시작했다. 여자의 숨은 자존심을 높여주고 있다는 자부심도 있었다. 남자 속옷도 마찬가지다. 누가 입어도 돋보이고 남자의 숨은 만족감을 채울 수 있는 그런 속옷을 만들고 싶다.

그런데 그런 생각을 하는 이 순간 왜 헬스장 남자탈의실에서 본 미끈한 하체가 생각나는 걸까? 그리고 왜 그 남자에게 어울릴 만한 그런 속옷을 만들고 싶어지는 걸까?

자신이 만든 속옷을 완벽하게 소화해낼 수 있는 그 남자의 하체가 자꾸 아른거리자 주원의 의지가 다시 불타오르기 시작했다.

"남자 체험 모델 알바를 구해볼까?"

"뭐, 그런 데에 돈을 써? 돈 안 드는 간단한 방법이 있구만."

"뭔데요?"

"연애를 해. 님도 보고 뽕도 딸 수 있잖아."

연애를 못한다기보다는 안 하고 있는 두 여자, 주원과 성아의 시선이 마주쳤다.

누구보고 연애를 하라는 거야.

"연애하는 게 돈 더 들어요, 언니. 머리 해야지, 화장 해야지. 옷도 사야지, 깔 맞춰서 가방하고 신발도 사야지. 아이고, 알바 구하는 게 훨씬 싸게 먹혀요. 한 사장, 맞춤 들어왔어. 청순하고는 거리가 먼 아가씨가 첫날밤에 청순하고 싶대."

성아가 손에 들고 있단 제작 지시서를 주원에게 건넸다.

"청순한 아가씨 여기 둘이나 있는데…… 총각들 눈 삐었나? 이 처녀들 안 잡아가게."

혼잣말처럼 중얼거린 영숙이 주원에게서 빼앗아 든 지시서를 들고 두 여인에게서 멀찌감치 멀어져 갔다.

으레 들어왔던 말이라 성아는 영숙의 말에 별 반응 없이 작업실을 나갔다.

머리가 복잡해진 주원은 그 후로도 계속 머리를 쥐어짜며 남자 속옷을 들고 요리조리 살피며 연구(?)를 했다. 그리고 그녀는 점심 시간 즈음에 또 다른 고민에 휩싸였다.

'연애를 해?'

"울 엄니 생신잔치를 해야 하는데…… 길 건너 새로 생긴 거기 는 그런 모임도 예약을 받으려나? 어찌나 으리으리하게 지어났는 지 보기는 좋아 보이는데 가보기에는 좀 그러네."

영숙이 매장으로 나와 길 건너 새로 오픈한 파티 홀 'LOUVRE' 를 보며 중얼거렸다.

LOUVRE.

7층짜리 건물을 모두 사용하는 루브르는 이름값을 하듯 유럽풍 의 고품격과 현대적인 모던함이 조화를 이루고 있다. '잘 지어졌 다'라는 감탄이 절로 나올 만큼 시선을 끄는 곳이다. 일반 결혼식 행사부터 소규모의 파티는 물론이고 이벤트성 프러포즈까지 모두

가능한 곳이라고는 하지만, 영숙의 말처럼 일반적인 생일잔치를 예약하러 들어가기에 부담스러울 만큼 고급스러움이 묻어난다.

"일단 가서 상담이나 받아보시죠. 돈 드는 거 아닐 텐데."

성아도 쇼윈도 너머로 보이는 루브르에 시선을 두고 말했다.

"그런데 저기 음식값 장난 아닐 것 같은데요?"

민정의 말에 영숙의 표정이 어두워졌다.

"그래, 그게 더 걱정이다. 환갑도 못해드려, 칠순도 못해드려. 그래서 이번 생신은 좋은 데서 해드리려고 하는데…… 저기는 이 차림으로 들어가서 상담하기에도 부담스러워 보이네."

"차림이 무슨 상관이에요? 일단 가서 상담이나 받아보시라니까. 같이 가드려요? 저도 한번 구경 삼아 가보고 싶은데."

"그래줄래? 한 사장, 민정이하고 다녀와도 괜찮아?"

"네, 다녀오세요."

혼자 갈 수 없던 영숙은 주원에게 양해를 구한 후 민정과 함께 길 건너 루브르로 향했고 주원은 제작실로 들어왔다.

주원은 테이블 위에 놓인 두 종류의 드로즈를 집어 들었다. 하나는 무늬와 색감이 화사한 것이었고 또 하나는 그 반대로 심플한 것이었다. 2개 다 그녀가 만든 제품이다. 하지만 그걸 바라보는 주원의 얼굴에는 만족스럽지 못한 빛이 역력했다.

"아, 도대체 그날 그 남자는 왜 그 몸을 나한테 보여준 거야? 에잇!"

괜한 화풀이가 튀어나왔다. 하지만 그녀의 입장에서는 괜한 게 아니다. 자신이 만든 속옷을 누군가에게 입혀보고 싶은데 그럴 만한 인물이 없다. 아니, 그 속옷을 입혀놓고 싶은 마음속 모델이 있는데 그걸 하지 못해 안달이 나 있는 상태다. 그 마음속 모델은 헬스클럽 탈의실에서 본 그 남자. 하지만 그럴 수 있는 확률은 거의 제로에 가까워 다른 방향으로 생각해보지만 역시 뾰족하게 떠오르는 좋은 아이디어도 없다.

"돈 주고 모델을 구해봐?"

하지만 맘에 드는 모델을 구하는 일이 쉬운 게 아니다. 더구나 메이커도 아닌 일반 속옷 전문점의 모델을 하겠다는 지원자가 얼마나 될까?

그렇다고 큰맘 먹고 시작한 일을 접고 싶지는 않았다. 이왕 시작한 거 제대로 해보고 싶은 오기만 더 생기고 있는 중이다.

"어렵네, 어려워."

혼자 중얼거리며 주원은 스크랩해둔 남자 속옷 화보들을 하나씩 들춰 보며 세심하게 살피기 시작했다. 하지만 고민과 답답함은 풀리지 않았다.

쉽게 해결되지 않는 문제로 괴로워할 즈음 파티 홀로 상담을 갔던 영숙이 매장을 보고 있던 성아와 제작실로 들어왔다.

"뭐래요? 가능하대요?"

"가능은 하지. 돈이 어마어마하게 들 것 같아서 걱정이지. 그런데 말이야, 거기 사장이라는 사람이 왜 이렇게 잘생겼냐? 그런 아들을 둔 엄마는 얼마나 좋을까? 밥 안 먹어도 배부를 거야. 얼굴도 잘생겨, 돈도 많아서 저런 데 사장씩이나 돼……. 그런데 한 사장 얼굴이 왜 그래? 이거 때문에 그래?"

작업대에 놓인 드로즈를 들고 심각하게 있는 주원을 보고 영숙이 물었다.

"우리 오늘 회식이나 하면서 한잔해요."

성아와 영숙의 눈에는 이상 없이 완벽해 보이는 제품이지만 정작 그 제품을 디자인하고 만든 사람은 성에 차지 않는 모양이다. 성아와 영숙은 그걸 완성하기까지 들어간 주원의 정성과 땀을 알기에 힘들어하는 그녀의 제안을 거절할 수 없었다.

그녀를 위로하기 위한 한잔을 마시러 세 여자는 늦은 밤, 근처 단골술집으로 향했다.

"한 사장, 한 잔 받아라."

영숙이 주원에게 먼저 한 잔 따라주고 성아의 잔도 채워주었다.

"언니, 약 드시지 않으세요? 술 마셔도 괜찮아요?"

살림과 일을 병행하느라 물과 원단이 손에서 떨어질 날이 없는 영숙의 손은 환절기만 되면 말썽이다. 살갗이 벗겨지고 간지러워 늘 핸드크림을 달고 살지만 옆에서 보기 안쓰러울 만큼 손이 엉망이 된다. 더욱이 올해는 살이 갈라질 정도로 특히 심하다.

병원에 가보라고 해도 말도 듣지 않고 한해, 한해를 넘겼던 영숙이 올해는 참기가 괴로웠는지 병원에 다녀왔고 약을 먹고 있는 상태다.

"먹는 약 안 먹고 바르는 약만 바르면 된다. 신경 쓰지 말고 따라봐라."

"이제는 바로바로 병원에 가세요. 억척도 적당해야지, 언니는 심해. 심해도, 너무 심해."

그동안 돈 아까워 병원을 기피하던 영숙의 억척에 성아가 혀를 내둘렀다.

"내가 억척을 떠니까 이 정도 사는 거야. 아직 어려서들 모르지? 사는 게 만만치 않아. 그나저나 알바생 하나 뽑아라. 그래야 한 사장 고민이 해결될 것 같으니까. 아이고, 두 사람은 그 흔한 오빠나 남동생도 없어? 남자 친구가 없으면 오빠, 남동생이라도 있어야 할 거 아니야? 그럼 일하기 훨씬 수월했을 거고."

"난 그거 좋던데. 원단 좋은 거 쓰고 체험 모델 구해서 착용했을 때 뭐가 문제인지 알아내서 패턴 고치고 하면 문제없을 것 같은데. 우리가 무슨 기능성 속옷을 만드는 것도 아니고 패션 커플 속옷이구만. 언니 말대로 남자 빤스 하나 만들기를 쉽게 가자고."

영숙에게서 연애 타령이 나올 것 같아 조용히 앉아 있는 주원을 위로하듯 성아가 말했다.

"나 이거 시작하면서 변태가 된 거 같아."

아무 말 없던 주원이 입을 열었다. 하지만 그녀의 말이 황당해 성아와 영숙이 입으로 올라가던 술잔을 멈춘 채 그녀를 바라보았다.

"뭐? 변태?"

"응. 길 가는 남자들만 보면 바지를 벗겨서 어떤 팬티를 입었나, 확인하고 싶고…… 입은 팬티가 만족스러운지, 문제가 있는지 물어보고 싶어지고…… 그리고 자꾸 생각나는 남자가 하나 있는데…… 그 남자의 몸에 내가 만든 팬티를 입혀보는 상상을 해. 그런데…… 그게 상상만으로 만족이 안 되고 직접 입혀보고 싶고, 입은 모습을 눈으로 확인하고 싶고…… 그냥 깨어서 숨 쉬고 있는 동안은 온통 그 남자 몸에 팬티를 입히는 생각뿐이야. 완전 변태 아니니?"

그동안 자신을 괴롭혔던 문제를 토로하며 심각해하는 주원과 다르게 성아가 까르르 웃어댔다. 성아뿐 아니라 영숙까지도 깔깔대며 웃어대기 시작했다.

"푸하하하하. 좋아, 좋아. 프로가 그 정도는 돼야지."

"아이고야, 난 또 뭐라고. 내가 보기에는 일에 몰두해서 생긴 게 아니라 연애를 안 해서 난 병 같다."

힘들게 꺼낸 고민이었다. 진심으로 일로 인해 변태가 되어가는 건 아닌지 그 고민의 무게를 견디기 힘들 만큼 심각했었다. 그런데 두 사람은 그녀의 마음을 읽어주지 못하고 놀려대고 있다.

괜한 부아가 치밀어 올랐고 술 두 잔이 가볍게 원샷으로 넘어갔다.

"웃을 일이 아니라니까. 난 정말 심각했고, 지금도 심각하다고."

"그 남자가 누구야?"

웃음 떠난 얼굴로 성아가 질문을 던졌다.

"응? 그 남자?"

"자꾸 생각나는 남자가 있다며? 그 남자가 누구냐고?"

"헬스클럽 탈의실에서 본 남자. 그 몸매가 지워지지 않아. 내가 수없이 많은 남자 속옷 모델들을 봤지만 그 남자를 따라올 만한 모델은 없었어."

"헬스클럽 탈의실? 너 설마 팬티만 입고 있는 남자 모습 보려고 탈의실 습격한 거 아니지?"

"솔직히 습격하고 싶다. 용기만 있으면."

"한 사장, 원 매니저 말대로 편하게 가자. 남자 빤스 하나 만드는 데 그렇게 진 빼지 마라. 이미 네 정성이 들어간 제품은 손님들이 먼저 알아. 그만큼 밤새워서 이렇게 저렇게 연구했으면 된 거야. 남자 빤스로 무슨 노벨상을 탈 것도 아니니까 그만 고민해."

힘내라는 의미로 영숙이 주원의 등을 툭툭 쳐주었다.

"여기 물 좋아졌네."

느닷없이 한곳에 시선을 고정한 채 성아가 넋이 나간 얼굴을 하고 있었다.

그 시선을 따라 주원과 영숙의 시선도 옮겨졌다. 그곳에는 두 남자가 앉아 술을 마시고 있었고 유난히 눈에 들어올 만큼 훤칠하게 잘난 남자가 보였다.

"어, 저 남자……."

"음마, 저 사람……."

성아의 시선이 꽂힌 남자를 아는지 주원과 영숙의 입에서 동시에 그 남자를 아는 듯한 말투가 튀어나왔다.

"너 알아? 언니 알아요?"

그리고 주원과 영숙의 입에서 동시에 답이 흘러나왔다.

"탈의실 그 남자야."

"파티 홀 사장이다!"

2.

"어서 오십시오. 날씨가 많이 따뜻해졌죠?"

친절함이 배어 있는 미소와 상냥한 목소리에 안심이 되는 것도 잠시.

"어떤 행사 때문에 오셨습니까?"

부담스럽지 않게 일상적인 대화로 마음을 편안하게 해주었던 여직원이 주원에게 방문 목적을 물었다. 그 순간 주원은 이곳에 온 것이 실수라는 걸 알았다.

"아, 그게…… 직원들끼리 작은 파티 같은 걸 하고 싶어서요."

다시 문을 열고 나가고 싶었지만 그러기에는 길 건너 '민트 러브' 사장의 체면이 구겨지는 일이었다. 적어도 앞에 있는 여직원이 자신의 숍에 한 번쯤은 찾아올 가능성이 있기 때문에 일단 체면 유지를 해야겠다는 생각이 들었다. 그래서 대충 둘러댄 것이 직원들과의 조촐한 파티였다.

"아, 그러세요. 요즘은 그렇게 직원들하고 칵테일파티나 간단한 티파티로 회식을 하는 경우가 많아졌어요. 술만 마시는 회식문화보다 훨씬 좋은 것 같아요. 그렇죠? 그럼 원하시는 날짜하고 직원들 인원은 어떻게 되십니까?"

"직원 수가…… 너무 적어서……."

"상관없습니다. 2명이라도 가능하시거든요."

"4명이구요…… 날짜는 다음 주 평일 중에 하루……."

"혹시 축하나 송별 등의 특별한 이유가 있어서 모이시는 건가요?"

"그건 아니구요. 그냥…… 파이팅하는 의미로다……."

여직원의 친절함 때문이었을까.

구체적인 상담은 오래 걸렸고 그런 정성 어린 상담에 주원은 급기야 계약서까지 작성하고 말았다.

"혹시 행사 전까지 문의 사항이나 변동 사항 있으시면 언제든 전화 주십시오."

"네."

황송한 배웅 인사까지 받으며 나오는 주원의 발걸음과 마음은 무겁기만 했다.

숍으로 주원이 들어서자 달랑 3명의 전 직원이 모두 몰려나와 그녀를 에워쌌다.

"어떻게 됐어?"

성격 급한 영숙의 질문이 먼저 튀어나왔다.

"성공했어?"

성아의 질문도 바로 이어졌다.

"사장님 표정 보니까…… 성공은 아닌 거 같은데요?"

민정의 말에 성아도 영숙도 주원이 성공하지 못했음을 알아채는 건 어려운 일이 아니었다. 주원의 얼굴에는 승리하고 돌아온 자의 환희가 아닌 패배자의 비참함이 스며 있었다.

"시도는 해봤니?"

"처음부터 잘못된 시도였어."

"왜? 대담하게 뛰어나가더니."

대답 대신 한숨을 내쉰 주원이 직원들은 앉지 못하게 되어 있는 공주풍의 소파에 털썩 주저앉았다.

"그럼 그렇지. 용기가 가상하다 싶었다? 주원아, 우리 그냥 생긴 대로 살자. 연애는 무슨 연애?"

"왜? 한 사장 생긴 게 어때서? 그리고 매니저 너도 생긴 게 뭐 어떤데? 그 얼굴 가지고 연애 못하는 한 사장이나 매니저가 못난 거다. 젊었을 때 연애해라. 늙어서는 하고 싶어도 못하는 게 연애다."

영숙이 혀를 끌끌 차며 작업실로 들어갔다.

"한주원! 그렇다고 너답지 않게 처져 있는 건 또 뭐야? 너 그러고 있는 거 안 어울려. 일어나 일이나 하셔."

성아는 알까?

거사를 실패해서 처져 있는 게 아니다. 지금 주원의 가방 안에는 따끈따끈한 계약서가 들어 있다. 일인당 식사 대금 5만 4천 원,

게다가 부가세는 별도다. 음료수와 주류 역시 별도 지불에 룸 대여료는 DC 받고도 20만 원. 직원들에게 쓰는 돈이 아깝다기보다는 그 돈이면 질과 양에서 모두를 만족시킬 수 있는 곳이 많건만 직원들 회식치고는 과한 사치를 부렸다는 생각이 주원을 괴롭히고 있었다.

특히나 먹는 거에 있어 양으로 승부하는 성아가 알면 미쳤다는 말이 나올 게 뻔하다. 자신이 생각해도 미치지 않고서는 저지를 수 없는 일을 저질러버리고 말았으니 창피해서 함부로 발설도 못하고 있다.

"상담실에 여직원들이 있지, 사장이 있지 않잖아. 왜 그 생각을 못했을까?"

잠깐 미친 결과치고는 출혈이 너무 크다는 생각으로 주절거리며 주원이 자리에서 일어섰다. 터벅터벅 작업실로 향하는 그녀의 발걸음이 너무도 무거웠다.

고기도 씹어본 놈이 맛을 안다고 남자도 만나봤어야 대시를 할 수 있는 거다. 파티 홀 사장을 남자 친구로 만들면 고민이 해결되지 않겠냐는, 취중에 던진 영숙의 말에 필이 꽂혀 출근하고 바로 그곳으로 달려갔다. 무슨 용기와 무슨 배짱으로 아침부터 일을 저질렀는지 지금 생각하니 얼굴이 붉어질 정도다.

'정신 차리자, 한주원.'

그동안 너무 정신을 빼고 살았다는 느낌이 들었다. 성아와 영숙의 말대로 쉽게 갈 수 있는 길을 스스로 너무 어렵고 복잡한 길로 들어선 건 아니었는지 다시 한 번 뒤돌아보는 시간을 가졌다.

"성아야, 10만 원 이상 구매 고객에게 드로즈 샘플을 만들어 사은품으로 주고 착용 후기를 메일로 보내주면 니플브라나 슬립 증정해주는 이벤트 같은 거 어때?"

"대박! 완전 좋은데."

"그럼 POP 만들어서 매장에 붙이고 회원으로 등록되어 있는 고객들에게 문자 돌리고 하자."

"물량을 어느 정도 만들어놓고 시작해야 할 거 아니야? 그리고 마감 날짜는 언제로 잡을 건데?"

"지금부터 영숙 언니하고 죽어라 뽑으면 모레부터는 바로 이벤트 시작해도 될 거 같고…… 마감 날짜는 일주일 정도 잡을까?"

"사은품 받아가고 착용후기까지 써야 하니까, 일주일 더 잡아야 하지 않나?"

"그럼 구매 이벤트는 1주일로 마감하고 후기 이벤트는 2주일로 하지, 뭐."

성아와의 대화로 인해 막혀 있던 길이 열리는 기분이었다. 조금 전까지 답답하고 무거웠던 마음이 한결 가벼워졌다.

성아와 이벤트에 관한 구체적인 사항에 대한 이야기를 끝내고 작업실로 들어온 주원은 한쪽 구석에서 원단들을 꺼냈다. 남성용 드로즈를 만들기 위해 구입해놓고는 일이 마음과 다르게 진척이 되지 않아 처박아놓았던 것들이었다.

"한 사장, 맘 잡혔어?"

한층 밝아진 얼굴로 원단을 꺼내는 주원의 얼굴과 활발한 움직임이 무엇을 의미하는지 영숙은 알고 있는 것 같았다.

"네, 해결안을 찾아냈어요."

"저쪽 사장한테 연애 거는 건 실패하고 찾은 해결안이 뭔데?"

"나의 사랑, 나의 고객들에게 도움을 받기로 했어요."

"제발! 제발 그놈의 고객하고 브라자하고 빤스는 그만 사랑하고 남자를 사랑해라! 남자!"

영숙의 말에 주원이 소리 내어 웃었다. 남자 속옷을 만들겠다고 결심한 이후로 처음 지어보는 웃음이었다.

오픈발을 받아서 그런지 예상보다 예약률이 상당했다. 주말에는 하우스 웨딩을 치를 수 있는 2개의 홀이 겨울까지 모두 마감이 되었고, 나머지 소규모 홀 역시 돌잔치나 일반 행사로 연말까지 예약이 거의 찬 상태다.

욱현의 말에 의하면 총지배인인 자신의 영업력 덕분이라기보다는 업장의 입지적 조건이나 시설이 좋은 이유를 들었다. 하지만 조건을 결정한 사람은 욱현이기에 사실 그의 공이 크다. 새삼 그에 대한 고마움이 느껴졌다. 게다가 지금처럼 자신의 모친 생일을 알아서 먼저 챙겨주니 그를 곁에 두지 않을 수 없다.

"이거."

욱현이 작은 상자 하나를 호준에게 내밀었다.

"뭔데?"

"어머님 선물."

"어머님? 우리 손 여사?"

"신경 좀 써드려라. 어머님한테 너밖에 더 있어?"

"왜 나밖에 없어? 여섯 살 어린 세 번째 새 남편이 계시는구만."

욱현에게서 혀 차는 소리가 들려왔다.

"네가 옆에서 잘 챙겨드렸으면……."

"손 여사님 뭐 하시나 전화나 해봐야겠다. 세 번째 남편님과 즐 거운 생일 저녁식사 하시나?"

욱현의 잔소리가 시작될 것 같아 호준은 휴대폰을 들었다. 그런 호준의 마음을 알아채고 욱현이 대표실을 나갔다.

"손 여사님?"

-미친놈! 엄마보고 손 여사가 뭐냐?

"손 여사 보고 손 여사라고 하지, 그럼 발 여사라고 불러드릴까 요?"

-이런 배라먹을 놈!

"옆에 어린 남편님 안 계세요? 왜 그렇게 교양 없이 말을 막 하 시고 그러십니까?"

-없다!

"왜요? 오늘 생신인데 나가서 근사하게 저녁 드시고 우아하게 와인도 한잔하셔야 정상 아니에요? 그러다 분위기 타서 내 동생 하나 만들어주셔도 좋은데."

-이런 우라질 놈!

"워워. 진정하시고. 혹시 사랑싸움 이런 거 하셨어요?"

-중국 출장 갔다.

"그래서 까칠하셨군요, 우리 손 여사님이. 어린 남편님하고 오 붓하게 보내야 할 생일을 혼자 독수공방하셔서."

-신호준, 너 죽는다.

"나오세요. 내가 맛난 거 사드릴게요."

또다시 걸걸한 손 여사의 말들이 이어졌지만 모자 사이에 오가
는 정다운 대화였다.

"튕기지 마시고 아들이 나오라 할 때 나오세요."

-비싼 거 아니면 안 먹는다.

"얼마든지요. 아들이니까 꽃단장할 시간 안 드려도 되죠? 저 지
금 바로 퇴근할 테니까 손 여사님도 바로 나오세요."

-꽃단장은 안 해도 찍어 발라야 할 건 찍어 바르고 나가야겠다.
그러니까 기다려, 이 자식아!

혼자 외로울 모친과의 저녁 약속을 정하고 호준은 주차장으로
내려가는 길에 손에 들린 욱현의 선물로 시선이 갔다.

아들 친구인 욱현도 선물을 챙겼는데, 하나밖에 없는 아들이 빈
손으로 모친을 만나러 갈 수는 없는 일이다. 무엇을 선물해야 하나
고민하며 시동을 걸로 주차장을 빠져나오는 길에 신호에 걸리고
말았다.

'뭐가 좋을까? 없는 게 없는 양반이라……'

신호를 받고 고민하는 순간 길 건너편 속옷 가게가 눈에 들어왔
다.

MINT LOVE.

가게 이름만 봐도 왠지 사랑스러운 속옷이 가득할 것 같아 보였
다.

호준의 입가에 묘한 미소가 떠올랐고 그로부터 5분 후 그는 그

속옷 가게로 들어섰다.

"어서 오세요."

야릇한 디자인의 여성용 속옷이 있는 그곳의 여직원이 그를 맞이했다. 그런데 여직원이 그를 맞이하며 인사를 하는 순간 얼굴이 붉어져서는 당황해하는 것이 아닌가. 마치 사춘기 소녀가 자신의 속옷 옷장을 낯선 남자에게 공개하는 것처럼 그녀의 얼굴에 서린 당황기는 쉽게 가시지 않았다.

호준의 눈에는 그녀가 베테랑 판매사원이 아닌 오늘 처음 일하는 알바생으로 보였다. 저러고 어떻게 속옷을 팔 수 있을까 싶을 만큼 숫기 없는 여직원의 표정에 괜한 장난기가 발동했다.

"선물을 하려고 하는데요."

"네, 네."

"아래위 세트로 주시는데요, 음…… 보자마자 남자가 코피를 터뜨릴 만큼 파격적인 디자인으로 추천해주겠습니까?"

"아, 네, 네."

여직원은 눈조차 마주치지 못하고 종종걸음으로 걸어가더니 벽에 걸려 있는 붉은색과 블랙의 망사 세트를 가져다주었다.

"너무 약한 거 아닌가요?"

"네? 이, 이게 약하다고요? 그래도 우리 매장에서는 섹시 컨셉 중에서 가장 핫하게 잘 팔리고 있는 상품인데요."

그녀가 그를 힐끔 보았다. 고개를 제대로 들지 못하면서도 제할 말은 하고 있는 모습에 호준의 시선이 그녀에게 박혀 떠나지를 않았다.

그런데 이 아가씨, 낯이 익다.

"혹시…… 우리 어디서 본 적 있습니까?"

"네? 아, 아니요. 본 적 없는데요."

하지만 호준은 어디선가 본 그 얼굴을 기억해내기 위하여 과거를 더듬고 있었다.

"아닌데…… 어디선가 분명 봤는데……."

"제가 얼굴이 흔해서 그런가 보죠? 그런 얘기 자주 들어요. 손님들한테. 저기, 그럼 다른 제품을 추천해드릴까요?"

"아니요. 가장 핫하게 나간다고 하니까, 그걸로 포장해주세요. 아, 그리고 저거! 저 나이트가운도 하나 주세요."

"사이즈는 어떻게 되시는지……?"

"아, 사이즈! 사이즈가…… 풍만한 편입니다."

"네? 이건 기성복이 아니라 그렇게 말씀해주시면 안 되고……."

"일반 여성의 표준 사이즈에서 두 사이즈 늘려주시면 될 것 같은데요. 혹시 맞지 않으면 교환하러 오죠. 정확한 사이즈 알아내서."

"네, 그러세요."

호준은 속옷이 들어 있는 것이라고는 생각하지 못할 만큼 고급스러운 박스에 넣어 정성스럽게 포장하는 여직원의 손길을 바라보다, 다시 그녀의 얼굴에 시선을 두었다.

'어디서 봤을까?'

하지만 종체 기억이 떠오르지 않았다. 일부러 그녀를 기억해낼 필요도 느끼지 못한 호준은 계산을 위해 카드를 꺼냈다.

"잠시만요."

내미는 카드를 받지 않고 여직원이 매장 뒤편으로 사라졌다. 무슨 문제가 있나 싶었지만 그녀는 금방 돌아다. 그리고 그에게 작은 박스를 하나 건넸다.

"이게……?"

"저희 매장이 지금 이벤트 중이에요. 십만 원 이상 구매 고객에게 드리는 사은품이거든요. 남성 속옷인데 입어보시고 착용 후기를 메일로 알려주시면 다른 사은품을 또 드리니까…… 꼭 응모해 주세요. 그리고…… 착용샷도 올려주시면 사은품도 두 배로 드려요."

아니, 팬티를 입고 사진을 찍어 올리라니. 사은품에 눈이 멀어 대놓고 망신을 당하라는 말인가. 속옷을 판매하며 붉어진 얼굴로 눈도 못 마주치는 순진함에 귀엽다 생각했는데 이벤트 홍보에 열을 올리는 그녀에게 없는 정도 떨어지고 있었다.

'아주 음흉한 여자구만.'

하지만 호준의 입에서는 그의 속마음과는 다르게 친절하고 긍정적인 대답이 튀어나왔다.

"그러죠."

"여기 저희 숍 명함이구요, 아래에 적힌 메일 주소로 보내주세요."

갑자기 적극적으로 변한 여직원의 붉은 얼굴은 수줍어서가 아니라 흥분해서 붉어진 게 아닌가 싶었다.

'뭐야, 여자 변태도 아니고, 팬티 입은 착용샷을 보내라니…….

어라? 이 여자······.'

드디어 생각났다. 앞에 있는 이 여자, 탈의실을 습격해서 나체에 가까웠던 자신의 몸을 뚫어져라 바라보던 그 여자다.

주원이 생각난 호준은 눈을 가늘게 뜨고 그녀를 바라보았다. 그런데 그녀의 눈이 자신의 아랫부분, 즉 팬티를 입고 있는 그 부분에 가있는 게 아닌가.

생긴 건 멀쩡해서 이상한 취향의 여자가 갑자기 무서워졌다.

계산을 빠르게 마친 호준은 빛의 속도로 숍을 빠져나왔다.

'오늘 밤, 꿈자리 사납겠군.'

"오! 예!"

환호성이 터져 나왔지만 곧이어 탄식의 한숨이 새어 나왔다.

"휴우."

왜 예상하지 못했을까. 저 남자에게 여자 친구가 있을 거라고.

연예인이라고 속여도 믿을 만한 외모에, 파티 홀 대표이니만큼 재력까지 갖추고 있는 남자가 싱글인 게 오히려 이상한 거 아닌가.

얼마 전, 그녀의 거사가 실패로 돌아간 것이 다행이었다.

다행인 것은 그것 말고 또 있었다. 혹시나 헬스클럽에서 남자탈의실로 잘못 들어가 그의 몸을 훔쳐보았던, 아니 대놓고 쳐다보았던 자신을 기억해내는 건 아닌지 간이 콩알만 해졌다. 문을 열고 들어와 그의 얼굴을 대면하는 순간부터 들킬까 조마조마했다.

어디서 본 적 있는 것 같다는 그의 말에 심장이 떨어지는 기분이었지만, 다행히 그는 자신이 탈의실 습격녀임을 기억하지 못하고 돌아갔다.

게다가 그녀가 만든, 만드는 내내 그에게 입혀보고 싶었던 그 드로즈를 그에게 건네주었으니 이보다 더 다행은 없다. 비록 그의 여자 친구가 되어 실제로 확인할 수는 없지만 운 좋으면 그가 착용샷을 올려줄 수도 있으니 진심으로 바라고 원하던 일이 일어날 수도 있지 않은가.

한숨이 삼켜지고 실실 미소가 새어 나왔다.

아담하고 정갈한 다다미식 룸에 앉아 있는 손 여사의 표정은 룸 분위기와는 다르게 뿔나 있었다.

"아, 또 뭐가 맘에 안 들어서 그러는 건데요?"

손 여사와 다르게 생글거리며 묻는 호준의 얼굴 위로 붉고 검은 망사 레이스 속옷이 던져졌다.

"이놈의 새끼가 엄마도 안 난 노망이 났나? 네 여자나 가져다 줘, 이놈의 새끼야!"

속옷으로 따귀 맞는 기분이었지만 손 여사의 그런 반응이 재미있어 호준은 계속 놀려댔다.

"내 여자한테는 이런 거 안 입혀요. 다 벗겨놓지 귀찮게 뭐하러 이런 걸 입혀. 그리고 일단 한번 입어보세요! 남편님 눈빛부터 달라질 테니까. 어쨌든 신혼 아닙니까? 즐기셔야지."

"너, 엄마 생일에 네 제사상 받고 싶냐?"

"에헤, 맛있는 거 앞에 두고 그런 살벌한 말씀은 그만하시고, 드세요."

얼굴에 떨어진 속옷을 다시 상자에 주워 담고 호준은 손 여사가 좋아하는 차완무시(일본식 계란찜)를 자신의 것까지 앞으로 밀어 주었다.

"네 거 안 먹어."

손 여사는 호준에게 도로 밀어냈다.

"싫으면 관두시고."

호준은 다시 손 여사에게 밀어주지는 않았지만 그렇다고 자신이 가져다 먹지도 않았다.

"욱현이하고 차린 건 잘 돌아가는 거야?"

살벌하지만 장난기와 정이 가득했던 말투가 아닌 손 여사의 진심 어린 걱정이 들려왔다.

"아들 걱정은 그만하시고 이젠 그냥 어머니 행복할 길만 생각하고 그 길로만 가시면 됩니다."

호준도 손 여사를 놀리는 표정과 말투는 거두고 아들로서의 진심을 털어놓았다.

"넌?"

"나?"

"여자 없어? 욱현이는 있는 것 같던데."

"나한테 여자는 손 여사님 하나로 족한데, 무슨 여자요?"

"혈기왕성한 젊은 놈이 여자 없이 사는 거…… 문제 있는 거 아니냐?"

"여자 많아 문제 일으키는 것보다 낫지 않습니까?"

"지랄. 문제 일으켰으면 바로 내 손에 죽어 이 자리에 있지도 못 했어."

"그러니까 말입니다. 괜히 여자 눈에 눈물 뺐다가 손 여사님 손에 죽을까 봐 아예 만날 생각이 안 든다, 이겁니다."

"그래? 그럼 계속 그렇게 혼자 살아. 네 말대로 여자 눈물 빼게 만드는 거보다 나아."

호준은 손 여사의 말에 이어 자신의 말을 하지 못했다. 그 안에 들어 있는 손 여사의 아픔이 고스란히 전해졌고 아직도 아물지 못한 상처가 남아 있음이 느껴져 가슴 한구석이 아려왔다.

"좋은 회 앞에 두고 술이 빠졌네? 술 한잔하실래요?"

"이 시키야, 시켜줘야 마시지!"

호준은 손 여사가 마시는 유일한 주종인 막걸리를 주문했다. 일본 사케만 취급하는 곳이지만 VIP인 호준을 위해 막걸리 한 병이 두 사람의 테이블에 놓여졌다. 회와 어울리지 않는 막걸리를 행복하게 마시는 손 여사를 보며 호준도 좋아하지 않는 막걸리를 몇 잔 마셨다.

"신호준이!"

"네!"

"잘 먹고, 잘 마셨다. 그리고…… 이거는 반품이다!"

또다시 호준의 얼굴에 붉은 망사 속옷이 뿌려졌다.

"차라리 시장에서 골라골라 막 파는, 만 원에 열 장짜리 이런 거 해줘. 난 평생 그것만 입고 살아서 이딴 거 보면 속이 울렁거리니까! 알았냐? 가자! 취한다!"

막걸리 몇 잔에 취해 비틀거리는 손 여사를 집에까지 바래다주었다. 넓은 집에 혼자 있을 손 여사가 안쓰러워 자고 갈까 했지만 그냥 가라는 말에 자신의 집으로 향하고 있다. 하지만 그 마음이 가볍지만은 않았다.

러닝머신의 속도는 7.5에 있었다. 평소 그가 뛰는 속도에 비해 느린 편이었는데도 몸이 둔하고 무거워 러닝머신의 속도를 따라갈 수가 없었다. 그럼에도 온몸은 땀에 젖어 있어 컨디션이 최악이었다. 더 이상의 운동은 무리다 싶어 탈의실로 향했다. 터벅터벅, 발에 무거운 추가 달린 것처럼 한 걸음, 한 걸음이 힘들었다.

"왜 이러지?"

몸만 이상한 게 아니었다. 눈앞이 몽롱해지면서 무언가에 빨려 들어가는 것 같은 기분이 드는 순간,

"왜 이제 와요?"

그를 반기는 듯 나긋나긋한 목소리가 들려왔다.

"누구……? 헉!"

"기다렸어요."

여자가 웃으며 그에게 가까이 다가왔다.

"오지 마. 오지 말라고."

여자가 다가오는 만큼 뒷걸음치려 했지만 어떻게 된 일인지 발이 움직이지 않았다. 몸을 뒤돌리려 해도 몸마저도 말을 듣지 않았다. 여자의 시선은 자신의 중심부에 꽂혀 있고 방실방실 웃으며 자신에게 다가오는 여자는 천진스러운 얼굴과는 다르게 마귀같이 두렵기만 했다.

"오지 마! 당장 꺼져!"

"보여줘야죠."

"뭘? 뭘 보여달라고?"

그녀가 보일 듯 말 듯 한 턱짓으로 가리킨 곳은 역시나 그의 그곳이었다.

"당신, 변태야?"

대답 없이 웃던 여자가 그에게 가까이 붙더니 바지를 순식간에 벗겨버렸다.

너무 놀라 비명을 지를 새도 없었다.

"으으윽."

비명 대신 신음이 새어 나왔다. 허리에서부터 뻗어오는 통증에 눈이 떠졌다.

"헉, 꿈이었어."

침대에서 떨어져 바닥에 뻗어 있는 꼴이 되었지만 지금은 허리 통증도 그 우스운 모습도 중요하지 않았다. 그 끔찍했던 순간이 꿈이었다는 사실만으로 그저 다행이다.

"어쩐지 오늘 꿈자리 사나울 거 같더니……."

다시 침대로 올라가 잠을 청했지만 쉽게 잠이 오지 않았다. 아니, 또다시 비슷한 꿈이라도 꿀까 걱정되어 오던 잠도 달아나고 있었다.

"아, 그 여자…… 되게 신경 쓰이네."

"이거."

호준이 작은 상자 하나를 욱현에게 내밀었다.

"뭐야?"

"길 건너 란제리 숍에서 산 건데, 사이즈 바꿔서 소영 씨한테 선물해줘."

호준에게서 건네받은 박스를 열어본 욱현에게서 피식 웃음이 새어 나왔다.

"아직도냐? 아직도 소영 씨는 노우?"

호준의 질문에 웃음이 사라진 욱현은 어떤 대답도 하지 않았다.

대답이 없다는 것은 긍정이다. 욱현을 측은하게 바라보던 호준이 작은 박스 하나를 더 건네주었다.

"이건 네 거."

박스 안에 들어 있는 내용물을 보던 욱현이 다시 한 번 실소를 흘리며 쑥스러운 듯 호준의 시선을 피했다.

"너, 이거……."

"그러다 너 부처 되는 거 아니냐?"

"네 걱정이나 하지?"

"경험으로 얘기해주는 건데, 시도하다가 그 핫한 속옷이 네 얼굴에 뿌려질 수도 있다. 하지만…… 친구로서 심각하게 조언해주자면 그걸 네 얼굴에 던지면 소영 씨…… 다시 생각해라."

아주 잠깐 두 사람 사이에 심각한 침묵이 흘렀다.

"어머니께 감사하다고 전해드려라."

욱현은 호준이 건네준 속옷들을 박스에 모두 담아 대표실을 나갔다. 그의 등을 바라보던 호준은 무거운 한숨을 삼켰다.

그가 들고 나간 속옷이 어머니에게 선물했다가 반품당해 온 거라는 걸 설명하지 않아도 알아채는 친구다. 그러나 여자 친구를 다시 생각하라는 호준의 말뜻은 정확하게 알지 못할 것이다.

그저 잠자리를 피하는 여자 친구를 둔 절친이 안돼서 하는 말이라 여기겠지.

호준은 차라리 그렇게 알고 욱현과 소영이 헤어지길 바라는 마음뿐이었다.

"뭐를 올리라고 했다고?"

주원의 말을 믿을 수 없는지 성아가 재차 물었다.

"착용샷."

"그 남자, 그 말 듣고 가만있디?"

"응. 그러겠다고까지 했어."

성아의 시선이 길 건너 루브르로 향했다.

"그 사장 착용샷이 무슨 말인지 모르고 대답한 거 아니야? 궁해서 사은품에 눈먼 사람도 아니고…… 제아무리 신이 내린 몸매라고 해도 노출증 환자도 아닌데……. 아닌가? 너무 잘난 그 몸을 자랑하고 싶었나?"

성아의 삐딱해진 시선은 루브르에서 떠날 줄 모르고 있었다.

"어쨌든 간절했던 내 소원이 이루어졌어."

간절하다고 하기에 그 소원이 민망스럽지만 주원에게는 진심으로 절실했다. 그 소원이 이루어지게 생겼으니 그동안의 고생과 스트레스가 한 방에 사라져 지금은 콧노래가 절로 나왔다.

그러나 성아는 달랐다.

"아니야, 아무리 생각해도 네가 지금 김칫국물 마시고 있는 거

48

같아. 개인정보 유출보다 더 심하다고 할 수 있는 팬티 착용샷을 올린다는 건 말이 안 돼."

평소라면 친구의 말을 한 번 더 생각하며 듣겠지만 지금 주원의 귀에 그런 부정적인 말은 들어오지 않았다.

"그 남자가 바보니? 얼굴에 모자이크 처리는 기본인데 제 얼굴까지 다 나온 사진을 올리겠니? 그리고 얼굴까지도 필요 없이 팬티 입은 하체 부분만 보낼 수도 있고. 공개적인 사이트에 올리라는 것도 아니고 메일로 보내라는 건데, 못 보낼 것도 없는 거지."

"그래, 그 남자가 바보니? 재력 있어, 인물 있어, 보아하니 여자도 많을 것 같은데 할 일 없다고 사은품으로 받은 팬티 입고 셀카 찍어 메일로 보내주겠냐고? 저 정도 재력이면 보기와는 다르게 나이도 좀 있을지 모르는데. 꿈 깨, 한주원."

보내준다, 아니다.

두 사람의 설전은 쉽게 끝나지 않았다. 그런 식으로 말꼬리를 잡고 늘어지는 일은 두 사람의 성격에 맞지 않는다. 그러나 실망하고 싶지 않은 주원은 성아의 긍정적인 말이 듣고 싶었고, 성아는 희망에 가득 찼던 주원의 마음이 더 크게 무너지는 게 싫었다. 그래서인지 끝이 나지 않는 고집을 피우는 중이었다.

"싸울 것들도 드럽게 없나 보다. 남자 하나 가지고 서로 가지겠다고 싸우면 봐주는 재미라도 있지? 장사 안 되게 아침부터 왜들 푸닥거려? 빨리 일들이나 해."

사장보다 더 무서운 영숙의 말에 사장인 주원도 매니저인 성아도 입을 다물었다.

"사은품이 얼마나 나갈지 몰라도 그거 만들어내야 할 거 아니야? 별 시답지 않은 걸로 열 빼지 말고 들어가서 일이나 하자."

영숙은 주원의 등을 떠밀며 작업실로 들어왔다.

"한 사장, 일하자."

작업대에 원단과 패턴이 올려져 있었지만 일이 손에 잡히지 않았다.

아니라고는 했지만 주원의 기대감은 상실해가고 있었다. 성아의 말을 곱씹어 새길수록 자신이 헛된 기대감에 부풀어 있었다는 게 현실적으로 다가왔다.

'에이! 그 남자탈의실에서 내가 제 몸 본 거 기억하고 날 가지고 논 거 아니야?'

시간이 흐르고 일에 열중하면서 그 생각은 주원의 머릿속에서 떠났다.

그리고 길 건너 루브르의 사장이 자신을 가지고 놀았다는 사실을 확인할 수 있었던 건 12시가 넘은 점심시간이었다.

비비는 게 귀찮아 맛을 포기했던 짜장면을 점심으로 먹고 있을 때였다. 윤기 자르르 흐르는 짜장면을 후루룩 들이켜고 있는데 성아가 작업실로 들어왔다.

"이거."

성아가 내민 것은 어제 길 건너 루브르 사장에게 판매했던, 보자마자 코피　터질 수 있을 만큼 섹시한 그 속옷이다. 그 속옷이 매장에 한 벌만 있던 게 아니었지만 루브르 사장이 사갔던 사이즈는 단 하나였다. 성아 손에 들린 속옷은 굳이 사이즈를 확인하지 않더라도 속옷 인생 10년 차 주원은 딱 보면 알 수 있다.

"반품. 아니, 교환."

"그런데?"

"사은품으로 나갔던 것까지 들고 와서 자기 취향이 아니라고 사은품 교환도 가능하냐고 묻기에 그건 불가능하다고 말하고 이것만 사이즈 교환해주고 돌려보냈어. 그런데, 교환하러 온 사람이 그 사장이 아니라는 거지. 그건 무슨 뜻이겠니?"

성아 말이 맞았다. 결국 주원은 김칫국부터 마신 꼴이 되어버렸다.

추호도 다른 뜻 없이 그저 자신이 만든 제품을 입어줄 환상의 모델이 필요했다. 남자의 몸이 궁금한 것도 아니고, 그의 몸에 호기심이 있는 것도 아니었다. 인간을 위해 만든 속옷을 마네킹이 아닌 인간이 입은 모습을 보고 싶었을 뿐이다. 자신의 열정과 진심이 외면당하고 농락당한 것 같아 불쾌하다.

화가 났지만 표현할 수 없었다. 그럴수록 자신만 우습게 되는 것 같아 시커먼 짜장면을 속으로 삼키기에 바빴다.

'나쁜 인간. 다음 주에 가서 진상을 한번 떨어주고 와야지. 쳇.'

심플한 티셔츠에 청바지, 그리고 발 편한 운동화가 주원의 평상복이자, 출근복이자, 작업복이다. 화장기 없는 얼굴과 캐주얼한 복장으로 인해 나이 서른에도 불구하고 대학생으로 오해받는 경우도 종종 있다. 그런 주원이 오늘은 민트 러브 개업 이래 처음으로 원피스를 입고 출근했다. 게다가 하이힐에 풀메이크업까지 하였으니, 문을 열고 들어오는 주원을 보고 성아와 민정은 그녀가 손님인 줄 알고 맞이 인사를 깍듯하게 했다.

"어서 오세요!"

"뭘, 어서 와?"

"힉! 사, 사장님?"

"헐, 대박! 너 진짜 한주원이야?"

안 그래도 평소답지 않은 자신의 차림이 어색하고 꾸밈이 부담스러운데, 함께 일하는 성아와 민정까지 그녀를 민망하게 만들어 괜한 짓을 한 건 아닌가 하는 후회가 밀려왔다.

"사장님, 선보러 가세요?"

"아니."

하지만 그 민망함을 감추고 방긋 웃으며 민정에게 대답해주었다.

"선보러 가는 거 아니면 누가 너 선보러 와?"

"아니."

"그럼 오늘 저기 루브르로 회식 가는 거 때문에 그러고 온 거야?"

정확하다고는 할 수 없지만 그래도 루브르로 가기 위해 차려입고 나온 건 성아의 말대로 맞다고 할 수 있다.

"응."

"너, 설마…… 루브르 사장에 대한 미련이 아직도 있는 건 아니지? 어떻게 작업을 걸어보겠다는……."

아니다. 절대 아니다. 그 나쁜 인간에게 작업이라니. 오늘 그 인간에게 진상 손님이 어떤 건지 제대로 보여주려고 간다. 다만, 후줄근한 차림새로 가서 진상을 떨면 없어 보여 무시할 것 같아 좀 차려입었을 뿐이다.

"나한테 김칫국을 사발로 준 사람한테 작업? 내가 정신 나갔니? 그냥 루브르 수준에 맞는 손님으로 보이려고. 안 그러면 무시할까 봐."

"그럼 나도 신경 쓰고 올 걸 그랬나?"

민정이 두 사람의 대화를 듣고 자신의 차림을 살폈다.

"그대는 늘 클럽 대기 5분조잖아. 됐어. 신경 쓸 거 없이 예뻐."

민정에게 예쁘다는 칭찬을 해주고 작업실로 들어가는 주원의 뒷모습을 성아가 뚫어져라 쳐다보았다.

평소에 꾸미지 않고 다녀서 그렇지 전혀 꾸미지 않고 사는 주원이 아니다. 때와 장소에 맞춰 차려입을 줄 알고 자신을 돋보이게 할 수 있는 센스와 능력이 탁월하다. 그런데 오늘, 주원이 말한 때와 장소는 그녀의 기준에서 그럴 만한 곳이 아니다.

'주원이 쟤가 스트레스가 정말 엄청나나 보네. 그냥 하던 대로 하지 괜히 남자 속옷은 시작해서……. 요새 정신이 딴 데 가있는 사람처럼 이상해.'

안쓰러운 마음의 성아와 마찬가지로 작업실의 영숙도 주원을 안쓰럽게 보고 있었다. 하지만 두 사람의 안쓰러움은 달랐다.

성아가 스트레스를 받고 있는 친구의 마음을 안쓰러워한다면 영숙은 젊고 예쁜 주원에게 남아 있는 상처가 안타깝고 안쓰럽다.

남자 밝히고 철이 덜 든 엄마가 이혼으로 준 상처는 그렇다 쳐도, 단 한 번의 연애가 엄마와 연관되어 자신에게 상처로 다가왔으니 그 아픔이 어떠했을까. 하지만 이젠 잊을 법도 한데 그 상처가 깊이 남아 있는 모양이다.

젊음도 한때인데 그 시간을 아름답게 보내지 못하는 것 같은 마음에 영숙이 늘 하는 잔소리로 연애를 부추겼다.

"오메, 한 사장. 왜 이리 예쁘게 하고 왔어? 평소에 그러고 다녀봐, 남자들이 줄을 서겠네."

"일은 어떻게 하라고 이러고 다녀요? 매일 옷에 실밥 묻을 텐데. 실밥만 묻나? 원단 쪼가리들도 들러붙을 텐데."

"작업복을 여기다 두고 다니면서 유니폼처럼 갈아입으면 되잖아? 내가 말이지, 한 사장 나이에, 한 사장 같은 얼굴에, 한 사장 같은 몸매면 양다리가 아니라 문어다리 연애하고 다닌다."

"언니! 사랑은 한 사람하고만 하는 거예요."

정색하는 주원을 보며 영숙은 입을 닫았고 근무를 시작하는 아침부터 분위기가 순식간에 얼어붙었다.

'연애야 여러 사람하고 할 수도 있는 거지, 처녀한테 그런 말도 못해? 제 엄마처럼 문란하게 남자를 만나러 다니라는 것도 아닌데…… 아이고, 한 사장 너도 엄마 잘못 만나 좋은 시절 안쓰럽게 보낸다. 쯧쯧.'

조금은 냉랭해진 분위기에서 두 사람이 각자 일을 시작했지만, 작업실의 싸늘한 기운은 점심시간을 앞두고 후기 하나로 자연스럽게 풀어졌다.

"주원아, 드디어 왔다!"

성아가 기쁨에 찬 얼굴과 목소리로 작업실 안으로 뛰어 들어왔다.

"응? 와? 뭐가?"

원단을 재단하던 주원이 허리를 펴고 옆구리를 툭툭 치며 성아의 호들갑에 시큰둥하게 물었다.

"아기다리, 고기다리, 던, 착용 후기!"

"진짜?"

주원이 작업실에 있는 컴퓨터로 뛰어가 숍의 공식적인 메일을 열었다.

성아의 말대로 '착용 후기 올립니다.' 하는 제목의 메일이 한 통 와 있었다.

마치 연애편지를 여는 기분으로 주원은 메일을 열었다. 하지만 기대했던 것과는 달리 착용 후기는 단 세 줄로 끝이 나 있었다.

착용 후기입니다, 한 줄.

디자인과 칼라는 맘에 듭니다. 원단도 부드럽고 좋습니다, 두 줄.

나머지는 다른 드로즈들과 다르지 않습니다, 세 줄.

성의 있는 후기라고는 할 수 없지만 디자인과 색깔, 그리고 원단이 맘에 든다는 표현으로 인해 아주 못 볼 후기는 아니었다.

"반만 성공한 기분인데. 내가 정말 알고 싶었던 부분은 없잖아."

후기 하나로 주원의 마음은 한결 가벼워졌다. 하지만 만족스러운 미소가 나올 수는 없었다. 다른 드로즈들과 다르지 않다는 나머지 것들이 어떤 것인지 알고 싶은 게 주원의 과제였는데 그 과제를 풀 수 없게 만든 후기였다.

그런 그녀의 마음을 읽어주는 이가 영숙이었다.

"써준 건 고마운데, 너무 성의 없이 썼다. 한 사장 정성을 공짜로 가져간 거에 비하면. 안 그래?"

"그렇긴 하지만…… 그래도 김칫국 먹였던 루브르 사장보다 낫잖아요?"

성아의 말에 주원에게서 피식 웃음이 새어 나왔다.

'그래서 오늘 나는 루브르 사장에게 김칫국 대신 엿을 좀 먹일까, 한다. 흐흐흐.'

"첫술에 배부를 생각 말고 기다려보자. 하나 들어왔으니 이어서 계속 들어오겠지. 그러다 보면 우리한테 도움이 되는 성의 있는 후기도 오지 않겠어?"

영숙의 말이 맞다. 첫술에 배부를 수는 없다. 불편해서 못 입겠다는 평이 아닌 것만으로도 다행이고 후기를 써준 것만으로도 감사할 일이다.

주원은 후기 작성자에게 고맙다는 답 메일을 보내고 자리에서 일어섰다.

앞으로 하는 일이 잘 풀릴 것 같은 느낌이다.

파티 홀 '루브르'는 화려하고 세련된 외관과 고급스럽고 클래식한 내부 인테리어, 어느 하나 빠지는 게 없이 완벽해 보인다. 그리고 또 하나, 눈으로 보이는 화려함보다 더 완벽한 것이 있으니 고객의 불만이 나오지 않게 최선을 다해 준비하고 응대하는 스텝들의 서비스다.

싱싱하고 제대로 된 식자재 사업은 물론이고 물컵이나 스푼, 포크 하나까지 철저하게 관리하고 있다. 총지배인의 관리하에 전 스텝들이 움직이는 결과지만 그 운영의 기본 철칙은 호준에게서 나오는 것이었다.

그러니 작정하고 와서 트집을 잡으려 해도 주원의 마음에 거슬리는 것이 하나도 없다. 단출한 직원들의 회식이라고 했는데도 그들만을 위한 아담한 장소는 영화에서 본 것처럼 작은 파티를 치르게 부족함 없이 아기자기하게 잘 꾸며져 있었다. 게다가 홀 매니저라는 직원이 와서 불편한 점은 없냐며 계속 체크하고 살피고 있으니 그 대접이 너무도 극진해, 있어도 없다고 해야 할 판이다.

"비싼 값을 하네. 진짜 맛있다."

질보다 양으로 승부하는 성아까지 손바닥 반만 한 작은 고기에 만족감을 보이고 있으니 시간이 갈수록 루브르 사장에게 엿 먹여 보겠다는 자신의 모양새가 한심해질 뿐이었다.

돈과 시간 들여가며 상대 없는 싸움을 엉뚱하게 혼자 하는 기분이었다. 더는 자신이 바보 같아지는 기분을 느끼고 싶지 않아 그녀도 음식 맛을 즐기기로 했다.

'이게 얼마나 비싼 저녁인데……'

마음을 비우고 맛을 보니 성아가 그토록 맛있어하며 엄지를 추켜올린 이유를 알 수 있었다. 살살 녹는 고기 맛을 제대로 즐기며 와인 한 병도 주문했다.

모두가 파이팅을 외치며 건배를 하고 평소처럼 일과 일상에 관한 수다를 떨었다.

"나 화장실 다녀올게."

주원이 일어나 홀 밖에 있는 화장실로 가는 길에 루브르 사장이 눈에 들어왔다. 휴대폰을 귀에 대고 통화를 하며 비상계단 옆에 있는 작은 문으로 들어가는 것이 보였다.

다시 보니 슈트 입은 그의 몸매가 장난 아니다. 이미 거의 다 벗은 몸을 본지라 그의 몸매가 어떻다는 것은 익히 알고는 있지만 슈트를 입고 있는 몸은 벗고 있을 때와 또 다르다.

'좀 보여주면 뭐가 어때서…… 이미 다 봤는데…….'

또다시 그에 대한 미련이 스멀스멀 그녀의 의식을 감싸고 돌기 시작했다.

'솔직하게 부탁해볼까? 몸이 너무 좋아서 그런데…… 내가 만든 드로즈를 입은 모습을 한 번만 보여달라고. 미쳤다고 하겠지?'

볼일을 보고, 손을 씻고 나서도 주원은 화장실을 벗어나지 못하고 있었다. 거울에 비친 자신의 모습만 바라본 채 미련과 고민에 휩싸여 있었다.

'미친 척하고 말해? 아니야. 아무리 그래도 그건 아니야. 그럼…… 사귀고 싶다고 말해? 헐, 이것도 아니야. 그럼 나 어떠냐고 물어봐?'

어떤 결론을 내지 못한 채 주원은 화장실에서 나왔지만, 그녀의 발걸음은 직원들이 있는 홀이 아닌 호준이 들어간 문으로 향했다.

될 대로 되라는 식의 마음으로 주원은 조심스럽게 문을 열고 안으로 들어섰다. 그 안은 불이 꺼져 있어 어두웠지만 행사 홀이라는 걸 알 수 있었다. 상당히 넓은 그곳에는 아무도 없었다.

'그새 나갔나?'

주원이 다시 밖으로 나가려는 순간 한쪽 구석에 있는 작은 문 안에서 남자 목소리가 새어 나왔다. 그 안에서 통화를 하고 있는 것 같아 문 쪽으로 향했다.

"박소영 씨, 미쳤습니까? 지금 제정신으로 하는 말이에요?"

살벌하게 냉정하고 무서운 목소리가 밖으로 들려오자 주원의 발걸음이 멈췄다.

"나 미치지 않았어요."

"미쳤든, 미치지 않았든 상관없습니다. 조용히 욱현이한테서 떨어지십시오."

"그럼 날 받아줄 거예요?"

"정신병원에 입원시켜주죠."

"그러지 말고, 내 말을 좀 들어봐요. 처음부터 난 호준 씨 당신을 좋아했다고요. 단 한 번도 욱현 씨한테 마음 준 적 없었어요. 그 사람하고 끝내고 당신한테 간다고 해도 나 두 사람 앞에서 떳떳할 수 있어요. 난 욱현 씨 여자였던 적이 없어요. 깨끗해요."

호준의 웃음소리가 밖으로 들려왔다.

이 무슨 해괴한 시추에이션이지?

하지만 엿듣기를 포기하고 싶지 않게 둘의 대화는 점점 더 우습게 흘러가고 있어 주원의 귀는 그쪽을 향해 바짝 세워졌다.

"깨끗? 내 눈에는 박소영 씨 당신처럼 지저분하고 더러운 여자는 없는 것 같은데요? 난 당신처럼 정조관념이 없는 인간을 경멸합니다."

덜컥. 문이 열렸다.

너무 놀란 주원은 문 옆에 놓인 테이블 안쪽으로 몸을 숨겼다. 하지만 두 사람은 나오지 않고 목소리만 들려왔다.

"욱현 씨한테 말할 거예요. 난 욱현 씨를 사랑한 적이 없다고. 처음부터 내가 사랑한 사람은 신호준 씨였다고."

"마음대로 해보세요. 하지만 입을 잘못 놀린 대가를 치러야 할 각오도 해야 할 겁니다."

테이블 옆으로 쪼그리고 앉은 주원의 눈에 성큼성큼 걸어 나오는 남자의 구두가 보였다. 그리고 그 뒤로 검정색 하이힐에 까만 스타킹을 신은 늘씬한 다리가 따라왔다.

"그래도 호준 씨, 당신 포기 못하겠어요. 미쳤다고 해도 상관없고 죽인다고 해도 상관없어요. 당신 사랑해요."

"뭐…… 읍."

주원의 눈에는 여자가 남자에게 다가간 다리밖에 보이지 않아 정확한 상황을 알 수는 없었지만, 추측상 여자가 남자를 덮쳐 키스를 한 게 아닌가 싶었다.

마치 범죄 현장을 목격하고 있는 것 같은 마음에 심장이 벌렁거려야 정상이지만 주원은 여자의 한심한 작태에 화가 나기 시작했다.

"둘이 여기서 뭐 하는 거야?"

두 사람의 대화에 집중했던 주원도 언제 들어왔는지 모르는 낯선 남자의 목소리에 비명이 나올 뻔했다. 게다가 여자의 입에서 나온 남자의 이름을 듣고는 심장이 멎는 느낌이었다.

"욱현 씨……."

본의 아니게 엿들었던 대화가 이제는 막장 드라마로 치달아가고 있었다. 괜히 훔쳐 들었다는 후회가 주원의 가슴을 때리지만 이미 늦은 일이다. 숨죽이고 조용히 숨어 있는 게 최선이었다.

"두 사람…… 언제부터였어?"

"욱현아."

"처음부터였어."

루브르 사장의 말을 가로막고는 한 치의 망설임 없이 뻔뻔스럽게 여자가 대답했다. 그로 인해 주원의 인상이 절로 구겨졌다.

"맞아?"

"나한테 묻는 거냐?"

친구에 대한 불만이 느껴지는 루브르 사장의 목소리였다. 아무래도 여자의 남자는 여자를 믿고 친구를 믿지 못하는 것 같았다.

"신호준, 너는 이러면…… 안 되는 거 아니야?"

욱현이라는 남자의 목소리에서 분노가 느껴졌다.

그게 아닌데……. 루브르 사장 말을 믿는 것 같지 않는 친구의 말투에 주원이 안타까웠다.

"김욱현, 너야말로 이러면 안 되는 거 아니냐?"

"그래도…… 너는 믿었다."

믿는 김에 끝까지 믿으라는 말이 주원의 목구멍에 걸려 있었다. 내뱉지 못하고 나서지 못하는 상황이 답답할 뿐이었다.

"믿는다, 가 아니라 믿었다……. 과거형이네?"

픽! 우당탕탕.

호준이 넘어지면서 가지런히 놓여 있는 의자들이 와르르 질서를 잃고 흐트러졌다.

"두 사람 모두 이젠 과거니까."

거친 발소리가 들렸다. 친구가 밖으로 나가는 것 같았다.

'저 남자, 몸도 마음도 아프겠다.'

그 생각이 끝나기도 전에 넘어져 있는 호준과 쪼그려 숨어 있는 주원의 시선이 마주쳤다.

창피하고 무안하고 당황스러워서 웃을 수도 없고 울 수도 없는 그런 상황이다. 일어날 수도 없고 그렇다고 들킨 이상 계속 그렇게 쪼그려 앉아 있을 수도 없는데, 이상하게 루브르 사장이 야릇한 미소를 지었다.

"다 들었어?"

게다가 다정하게 다 들었냐고 묻기까지 한다.

'뭐지?'

주원의 머릿속이 혼란스러워졌다.

여유 있게 자리에서 일어난 호준이 주원에게 다가갔다.

숨어 있을 때도 정상이던 주원의 심장박동 수가 빠르게 올라가고 있었다.

"숨어 있을 것까지는 없었는데, 왜 이러고 있어? 일어나."

손을 내밀고 일으켜주려는 호준을 주원은 빤히 바라보았다.

"저기, 제가요……."

"됐어. 말하지 않아도 무슨 말 하려는지 알아. 많이 놀랐겠다?"

내민 손을 잡지 않는 주원의 팔뚝을 호준이 잡아 일으켰다.

"박소영 씨, 내가 말했을 겁니다. 여자 있다고. 이젠 믿겠어요?"

주원의 허리를 감싸 안고 자신에게 밀착시키는 호준의 손에 힘이 들어갔다. 그 힘이 주원의 허리에 고스란히 전달되었고 마치 입 다물고 조용히 있으라는 경고로 느껴졌다.

여자가 주원을 머리부터 발끝까지 아니꼬운 눈빛으로 훑어 내렸다.

그제야 소영을 제대로 본 주원도 뻔뻔스럽고 양심 없는 그녀의 모습을 경멸의 눈빛으로 쏘아봤다. 그리고 그 짧고 심각한 순간에 잘 차려입고 오길 다행이라는 생각이 들었다. 티셔츠와 청바지 차림으로 마주했었다가는 75B컵 반의 가슴을 도도하게 내밀고 있는, 개미허리를 가진 그 여자의 섹시함에 주눅 들었을지도 모른다.

"조용히 돌아가요. 다시는 그 얼굴 내 눈에 띄지 않게 조심하고."

"호준 씨 당신한테 욱현 씨도 떼어냈는데, 그깟 여자 하나 못 떼어낼까 봐? 그리고 쇼를 하려면 제대로 해요. 호준 씨, 당신한테 어울리지도 않는 시시한 저 여자를 당신의 여자라고 믿으라는 거예요? 하지만 지금은 그냥 넘어가 줄게요. 욱현 씨 때문에 당신 마음 안 좋을 것 같으니까."

뭐라! 시시한 여자! 주원의 속에서 뜨거운 것이 욱하고 올라왔다.

여자를 향해 한마디 해주려는데 루브르 사장이 빨랐다.

"양심이 걸레같이 더럽고 너덜너덜한 당신보다는 시시한 여자가 낫습니다. 그리고 미안하지만 이 여자, 그렇게 시시한 여자가 아닙니다."

"뭐라고 말해도 좋아요. 난 내가 사랑하는 남자만 가지면 되니까."

묘하게 섹시하면서 묘하게 얄미운 미소를 보이고 여자가 걸어 나갔다. 가느다란 하이힐 굽이 내는 또각또각 소리와 함께 그 마지막 미소가 몹시 거슬렸다.

"헐, 무서운 여자네."

TV에 나올 법한 악인들이 현실에 있음을 또 한 번 깨닫고 있는 중이었다.

"황당하셨죠? 죄송합니다. 어디서부터 어디까지 들으셨는지 몰라도 상황이 좀 그래서 무례하게 굴었습니다. 거듭 사과드립니다."

자신에게서 떨어지며 정중하게 구는 그의 태도에 주원은 할 말을 잃고 잠시 머뭇거렸다. 너무도 예의 바르고 점잖은 그의 태도에 놀란 것도 있지만, 자신을 알아보지 못하는 것인지, 기억을 하지 못하는 것인지 처음 보는 사람처럼 대하는 그를 보며 어떡해야 할지 망설여졌다.

모르는 척하며 '괜찮습니다.'라고 해야 하나?

아니면 '사실은 당신에게 따질 것도 있고, 부탁할 것도 있어요.'라고 실토해야 하나?

"그런데…… 낯이 좀 익습니다. 우리 어디서 만난 적이 있었나요? 아니면 이곳에서 행사라도……?"

이 남자, 기억력이 나쁜 건지, 아니면 주원 자신의 메이크업이
변장 수준이었는지 그때와 같은 말을 하고 있다.

"그런데 왜 이 빈 홀에 들어오셨습니까?"

"아, 네…… 그게……."

어떤 대답을 해줘야 하는지 이번에도 고민이었다. 그런데 그가
대답을 하기도 전에 그녀를 먼저 기억해냈다.

"이봐, 당신……!"

"네?"

"길 건너 란제리 숍 직원이지?"

다정하게 말하고 허리까지 당겨 안을 때는 언제고, 그리고 정
중하게 사과할 때는 언제고, 지금은 거친 말투에 표정마저도 사
납다.

"뭐야, 당신? 스토커야? 아니면 관음증 환자야?"

"뭐라고요? 이 사람이 지금 말이면 다인 줄 아나? 관음증 환자?
이보세요! 그쪽이야말로 양심이 걸레같이 더럽고 너덜너덜한 거
아니에요?"

"뭐? 이 여자가……."

멱살이라도 잡을 듯한 기세로 험하게 인상을 쓰며 호준이 주원
에게 다가왔다. 그런데 그때, 홀의 문이 열리는 기척이 들렸고 여
자의 모습보다는 목소리가 먼저 들려왔다.

"아, 잊은 게 있어요."

"흡."

문 쪽으로 시선을 돌리기도 전에 주원은 호준의 기습 키스를 받았다.

　순식간에 벌어진 일이었지만 그는 어느새 얼굴을 떼어낼 수도 없게 그녀의 뒤통수를 부여잡았으며 다른 팔로는 그녀를 품 안에 가두고 있었다.

　"그런다고 달라질 건 없어요."

　기분 나쁜 하이힐 소리가 멀어졌고 동시에 그가 그녀에게서 떨어졌다.

　"미안."

　짝.

　뺨을 때리는 소리는 시원하게 났지만 정작 주원의 마음은 때려 놓고도 시원하지 않았다.

　"내가 당신 성추행범으로 고소할 거야!"

　씩씩거리며 나가는 그녀를 호준이 불렀다.

　"이봐!"

　그러나 주원은 그 부름을 무시했다.

　"그러고 나가면 곤란할 텐데."

　뒤에 들려오는 호준의 말은 들리지도 않았다.

　'왜 그 여자한테 내가 네 여자가 아니라는 게 들통 날까 봐서 그러냐?'

　뒤도 돌아보지 않고 나온 주원은 식사하던 자신의 자리로 돌아왔다. 당장 집에 가고픈 생각밖에 들지 않았지만, 화기애애하게 웃고 떠드는 직원들의 분위기를 깰 수 없어 마음을 가다듬고 자리에 앉았다.

"야! 너?"

맞은편에 앉은 성아가 깜짝 놀라는 시선으로 주원을 쳐다보았다.

"응? 왜?"

주원은 그저 화장실에 다녀온 시간을 너무 지체해서 그러는 줄 알고 핑곗거리를 생각해내려 애썼다.

"한 사장, 어디 가서 남자하고 뽀뽀하고 왔어?"

"네?"·

오늘 심장이 여러 번 널을 뛴다. 심하게 뛰었다가, 멎었다가. 이러다 제 명에 못 살 것 같은 기분이다.

"무슨 말씀을……."

"사장님, 당황하셨어요?"

"그러게. 얼굴이 빨개지는 것이 수상하네?"

"왜들 그래요? 뽀뽀는 혼자 하나? 여기서 뽀뽀할 사람이 어디 있다고?"

대충 얼버무리는 그녀에게 민정이 파우치에서 꺼낸 작은 손거울을 불쑥 내밀었다.

"진짜 왜들 그러는데? ……헐, 내 입술이 왜, 왜 이러지……?"

3살짜리 어린아이가 엄마 립스틱을 입술에 칠갑을 해놓더라도 이보다 더 나을 것이다. 키스로 인해 퇴근 전 곱게 칠했던 그녀의 립스틱이 입술 주변으로 심하게 번져 있었다.

"무의식중에 손으로 입술을 비볐더니…… 평소에 화장을 안 하다가 하니까…… 이런 불상사가 생기네."

"칠칠맞기는, 쯧쯧. 얼른 이걸로 닦아."

성아가 혀를 차며 티슈를 내밀었다. 그녀의 조심성 없는 행동에 모두들 그러려니 하고 넘어가는 분위기였다. 그제야 주원의 심장 박동 수도 정상을 찾아갔다.

3.

기습 키스에 대한 황당함은 쉽게 지워지지 않았다. 출근할 때나 퇴근할 때, 가끔 매장에 나와 있을 때 눈에 보이는 루브르를 보면 그때의 기억이 떠올랐다. 그러니 지우려야 지울 수가 없었다. 처음 에는 분하고 억울해 농담이 아닌 진심으로 성추행범으로 고소할 까도 싶었다. 하지만 시간이 지나면서부터는 생각이 달라지고 있 었다.

'실수로 벗은 몸 한 번 보고, 어쩌다 그런 꼴로 마주쳤기로서니 뭐, 관음증? 미친 척하고 부탁했다가는 내가 고소당할 뻔했네. 거 기 들어간 내가 한심했지, 한심했어.'

그러면서 친구였던 두 사람이 어떻게 됐는지, 그 여자는 아직도 루브르 사장에게 집적대며 집착하고 있는지 궁금했다. 그리고 상 처 받았을 루브르 사장의 친구가 걱정되기도 했다.

출근이 늦어지는 성아를 대신해 매장을 지키는 지금도 주원의 시선은 길 건너 루브르에 향해 있었다.

"미안해. 좀 늦었어."

출근 시간은 10시다. 지금 시간은 11시. 좀 늦은 게 아닌데 성아의 표정은 미안하다는 말과 다르게 잔뜩 찌푸려져 있었다.

"무슨 일 있었어?"

"아니."

걱정되어 묻는 주원에게 돌아오는 성아의 대답은 차갑기만 했다.

"아닌 게 아닌 것 같은데?"

그러나 성아는 평소 그녀답지 않게 대꾸도 없이 제 할 일만 하고 있었다.

친한 친구라고 해도 꺼내기 싫은 사연이나 사생활이 있을 수 있다는 생각에 더는 묻지 않았다.

"작업실 갈게."

"응."

아무리 봐도 성아는 그녀답지 않게 이상했다.

'무슨 걱정거리 생겼나?'

일이 손에 잡히지 않을 만큼 주원은 성아에게 신경이 쓰였지만 아니라고 하는 그녀에게 귀찮게 들러붙어 물을 수는 없었다.

하지만 점심도 거른 채 매장에서 훌쩍이며 눈물 흘리고 있는 성아의 모습을 본 주원은 그냥 넘길 수 없어 성아를 잡고 취조에 들어갔다.

"뭐야? 집에 무슨 안 좋은 일 생겼어?"

성아가 멍하니 주원을 바라보다 아예 제대로 된 울음을 터뜨렸다.

"엉엉엉! 주원아, 나 어떡하니? 엉엉엉!"

성아의 통곡 소리에 주원은 불길한 생각이 머리에 스쳐 갔다. 그녀의 부모님 중 어느 한 분이 무서운 병에 걸린 게 아닌가 싶은 것이다. 그리고 제발, 그런 자신의 예상이 빗나가길 바라고 있을 때, 성아는 그에 맞먹을 만큼 무시무시한 폭탄을 터뜨렸다.

"주원아, 나…… 임신했어."

"뭐!"

결혼하지 않은 여자가 임신하는 일은 흔한 일이다. 속도위반은 이제 흥도 안 되는 시대가 되었지만, 성아는 결혼할 남자가 없다. 아니, 아예 연애 중인 남자도 없다. 그런 그녀가 임신이라니. 동정녀 마리아도 아니고, 자웅동체도 아닌 평범함 여자 인간 원성아가 임신이라니.

주원은 한동안 충격에서 벗어나지 못하고 있었다.

"내가 잘못 들은 거지? 너…… 임신했다는 그 말…… 아니면 네가 잘못 말했거나."

"나도 의사한테 잘못 들은 줄 알았어."

"말도 안 돼. ……누구야? 애 아빠가 누구야?"

성아가 대답하지 못하는 동안 주원은 애 아빠가 누구일지 성아의 주변인들을 짚어보았다. 하지만 아무리 떠올려봐도 애 아빠가 될 만한 인물은 없었다.

"너 혹시……."

"동창."

"동창? 동창이라니……?"

한 달 전 성아가 초등학교 동창회에 나갔던 일이 기억났다. 처음으로 참석하는 자리가 어색하지 않을까 걱정하고 나가더니 다음 날 숙취에 고생하며 다시는 동창회에 안 나가겠다고 후회했던 그 모습이 선하게 떠올랐다.

"싱글들만 남아서 3차까지 갔는데…… 어쩌다 그중의 한 녀석하고…… 그냥 그날 원나잇으로 끝난 거였는데…… 이렇게 될 줄은 몰랐어."

서로를 잘 이해해주며 지낸 사이다. 대학 시절에 만나 이제 10년 차에 들어선 우정이다. 짧다면 짧고, 길다면 긴 시간 동안 서로에 대해 모르는 게 없다 할 만큼 터놓고 지낸 사이인데 지금의 성아는 무척이나 낯설었다.

한순간의 감정에 흔들릴 성아가 아닌데 십수 년 만에 만난 동창 녀석과 잠자리를 가졌다니. 그것도 대책 없이 임신으로 이어지게.

"그런 눈으로 보지 마. 안 그래도 지금 딱 죽고 싶은 심정이야."

앞에 앉아 괴로워하고 있는 성아가 자신이 알고 있는 원성아가 맞는지 의심스러웠다.

"미안한데, 나 오늘만 일찍 퇴근할게."

"그래."

성아를 들여보내고 주원도 민정에게 마감을 맡기고 일찍 매장을 나섰다.

주원은 친구의 갑작스러운 임신으로 인해 처음 겪는 이상한 감정에 흔들리고 있었다. 믿는 도끼에 발등을 찍힌 것 같기도 하고, 결국 인간은 혼자구나, 라는 외로움이 들기도 했다. 소중한 것을 잃은 것 같기도 하고 큰 사고를 친 친구를 이해해주지 못하는 자신의 옹졸함이 싫기도 했다.

매장이 있는 상가 2층에 있는 술집으로 발길이 향했다. 혼자 마셔도 부담이 없을 정도로 주인과 잘 알고 있는 사이이기도 하고 그곳은 주인 빼고 5명의 손님만 앉을 수 있는 조용한 곳이다. 주로 조용히 혼자 마시는 사람들이 이용하는 곳이기에 주원이 자주 이용하는 곳이기도 했다.

"어서 와요, 한 사장님. 오랜만에 왔어요?"

성별을 알아챌 수 없을 만큼 중성적인 외모지만 상냥한 여자가 주인이다. 나이를 가늠할 수 없을 정도의 얼굴과 차림이 묘하게 어긋나 있는 재미있는 여주인을 주원은 '빈 사장님'이라고 부른다. 술집 이름이 '빈'이라는 이유로.

"네."

"어제는 원 매니저가 혼자 와서 마시고 가더니 오늘은 한 사장님이 혼자 왔네요?"

"원 매니저가 혼자 왔었어요?"

"네. 둘이 싸웠어요?"

"아니요. 우리가 애들인가요?"

"얼마 전에도 친한 친구 둘이서 싸운 것같이 각자 와서 술 마시더니 이쪽도 그러네?"

"맥주나 한 병 주세요."

빈 사장이 그녀가 늘 마시던 맥주 한 병을 건넸다. 하지만 이상하게 오늘은 늘 마시던 그 맛이 나지 않았다. 마치 늘 보던 성아가 오늘 타인처럼 느껴졌던 것과 같았다.

"한 사장님도 외로운가 봐요?"

"성아가 어제 와서 외롭다고 하던가요?"

"아니. 친구 때문에 힘들어하던 누군가가 그런 말을 했는데, 그 사람하고 지금 한 사장님하고 표정이 똑같아서."

"그 사람 누군지 대화 한번 나눠보고 싶네요."

"우리나라 속담 그냥 나온 거 하나 없어. 호랑이도 제 말 하면 온다더니 저기 오시네요."

빈 사장의 시선을 따라 출입구 쪽으로 향하던 주원의 시선이 얼어붙었다.

"저, 저 사람……."

들어오던 그도 발걸음이 얼어붙었는지 주원을 보고 그 자리에 멈춰 섰다.

"이봐, 당신……."

"뭐야? 두 분 아는 사이예요?"

재미 있어 하는 빈 사장과 다르게 시선이 마주친 두 사람의 얼굴은 일그러져갔다.

"술도 편하게 못 마시겠군."

"아, 술맛 떨어져."

호준의 말에 주원도 짜증나는 얼굴로 대꾸해주었다.

"이제는 훔쳐보는 것도 모자라 대놓고 보러 다닐 생각인가 보지?"

"대놓고 보여준 것도 없으면서……."

"이 여자가……."

"이 남자가 진짜! 사람이 다 당신 아래로 보여요? 기분 나쁘게 왜 반말이야?"

두 사람의 목소리가 커지자 빈 사장이 중재에 나섰다.

"왜들 이래요? 자자, 두 사람 사이에 뭔가 오해가 있는 것 같은데 풉시다, 풀어. 여기는 술 마시면서 마음을 달래는 곳이지 싸우는 장소가 아니거든요. 우리 한 사장님은 원 매니저 때문에 힘든 것 같고, 또 신 대표님은 총지배인 욱현 씨 때문에 마음이 안 좋고. 서로 잘 통할 것 같은데 왜들 그래요?"

입구에 서서 움직이지 않고 있는 호준을 빈 사장이 데려다 주원 옆에 앉혔다. 그러자 주원은 그에게서 옆으로 두 좌석 떨어진 끄트머리 자리로 옮겨 앉았다. 그게 기분 나빴는지 그의 따가운 시선이 주원의 얼굴에 박혔으나 주원은 모르는 척 마시던 맥주를 마셨다.

호준도 그녀를 바라보던 따가운 시선을 거두고 빈 사장이 만들어준 칵테일을 마시기 시작했다.

"총지배인님한테서는 아직도 연락 없어요?"

빈 사장이 호준에게 묻는 질문에 주원의 귀가 쫑긋 세워졌다.

총지배인이라는 주인공이 그때 그 친구가 아닐까 추측을 하며 주원도 그 결과를 궁금해했다.

"네, 없습니다."

주원이 듣고 있는 줄 모르고 호준은 씁쓸한 자신의 감정 그대로 대답했다.

"신 대표님 속이 말이 아니겠어요? 그래도 20년 우정이 어디 가겠어요? 진실을 알고 돌아올 거예요."

듣고 보니 루브르 사장도 친구 때문에 속이 시끄러운 사람이다. 어쩌면 성아에 대한 자신의 배신감이나 실망은 그게 비해 아무것도 아닐 수 있다는 생각이 들었다. 힘들어할 성아보다 자신의 감정을 먼저 챙기는 자신이 성아에게 있어 좋은 친구가 되지 못하는 건 아닌가 싶었다.

[일단 건강부터 챙겨라.]

어찌 되었든 가장 많이 힘들고 마음이 무거운 사람은 그녀보다 성아이고 위로가 필요한 사람도 그녀가 아닌 성아라는 사실에 문자를 보냈다.

"한 사장님 숍에 요새 남자 팬티 디피되어 있던데? 시작한 거예요?"

빈 사장이 호준과의 대화를 끝내고 주원에게 다가와 맥주 한 병을 더 건네주며 말을 걸었다.

"네."

"남자 것도 여자들 것 못지않게 잘 만드시던데요? 워낙 일에 대한 열정이 남달라 그런가? 디자인도 그렇고 컬러도 그렇고, 명품 어느 브랜드하고 비교해도 뒤지지 않아요."

"진짜요?"

"그럼요. 주위에 남자 있으면 하나 사다 주고 싶을 만큼 괜찮아요."

빈말이라도 칭찬을 들으니 가라앉았던 주원의 기분이 조금은 살랑거렸다. 그런데 갑자기 빈 사장이 깔깔거리며 웃기 시작했다. 호준도 빈 사장의 뜬금없는 웃음에 놀랐는지 시선을 두 여자에게 돌렸다.

"혹시 그거 만들 때 남자들 팬티 입는 그 부분만 보고 다니고 그런 거 아니에요? 예전에 처음 브라 만들면서 그랬다면서요? 여자들 가슴만 보고 다녔다고. 목욕탕에 가서 하루 종일 어떤 브라를 했는지 관찰만 하고 나오고. 여자 연예인 보고 만든 브라는 그 연예인한테 보내주기까지 했다고. 갑자기 그 생각이 나면서 혹시 남자 팬티 만든다고 남자들 아래만 보고 다닌 건 아닌가 해서. 호호호."

"왜 아니에요? 덕분에 관음증 환자로 오해도 받았답니다."

주원이 힐끗 호준을 쳐다보았고 두 사람 시선이 마주쳤다. 그리고 두 사람의 시선이 서로 얽히는 것을 빈 사장이 놓치지 않았다.

"설마 한 사장님이 쳐다본 그곳의 주인공이…… 신 대표…… 님?"

거북한 얼굴로 고개를 옆으로 돌리는 호준을 보며 빈 사장이 크게 웃어댔다.

"그래서 두 분 사이가 그렇게 싸한 거였군요? 신 대표님! 우리

한 사장님 오해 마세요. 너무 프로 정신이 강한 분이라 그러니까. 단언컨대 관음증하고 거리가 먼 능력 있는 속옷 디자이너세요. 호호호."

빈 사장의 유쾌한 웃음소리가 잦아들면서 바도 조용해졌다.

'알바생인 줄 알았는데 사장이었어?'

하지만 그녀가 알바생이든, 사장이든 그건 중요하지 않았다. 호준이 혼자 맥주를 홀짝이고 있는 주원을 힐끗 보았다.

'일에 대한 열정을 내가 오해한 거였다면…… 많이 미안한데…….'

호준은 손 여사를 떠올렸다.

그가 어렸던 시절, 남대문에서 아동복 상가를 운영하던 손 여사가 길 가는 아이의 옷이 눈에 띈 적이 있었다. 그 옷을 만들어 팔면 괜찮을 것 같아 자세히 보려고 아이에게 다가가 머리를 쓰다듬어 주고 친근하게 굴며 아이 옷을 살폈다. 그러나 그녀의 그런 행동이 유괴범으로 오해를 받아 경찰에게 체포된 적이 있었다.

오해는 시간이 지나면서 풀렸지만 자신의 일에 최선을 다했던 엄마를 그렇게 만든 사람은 세상에서 제일 못된 바보라고 어린 나이에 씩씩거리며 분노했었다. 그런데 지금은 자신이 세상에서 제일 못된 바보가 되어 있었다.

Trrrrr.

쓸쓸한 미소가 그의 입가를 스쳐 갈 때 휴대폰 벨이 울렸다. 순식간에 그의 표정이 얼음장이 되어버렸고 휴대폰 전원을 꺼버리려다 갑자기 움직임을 멈췄다. 그리고 주원의 옆자리로 다가갔다.

예상대로 그녀가 불쾌한 시선으로 자신을 바라봤다. 하지만 호준은 그녀를 향해 최대한 예의 바르고 상냥한 미소를 보였다.

"부탁 하나 할게요."

"관음증 환자한테 부탁할 게 다 있나 봐요?"

호준은 그녀 앞으로 휴대폰을 불쑥 내밀었다.

"……?"

알 수 없는 호준의 행동에 주원은 휴대폰과 호준을 번갈아 보기만 했다.

"그때 그 무서운 여자예요. 한동안 뜸하더니 병이 도졌는지 전화를 하기 시작하네요."

"그런데요?"

"받아서 한마디 해주면 안 되겠어요?"

"됐거든요! 또 무슨 봉변을 당하려고요?"

그날의 키스가 생각났다.

"뭔지 몰라도 해줘요, 한 사장님. 그리고 한 사장님도 신 대표님한테 부탁 하나 하면 되잖아요?"

너무 냉정하게 거절한 게 보기 안 좋았는지 빈 사장이 끼어들며 나섰다. 그사이에도 휴대폰 벨은 끊이지 않고 울려댔다.

상대를 배신하고 그 친구에게 추파를 던지는 추악한 인간에게 제대로 된 응징이 필요하다는 건 누구보다 잘 안다. 그런 여자로 인해 친구를 잃고 있는 남자도 무척이나 안돼 보였다. 그리고 빈 사장의 말이 그녀에게 달콤한 유혹으로 와 닿고 있었다.

전화받는 대가로 부탁 하나 하라고 하면…….

음흉한 미소가 새어 나올 것 같아 표정 관리를 하며 주원이 호준에게 물었다.

"빈 사장님 말대로 내가 전화받아주면 내 부탁 들어줄 거예요?"

"음…… 그렇게 하죠."

호준은 아주 잠깐 고민하는 것처럼 보였지만 그렇게 하겠다는 말은 확실하게 대답해주었다.

주원이 그에게 손바닥을 내밀었고 그가 휴대폰을 그녀에게 건넸다.

"뭐라고 해주면 돼요?"

"여보세요, 가 아닌 누구세요, 하고 먼저 받아요. 그리고 이 여자한테 남자 친구하고 해보지 않은 걸 하고 있으니 방해 말라고 하고 그다음에는 당신이 평소 하고 싶었지만 체면상 할 수 없었던 심한 말들을 마음대로 퍼부어주면 돼요."

"그 여자가 남자 친구하고 해보지 않은 그게 뭔데요?"

"그게 뭔지 알면 얼굴 빨개질 텐데…… 알려줘요?"

설마 그게……? 하는 생각을 하는 사이 한 번 끊어졌던 휴대폰 벨이 다시 울렸다.

주원은 마음을 가다듬고 휴대폰을 받았다.

"누구세요?"

호준이 시킨 대로 누구인지를 물었다.

……그러는 그쪽은 누구시죠?

"나요? 미안하지만 시시하지 않은 여자, 라고 하면 알랑가 몰라?"

-호호호. 호준 씨 정말 철저한 사람이네. 됐고, 호준 씨 바꿔.

반말을 듣는 순간 주원의 뒷목이 당겨졌다. 루브르 사장을 떠나서 자신을 우습게 생각하는 여자에 대한 화가 끓어올랐다. 인성의 기본이 되어 있지 않은 여자에게 우습게 보인다는 게 자존심이 상했다. 기본 인성도 안 된 여자에게 얕보이고 싶지 않았다. 그리고 이런 여자와 똑같았던 한 남자가 떠올랐다.

"시끄럽고. 우리 지금 그쪽이 남자 친구하고 해보지 않은 걸 하고 있었거든. 그러니까 방해하지 말고. 그리고 왜 그렇게 사니? 인간적으로 정말 못 봐주겠거든! 남의 남자한테 그러는 거, 더구나 남자 친구의 친구한테 그러는 거! 죄악이거든! 남의 눈에 눈물 빼면 네 눈에 피눈물 나. 인생 그렇게 살지 말고 정신 똑바로 차리고 살아!"

7년 전 누군가에게 해주고 싶었지만 해주지 못한 말을 퍼부었다. 더한 말도 쏟아내고 싶었지만 통화 상대가 그때 그 인간이 아니기에 주원은 더한 말은 삼켰다.

주원의 말이 끝나자마자 호준이 그녀의 손에 들린 휴대폰을 도로 가져갔다.

"들었습니까? 정신 차리고 똑바로 살라는 말. 그럼 우린 하던 걸 마저 해야 해서."

호준은 휴대폰 전원을 아예 꺼버렸다. 그리고 주원에게 고마움의 말을 전했다.

"고마워요. 어려운 부탁 들어줘서."

"고마워할 필요 없어요. 저도…… 어려운 부탁 하나 할 거니까요."

"좋네요. 괜히 빚진 것 같은 기분 드는 거 싫은데."

"보기 좋아요. 두 분이서 그렇게 알콩달콩 얘기하는 모습이."

빈 사장이 제 짝을 찾아준 커플 매니저인 양 미소 지으며 두 사람을 바라보고 있었다.

"가끔은 나와 다른 환경에서 다른 직업과 생각을 가진 사람과 만나 대화를 하며 소통하는 것도 인생을 살아가는 데 있어 좋은 보탬이 될 수 있는 거라고 생각해요. 그러니까 서로 어긋난 오해 풀고 좋은 시간 보내세요. 두 분은 빈에 찾아오는 단골손님 중에 베스트 고객 탑 파이브 안에 있는 분이라 대충 매상만 올려 보내고 싶지 않거든요. 그런 의미에서 이건 서비스."

자연스럽게 주원의 옆자리에 앉게 된 호준에게 빈 사장은 칵테일 한 잔을 놓아주었고 주원에게는 맥주 한 병을 건네주었다.

빈 사장의 말이 틀린 건 아니었다. 다만 바로 마음을 터놓고 소통을 하기에는 얼마 전의 일로 두 사람 모두 옆에 앉은 서로가 편한 상대로 다가오지는 않았다.

하지만 부탁해야 할 것도 있고 호준과 친구와 그 여자와의 사연이 궁금한 주원이 말문을 먼저 텄다.

"그런데 왜 친구의 여자가 그쪽한테 흑심을 품었을까요? 혹시 그 잘난 외모로 먼저 꼬리친 거 아니에요?"

평소라면 면박을 주고도 남았을 질문을 그녀가 해왔다. 하지만 어려운 부탁을 들어주고 곤란한 상황에서 벗어나게 해주었으니 대답은 해주어야 했다.

"난! 정조관념이 철저한 사람입니다. 그리고! 사람은 자신의 사람, 즉 자신의 사랑을 끝까지 지키고 책임질 줄 알아야 한다고 생각하는 사람이구요. 상대에게 배신으로 상처를 주는 인간을 제일 경멸하는데 뭐, 먼저 꼬리친 거 아니냐고요? 사람 잘못 봤습니다."

호준의 말에 주원이 오른 손바닥을 세워서 앞으로 내밀었다. 하이파이브를 하자는 모양새였다.

"뭡니까?"

"저하고 똑같은 생각을 가지고 있어서요. 저도 배신하는 게 세상에서 가장 큰 죄라고 생각하는 사람이거든요. 그건 정말 나쁜 거예요. 그죠? 나빠도 너무 나쁜 거야. 맞죠?"

하이파이브 대신 호준이 고개를 끄덕여주었다.

'연애하다 배신당했나? 왜 저렇게 흥분하지?'

주원에게 향한 호준의 시선이 그녀에게서 떠날 줄 몰랐다.

호준은 주원을 찬찬히 살펴보고 있었다.

우윳빛 피부라고 할 만큼 뽀얀 피부에 쌍꺼풀 없는 큰 눈이 이제 보니 무척이나 순수해 보인다. 코보다는 입술이 더 예쁘고 얼굴선보다는 목선이 더 예쁘다. 한마디로 배신을 당하기에 그녀는 무척이나 매력 있어 보이고 있다.

"여자한테 된통 당하셨나 봐요?"

그런데 그녀가 오히려 그에게 배신당한 경험이 있는지 먼저 묻고 있었다.

"그러는 그쪽은 많이 당해서 그런 생각을 가지고 있는 거예요?"

주원은 대답하지 않았다. 대답 없는 주원에게 호준은 더 이상 묻지 않았다.

두 사람 사이의 침묵도 그렇고 더 마셨다가는 취기가 올라올 것 같아 일어나야겠다는 생각을 하며 호준이 계산을 했다.

"어? 가려고요?"

마치 가지 말라고 잡는 느낌의 말이 주원에게서 나왔다.

"네, 가려고요."

무슨 상관이냐는 듯 호준은 자리에서 일어섰다. 출입문을 향해 움직이는 그의 옷자락을 그녀가 잡았다.

"그냥 가면 어떡해요?"

"그냥 가면 안 되는 겁니까? 당신 술값이라도 계산해야 합니까?"

"하, 어디 들어갈 때 마음 다르고 나올 때 마음 다르다더니…….사람 그렇게 안 보려고 했는데, 왜 그러세요?"

"뭐요? 당신이야말로……."

"부탁 들어주기로 했잖아요!"

언짢아하던 호준의 표정이 겸연쩍게 풀렸다.

"깜빡…… 했어요. 그렇다고 그렇게 정색하며 사람을 몰아붙이는 건 너무한 거 아닙니까?"

주원도 계산을 마치고 자리에서 일어났다.

"빈 사장님, 잘 마시고 가요."

"두 분이 함께 나가시니까 보기 좋은데요."

"농담이라도 그렇게 말씀하지 마십시오. 가겠습니다."

호준도 빈 사장에게 인사를 하고 주원을 따라 밖으로 나왔다.

"빨리 말해요. 얼른 들어주고 집에 가게."

재촉하는 호준의 눈을 피하며 주원이 머뭇거렸다.

"그 부탁은요…… 여기서는 그 부탁을 들어줄 수가 없거든요. 그러니까…… 우리 매장으로 가야 하는데요."

호준의 눈동자가 불안하게 흔들리는 것과 같이 그녀의 눈동자도 불안하게 흔들렸다.

"뭔데 거기까지 가야 합니까? 원정 가는 건 별로 좋은 게 아닌데."

그러나 주원은 대답 없이 등을 돌려 걷기 시작했다.

'아, 저 여자. 무슨 부탁이기에 자기 숍까지 가자는 거야?'

알 수 없는 그 부탁이 불안했다. 하지만 어려운 부탁을 들어주고, 징그러운 여자에게 제대로 한 방 먹여준 주원에게 진 빚을 갚기 위해 호준은 입을 다물고 조용히 따라갔다.

"술김에, 맨정신에는 할 수 없는 그런 이상한 주문을 하려는 건 아니죠? 부탁이라는 명목 아래."

그녀가 또다시 머뭇거린다.

"맨정신에 미친 척하고 할 수 있을 것 같았는데…… 술김에도 쉽게 나오지 않네요."

한 번 보기 좋게 뒤통수를 맞아서 그런지 얼굴을 대하고 직접 원하던 걸 부탁하려는 건 생각보다 쉽지 않았다.

사은품을 줄 때만 해도 손님과 주인의 입장에서 착용샷을 보내라는 말이 어렵지 않게 나왔다. 하지만 영업적인 관계가 아닌 지금 상태에서는 그런 말이 쉽게 나오지 않는다.

"그러니까 맨정신에 미친 척하고 물을 수가 없으니 취한 정신에 안 미친 척하고, 되도 않는 부탁하려는 거 아니냐고요!"

호준의 말귀를 알아들은 것인지, 아니면 알아듣지 못하고 있는 것인지 그녀는 대꾸를 하지 않고 숍만 향해 걸어갔다.

그녀의 숍에 가까워질수록 불안감은 커졌고 더 이상 그대로 따라 들어갈 수 없는 거리에서 호준은 발걸음을 멈췄다.

막상 그녀의 숍 앞에 도착해 쇼윈도에 보이는 휘황찬란한 란제리들이 그의 선택을 후회하게 만들고 있었다. 더 이상은 그녀를 따라 발걸음을 내밀 수는 없었다.

"어서 빨리 끝냅시다. 뭐요, 그 부탁이라는 게?"

숍의 문을 열려던 주원이 멈춰 서서 그를 돌아다보았다. 그녀의 표정도 여전히 불안하다.

"들어가시죠."

남자 체면에 이제 와서 다른 딜을 할 수도 없어 호준은 인상을 구겼다.

"도대체 여기서 내가 할 일이 뭐가 있다고 데리고 온 겁니까? 왜 자꾸 안으로 데리고 들어가려는 거예요?"

그래야 매장의 사장과 고객의 입장에서 마음 편하게 부탁할 수 있을 것 같았다. 그곳까지 호준을 데리고 온 주원의 마음은 그거였다.

"일단 들어가서……."

그의 말은 귓등으로도 듣지 않은 것처럼 무시한 채 주원이 매장 문을 열었다.

"뭔지 알고 들어갑시다. 내가 그쪽에게 무례하다면 무례할 수 있는 부탁을 하긴 했지만, 그래도 이렇게 마구잡이식으로 사람을 끌고 들어가는 건 아니라고 보는데요."

"그렇다면…… 기다려봐요."

주원이 그를 남기고 매장 안으로 들어갔다.

그녀를 기다리는 1분의 시간 동안 호준은 긴장 아닌 긴장을 하고 있었다.

'도대체 뭘 원하는 거야?'

그녀가 다시 매장에서 나왔다.

"이거요!"

그러고는 그의 코앞으로 민트블루의 컬러가 고급스러운 작은 천 쪼가리를 내밀었다.

"이게 뭐요?"

"……."

"이게 뭐냐고요?"

"저번에 착용샷 보내준다고 하고 안 보내줬잖아요."

자세히 보니 그녀의 손에 들린 것은 다름 아닌 남성용 드로즈였고 동시에 호준의 머릿속에는 어느 날 꾸었던 악몽이 떠올랐다.

"이 여자야! 당신 제정신이야!"

제발 이번에도 꿈이길 호준은 바라고 바랐다.

"술 취해서 부탁하는 거 아니에요. 꼭 한 번…… 보고 싶었어요. 오해하지는 말아요. 그냥, 정말 아무 의미 없이 내가 만든 이걸 사람한테 입혀보고 싶을 뿐이에요. 또 그걸 내 눈을 확인하고 싶고."

그녀가 한발 다가왔다. 금방이라도 자신의 바지가 그녀에 의해

벗겨질 것 같은 생각에 호준은 뒤로 한발 물러섰다.

가까이서 마주한 여자의 눈빛을 읽을 수가 없었다. 술은 마셨지만 취한 것 같지 않아 보이는 그녀의 눈에서는 아무것도 보이는 게 없었다. 그를 놀리는 건지, 아니면 그녀의 성적 취향이 요상한 건지. 그것도 아니면 일을 향한 그녀의 열정이 진심으로 뜨거워 물불 안 가리는 건지.

"당신 진심이 뭐야? 벗은 남자의 몸이 보고 싶은 거야? 아니면……."

"벗은 남자의 몸이 아니라 내가 만든 이걸 입은 남자의 몸을 보고 싶을 뿐이라고요. 한 번 보기 좋게 뒤통수 맞아서 이런 부탁 정말 하고 싶지는 않은데요…… 달리 부탁할 사람도 없어서 그래요."

"이봐, 란제리 사장! 너무 비양심적인 부탁이란 생각 안 들어? 아무한테나 보여줄 수 없는 알몸에 가까운 몸을, 당신 욕심 하나 채워보겠다고 상대의 자존심과 수치심 따위는 아랑곳하지 않고 무조건 보여달라고 하는 거. 아무리 거래로 인해 들어줘야 할 부탁을 하는 입장이라고 해도 너무하다는 생각은 안 들어? 당신이라면 그런 부탁을 아무렇지 않게 들어줄 수 있겠어?"

그래도 양심은 있는 모양이다. 자신의 말이 틀리지 않았다는 걸 인정하는지 란제리 사장이 잠시 머뭇거리며 아무 말도 하지 않았다.

"그럴 수도 있겠네요. 그 생각은 한 번도 안 해봤는데."

호준이 주원의 몸을 뒤로 돌렸다.

"절대 안 되는 거니까, 그건 가져다 두시고…… 차라리 내가 술 한 잔을 더 사죠. 어때요?"

"그래도 들어준다고 했으면 들어줘야 하는 거 아닌가?"

혼잣말로 떠들며 가는 주원의 말소리가 다 들려왔다.

"그냥 부탁을 들어준다고 했지, 옷을 벗는다고는 안 했습니다."

그녀의 등 뒤로 들리는 그의 큰 소리에 주원이 괜히 움찔했다.

다시 올 수 없는 기회를 놓치고 싶지 않아 주원은 계속 우기며 버텨보고 싶었다. 하지만 점점 더 살벌해지는 호준의 표정을 마주하며 계속 버틸 수는 없었다.

"어떡할 겁니까? 술 한 더 사는 걸로 끝낼까요? 아니면 그거 말고 다른 걸로……."

"그 부탁, 그냥 킵 해놓을게요. 술 몇 잔으로 때우는 건 내가 손해인 것 같고, 지금 당장 생각나는 부탁거리도 없고."

살벌했던 호준의 표정이 풀렸다. 두 표정이 한 얼굴에서 나온 게 맞는지 의심스러울 만큼 냉정함과 부드러움이 극과 극을 달렸다.

"그럼 그냥 술 한잔합시다."

"그래요, 그럼."

같이 술 한잔이 마시고 싶어서 그러자 대답한 건 아니었다. 보여주기 싫다고 하니까 더 보고 싶은 오기가 샘솟아 이대로 그를 보내고 싶지는 않았다. 술을 먹여 취하게 하고 자신도 취한 상태에서 어떻게 한번 해결해볼까 싶은 얄팍한 수에 주원은 그를 따라 근처의 다른 술집으로 향했다.

고급스러운 분위기에 비싼 술만 선호할 것 같은 그가 데리고 간 곳은 주원이 직원들과 함께 다니는 퓨전 포장마차였다.

'사는 술이라고 돈 아끼려고 그러나? 쪼잔하고 짠 남자네. 이런 술집에서도 바가지 옴팡 쓸 수 있다는 걸 보여줘?'

기대한 것도 없이 생긴 괜한 실망과 오기에 대화를 하기보다는 술 마시는 속도가 빨라졌다.

"천천히 마셔요. 취하겠어요."

"걱정하지 마세요. 이 정도 가지고 안 취해요."

말은 그렇게 했지만 사실 세상이 슬슬 돌기 시작했다. 낯선 남자 앞에서 취한 모습을 보이고 싶지 않은 마음에 주원은 얼굴에 찬물이라도 묻힐까 싶어 자리에서 일어섰다.

"어디 가요?"

"화장실이요."

"괜찮겠어요?"

"뭐가요?"

"여기는 화장실이 밖에 있어서…… 같이 가줘요?"

"됐거든요."

그녀를 걱정해주는 그의 마음보다는 애인도 아니면서 화장실을 같이 가주겠다는 것이 수상쩍게 느껴졌다. 관음증이냐며 쏘아주고 싶지만 함께 유치해지고 싶지는 않았다.

빙빙 도는 어지러움을 해결하기 위해 주원은 밖에 있는 화장실로 향했다.

앉아 있을 때는 몰랐는데 서서 걷자 빙빙 도는 세상이 아찔할 정도로 심했다.

'그만 마시고 가야겠다. 이러다 세상이 아니라 내가 돌겠네.'

화장실을 다녀와 집에 가야 할 것 같았다. 그런 생각을 하며 꺾어진 코너를 돌아 건물 복도 구석에 있는 화장실 앞에 거의 다 도착한 순간, 그녀 앞을 누군가 막아섰다.

"엄마야!"

하지만 놀란 것도 잠시. 앞을 가로막은 주인공이 누구인지 얼굴을 확인할 새도 없이 그녀의 눈에 먼저 들어온 것은 그가 남자라는 것을 확인시켜주는 시커멓고 징그러운 아랫도리였다.

"악!"

충격으로 인해 다리에 힘이 풀렸고 비명은 절로 나왔다.

"히히히."

심장마비로 죽을 것같이 놀란 그녀와 다르게 자신의 몸을 보여준 남자는 괴기스러운 웃음소리를 흘리며 그녀 옆을 비껴 제빠르게 비상계단으로 사라졌다.

"무슨 일이에요?"

바닥에 주저앉아 있는 주원에게 호준이 뛰어왔다.

"넘어졌어요?"

걸음걸이도 심상치 않고 술 취한 여자 혼자 밖에 있는 화장실을 간다는 것이 걱정되었다. 그냥 앉아 있을 수 없어 뒤따라오면서 자신을 보고 그녀가 괜히 기분 상할까 코너를 도는 모습까지 확인했다. 그리고 들키지 않게 천천히 화장실 쪽으로 가고 있던 중에 그녀의 비명 소리를 듣게 되었다.

바닥에 주저앉아 있어 처음엔 취기를 이기지 못하고 넘어진 줄 알았다. 그런데 그녀의 얼굴이 새하얗게 질려 있었다.

"왜 그래요? 어디 안 좋아요?"

"변…… 태."

"에? 변태요? 걱정돼서 따라와준 사람한테 변태? 란제리 사장, 너무한 거 아니에요?"

"화장실 앞에 변태가 있었단 말이에요! 바바리맨이 서서……. 악!"

눈앞에 선명하게 떠오르는 그 흉한 물건에 또다시 비명이 나왔다.

"어디요? 어디 있어요?"

호준이 주위를 둘러보지만 이미 늦었다.

"그러게 같이 가준다고 했잖아요. 얼마나 험한 세상인데."

호준이 자리에서 일어나는 주원의 손을 잡아주었다.

"기다리고 있을 테니 들어갔다 나와요."

"아니에요. 그냥 집에 갈래요."

술이 확 깰 정도의 심한 충격이 주원의 심신을 파김치로 만들어 놓았다. 당장 집에 가고 싶은 생각밖에 들지 않았다.

"그럽시다, 그럼."

술집을 나와 걷고 있는 중에 호준이 편의점을 가리키며 물었다.

"생수라도 마실래요?"

"아니요. 괜찮아요."

주원은 현재 상태에서 입으로 무언가를 넣을 경우 다 토해낼 것 같이 속이 심하게 울렁거렸다. 술이 아닌 역겨운 장면을 본 후유증이라 여겼다.

하지만 생각보다 속도 안 좋고 몸도 힘들고 정신줄도 오락가락하고 있었다. 이대로 집에까지 잘 갈 수 있을지 걱정이다. 점점 몸에 중심 잡기가 힘들어지고 있었다.

"저기요, 루브르 사장님."

"왜요?"

그녀가 그의 팔뚝에 매달렸다.

"집까지 데려다주면 안 될까요?"

"뭐라구요?"

"혼자 집에 못 갈 것 같아서……."

취기 때문인지 아니면 변태를 만난 충격 때문인지 그녀의 상태가 심각해 보이기는 했다.

"내가 당신 집이 어디인지 모르는데 어떻게 데려다……."

그녀를 데려다주는 건 어려운 일이 아니다. 하지만 괜히 또 집에 데리고 들어가 보여달라고 떼를 쓰는 건 아닌지 걱정이 앞섰다.

"옥수역까지만 가면 돼요."

앞에 있는 여자와 더는 엮이지 않는 게 신상에 좋을 것 같아 술한잔 간단하게 하고 끝내려고 했다. 살살 구슬려 부탁은 술 마신걸로 끝내려 했지만 생각과 다르게 일이 더 꼬여가는 기분이 들었다.

그녀의 부탁을 무시하고 싶었지만 몸을 가누지 못하고 심한 충격으로 자신에게 매달려 있는 여자를 모른 척 혼자 보낼 수는 없었다. 곤란했던 자신의 부탁을 들어준 성의를 생각해서라도 호준은 그녀를 집에까지 바래다줘야 하는 의무감도 들었다.

그는 할 수 없이 주원을 부축한 채 택시를 잡아탔다.

주원이 말한 옥수역을 기사에게 행선지로 알려주고 숨을 겨우 돌리려는 찰나, 그녀가 중얼거리기 시작했다.

"보여달라는 인간은 안 보여주고…… 변태한테 눈만 버리고. 아, 정말 짜증나."

눈은 감고 있지만 잠꼬대로 들리지는 않았다. 호준은 옆에 있는 자신을 의식하지 못한 채 그녀가 혼잣말하는 거라 여겼다.

"난 정말 순수하게 내 제품이 보고 싶은 건데…… 그깟 몸 따위는 관심도 없는데……. 첫, 그 몸보다 내가 만든 드로즈가 훨씬 더 예술이구만 비싸게 굴고 난리야."

"이봐요, 란제리 사장."

들으라고 하는 얘기 같아 그녀를 불러보았지만 반응이 없다.

"더럽고 치사해서 안 봐. 내가 성공해서 조인성이나 현빈한테 입히고 만다, 내가. 기껏해야 파티 홀 사장 주제에 튕기고 있어. 내가 만든 걸 입는 게 영광인 줄 모르고. 흥."

어이없어 호준의 입이 딱 벌어지는 순간 주원의 머리가 그의 어깨에 툭 하고 떨어졌다.

"이봐요, 란제리 사장!"

다급하게 어깨를 흔들며 그녀의 머리에 자극을 줘보지만 그녀는 꼼짝하지 않았다.

"정말 골고루 하시는구만."

결국 그녀의 가방에서 휴대폰을 꺼냈다. 현재 그가 취할 수 있는 최선의 방법은 그녀의 휴대폰에 저장되어 있는 1번의 누군가에게 그녀를 떠넘기는 것밖에는 없었다.

하지만 주원의 휴대폰 비밀 잠금 패턴을 풀 수 없었고 그녀의 휴대폰은 배터리도 없어 충전을 요하는 상태였다.

"란제리 사장, 일어나 봐! 다 왔어. 옥수역에 다 왔다고!"

잠자는 게 아니라 기절한 것처럼 자신의 어깨에 기대어 있는 그녀를 보며 암담해졌다.

'당신하고 나하고 무슨 악연이기에 이렇게 꼬여만 가냐?'

온몸을 휘감는 차가운 공기보다 맨살에서 느껴지는 끈끈하고 눅눅한 가죽 질감이 주원의 눈을 뜨게 만들었다.

뽀송한 순면의 시트와 포근한 이불이 그리워 주원은 반쯤 감은 눈으로 방으로 향했다.

평소보다 소파와 방의 거리가 멀게 느껴졌지만 술이 덜 깬 그녀는 그런 거리감 따위는 안중에도 없었다.

방으로 들어와 희미하게 보이는 침대에 몸을 눕혔다. 그녀가 원했던 뽀송한 시트와 포근한 이불 사이로 파고드는 순간 침대에서 누군가의 맨살이 느껴졌다.

"한주희, 언제 왔어? 언니가 술 좀 마시고 소파에서 잠들었더니 춥다."

주원은 주희에게 착 달라붙었다. 동생에게서 느껴지는 체온이 너무도 따뜻해 그녀는 더욱더 몸을 밀착시켰다.

"어딜 다녀왔기에 등이 시베리아 벌판만 해졌냐?"

그렇게 동생의 등에 몸을 붙인 채 밀려오는 잠속으로 달게 빠져들 때였다.

"하다하다 이젠 아주 별짓을 다 하시네. 이봐, 란제리 사장!"

"그러게 하다하다 이젠 내 귀에 별 헛소리가 다 들리네."

생생한 남자의 목소리가 들려왔지만 꿈이라 생각했다. 잠꼬대하듯 중얼거리며 다시 잠속으로 빨려 들어가려는 찰나, 옆에 누워 있던 동생이 자신을 밀치고 벌떡 일어났다.

"언니 너무 피곤하거든! 조용히 자자."

"어이, 좀 일어나 보시지."

자신을 툭툭 치는 손길과 목소리는 동생 주희의 것이 아니었다.

반사적으로 일어나 주희라 착각한 침대 속 인물을 살폈다.

반나체의 남자가 자신을 뚫어져라 보고 있었다. 그 순간 비명이 나와야 정상인데 주원은 어떤 소리도 내지 못하고 있었다. 꿈인지, 생시인지, 취중 환상인지 구분이 되지 않아 정신이 오락가락할 뿐이었다.

"다, 다, 당신……."

"인사불성 돼서 남한테 민폐를 끼친 것 가지고도 성이 안 차? 내가 당신 그 주사를 얼마나 더 봐줘야 해? 적어도 양심은 있어야 할 거 아니야!"

흥분해서 소리치는 루브르 사장의 말로는 상황 파악이 어려웠다. 어떤 기억도 떠오르지 않는 머릿속은 그거 하얗기만 할 뿐이었다. 그러나 단 한 가지, 그녀가 취중에 커다란 실수를 저지른 것만은 확실해 보였다.

"저기……."

그 와중에서도 벌거벗겨진 것 같은 몸을 꽁꽁 싸매느라 어떤 말을 해야 할지 정리가 되지 않았다.

"왜? 왜 옷은 벗겨놨냐고 따지시게?"

이불을 꽁꽁 두르는 모습이 그의 눈에도 기가 막혔는지 한심한 눈초리로 물었다.

사실 주원은 지금 자신이 루브르 사장 집에 누워 있는가보다 옷이 왜 벗겨져 있는가가 더 궁금했다. 어젯밤의 기억을 되돌려가고 있을 때 그가 침대 밖으로 빠져나갔다. 팬티 하나 달랑 걸친 그의 몸이 눈앞에서 움직였다. 그토록 보고 싶었던 몸이었지만 지금 주원은 눈보다 머리가 더 바빴다.

'미쳤어, 미쳤어. 이 무슨 개망신이야?'

머릿속은 하얘지고 눈앞은 캄캄해져 갔다. 침대 밖으로 빠져나가지도 못하고, 그렇다고 그대로 앉아 있을 수도 없었다.

"입고 나오시지."

화가 단단히 난 것 같은 얼굴로 그가 그녀에게 무언가를 던져주고는 밖으로 나갔다.

그의 것으로 보이는 티셔츠와 반바지였다. 낯선 남자의 옷을 입는다는 것이 쉽지 않아 망설여졌다. 모든 게 창피하고 민망해서 도망가고 싶었지만 지금 할 수 있는 거라고는 그가 던져준 옷을 입고 밖으로 나가는 일밖에는 없었다.

아이가 어른 옷을 입은 것처럼 커다란 티셔츠와 바지를 챙겨 입고 죄지은 사람처럼 거실로 나갔다. 소파에 앉아 있는 그의 얼굴은 아직도 화가 많이 나 있는 표정이었다.

"쓸데없는 군더더기는 빼고 말하지. 택시 안에서 내 옷에 1차 구토."

"헉."

설마라는 생각이 들기도 전에 루브르 사장은 인정사정없이 그녀의 추태를 줄줄 쏟아냈다.

"택시에서 내리기 직전 당신 옷과 택시 안에다 2차 구토. 그리고 엘리베이터 안에서 3차 구토."

증거를 대라는 말을 하고 싶었다. 그러나 그럴 틈 없이, 마치 그녀의 속을 읽고 있는 것처럼 그의 말은 계속 이어졌다.

"택시 세차비로 10만 원, 세탁비로 5만 원, 빌라 관리실 분들께 죄송한 마음으로 수고비 10만 원. 숙박비하고 택시비에 내 정신적 피해보상금까지 하면 수십만 원을 받아야 정상이겠지만! 내가 그 돈 받아 당신하고 또 엮일까 봐 겁나서 그냥 접기로 했으니까, 제발 조용히 집으로 돌아가주셔. 믿지 못하겠다는 얼굴인데, 빌라 관리실 가서 CCTV 확인해보시든지. 아주 적나라하게 당신 작태를 볼 수 있을 테니까."

자리에서 일어난 그가 현관 쪽을 가리켰다.

"나가는 문은 저쪽에 있고, 당신 신발하고 가방은 현관 문 앞에 고이 모셔놨으니까 그대로 일어나서 나가면 되고, 당신 옷은 숍으로 보낼 테니까 배송비는 지불하고. 그리고 그 옷! 지금 입고 있는 그 옷은 돌려주지 않아도 되니까 그냥 입고 가서 알아서 처리하시고. 그리고 우리 절대 다시는 엮이지 맙시다."

"누군 뭐, 엮이고 싶어서 엮였나? 자기가 먼저 전화받아달라고 부탁했으면서."

대놓고 말을 하지는 못했다. 3번의 구토가 준 충격이 가시지 않았고 그 창피함으로 인해 얼굴이 화끈거리고 있어 그의 시선을 똑바로 볼 수가 없었다. 그렇다고 해서 여기까지 오게 된 원인을 자신이 뒤집어쓰고 싶지는 않았다. 따지고 보면 이 모든 원흉은 주원 자신이 아니라 앞에 있는 남자에게 있는 것이기에.

"뭐요?"

인상 쓰는 호준을 무시하고 주원은 자리에서 일어났다. 헐렁한 남자 옷의 차림새로 집으로 가는 것도 용기가 필요한 일이었지만 선택의 여지가 없다. 이 집을 나갈 수밖에.

그가 가리킨 현관 쪽에는 그의 말대로 그녀의 가방과 신발이 놓여 있었다. 더불어 그의 말을 증명해주듯 신발과 가방에 구토의 흔적이 발견되었다.

'내가 또다시 술을 마시면 사람이 아니다.'

그대로 길로 나섰다가는 미친 여자로 오해받기 딱 좋은 차림새였지만 밀려오는 수치심보다는 차라리 빨리 택시를 잡아타고 집으로 가는 게 나을 것 같았다.

그러나 도망치듯 호준의 집을 나선 주원은 길바닥에 서서 후회를 하고 있었다. 한국인지 유럽인지 알 수 없을 만큼 고급스러운 빌라 단지 사이에서 길을 잃고 갈팡질팡하고 있었다. 어디로 가야 큰길이 나오는지도 모르겠고, 날이 밝지 않은 새벽이라 그런지 사람도 차도 보이지 않았다.

새벽의 찬바람 추위보다는 초라한 자신의 모습에 눈물이 나기 직전이었다.

빵.

반가우면서도 반갑지 않은 차량의 경적 소리가 등 뒤에서 들려왔다. 그대로 차가 지나갈 수 있도록 고개 숙이고 비켜나고 싶었지만 몸을 돌려 태워달라고 손을 흔들고도 싶었다.

정신 나간 여자 취급하며 쌩하니 지나가는 게 아닌가 걱정이 앞섰지만 길이라도 물어보고 싶어 몸을 돌리려는 순간, 그녀 옆으로 뒤에서 오던 차가 멈춰 섰다. 부촌으로 보이는 동네에 어울릴 만한 고급 외제차였다.

"타요."

내려지는 차창 안으로 루브르 사장이 보였다.

자존심을 지키며 수치심을 숨겨야 하는지, 아니면 자존심을 버리고 수치심을 또다시 느껴야 하는지 참으로 고민되는 순간이었다.

"여기서 택시도 못 잡고, 큰길까지 걸어서 가기도 힘드니까, 좋은 말로 할 때 타요."

선택의 여지가 없는 것 같아 주원은 조용히 차에 올라탔다. 그리고 그녀의 집 근처인 옥수역에 도착할 때까지 두 사람은 침묵을 유지했다.

"어제 한 실수는…… 미안해요. 그리고 그쪽 말대로 다시는 엮이는 일 없었으면 해요."

"부디."

차에서 내리면서 한 두 사람의 대화가 마지막이길 주원은 바랐
다.

4.

다시는 엮이는 일이 없었으면 한다는 그녀의 말에 부디, 라는
대답으로 응수했다. 그렇게 그녀를 차에서 내려주고 산 지 일주일.
그런데 그 일주일 동안 호준은 주원이 너무도 절실했다.

호준은 대표실 창문을 통해 길 건너 란제리 숍 '민트 러브'에 시
선이 꽂혀 있다.

'란제리 사장이 딱인데. 톡톡 쏘아붙이는 거 봐서는 성질도 좀
있어 보여 만만해 보이지도 않고…… 여기서 다른 여자로 바꿨다
가는 박소영이 눈치채고 더 달라붙을 테고.'

다른 이유가 아닌 소영으로 인해 지금도 주원이 너무 간절하다.

일주일 전, 예기치 않았던 란제리 사장의 주사로 하룻밤을 새우
다시피 한 호준의 컨디션은 최악이었다. 화를 불러일으킨 그녀를
이른 새벽, 매몰차게 내쫓듯 몰아냈다. 그녀의 존재가 사라졌으니

못 잔 잠을 편하게 잘 일만 남아 있었다. 그런데 그녀를 집에서 내보낸 후 그는 불안하고 미안해 제대로 앉아 있을 수가 없었다.

초여름이 다가오는 시기지만 해가 뜨지 않은 새벽의 기온은 따뜻하지 않다. 게다가 처음인 동네에서 큰길까지 찾아가는 길은 쉽지 않을 것이다. 그리고 정상적이지 못한 차림새로 무슨 봉변을 당할 수도 있는 일이다.

전날 밤 바바리맨을 본 그녀의 하얗게 질린 얼굴이 떠올랐다. 고급 빌라촌이라고 하지만 그런 인간이 여기 없다는 보장은 할 수 없다.

괜히 엉뚱한 일이 벌어져 자신이 더 큰 봉변을 당하기 전에 그녀를 집까지 바래다 주는 것이 상책이라는 생각이 들었다. 호준은 차를 가지고 그녀를 찾아나섰고 그녀의 집까지 데려다주었다.

그렇게 원치 않았던 우여곡절을 겪고 출근을 했다. 그러나 출근하자마자 맞닥뜨린 소영의 얼굴을 보는 순간 란제리 사장의 진상은 아무것도 아니었음을 느꼈다.

세상에서 가장 추악한 소영에 비해 란제리 사장은 그래도 양심이 있고 순수했기에.

"박소영 씨, 여기는 내가 일하는 곳입니다. 남의 회사에 아침부터 들이닥칠 만큼 할 일도 없고 기본 매너도 없습니까?"

"욱현 씨한테 전화가 왔어요."

소영의 말에 비웃음 담은 호준의 시선이 그녀에게 향했다.

그런 그의 시선을 의식하지 못했는지, 아니면 그런 시선 따위는 신경도 안 쓰는 것인지 소영은 자신의 말을 계속 이어갔다.

"술 취해서 전화했더라고요. 보내주겠대요. 신호준이라는 남자가 그렇게 좋으면 보내주겠대요. 나에 대한 마음 정리가 되고 있으니까 마음 쓰지 말고 편하게 가래요. 그리고…… 당신도 자기 신경 쓰지 말고 잘 해보라고 전해달라고 했어요."

"쿡쿡쿡."

웃음소리가 들렸지만 그의 눈빛은 무척이나 차가웠다.

"이봐, 박소영. 욱현이 같은 남자를 버리고 나한테 이러는 이유가 돈 때문인가?"

호준의 반말에 소영이 당황하는 것 같았지만 그녀는 미소를 잃지 않았다.

"돈이 목적이었으면 굳이 욱현 씨 친구인 호준 씨한테 이러지 않아요."

"그래?"

"말은 그렇게 해도 마음은 따뜻한 사람인 것도 알고 있어요. 욱현 씨한테 미안해서 쉽게 날 받아들일 수 없다는 것도 알고. 기다릴게요. 호준 씨 마음 편해질 때까지."

"머리를 잘못 굴리고 있는 것 같아서 충고해주겠는데, 욱현이는 몰라도 난 그렇게 호락호락하게 넘어가는 인간이 아니야. 그러니 인격적으로 대해주는 이쯤에서 끝내는 게 좋을 거야."

"친구 사이가 벌어질 거 알면서도 당신한테 고백했어요. 그만큼 나도 각오한 게 있어요. 당신 안 놓칠 거예요."

"신호준이 어떤 인간인지 그 끝을 보고 싶다면 마음대로 해보든지."

호준은 앞에 있는 소영을 무시하고 책상 위에 있는 예약 상황 보고서를 펼쳤다.

소영 역시 호준을 무시하듯 움직이지 않고 그를 감상하듯 바라만 보았다.

"박소영, 당신은 능력 없어 직장생활을 해보지 못해 모르는 모양인데, 지금은 직장인들이 열심히 업무를 보는 시간이야. 그러니 당장 나가줘야겠어."

"갈게요. 업무에 방해되었다면 미안해요. 그리고…… 저녁에 시간 내줘요. 정말로 할 얘기들이 많아요."

호준은 코웃음을 치며 나가라는 손짓을 하고 서류에만 집중했다.

소영은 그런 호준을 바라보다 조용히 밖으로 나갔다.

소영이 나가자 호준에게서 참았던 한숨이 터져 나왔다. 그는 끓어올랐던 속을 식히기 위해 냉수부터 찾아 마셨다.

'김욱현, 너 어떻게 된 거냐?'

소영이 한 말은 믿지 않는다. 소영과 잘 해보라고 한 말은 그녀가 지어낸 거짓이 빤하다. 적어도 호준은 욱현을 믿고 있고, 욱현은 사랑했던 여자에게 받은 배신과 상처에서 마음이 정리되면 아무 일 없다는 듯이 돌아와 예전과 다르지 않게 서로의 얼굴을 대할 거라 생각하고 있다. 정리할 시간을 주기 위해 욱현에게 연락을 취하지 않고 기다리고 있을 뿐이었다. 진실이 뭔지 나서서 설명하지 않아도 헤아리고 믿어주는 마음으로 그가 돌아올 거라 확신하고 있지만 연락 없는 친구가 걱정스럽고 야속하다.

-대표님, 회의실에 다들 모여 계십니다.

예약실장이 인터폰을 해왔다. 그러고 보니 각 파트별 헤드들과의 미팅이 잡혀 있었다.

호준은 서둘러 회의실로 향했다.

"죄송합니다. 좀 늦었습니다."

기다리게 만든 직원들에게 미안한 마음으로 회의실로 들어서서 서둘러 회의를 시작했다.

"일단 총지배인 없이도 업장 영업이나 행사 진행에 차질 없게 업무에 신경 써주셔서 고맙습니다. 총지배인 휴가는 생각보다 길어질 것 같지만 지금처럼만 해주시면 될 것 같구요…… 조리부 업무보고부터 시작하죠."

30분 넘는 회의 시간이 끝나고 자리에서 일어설 때였다.

"대표님, 언제 결혼하실 거예요?"

"결혼이요? 할 때 되면 하겠죠. 왜요? 설마 중매라도 서시게요?"

뜬금없이 결혼 얘기를 하는 조리부장 말이 당황스러웠지만 호준은 웃으며 대꾸해주었다.

"에이, 왜 이러세요? 오늘 사장님 여자 친구…… 아니, 애인이라고 해야 하나? 하여튼 그분이 업장에 피로회복제하고 양파즙하고 마늘엑기스하고 쫙 돌리고 가셨는데. 완전 센스 만점이시던데요."

"네?"

설마? 하지만 설마가 사람 잡는 법. 소영이 영악한 계산으로 직원들에게 사장의 여자 친구로 눈도장을 찍기 위해 인사를 하고 간 것이다. 물론 자신의 입으로 사장의 여자 친구라고는 하지 않았지만 '우리 신호준 사장님 많이 도와주세요.'라며 인사를 했다니 직원들의 생각이 어떠했겠는가.

보통이 넘는다는 생각을 했지만 이토록 치밀하고 대범하게 나올 줄은 몰랐다. 그나마 옥현을 만날 때 찾아오지 않아 다행이라면 다행이다. 자칫 총지배인의 여자를 사장이 가로챈 걸로 오해했을 테니까.

"그분은 말이죠, 결혼할 여자도 아니고 여자 친구도 아닙니다. 그냥…… 멘탈이 좀……."

"대표님 부끄러우시니까 괜히 빼시네. 찬모님이 대표님 애인이냐고 물었더니 쑥스럽게 웃으면서 아니라고는 대답하지 못하던데요, 뭐. 축하드려요, 대표님."

조리부장의 말에 회의실에 있던 직원들이 박수를 치며 호응했다.

"결혼식장은 손잡고 들어가 봐야 아는 거 아니겠습니까?"

호준은 직원들 앞에서 끝까지 미소를 잃지 않고 있다가 자신의 집무실로 돌아왔다.

너무도 맹랑한 소영으로 인해 어이없는 웃음이 날 지경이다. 그 뻔뻔스러움의 끝을 보고 싶지 않지만 소영은 그의 마음과 달리 그다음 날도 루브르로 찾아왔다. 그리고 호준 몰래 직원들에게 건강 음료를 돌리고 사라졌다.

그의 반응을 기다리고 있을 소영의 기대감을 채워주고 싶지 않아 호준은 그 상황을 지켜만 보고 있다. 하지만 생각보다 질긴 소영의 헛된 집착을 더 이상 봐줄 수는 없는 일이다. 장기전으로 가 봐야 욱현이만 힘들기에 이제 서서히 그녀를 떼어내야 한다.

쉬운 여자가 아니기에 섣불리 자존심을 건드렸다가는 더 큰 집착과 욕망을 키울 것 같아 한숨을 내쉬며 시선을 창밖으로 돌릴 때 그의 시선에 민트 러브가 들어왔다.

그때부터다. 란제리 사장이 무척이나 아쉽고 절실하게 필요한 마음이 든 것은.

그리고 또다시 민트 러브에 시선이 머문 지금, 호준은 하나의 결심이 섰다.

'란제리 사장, 미안하지만 우리 다시 엮여야겠어.'

민트 러브에서는 손님이 없는 틈을 타 심각한 토론이 벌어지고 있었다.

임신으로 인해 급박하게 결정된 성아의 결혼을 두고 찬반 의견이 분분한 상황이다. 그럴 수밖에 없는 이유는 성아의 예비 남편의 무능력한 경제력으로 결혼식도 올리지 못하고 혼인신고만 하고 살아야 하는 실정 때문이었다.

"원 매니저, 잘 들어라. 내 말이 비인간적으로 들릴 수는 있겠지만 그만큼 경험에서 우러나오는 가장 현실적인 충고라는 걸 명심하고. 결혼은 사랑으로 사는 게 아니야. 게다가 원 매니저는 죽어라 사랑해서 결혼하는 사이도 아니잖아. 남자 무능하면 네 인생이 피곤해지고 불행해져. 돈 없이 늙어가는 여자의 인생이 얼마나 비참한 줄 아니?"

말을 하면서도 설움에 복받치는지 영숙의 눈가가 붉어졌다.

"날 봐. 니들 그러지? 나보고 병원에도 안 가도 옷도 안 사 입고 지독하다고. 내가 그러고 싶어서 그런 줄 아니? 돈 없어서 그래. 내 남편이 무능해서. 남은 인생 그렇게 지지리 궁상에 저당 잡혀 살지 마라. 진심으로 내가 원 매니저 아껴서 하는 말이야."

영숙의 표정에서 성아에 대한 걱정과 염려가 느껴졌다. 하지만 그 못지않게 주원도 친구를 생각하는 마음으로 영숙과 다른 말을 해주었다.

"하지만 언니, 애는요? 애가 있잖아요."

"애는…… 꼭 낳을 생각 아니면…… 해결할 방법은 있어."

"언니!"

"나중에 후회해도 소용없어. 인생 한 번이야. 그 한 번 살다가는 거 호강은 아니더라도 눈물과 후회 속에 살다 가지는 말아야지. 내 눈에는 원 매니저 고생이 보이는데 어떻게 그냥 보고만 있어?"

"맞아요, 매니저님. 매니저님이 뭐가 부족해서 결혼식도 못하고 살아요? 저도 영숙 언니 말에 찬성이에요. 결혼하지 마세요."

민정이까지 한술 더 떠 성아의 결혼을 말리고 있었다.

"언니, 모르는 거잖아요. 경제적으로 어려워도 둘이 잘 극복하고 그 안에서 소소한 행복들로……."

"한 사장, 결혼해봤어? 그리고 주위에 결혼한 사람 몇이나 있어? 결혼한 사람들 속사정 들어는 봤어?"

"그만들 하세요. 이미 양가에서 임신 사실도 알고 있고 또…… 아이 때문만은 아닌…… 서로 좋아하는 마음이 생기고 있어요. 보고 있으면 설레고 그래요."

주원과 영숙의 목소리가 커지자 당사자인 성아가 나섰다.

"아이고, 며칠이나 봤다고? 그 설레는 마음 언제까지 가는지 보자."

영숙이 일어나 작업실로 들어가버렸다. 성아의 사정을 안타까워하고 아끼는 마음에서 나오는 말과 행동이라는 것을 아는 주원과 성아이기에 영숙의 말이 서운하거나 불쾌하지는 않았다. 결혼식 비용을 전세도 아닌 월세 보증금으로 고스란히 털어 넣어야 할 만큼 준비가 안 된 시작이니 어찌 걱정이 되지 않겠는가. 사실 주원도 결혼식도 올리지 못하는 것에 대해서는 마음이 좋지 않다.

"있는 돈 좀 빌려줄 테니까 약식으로라도 식을 올리지 그래?"

"아니. 첫 출발을 빚지고 하고 싶지 않아. 그냥 부딪쳐서 헤쳐 나가려고. 그리고 언젠가는 식 올리겠지."

애써 웃는 성아의 미소가 안타까울 뿐이다.

"어서 오세요."

무거워진 분위기의 매장 안으로 손님이 들어왔다. 민정의 밝은 인사에 성아도 언제 그랬냐는 듯이 표정을 고쳤다. 당사자도 아닌 주원만이 어두운 얼굴로 작업실로 들어가려는데 들어온 손님의 목소리가 주원의 발목을 잡았다.

"사장님, 잠시 시간 좀 내시죠?"

우연이라도 마주치고 싶지 않은, 꿈속에서라도 만나고 싶지 않은 루브르 사장이 그녀를 뚫어지게 보며 시간을 내달라 하고 있다.

"저기요…… 저 시간 없는데요."

"잠깐이면 됩니다."

"아니, 잠깐도 안 될 정도로……."

"그럼 여기서 용건만 간단히 얘기하죠. 그러니까 그날……."

용건만 간단히 얘기하겠다고 했지만 그건 시간을 내주지 않으면 그날의 사건을 폭로하겠다는 협박이나 다름없어 보였다. 그날을 운운하는 루브르 사장의 표정이 그렇게 말해주고 있었다.

"여기는 손님들이 오가는 곳이니까, 나가서 얘기해요."

주원은 성아와 민정에게 자신이 저지른 그날의 치부가 드러날까 싶어 호준을 끌어내듯 빠르게 자리를 벗어났다.

뒤통수에서 느껴지는 따가운 시선을 피해 밖으로 나오자마자 주원이 다다다 쏘아댔다.

"왜요? 뭐요? 엮이지 말자고, 부디 그러자고 했는데 무슨 시간을 내달라는 거예요? 왜 이래요, 정말!"

"흥분하지 말고 일단 얘기를 좀 들어보는 게 좋지 않을까요?"

"헐, 사람 혈압 오르게 만들어놓고 흥분하지 말고 얘기를 좀 들어보라고요?"

"당신 부탁 들어줄게요."

"내 부탁 뭐요? 내가 무슨 부탁을 했다고 남의 매장까지 찾아와서 시비예요?"

"보고 싶은 거 있잖아요? 꼭 한번 보고 싶은 거."

"무슨 뚱딴지같은……."

주원의 입이 다물어졌다.

'이 남자 뭐야? 갑자기 왜 이래? 보여주겠다는 게 정말 내가 보

고 싶은 그걸 보여주겠다는 거야? 왜? 왜? 왜?'

갑자기 입을 닫고 깊게 고민하고 있는 것 같은 주원의 모습에서 호준은 일이 잘 풀리고 있음이 느껴졌다. 금방이라도 좋다고 할 것 같아 호준이 여유 있는 미소를 보이며 말했다.

"무슨 말인지 이해한 것 같군요. 그럼 우리 길거리에서 이러지 말고 어디 조용한 데 가서 진지하게 얘기하는 거, 어때요?"

하지만 주원의 대답은 그의 예상을 보기 좋게 벗어나버렸다.

"아니요. 이젠 안 보고 싶은데요."

느닷없이 나타나 쉽게 들어줄 수 없는 부탁을 수락하는 루브르 사장의 속을 알 수 없었다. 그래서 어떤 반응을 보여야 하는지도 감이 잡히지 않았다.

하지만 절대로 순수할 리 없는 그의 의도가 의심스러워 주원은 거절했다.

안 보고 싶은 건 아니지만 그 후 치러야 할 대가가 상당할 것 같 아 아쉬울 건 없었다.

"그래요? 그럼 내가 들어줘야 할 부탁 있잖아요. 오늘 저녁식사 하면서 얘기합시다."

"네? 오늘 저녁식사요? 아저씨, 아니 루브르 사장님. 뭔가 착각 하고 계신 건 같은데⋯⋯."

"사정을 알고 있으니 단도직입적으로 솔직하게 말하죠. 그 여자 가 생각보다 질겨서 이대로 그냥 넘어가면 친구 하나 잃을 것 같 아서 말이죠. 이왕 도와준 거 확실하게 계속 도와달라는 부탁을 하 고 싶어서요."

"이보세요!"

"그러니까! 당분간 내 여자가 되어주었으면 합니다. 물론 진짜가 아닌 가짜로."

"저기요! 뭐 잘못 드셨나 봐요? 저는 그쪽 사정 봐주고 싶지 않거든요! 그리고 부탁은 내가 루브르 사장님한테 할 게 남아 있는 거지, 사장님이 나한테 할 게 아니거든요! 안녕히 가세요, 루브르 사장님."

주원이 매몰차게 몸을 돌려 들어가려는 순간 호준이 그녀의 손목을 잡고 되돌려 세웠다. 그리고 아주 가깝게 눈을 마주하고 낮은 목소리로 속삭였다.

"그렇게 나오신다면 그날 CCTV에 찍힌, 우웩 하는 그 장면을 증거 자료로 정신적 피해보상을 요구할까 하는데…… 감당되겠어요?"

"정신적 피해보상 요구하세요. 보상해드릴게요. 얼마면 되는데요? 얼마를 원하세요?"

"에이, 정신적인 피해를 금전적으로 받을 수는 없지 않습니까? 란제리 사장님도 정신적인 피해를 봐야 공평한 거 아닙니까?"

그의 말이 무척이나 의미심장하게 들려왔다.

"……그래서 뭘 어떻게…… 정신적으로 피해를 준다는 거예요?"

"엘리베이터 구토녀로 인터넷에 동영상 올리는 방법도 있고……."

"헐!"

루브르 사장의 말을 농담으로 받아들이기에는 그의 미소가 착해 보이지 않았다. 여차하면 그런 식으로 그녀를 추한 구토녀로 만들고도 남을 것 같았다.

"몇 시에 퇴근이에요?"

시간 끌어봐야 네가 별수 있냐는 식의 얼굴로 그가 물었다.

"……남자가 너무……."

"7시, 이 앞에 차 대고 있을게요. 그때 봐요."

대답도 듣지 않고 제 할 말만 하고 등 돌려 사라지는 호준의 뒷모습에 대고 혼자 중얼거렸다.

"아, 뭐, 저런 그지 같은 자식이 있어?"

하지만 아무리 등 뒤에 대고 심한 말을 한다고 해도 소용없는 일이었다. 그에게 약점 잡힌 이상 오늘 꼼짝없이 루브르 사장과 저녁을 먹어야 하고, 무엇보다 가짜로 그의 애인 행세를 해야 하는 신세가 되어버릴지 모를 일이다.

세상 다 산 것 같은 얼굴을 하고 숍으로 들어오는 주원에게 성아와 민정이 들러붙었다.

"뭐야, 두 사람? 저 남자 길 건너 루브르 사장이잖아. 둘이 뭐, 있어?"

"길 건너 루브르 사장님이요? 두 분 사귀세요?

"정말 사귀는 거야?"

"분위기가 그런 것 같지 않아요, 매니저님?"

두 사람의 질문이 협공으로 이어졌지만 주원은 어떤 질문에도 대답할 수 없었다.

"일이나 하자."

두 사람을 피해 작업실로 들어가는 주원의 한숨이 길게 이어졌다.

'술이 웬수다. 술이 웬수야!'

퇴근을 앞두고 호준은 시도 때도 없이 전화를 해오는 소영으로 인해 짜증이 폭발 직전에 놓였다. 휴대폰으로 오는 전화를 피하면 회사 여직원들 얼굴 보기 부끄러울 정도로 대표 전화로 전화를 걸어온다. 예약실 업무를 마비시키거나 방해하지 않기 위해서는 휴대폰 전화를 받아야만 했다.

한결같이 무시하고 대꾸 없이 끊어도 소영은 끈질겼다.

"인격적으로 대해줄 때 끝내라고 했을 텐데?"

-아무리 나를 떼어놓으려고 매몰차게 굴어도, 그럼에도 당신이 좋아요. 사랑은 그런 거예요. 호준 씨가 몰라서 그렇지. 시간 한번 내줘요. 내 진심을 당신에게 보여줄 테니까. 내가 호준 씨를 돈 때문에 좋아할 거라는 생각이 잘못되었다는 거 알려주고 싶고 보여주고 싶어요. 안 그러면 계속 전화할 거예요. 회사도 매일 찾아가고.

"내 여자 만날 시간도 부족한데 내가 당신을 왜 만나? 그리고 회사에 찾아와봐야 불쌍하다 못해 그 집착이 추해 보이는 여자가 되는 건 당신이니까 난 상관 안 해. 단, 업무에 방해가 되는 날에는 그날로 고소당할 줄 알아."

-안 속아요, 당신 여자 있다는 말. 내가 욱현 씨 옆에서 호준 씨 하루 이틀 본 것도 아닌데. 있다고 해도 포기 안 해요. 말했듯이 그렇게 쉽게 호준 씨 포기할 거면 욱현 씨한테 상처 주지도 않았어요.

낮에 있었던 소영과의 통화가 떠올랐다.

'나도 안 속아, 박소영. 욱현이한테 상처 준 것만큼 당신도 한번 받아봐.'

호준은 란제리 사장이 원하는, 반라에 가까운 몸을 보여주는 것까지 각오하며 그녀에게 허락을 받아낼 작정으로 퇴근을 서둘렀다.

그녀의 숍 앞에 차를 세우자 틀어놓은 라디오 방송에서 7시를 알리는 시보멘트가 흘러나왔다.

-FM 77.7 Mhz 여러분의 행복 방송입니다. HLSV. 365일 건강한 헬스엔진에서 일곱 시를 알려드립니다.

정확한 7시를 알리는 그 목소리를 듣고 호준은 '민트 러브' 간판에 쓰인 전화번호로 전화를 걸었다.

-감사합니다, 민트 러브입니다.

"사장님 부탁드리겠습니다."

-실례하지만 어디시라고 전해드릴까요?

호준은 주원이 그를 '루브르 사장님'이라고 호칭하던 기억을 떠올렸다.

"루브르 사장이라고 전해주시면 압니다."

-네? ……아, 네. 잠시만 기다리세요.

휴대폰 너머로 여자들의 호들갑스러운 소리가 들려왔고 숍 안으로 돌린 시선 속에 야단스러운 그녀들 사이로 란제리 사장이 전화기를 받아 드는 모습이 들어왔다.

-여보세요?

"루브르 사장입니다. 나오시죠?"

-네, 나가죠!

목소리에서부터 숍 밖으로 걸어 나오는 발걸음까지 불만 가득한 그녀의 심기가 느껴졌다.

열어놓은 창으로 호준을 확인한 주원이 조수석으로 올라탔다.

"일식 좋아해요? 일식으로 먹을까 하는데."

이제 막 시작하는, 아니 엊그제 선을 보고 두 번째쯤 만나는 남녀의 모습인 것 같아 주원은 헛웃음이 새어나올 뻔했다.

'네 마음대로 하세요.'

그러나 주원은 마음속 말을 내뱉지 않고 뚱한 표정을 고수하고 있었다.

"좋은 곳이 있어서 그곳으로 예약해놨어요. 괜찮죠?"

'언젠 내가 안 괜찮아서 네 마음대로 하셨나요?'

주원의 대답을 기다리던 호준이 차를 출발시켰다.

"대답이 없다는 건 긍정으로 알고 알아서 모십니다."

이번에도 어떤 대꾸가 없었다.

가는 동안 호준은 몇 마디 말을 건넸지만 주원은 계속 대답하지 않았다. 그의 질문을 무시해줄 때마다 그가 뻘쭘해하는 모습에 괜한 통쾌감과 승리감이 느껴져서 주원은 일부러 더 그를 무시하고 있었다.

짧지 않은 시간 동안 침묵을 유지한 두 사람은 강남의 한적한, 그러나 고급스러운 일식당에 도착했다.

회를 좋아하는 주원의 입장에서 그가 선택해준 일식이 맘에 들기는 했다. 함께하는 사람이 편하지 않은데 입으로 넘어가는 음식까지 맛없는 걸 먹어야 하는 불편함은 겪지 않아 다행이었다. 하지만 한 끼 가격이 얼마나 할까를 가장 먼저 궁금하게 할 만큼 일반적이지 못하게 고급스러운 곳이 문제였다.

그리고 또 하나의 문제는…….

'뭐야? 갑자기! ……이런 식으로 나한테 접근하는 의도가 뭐지? 정말 친구의 여자 때문인 거 맞는 거야? 설마…… 나한테…… 반했…… 을 리는 없는데.'

마주 앉아 있는 호준의 속이 궁금해 모든 게 거북하고 답답하다는 것이었다.

Trrr.

그의 휴대폰이 울리고 그가 그녀에게 휴대폰을 내밀었다.

"……?"

"봐요, 이 여자. 스토커처럼 또 전화하잖아요."

"스팸 번호로 등록하지 않고 자꾸 받아주니까 하는 거 아니에요? 이 여자도 그렇지만 루브르 사장님 태도에도 문제가 있는 거 같은데요."

"신호준입니다."

"네?"

"내 이름, 루브르 사장님이 아니라 신호준이라구요."

"네."

휴대폰 벨은 계속 울려대고 있지만 호준은 받지도 않고, 그렇다고 그전처럼 주원에게 받으라고 하지도 않았다. 다만 계속 주원을 바라보고만 있었다.

"전화 안 받아요?"

듣기 싫은 벨소리를 참지 못하고 주원이 한마디 했다.

"란제리 사장님도 이름이 있을 거 아니에요? 계속 란제리 사장님으로 부를 수는 없잖아요?"

"전화벨 소리가 듣기 싫으니까 전화부터 받으시죠?"

주원의 말이 끝나기 무섭게 휴대폰 벨소리가 멈췄다.

그러나 호준은 휴대폰과 상관없이 여전히 주원만 보고 있었다.

"한주원이에요. ……저기요, 루브르 사장님."

"신호준이라고 했을 텐데요?"

"신 사장님."

"신호준입니다."

"거, 되게 까칠까칠하시네. 그래요, 신호준 씨."

"네, 말씀하세요."

주원에게서는 말보다 한숨이 먼저 새어 나왔다.

"휴, 진짜 궁금해서 묻는 건데요…… 솔직하게 대답해주세요.

저한테 이러시는 진짜 이유가 뭐예요? 진정 하늘에 맹세코 그 여자 때문인가요?"

"꼭 하늘에 맹세까지 해야 합니까? 하늘에 맹세코 그 여자 때문, 맞습니다. 그 이유 아니고 다른 게 뭐 있겠어요?"

주원은 그래도 그의 말이 믿기지 않아 눈을 깜빡이며 호준을 의심스럽게 바라보았다. 하지만 얼굴이 잘나서일까. 뭔가 거짓이 스며 있는 것 같지는 않았다.

"혹시라도 내가 란, 아니 한주원 씨한테 관심이라도 있을까 봐 그래요?"

사실, 그런 생각을 아주 안 한 것 아니었기 때문에 주원은 괜히 마음 한쪽이 움찔했다.

"아이고, 새벽에 인정사정없이 내쫓는 사람한테 그런 오해를 할 만큼 바보가 아니거든요."

"그래서 주원 씨가 제격이란 말이죠."

"뭐가요?"

"절대 고분고분하지 않는다는 거. 웬만해서는 그 여자를 상대하기 어려울 텐데 한주원 씨는 그 여자에 대적할 만큼 기가 세 보이는 것 같아 제격이란 말입니다."

"기가 세 보인다는 말은 태어나서 처음 들어보네요."

그렇게 둘 사이가 은근하게 으르렁거리는 분위기로 잡혀갈 즈음 호준이 미리 주문한 음식들이 준비되기 시작했다.

평소 그녀가 다녀봤던 일식집과는 차원이 다른 차림에 눈이 호강할 때 그녀의 휴대폰으로 문자가 들어왔다.

[한 사장, 축하한다! 길 건너 파티 홀 사장과 연애한다며? 님도 보고 뽕도 따고. 좋겠다.]

누가 누구와 연애를 한다는 거야!

사람 말이라는 것이 한 다리 건너가면 사족이 붙어 진실에서 조금씩 벗어난다고는 하지만 이건 해도 너무한다. 여러 다리를 건넌 것도 아니요, 모르는 사람들의 입방아도 아니었다. 기껏해야 성아와 민정이 영숙에게 입방아를 찧었을 텐데 잘못 짚어도 한참을 잘못 짚었으니 그 화가 주원의 가슴에서 부글거렸다.

"주원 씨, 인상 풀고 일단 식사부터 합시다. 그날 빈에 윤 사장님이 말했듯이 나와 다른 일을 하고 다른 생각을 가진 사람과 대화를 하고 소통하는 것이 인생을 살아가는 데 있어 도움이 되지 않겠어요? 그런 의미를 두고서라도 편하게 대합시다, 서로."

앞에 있는 루브르 사장, 아니 신호준이라 이름을 밝힌 남자가 갑자기 젠틀하게 나오고 있었다. 입가에 머문 엷은 미소와 차분한 목소리가 그동안 자신을 놀리고 우습게 만들었던 그 남자가 아닌 것 같았다.

그 매너에 진실이 뭐냐고 더 따지고 들면 자신만 구차해지는 것 같아 주원은 그의 말대로 일단 식사에 집중하기로 했다.

"어때요? 맛 괜찮아요?"

주원은 고개를 끄덕였다.

사실 괜찮은 정도가 아니라 처음 느껴보는 신세계의 맛이다.

"다행이네요."

차에서와 같이 침묵이 이어졌다. 호준도 주원도 먹는 것에 집중하고 있는 것처럼 보였다.

"그런데요, 신호준 씨. 여자 있지 않아요?"

갑자기 도전적이고 전투적인 말투로 주원이 물었다.

"여성 표준 사이즈에서 두 사이즈 더 크신 분…… 있지 않아요? 코피 터지게 핫한 속옷 사다주려고 했던."

고개를 숙인 채 눈을 살짝 치뜨며 살벌하게 묻고 있는 주원의 모습이 그 순간 청순하면서 섹시하게 다가왔다. 밥 먹다 뜬금없이 드는 이상한 느낌에 호준이 당황했다.

"아, 그분! 그분은 요즘 노랫말처럼 내 것 같지만 또 내 것은 아닌, 뭐, 그런……."

그래서일까. 그의 대답이 우스꽝스럽게 나왔다.

호준의 모호한 말에 주원의 눈빛이 더 살벌해졌다. 그를 난봉꾼 보듯 쳐다보는 그녀에게 더 이상의 농담을 하지 않고 손 여사의 정체를 밝혔다.

"사실 어머님 생신날 선물로 해드렸다가 호되게 혼났습니다. 엄마도 안 난 노망났냐는 말까지 들었어요."

"우리 엄마는 그런 거 안 해줘서 불만인데……."

혼자 하는 말인지, 아니면 들으라고 하는 말인지 알 수 없었다. 그와 눈을 맞추고 말하지는 않았지만 그녀의 목소리가 중얼거리듯 작지도 않았다. 하지만 설핏 스쳐 가는 그녀의 표정은 밝지 않았다.

"정말 내가 신호준 씨 여자 친구 역할을 해야 해요? 꼭 그렇게

까지 해야 하는 이유가 뭐예요?"

이번에는 아주 진지하게 그녀가 물었다. 그를 향했던 도전적인 말투와 표정은 사라졌다.

"사실 처음부터 그 여자가 친구의 여자로 맘에 든 건 아니었어요."

진지하게 묻는 그녀에게 호준은 처음으로 자신의 솔직한 마음을 허심탄회하게 털어놓기 시작했다.

욱현이 사랑하는 여자라고 소개시켜준 소영의 모습은 친구와 어울리지 않을 것 같은 분위기를 풍기고 있었다. 솔직하고 순수하고 강직한 욱현에 비해 소영은 순수해 보이지 않았다. 요란한 차림부터 짙은 화장과 자극적인 향수가 그걸 말해주고 있었다. 하지만 친구가 사랑한다고 하기에 좋은 인연이기를 바랄 뿐이었다.

그런 소영이 욱현과의 스킨십을 피하고 잠자리를 허락하지 않는다고 하더니 어느 날부터 호준에게 추파를 던지기 시작했다.

시간 괜찮으면 차 한잔 마시자는 제안을 할 때 이상한 생각이 들었다.

'이 여자 뭐지?' 하는 순간에는 집으로 찾아오거나 회사 앞에서 기다리는 일이 잦아졌다. 그리고 언젠가부터는 대놓고 욱현이 아닌 자신을 좋아하고 있다는 고백을 했다. 추한 여자의 그런 고백이나 행동은 무시하고 넘길 수 있지만 상처 받을 친구가 늘 걱정이었다. 욱현이 상처 받지 않게 해결하고 싶었지만 소영은 만만치 않은 여자였고 욱현의 상처는 생각보다 깊었다. 쉽게 포기할 것 같지 않은 여자의 집착이 계속되는 한 욱현과의 관계 회복이 어려울 것 같다. 육현은 호준에게 있어 소중한 친구고 그 친구를 찾기 위해서는 소영을 확실하게 떼어놓지 않으면 안 되는 일이었다.

호준은 그런 사실들을 차분하고 솔직하게 얘기해주었다.

"친구가 여자 말을 믿고 신호준 씨 말은 듣지도 않았는데……
친구에 대한 실망 같은 거 없어요?"

실망감이 없지는 않았다. 없었다면 거짓이다. 하지만 그 실망감
보다 육현이 받았을 상처를 알기에 접어두기로 했다.

"그래도 잃고 싶지 않은 친구예요."

그렇게 말하는 호준의 얼굴에서 친구를 향한 호준의 마음이 느
껴졌다.

주원은 호준이 말하는 친구 마음이 어떤 것인지 잘 안다. 그 친
구의 마음을 생각해 이런 우스운 제안을 거절하려고 했다. 하지만
친구의 상처를 걱정하는 호준의 마음을 읽은 주원의 눈에 그가 측
은해 보이기 시작했다. 주원은 그를 도와주기로 마음먹었다.

"이 방법이…… 그러니까 내가 신호준 씨 여자 친구인 것처럼
하는 이 방법이 확실하기는 한 거예요? 솔직히 난…… 독하고 질
긴 여자 상대해서 이길 자신 없어요."

"자신이 없다고요? 저번에 전화로 쏘아주던 그 살벌한 기 어디
갔습니까? 말했잖아요, 그 여자만큼 만만치 않게 세 보인다고."

"그거야, 그때는 술도 한잔 마셨겠다……."

그 말을 꺼내는 순간 민망하고 부끄럽지만 괜히 억울하고 서러
웠던 기억이 떠올랐다.

"솔직히…… 친구를 생각하는 그 마음 봐서 도와주고 싶어요.

하지만…… 내가 무슨 배우도 아니고 여자 친구인 척하는 거 쉽지 않을 거 같은데요."

"어려울 것도 없어요. 이렇게 시간 되는 대로 함께 밥 먹고, 차 마시고 또 가끔 영화 보러 가고, 드라이브 나가고. 어려운 거 있습니까?"

"그게 낯선 사람하고는 쉬운 게 아니죠?"

"우리 낯선 사람만은 아니잖아요? 한침대에서……."

"루브르 사장님!"

살벌한 기운의 목소리는 아무것도 아니었다. 칼날 같은 그녀의 눈빛에 호준의 입이 다물어졌다. 그 눈빛이 사나워서라기보다는 그녀의 심기를 더 건드리고 싶지 않았다. 놀리고 싶은 마음은 있지만 그녀가 싫어하는 이야기를 군이 하고 싶지도 않았다.

"루브르 사장님이라고 부르니까 낯설게 느껴지는 겁니다. 그리고 자꾸 보다 보면 자연스럽게 친밀한 느낌이 나지 않을까요?"

"뭐, 자신은 없지만……. 대신 분명하게 짚고 넘어갈 게 몇 가지 있어요."

"네, 짚고 넘어가세요."

"괜히 저한테 추하게 집적거리지 않을 거라 믿을게요."

"당연하죠. 그날도 말했다시피 한눈파는 인간들을 경멸합니다. 나도 미래의 내 여자를 위해 양심을 지킬 거니까, 걱정 마세요."

"그리고 정신적 피해보상이라고 하지만 이건 너무 많은 희생을 요구하는 거라 대가를 치러주셔야 할 것 같아요. 그건 신호준 씨도 인정하죠? 그래서 내 부탁을 들어주겠다는 말도 했던 거고. 그렇죠?"

호준이 고개를 끄덕였다.

"그 부탁 내가 요구할 때 꼭 들어줘야 해요. 알았어요?"

이미 각오한 일이기에 그에 대한 대답은 어렵지 않았다. 이번에도 흔쾌히 고개를 끄덕여주었다.

오가는 시비 없이 식사는 잘 끝났다.

오가는 시비가 없어서인지, 아니면 이젠 그의 여자 친구여야 한다는 사실을 무의식중에 인지하고 있어서인지 주원은 호준과 조금 가까워진 느낌이 들었다.

[오늘 점심 같이할까요?]

주원의 휴대폰으로 호준의 문자가 들어왔다.

어젯밤 헤어지며 알려달라기에 망설이다 알려주었다. 하지만 오늘 아침 이런 문자가 들어오리라고는 예상하지 못했다.

그 문자가 싫지 않으면서도 선이 그어진 관계에서 부담스러운 문자였다.

그의 문자를 무시하고 출근했다.

"왔다! 한 사장, 얼른 와라, 얼른 와."

그녀가 오길 기다렸는지 평소 작업실에 있던 영숙이 매장에 나와 있었다. 영숙뿐 아니라 성아와 민정까지 그녀를 작정하고 기다린 사람들처럼 그녀가 매장에 들어서자 그녀에게 모여들었다.

"언제부터야? 어떻게 시작한 거야?"

"뭐가요?"

"뭐긴? 한 사장 연애 말이지!"

"연애? ……아, 연애."

주원은 이들에게 그 우스운 사실을 말해야 하나 고민되기 시작했다. 사실을 털어놓자면 루브르에서의 키스 사건까지 거슬러 올라갈 수도 있을 것 같았다.

"그냥…… 어쩌다가……."

"사장님…… 우리 루브르로 회식 갔을 때 잠깐 사라졌다가 오셨잖아요? 그때……."

민정이 키득거리기 시작했다.

"그때, 뭐……?"

"그래. 아무래도 이상하다 했다. 입술이 어디서 쥐 잡아먹은 것처럼 하고 나타나더니, 저쪽 사장이 한 사장 입술을 잡아먹어서 그랬던 거지?"

영숙의 말에 민정과 영숙이 자지러지게 웃기 시작했고 주원의 얼굴은 붉게 물들었다. 키스 사건을 숨기기 위해 진실을 덮어두려 했건만 몰골이 더 우습게 되어버렸다.

"사실은……."

"안녕하십니까?"

변명을 하려는 순간, 아니 호준과의 관계를 솔직하게 밝히려는 순간 매장 안으로 화제의 주인공이 들어왔다.

"어머! 어머! 어머!"

"어머나, 세상에!"

"저, 저, 저 사람이……."

네 여자들 사이로 들어오는 호준은 여유로워 보이는데 오히려 4명의 여자들이 당황해서 호들갑들이었다.

특히나 주원은 호준의 등장에 심장까지 떨어진 것처럼 아예 숨이 멎은 것 같았다.

'저 남자…… 진짜 연애하는 걸로 착각하나? 여기가 어디라고…… 아침부터…….'

"안녕들 하십니까?"

깍듯하게 인사하는 호준은 그 누가 봐도 어디 하나 흠 잡을 수 없을 만큼 완벽했다. 외모에 예의범절까지 잘 갖춘 그런 남자로 보였다. 게다가 재력까지도 빵빵하게 받쳐주니 주원을 제외한 나머지 여자들의 부러운 시선이 주원에게로 향하고 있었다.

"어서 오세요."

민정이 웃으며 맞이해주었다.

"어제 대충 눈치채셨을 것 같아서 인사차 왔습니다."

"호호호. 잘 오셨어요. 안 그래도 많이 궁금했는데 한 사장이 잘생긴 애인 뺏길까 봐 그러는지 입을 잘 안 여네요."

"부끄러워서 그럴 겁니다. 그렇다고 억지로 입 열게 하지는 마시고, 이거."

호준이 캐리어에 담긴 커피 네 잔과 작은 박스 하나를 매장 한쪽에 있는 상담 테이블에 내려놓았다.

"우리 회사 파티셰가 솜씨가 좋습니다. 간식으로 호두파이 좀 가지고 왔습니다. 그리고 커피는 취향을 몰라 아메리카노로 사왔고요. 우리 주원이 잘 봐달라는 뇌물이니까 맛있게들 드십시오."

뭐! 우리 주원이!

황당한 표정으로 그를 바라보는 그녀에게 이제는 대놓고 어깨에 손까지 척하고 올려주시는 게 아닌가.

이 남자 뭔가 단단히 착각하고 있는 것 같다.

'이보세요! 나는 당신의 진짜 여자 친구가 아니라고요! 적당히 하시죠!'

그녀의 마음속 외침을 들을 수 없는 그가 이번에는 그녀의 머리까지 쓰다듬으며 다정한 반말을 건네고 있다.

"점심때 데리러 올게. 먹고 싶은 거 생각해놔."

그런 호준의 행동과 말, 그리고 표정에 영숙과 민정이 난리법석을 떨어댔지만, 주원의 눈과 귀에는 아무것도 보이지도 들리지도 않았다.

어쩌다가 자신이 이 남자의 손길에 머리를 맡기고 있는지, 어쩌다가 이 남자의 '우리 주원이'가 되었는지 정리가 되지 않아 혼란스러울 뿐이었다.

"그럼 저는 가보겠습니다. 수고하십시오."

주원의 등을 툭툭 쳐주고 나가는 그는 영락없는 그녀의 남자 친구, 아니 애인의 모습이었다.

사람 혼을 쏙 빼놓고 나간 것도 모자랐는지 바로 그의 문자가 들어왔다.

헛웃음이 새어 나올 때 영숙이 주원에게 그가 놓고 간 파이 한 조각과 커피를 내밀었다.

"야, 야! 원 매니저도 갑자기 임신해서 사람 뒤통수를 치더니, 한 사장도 만만치 않네. 어제오늘 만나 사이가 아닌데? 어쨌든 한 사장 제대로 잡은 것 같아서 기분 좋다."

"오, 맛있어, 맛있어."

"그러게. 민정아, 이거 매일 먹었으면 좋겠다, 그치?"

"흐흐흐. 그죠? 진짜 맛있다."

영숙과 민정은 파이와 커피 맛에 흠뻑 젖어 호호거리고 있었지만 성아는 그 틈에 끼지 않고 조용히 주원에게 물었다.

"언제부터였어?"

"그게…… 사정이 있어. 나중에 시간 되면 얘기해줄게."

"어쨌든…… 잘됐다. 좋은 사람 만나서."

축하해주는 성아의 표정이 밝지만은 않았다. 아마 성아도 자신이 겪었던, 잘 알았던 친구에 대한 낯설음을 느끼고 있다고 생각했다.

하지만, 그 밝지 않은 표정이 다른 이유에 있었다는 걸 안 건 작업실에 들어와 어제 늦게 들어온 작업 지시서를 보고 있을 때였다.

"한 사장."

영숙이 낮은 목소리로 심각하게 주원을 불렀다.

"네?"

호준에 대한 질문이 나오면 어쩌나 걱정했지만 영숙은 그보다 더 걱정스러운 말을 던졌다.

"원 매니저 말이야……."

"성아가 왜요?"

"출근할 때, 들으려고 들은 건 아닌데…… 엄마하고 통화를 하는 것 같더라고. 그런데 결혼식 하지 못하는 거 때문에 사이가 안 좋은 것 같아. 누구는 하고 싶지 않아서 안 하냐, 허락한 거 그냥 넘어가면 안 되냐, 그러면서 언성을 높이더라고. 그렇게 안 좋게 전화를 끊더니 멍하니, 정말 넋 나간 얼굴로 길 건너 파티 홀을 보는데…… 좀 짠하더라."

하긴, 그 자존심에 티를 내지 않아서 그렇지, 식도 올리지 못하고 살아야 하는 그 마음이 오죽할까. 그것도 자신의 능력 부족이 아닌 남편이 될 남자의 능력 부족으로.

주원의 마음도 영숙처럼 짠했다.

"그래서 하는 말인데…… 저기 파티 홀 사장이 한 사장 애인이니까…… 원 매니저 결혼식을 ……무료로 할 수 있게 도움을 달라고 하면 안 될까? 아침에 저쪽 사장 얼굴 보니까 한 사장 예뻐서 죽을라고 하더라. 그런 부탁이라면 들어주지 않을까 해서……. 한 사장이 애교 부려가면서 부탁해봐. 그래도 제일 친한 친구잖아. 축의금이라 생각하고 능력 있는 애인 이럴 때 써먹어보자. 응?"

성아를 생각해주는 그 마음은 이해한다. 주원도 성아가 어떡해든 결혼식을 올렸으면 하는 마음이니까. 영숙의 말대로 루브르 사장의 도움을 받아 좋은 곳에서 돈 들이지 않고 성아가 결혼식을 할 수 있다면 이보다 더 좋을 수는 없다. 다만, 루브르 사장이 자신의 진짜 애인이 아닌 게 문제일 뿐.

"그건……."

"그래, 아무리 애인 사이라도 아쉬운 소리 하는 게 쉽지는 않겠지. 그럴 거야. 원 매니저 앞날이 내 눈엔 훤하거든. 난 그저 그게 불쌍해서라도 식은 꼭 올렸으면 해서 하는 말이었어."

하고 싶은 말은 다 뱉어놓고 영숙은 다시 자신의 자리로 돌아가 하던 일을 계속하기 시작했다.

하지만 주원은 쉽게 일에 집중할 수가 없었다. 성아의 문제에 맞물려 돌아가는 호준과의 관계. 누구에게 어디까지의 진실을 말해야 하는지도 고민이었다. 어느 하나 쉽게 해결될 것 같지 않아 그녀의 머리는 복잡해지기만 했다.

주원과 점심을 하고 싶은 마음은 없었다. 다만 서로의 어색함이 남들 눈에 보일까 싶어 그 분위기를 없애기 위한 시간을 자주 가져야겠다는 마음에서 문자를 보냈다. 싫다고 거절하면 관두자는 단순한 마음이었고 답이 없어도 신경 쓰지 않았다.

그런데 출근을 하는 길에 로비에서 걸어 나오는 소영의 얼굴을 보자 마음이 바뀌었다. 느긋하고 편하게 가짜 애인을 내세워 대충 둘러대면 안 될 것 같은 느낌이 들었다.

"호준 씨, 왔어요? 예약실에 꽃 좀 사다 놨어요. 예약실은 루브르의 얼굴 같은 곳이라 꽃이 있으면 손님들이……."

호준은 소영을 무시하고 주방으로 향했다. 예상대로 소영은 조리부에 건강음료 한 병씩을 돌린 상태였다.

"부장님, 호두파이 나온 거 있으면 하나 주십시오."

"네, 그러죠. 그분 드리려고요? 그렇지 않아도 직원들 신경 써서 챙겨 주시는 게 고마워서 케이크라도 하나 만들어드릴까 했는데."

"부장님께서 생각하는 그분은 아니고…… 제가 잘 보여야 하는 분은 따로 있습니다. 그러니까 앞으로 오늘 오신 그 여자 분이 뭐든 주더라도 받지 마십시오. 나중에 제 여자가 이 사실을 알면 마음이 안 좋을 거 아닙니까?"

"아니, 그럼…… 매일 오시는 그분은……? 대표님하고 결혼하실 분이 아니세요?"

"네, 따로 있습니다."

"그렇다면 이거 매일 받아먹은 게 미안해지는데요."

"내일부터 안 받으시면 되는 거고, 파이나 챙겨주십시오."

호준은 조리부뿐 아니라 예약실과 영업부에도 들러 소영의 존재가 자신에게 의미 없음을 알리고 조리부장이 챙겨준 파이를 챙겨 민트 러브로 향했다.

그리고 아주 자연스럽게 그의 연인인 것처럼 보이고 그곳을 나왔다.

주원의 놀라는 표정이 고스란히 그의 눈에 보여 웃음이 나올 뻔했지만 사실 그녀보다 그는 자신에게 더 놀라는 중이다.

굳이 애쓰지 않더라도 그녀의 남자인 것처럼 말과 행동이 자연스럽게 흘러나오는 것이 신기할 정도였다.

더 놀라운 것은 몰입도가 너무 지나쳤는지 그녀가 진짜 그의 여자로 느껴지고 있다는 사실이다.

이건 뭔가 싶을 정도로 뒤숭숭한 마음을 안고 호준은 루브르로 돌아왔다.

이건 뭔가 싶을 정도로 뒤숭숭한 마음으로 있는 건 주원도 마찬가지였다. 그녀의 머리에 그의 손길이 스쳐 간 지 시간이 흐른 지금 이상하게 떨리고 설레고 있다. 마음이 없는 손길인데도 흔들리고 있는 자신이 맘에 들지 않아 일은 손에 잡히지도 않는다.

'아, 이게 아닌데. 루브르 사장을 위해 허락한 게 아닌데.'

호준이 아닌, 애인을 배신한 그 여자를 응징하기 위해 수락했는데 일에 방향이 시작부터 틀어지고 있는 기분이다.

'너무 연애를 하지 않아서 그런 건가? 영숙 언니 말대로 양기 부족?'

그렇게 혼자 남모를 고민을 하고 있을 때 민정이 작업실로 들어왔다.

"사장님, 잠깐 나와보세요. 진상 손님이 하나 왔는데 저 혼자 감당이 안 돼요. 매니저님 잠깐 나가셔서 안 계시구요."

나이 어린 민정이 감당할 수 없는 손님들이 가끔 있다. 짓궂은 남자 손님부터 까탈스럽고 유난스러워 비위 맞추기 힘든 여자 손님들이 올 때면 진상 처리반으로 성아나 주원이 나서야 한다. 지금은 성아가 없으니 민정이 주원에게 SOS를 청하고 있었다.

"뭐 가지고 진상인데?"

"추천해달라고 해서 추천해주면 인상 팍팍 쓰면서 보는 족족 트집 잡고 난리예요. 맘에 드는 게 없으면 맞추라고 하니까 맘에 드는 게 없는 매장에서 뭘 믿고 맞추냐고 하는 거 있죠? 사려고 온 건지, 시비 걸러 온 건지 알 수가 없다니까요."

제대로 된 진상이 온 것 같아 주원은 마음을 다잡고 매장으로 나갔다.

"안녕하세요? 필요하신 게⋯⋯."

"혹시나 했는데⋯⋯ 맞네. 나 기억하지?"

기억나다마다. 얼굴은 둘째치고라도 또각거리는 하이힐 소리와 예의 없는 반말만으로도 기억하지 않을 수 없는 인물이다.

"당신이 여기 왜⋯⋯?"

생각지도 않은 인물의 등장으로 주원의 인상이 심하게 구겨졌다.

"기가 막혀서. 겨우 이런 속옷이나 파는 점원 주제에⋯⋯ 충고 하나 해주려고 왔어. 호준 씨가 관심 보인다고 착각하지 말라고. 그 남자, 친구 생각하는 양심 때문에 지금은 나를 피하고 있지만 결국 나한테 올 거니까, 헛꿈 접고 정신 차리라고."

이건 또 무슨 경우인가. 마른하늘에 날벼락도 유분수지. 남의 매장에 손님인 척 찾아와 온갖 진상을 떨어대더니 다짜고짜 충고한다며 우습지도 않은 말을 지껄이는 꼴이라니.

"빠른 시간 안에 정리하는 게 좋을 거야. 안 그러면 이 동네에서 장사 못하고 얼굴도 못 들고 다니게 하는 수가 있어."

"뭐? 야!"

구타를 유발할 정도로 얄미운 표정으로 제 할 말만 하고 뒤돌아 나가는 소영 뒤로 주원이 큰 소리를 냈다. 그러나 소영은 뒤도 돌아보지 않고 유유히 사라졌고 오히려 매장에 들어온 손님들이 움찔하며 주원의 눈치를 살폈다.

"죄송합니다. 천천히 둘러보세요."

손님들에게는 미안한 표정으로 머리를 조아려가며 사과를 하고 밖으로 뛰어나갔지만 그녀는 이미 차에 올라 쌩하니 멀어져갔다.

'아, 뭐, 저런 거지 같은 게 다 있어? 아, 약 올라! 아, 열 받아!'

그 열은 쉽게 사그라지지 않았고 오후에는 일도 손에 잡히지 않았다.

"한 사장, 패턴 떠서 재단해줘야 바느질을 하지! 왜 이렇게 넋을 빼고 있어?"

영숙의 재촉에도 주원은 쉽사리 일을 할 수가 없었다.

"언니, 저 잠깐 나갔다 올게요."

"일이 잔뜩 밀려 있는데 어딜 나간다는 거야? 님 만나러 가? 아무리 늦게 배운 도둑질에 날 새는 줄 모른다지만 일은 해가며 연애를 해야지!"

속 모르는 영숙의 말을 뒤로하고 주원은 루브르로 향했다. 직원이 알려준 사장실로 올라가 노크도 없이 문을 열자 바로 호준이 보였다.

"내가 말이야, 당신이 내 머리 쓰다듬고 아침에 간식 사다 주며 낯 뜨거운 말을 하는 것까지는 참겠어. 그건 참을 수 있는데! 내가 별 거지 같은 여자한테 수모를 당하는 건 참을 수가 없어! 내가 왜 당신 때문에 돼먹지 않은 여자한테 정신 차리라는 말을 들어야 하는데! 내가 당신이 아니라 그 인간 같지 않은 그 여자 때문에 당신 제안에 수락하기는 했는데, 그래도 이건 아니지! 당신이 똑바로 처신을 해야지!"

속에 있는 열과 화를 내뿜어내고 나니 조금은 후련해졌다.

얼어 있는 사람처럼 표정도 없이 그녀를 바라보는 그를 보자 한마디 더 날려주고 싶어 입을 떼려는 순간,

"이게 다 무슨 소리야?"

분명 그녀의 눈에는 루브르 사장, 신호준만 보였다. 그런데 걸걸한 중년 여성의 목소리가 들려왔고 호준의 맞은편 자리에서 목소리만큼 카리스마가 느껴지는 중년 여성이 일어났다.

"신호준이! 지금 내가 잘못 보고 잘못 들은 건 아니지?"

"어머니, 그게 말이죠……."

"어머니? 내가 언제 네 어머니였어? 손 여사였지! 그리고 뭐? 여자가 없어? 내 손에 죽을까 봐 여자를 안 만나? 이노무 쉬끼! 네가 지금 여러 여자를 만나고 다니고 있다, 이거지? 이 배라먹을 놈, 너 오늘 내 손에 죽어봐라."

"손 여사님, 그게 아니라…… 윽!"

주원은 눈앞에 펼쳐지는 광경을 믿을 수가 없었다. 50은 족히 넘어 보이는 정장 차림의 중년 여성이 이단옆차기라니.

여기는 어디, 난 누구. 아무래도 타이밍을 잘못 맞춰 찾아온 것 같았다.

"이봐, 한주원! 빨리 나가! 잡혀서 고문당하고 싶지 않으면 빨리

나가라고!"

호준의 말에 주원은 망설임도 없이 문을 닫고 도망 아닌 도망을
가버렸다.

그렇게 주원이 사라진 것을 확인한 호준은 또다시 날아오는 손
여사의 발목을 덥석 잡았다. 그로 인해 중심을 잃은 손 여사는 소
파로 털썩 주저앉고 말았다.

"이 새끼 너!"

"그만 좀 하세요. 그 힘 아꼈다가 밤에 쓰세요. 연하의 남편을 위
해…… 윽!"

방심하는 사이 손 여사의 힐이 그의 정강이를 걷어찼다.

"미치려면 곱게 미쳐, 이노무 쉬끼야! 누구야? 그리고 저 애를
저렇게 열 받게 만든 애는 또 누구고? 도대체 몇 명을 만나고 다니
는 거야? 내가 평생 한 여자에 만족하고 그 여자에게만 충실하라
고 했지!"

손 여사에게까지 욱현의 일을 말하고 싶지 않았다. 하지만 진실
을 털어놓지 않으면 일이 더 커질 것 같아 호준은 욱현과 소영, 그
리고 주원이 얽힌 그들만의 사연을 풀어놓았다.

"미친년."

소영에 대한 손 여사의 강한 한마디가 흘러나왔고 그 말에 호준
은 실소가 터졌다. 딱 손 여사다운 말이었다.

"뭘 그렇게 어렵게 풀어? 나한테 그년 데리고 와. 한 방에 해결
해 줄게. 어이쿠야, 하고 도망가게 해줄 테니까."

"그 여자가 문제가 아니라 욱현이하고 나하고의 문제예요. 어머

니 신경 쓰지 마세요."

"야, 욱현이도 그렇다? 너를 몰라? 그 여자가 아니라 네가 그 여자가 좋다고 해도 너를 믿어줘야 하는 거 아니야? 그 새끼, 그거 그렇게 안 봤는데 실망이네."

호준에게 쓴웃음이 나왔다. 친구를 믿고 있다지만 아들의 마음은 오죽할까 싶어 손 여사는 화제를 다른 곳으로 돌렸다.

"야, 야. 그런데 아까 그 애도 만만치 않게 드세 보인다, 야."

"그렇지는 않아요. 드세 보인다기보다는…… 생기가 너무 넘친다고 해야 하나? 아니면 아닌 거에 거품 무는 열혈녀라고 해야 하나?"

손 여사는 아들을 조용히 쳐다보았다. 아들의 입에서 여자 편을 드는 말이 나온 것은 처음이라 신기할 따름이다.

신기하기는 호준 자신도 마찬가지였다.

'내가 왜 한주원 편을 들어주는 거지? 그 여자 드세 보이는 거 맞는데.'

그리고 우스운 걱정까지 하고 있었다. 손 여사를 보고 기겁을 하고 도망쳤을 텐데 그녀가 자신의 모친을 보고 무슨 생각을 할지 걱정이다.

무섭다. 저토록 무서운 아줌마는 처음이다.

루브르를 나와 매장으로 돌아오기까지 심장이 벌렁거리고 다리가 후들거려 제정신이 아니었다. 아직도 이단옆차기를 날리는 호준의 어머니 모습이 생생하다.

'친엄마 맞아? 어우, 무서워.'

그럴 리는 없겠지만 시어머니감으로 절대로 만나고 싶지 않은 아주머니다.

'뭐라고 변명을 했을까? 저 아주머니도 괜히 우리 매장으로 와서 홀딱 뒤집어놓고 가시는 거 아니야? 아, 진짜! 저 남자 주위의 여자들은 어머니부터 시작해서 왜 저래?'

마음을 진정시키기에는 시간이 꽤 걸렸다. 호준의 어머니로부터 받은 충격이 컸던 탓에 소영의 일은 이미 머리에서 사라진 지 오래다. 다만, 지워지지 않은 손 여사의 모습으로 주원은 그날 결국 일을 제대로 하지 못한 채 퇴근을 하게 되었다.

만나자는 문자가 들어왔으나 오늘 받은 정신적, 감정적 충격으로 그의 얼굴을 보고 싶지 않아 거절했다.

지친 심신을 이끌고 집에 와보니 동생 주희가 와 있었다.

3개월 밤낮없이 아르바이트로 돈을 모으고, 그 돈으로 1개월 여행을 다니는 단기적 인생을 살고 있는, 이해불가한 동생이다.

"여행 잘 다녀왔어? 엄마한테도 갔다 왔지?"

"응. 그런데 엄마가 다이어트 부작용으로 폐경 온 것 같다고 울고불고 난리도 아니었어. 엄마 나이에 폐경이 정상 아니야?"

"엄마한테 폐경은 사형 선고지. 저녁은?"

"저녁은 별로 생각 없고 막걸리나 한잔할까?"

"아니. 나 술 끊었어."

"그 맛있는 술을 왜 끊어?"

"술 무서운 줄 알았거든."

하지만 주희는 그런 주원의 말을 무시하고 냉장고를 열어 여행을 떠나기 전 자신이 넣어놓았던 막걸리를 꺼냈다.

"왜, 술 마시고 실수했어?"

주희의 말에 그날의 안 좋은 기억이 떠오르며 몸과 마음이 절로 움찔거렸다.

"술 마시고 실수는 성아가 했지. 아니, 실수가 아니라 사고를 친 거지."

"성아 언니가 왜? 남자랑 잠이라도 잤어? 그렇다면 사고가 아니라 경사 아니야?"

"그러게 말이다."

주원이 샤워를 하기 위해 욕실로 들어갔고 혼자 남은 주희가 막걸리 한 잔을 막 들이켜는 순간 거실 테이블에 놓인 휴대폰이 울렸다.

"언니 전화네. 루브르?"

휴대폰 화면에 뜬 발신자는 '루브르'였다.

매장을 운영하는 주원에게 있어 거래처 업체명이라고 생각하고 넘겼다. 그러나 그 전화는 끈질기게 여러 번 계속 왔고 전화벨 소리가 듣기 싫었던 주희가 결국 그 전화를 받았다.

"한주원……."

-집 앞인데 간단하게 얘기 끝낼 테니까 잠깐 나와요.

"……저기 ……저는요……."

거래처 사람의 영업용 말투가 아니었다. 싸우고 감정이 안 좋은 것 같은, 하지만 연인으로 느껴지는 말투가 주희의 궁금증과 호기심을 자극했다. 한주원이 아닌, 동생 한주희라고 말해야 하지만 언니에게 걸려온 남자의 정체가 궁금해 그 말을 꺼내고 싶지 않았다.

-우리 오늘 서로에게 얘기해야 할 게 많은 것 같은데? 지금 피하는 겁니까?

"……그건 아닌데요…… 제가…… 한주원이 아니라서."

-한주원이 아니면 누구십니까? 누군데 남의 휴대폰을 함부로 받는 거예요?

다정하지는 않지만 그 안에서 따뜻함을 느낄 수 있던 목소리였다. 하지만 한주원이 아닌 타인에게는 무척이나 냉정하고 차갑고 무서운 사람인가 보다. 주희를 향한 목소리가 순식간에 칼같이 변했다.

"언니가 샤워 중이어서 대신 받았을 뿐인데…… 나오면 전화 왔었다고, 아니 집 앞으로 나가보라고 전해드릴게요."

-아, 그래요? 그렇게 전해주시면 고맙겠습니다. 그럼.

통화를 마친 주희의 시선이 욕실로 향했다.

'연애를 시작한 거야?'

대학 시절, 미친 듯이 사랑을 했지만 배신의 쓴맛을 경험한 이후로 누군가에 마음을 열지 못하는 주원이다. 그런 그녀에게 다시 찾아온 연애는 기적이라 할 수도 있다.

'루브르'가 누구인지, 연애를 하는 상대는 맞는지. 그 궁금증과 호기심은 시간이 갈수록 참을 수 없을 만큼 커져갔다.

휴대폰의 문자나 톡을 검열해볼까 싶어 주희의 손이 주원의 휴대폰으로 향하려는 순간 욕실 문이 열렸다.

"한주희! 샤워를 했으면 머리카락은 좀 치워라. 너만 오면 집안이 난장판이 돼. 너는 영숙 언니한테 가서 교육 받을 필요가 있어. 더러워서 같이 못 살겠어, 진짜."

평소 때와 똑같은 주원의 잔소리가 시작되었다. 그러나 주희의 반응은 평소와 다르다.

언니의 잔소리를 귓등으로도 듣지 않고 제 할 일을 한 후에 겨우 치우고 정리하는 흉내만 내던 주희가 주원을 빤히 바라본다. 막걸리 마시는 일이 더 급했을 텐데도 막걸리는 빈 잔으로 놔두고 주원이 막걸리나 안주인 것처럼 묘하게 바라보고만 있었다.

"왜? 내가 틀린 말 했어? 왜 그렇게 봐?"

"언니!"

"응?"

"밖에서 누가 기다리겠다는데."

"밖에서…… 누가?"

"루브르."

"뭐? 너 내 전화 받았어?"

"정신 사납게 울려대는데 안 받을 수가 없었어. 언니 벨 소리는 듣기 좋은 음악도 아니어서."

당황해하고 흥분한 것 같기도 한 주원의 모습에서 주희는 그녀가 연애하고 있다는 걸 확신했다. 이제는 루브르가 궁금할 뿐이다.

"그냥 기다리겠대?"

주희가 고개를 끄덕였다.

"아, 진짜 짜증나. 왜 이 시간에 남의 집 앞까지 오고 난리야?"

투덜투덜, 구시렁구시렁. 주원의 입이 닫히질 않았다. 뿐만 아니라 미간에 잡힌 주름과 이리저리 바쁘게 왔다 갔다 하는 발걸음이 사랑싸움 후에 나타나는 불안증세로 보였다.

주희는 그녀가 연애하고 있음을 확신했다.

"나가봐."

"너는 왜 남의 전화를 받고 그래?"

"왜 받게 만들어, 그럼?"

주원이 휴대폰을 집어 들더니 자신의 방으로 들어가 문을 닫아 버렸다.

그 뒤를 주희가 쪼르르 달려가 방문에 귀를 바짝 댔다.

"난데, 집앞이라고요? ……안 나가요. 오늘 받은 충격이 너무 커서 쉬고 싶어요. 그러니까 내일 얘기해요. ……저기 신호준 씨, 차라리 그 여자랑 사귀지 그래요? 내가 보기에는 정말로 당신 사랑하는 것……. 왜 소리를 지르고 그래요? ……알았어요, 알았어. 나 갈게. 아, 정말 이제 슬슬 본성을 드러내시는구만."

통화는 끝난 것 같았고 주희는 도청 따위는 하지 않았다는 얼굴로 제자리 돌아가 막걸리를 마시기 시작했다.

'그 여자? 차라리 그 여자랑 사귀라고? 뭐야? 이번에도 바람둥이야? 언니는 남자 복이 왜 저렇게 없냐? 쯧쯧.'

주원의 사랑이 이번에도 실패인 것 같아 주희의 속이 쓰렸다.

"나 잠깐 나갔다 올게."

주원이 빠르게 집을 빠져나갔다.

'언니, 아무리 그래도 생얼에 위, 아래 짝짝이 트레이닝은 좀 너무하다.'

속옷은 하늘이 무너져도 세트로 맞춰 입으면서 컬러와 디자인의 언밸런스한 트레이닝을 입고 나가는 주원이 안타깝기만 했다.

주원을 만나고 돌아가는 차 안에는 아직 그녀의 향기가 감돌고 있다. 샴푸와 비누 향이 잘 어우러진 맑고 깨끗한 향이다. 그 향으로 인해 주원의 얼굴이 지워지지 않고 머리를 헤집고 있다. 머리뿐 아니라 가슴까지도 그녀의 모습으로 차 있어 무척이나 혼란스럽다.

조금 전 그녀를 만났을 때 특별한 건 없었다.

그의 차 안으로 젖은 머리와 화장기 없는 말간 얼굴로 그녀가 들어왔다. 은은하게 풍기는 그 청아한 향 때문이었는지 그녀가 무척이나 청순해 보였다. 그녀의 체향에 취한 것처럼 아무 말도 들리지 않고 그녀의 모습만 눈에 들어왔다.

맨얼굴의 투명한 피부가 순진한 어린아이 같으면서도 젖은 머리카락을 넘길 때에는 도발적인 섹시함이 엿보였다.

쉬지 않고 그를 향해 불만을 털어내듯 쏘아대고 화풀이를 하고는 그에게 어떡할 거냐고 물었다. 귀에 들어온 말이 없어서 뭐라고 대답해야 할지 몰라 둘러댄 말이…….

"내가 알아서 해결할 테니까 신경 쓰지 마요. 그런 불상사가 생기게 해서 미안하고."

"그리고 이건 기우인지 모르는데…… 그래도 걱정돼서 미리 말하는데요…… 당신 어머니까지 매장으로 찾아오는 일은 없게 해주세요."

아무래도 손 여사의 모습이 그녀에게 적지 않은 충격을 준 모양이다. 그녀의 표정이 소영을 얘기할 때와 다르게 어두워졌다.

"걱정하지 않아도 돼요. 우리 어머니는 주원 씨 매장 모르니까. 그리고 아들한테나 막무가내지 다른 사람들한테는 안 그러시니까. 그리고…… 쉽지 않은 부탁인데 들어줘서 고마워요."

"할 얘기 끝났어요?"

할 얘기도 들을 얘기도 많을 거라 생각했다. 그래서 무작정 달려온 길이다. 그런데 마주한 그녀의 모습에서 마음이 흔들리는 자신이 느껴진다. 젖은 머리카락이 뭐라고. 샴푸 향이 대체 뭐기에 그의 마음을 이토록 어지럽게 흔들어대는지 그대로 더 있다가는 주원에게 엉뚱한 말을 할 것 같아 호준은 고개를 끄덕였다.

"네."

"그럼 들어가 볼게요."

주원이 차 문의 손잡이를 잡았다.

"주원 씨."

"네?"

"내일 점심 같이합시다."

"왜요?"

"진짜든, 가짜든 연인인데 점심하는 거에 왜가 왜 필요합니까?"

"그래도……."

"전화할게요. 들어가요."

그렇게 별것 없이 주원을 들여보내고 집을 돌아가는 길인데 왜 이리 혼란스러운 것인지.

다음 날 주원이 출근했을 때 작업실에서 영숙과 민정이 베이글을 앞에 두고 커피를 마시고 있었다.

"한 사장 얼른 와라. 먹고 싶어도 한 사장 없어서 먹지도 못하고 커피만 마시고 있다."

"네?"

"저기 길 건너 사장이 뇌물이라고 주고 갔다. 한 사장 잘 도와주라고."

"길 건너 사장이요?"

"님 얼굴 보려고 아침부터 애쓰는 모습이 귀엽더라."

진짜 연인이라도 이렇게까지 하는 남자가 몇 있을까? 굳이 하지 않아도 될 일을 하는 호준이 주원은 못마땅했다.

"한 사장 빨리 하나 먹어라. 그래야 우리도 먹지."

"그냥 드세요. 전 아침 먹고 와서 생각 없어요. 그리고 원 매니저는 안 먹는데요?"

"입덧하더라. 베이글 냄새 맡기 싫다고 인상 쓰기에 이리로 가져온 거야. 입덧 심하면 고생인데."

영숙의 걱정은 입덧에서 그치지 않았다. 민정이 나간 후 주원에게 성아의 결혼식에 대해 다시 물어왔다.

"어제 물어봤어, 원 매니저 결혼식?"

"아니요."

"말이라도 한번 해봐. 이렇게 정성 들이는 거 보면 들어줄 것도 같은데."

주원은 대답하지 않았다. 친구 문제를 호준과의 관계에 끌어들이고 싶지는 않았다.

말없이 일을 시작하는 주원에게 영숙도 더 이상 성아의 결혼식을 언급하지 않았다. 주원도 일에 집중하면서 성아 문제는 머릿속에 떠나 있었다.

그러나, 점심시간이 가까워져 매장 앞에서 기다리겠다는 호준의 문자를 받고 작업실에서 나왔을 때였다. 얼굴이 하얗게 질린 성아가 매장으로 들어와 의자에 털썩 주저앉았다.

"어디 다녀와? 얼굴이 왜 그래? 어디 아파?"

"입덧. 죽을 것 같아. 어제 저녁부터 뭘 못 먹겠어."

그러고 보니 성아의 얼굴이 반쪽이 되어 있었고 야위고 하얗게 들 뜬 그녀 얼굴이 안쓰러웠다.

"전혀 못 먹는 거야?"

"응. 안 들어가. 들어가면 울렁거려 못 견뎌. 숙취로 속 울렁거리는 거 열 배는 되는 거 같아."

"나 점심 약속 있어서 나가는데 뭐라도 사다 줄까? 먹고 싶은 거 있어?"

말할 힘도 없는지 고개를 저으며 축 늘어지는 성아의 휴대폰이 울렸다. 성아가 발신인을 확인하더니 심하게 인상을 구겼다.

"왜?"

전화를 받는 목소리도 무척이나 까칠하다.

"그만해, 엄마! 이미 얘기 다 끝났잖아!"

언성이 높아지면서 성아가 휴대폰을 들고 밖으로 나갔다. 자신과 다르게 사이가 좋았던 모녀가 뭔가 단단히 틀어져 보였다. 영숙의 말대로 결혼으로 인한 갈등이 깊어진 모양이다.

그런 성아의 모습을 보고 나오니 주원의 신경은 온통 성아에게 가 있었다. 영숙이 걱정하고 염려하는 마음이 그냥 나온 게 아니었다는 걸 알 수 있었다.

몸고생 마음고생으로 심란한 성아 때문에 함께 점심 먹을 생각이 없다는 그녀를 기어코 데리고 온 곳은 국숫집이었다.

"어때요? 점심으로 부담스럽지 않고 괜찮죠?"

평소 주원이라면 자신의 의견을 무시하고 그곳까지 억지로 끌고 온 그에게 따지고 들었겠지만 지금 주원의 정신은 오로지 하나, 원성아의 결혼식을 그에게 부탁하느냐 마느냐에 쏠려 있었다.

커플 속옷을 출시하기 위해 남자 팬티를 만드느냐 마느냐의 고민보다 훨씬 더 답을 찾기 힘든 고민이다.

'원래 들어주기로 했던 부탁을 변경해?'

깊어지는 고민은 그녀의 시선을 호준에게 고정시키게 만들었다.

'밑져야 본전! 들어주든 안 들어주든, 일단 말하고 봐?'

그녀의 고민을 알지 못하는 그가 자신의 얼굴을 뚫어져라 바라보는 그녀에게 물었다.

"왜? 무슨 할 말 있어요? 아니면……."

"내가 무슨 부탁을 하든지 신호준 씨 능력 안에서 가능한 거면 다 들어줄 수 있는 거죠? 꼭 먼저 얘기했던 그게 아니더라도."

누가 더 아쉬운지를 따져볼 때 자신보다는 루브르 사장이 더 아쉬운 쪽이었다. 적어도 칼자루를 그가 쥐고 있지 않은 이상, 무리하지만 말하지 못할 이유도 없었다.

호준은 뜬금없는 그녀의 말이 무슨 말인지 잠시 생각해보았다.

어떤 부탁을 해올지 모르겠지만 그녀의 부탁을 들어주고 싶었다. 그래서 대답이 어렵지 않게 바로 나왔다.

"물론."

"그럼 루브르에서 내 친구 결혼식 치를 수 있게 해줘요."

"결혼식 날짜에 우리 홀이 비어 있다면."

"아니요. 비어 있는 날짜로 결혼식을 맞춰주면 돼요. 단! 홀 대여비 무료, 피로연 음식 무료 제공. 결혼식에 필요한 제반비용 역시 무료로."

주원의 말이 끝나자 이번에는 그가 그녀의 얼굴을 뚫어지게 바라봤다.

그녀의 말을 이해하기 위함인 것 같기도 하고, 그녀의 부탁을 거절하기 위한 핑곗거리를 찾으려 하는 것 같기도 했다. 자신을 바라보는 그의 눈빛이 무엇인지 주원은 알 수 없어 답답했지만 재촉하지 않고 그의 대답을 기다렸다.

"남자 친구가 파티 홀 사장인데 그 정도쯤은 들어줘야 하는 거, 당연한 거 같은데? 홀 대여, 피로연 음식, 부대비용 말고도 더 필요한 거 있으면 얼마든지 무료 제공 해주죠."

그가 흔쾌히 그녀의 제안을 받아들였다. 머뭇거리며 대답을 회피했다면 실망이 컸을 것이다. 그런데 너무 간단하고 쉽게 받아들이는 것도 불안했다.

"정말…… 그렇게 해줄 거예요?"

너무나도 명료한 그의 대답에 주원은 더 이상 어떤 말도 하지 못하고 눈만 깜빡거렸다.

"해달라고 했잖아요?"

"그러기는 했지만……."

그러기는 했지만 고민한 무게에 비해 그의 대답이 너무 단순해 좀 놀라고 있는 중이다.

"그렇게 쩨쩨하고 쪼잔한 인간 아닙니다."

씩 웃는 그의 표정에서 이상하게 그가 당기는 대로 끌려가고 있는 기분이 들었다. 연인은 아닌데 연인인 것처럼, 밀당은 아닌데 밀당을 하는 느낌. 지금의 애매모호한 둘의 관계가 그대로 느껴지는 순간이었다.

다음 날 아침도 호준은 어제처럼 양손에 커피와 간식거리를 사 들고 민트 러브로 주원을 찾아왔다.

"좋은 아침입니다."

"뇌물을 또 들고 오셨네? 또 뭘 잘 봐달라고 들고 오셨나?"

주원보다 영숙이 먼저 호준을 웃으며 맞이해주었다.

"오늘은 뇌물이라기보다는 그냥 배달입니다. 간식 배달."

"님 얼굴 보려고 매일 애써요, 애써. 난 들어가야겠다. 곧 원 매니저하고 민정이 출근하겠지만 그때까지 둘이 오붓하게 보내."

영숙이 호준이 사다놓은 커피와 빵 한 조각을 들고 작업실로 들어갔다.

"뭐 하는 거예요? 이렇게 유난 떨 필요는 없는 것 같은데."

"유난? 난 이거만 달랑 들고 오기 뭐해서 사가지고 온 건데."

호준이 속주머니에서 작은 봉투 하나를 꺼내 주원에게 내밀었다.

"계약서. 예식 가능한 날짜는 따로 메모했으니까 날짜 결정되는 대로 계약서 작성해서 주면 돼요. 그 안에 있는 계약 사항들 중 맘에 드는 대로 뭐든 알아서 체크하고."

"계약 사항을 알아서 체크하라고요?"

"뭐, 쉽게 말하자면 백지 계약서라고나 할까요? 그 안에 있는 계약 조건 안에서 무료서비스로 다 맞춰줄 수 있으니까 원하는 조건으로 계약서 작성해서 달라고요."

주원이 봉투 안에 있는 계약서를 꺼내보았다.

예식에 필요한 시설 사용료부터 부대비용까지 각 항목별 비용은 S/V, 즉 서비스라 표시되어 있었다. 하지만 선택사항에는 공란이었다.

"피로연 식대는 종류에 따라 가격이 천차만별이에요. 5만 원 짜리를 원하면 5만 원이라고 쓰면 되는 겁니다. 결혼식 부대비용으로 들어가는 포토나 드레스, 메이크업은 연결된 숍이 있고 협정된 가격이 있으니까 비용 상관없이 숍에 가서 원하는 드레스하고 앨범 선택하면 되는 거고. 물론 그 부분도 서비스."

쉽게 생각했었다. 하객들 식사 준비해주고 이미 꾸며져 있는 홀에서 식만 간단하게 치르면 될 거라 생각했지만 계약서를 받아보니 생각처럼 간단한 게 아니었고 비용도 만만치 않았다.

"신부는 내가 아니니까…… 그리고 신부도 신랑하고 상의도 해야 할 것 같고…… 늦지 않게 작성해서 줄게요."

"그렇게 해요. 그럼 난 출근할게요."

어제처럼 그가 그녀의 머리를 쓰다듬었다. 아무도 보는 사람 없어 굳이 그런 행동을 취하지 않아도 되는데 그는 그렇게 그녀의 머리를 만져주고 매장을 나갔다.

그런 그의 행동으로 인해 주원은 혼란스럽기만 하다.

'진짜 연애하는 사람처럼 왜 저러는 거지? 이러다 정 들면 어쩌려고? ……어쨌든 성아가 결혼식을 올릴 수 있어 다행이네. 루브르 사장이 또 쪼잔한 남자는 아니네.'

백지 계약서. 네 맘대로 계약하고 그것대로 식을 치러주겠다는 그의 마음이 고맙고 미안했다. 한편으로는 부담감이 없지 않아 있었다. 그만큼 자신도 완벽하게 그의 여자 친구처럼 굴어야 하는 대가를 치러야 한다. 그가 그녀의 머리를 쓰다듬을 때 가만히 있었던 것처럼.

호준이 돌아 간 후, 주원이 내민 계약서를 본 성아는 생각보다 많이 기뻐했다. 눈물을 글썽일 정도로 결혼식을 올리지 못하는 자신의 처지에 힘들어하고 있었다.

"솔직히…… 자존심 상해서 말 못했어. 궁하게 없어본 적이 없어서 몰랐는데…… 궁하다는 거…… 영숙이 언니 말처럼 사람 참

비참하게 만들더라."

그렇게 성아의 한탄이 시작되었다. 매장에서 울고 있는 모습이 보기에 좋지 않아 작업실로 데리고 갔더니 마음속 담아둔 설움이 폭발하면서 아예 대성통곡을 하며 울어댔다.

"엄마도 슬슬 짜증이 나나 봐. 없어도, 없어도 너무 없는 남자한테 가는 내가 못마땅하고, 더구나 사고 쳐서 결혼하는 거라 입만 열면 그 남자 흉이야. 사실 엄마한테는 말하지 않았는데 그 남자 너무 효자야. 돈 버는 족족 홀어머니하고 동생들 생활비로 다 들어가. 제 엄마 좋아하는 과일은 잘 사면서 자기 애 가진 여자한테 주스 한 잔 못 사주는 남자가 자기 설렁탕 사주면 안 되냐고 묻는데…… 이 남자하고 살아야 하나 싶더라."

"성아야……."

성아의 우는 모습을 거의 처음 본지라 주원은 당황스러웠다. 그런 성아가 낯설어 어떤 말로 위로를 해주어야 하는지 떠오르는 말이 없었다.

"그러게 때려치우라고 했잖아! 지금도 늦지 않았어. 그냥 때려치워. 앞으로 지금보다 더 힘들 텐데 그거 어떻게 감당하고 살라고!"

아직도 성아의 결혼이 못마땅한 영숙이 버럭 소리를 질렀다. 사실 지금은 주원도 영숙의 장단에 맞춰 그만두라는 말을 해주고 싶었다. 시작하기도 전부터 눈물바람을 일으키는 결혼은 한 번 더 생각해야 하지 않을까.

"어쨌든 고마워, 주원아. 그리고 넌 절대 저 남자 놓치지 마라."

사정 모르고 하는 성아의 말에 주원은 그저 웃어줄 수밖에 없었다.

아침부터 주원을 찾아가 계약서를 건네는 이유는 단 하나였다. 자꾸만 그를 혼란스럽게 만든 그 감정을 확인하고 싶어서였다. 젖은 머리와 맑은 향기에 흔들렸던 것뿐인지, 아니면 진심으로 그녀를 향한 자신의 마음이 흔들리고 있는지 그걸 확인하고 싶었다.

그리고 그녀를 마주하는 순간 젖은 머리와 맑은 향기에 잠시 흔들렸던 것이 아니라는 걸 알았다.

그때와 다르게 그녀의 머리는 젖어 있지 않았으며 깨끗한 샴푸 향을 풍기지도 않았다. 그런데 이번에는 그 털털한 차림 그대로 순수해 보이고 귀여워 보이는 것이 아닌가.

'이 무슨 묘한 조화지?'

여자 취향이 따로 있었던 건 아니다. 여자 자체에 관심이 없어 자신의 취향이 어떤 것인지조차 모르고 살았다. 하지만 적어도 한 주원 스타일은 아닌 것 같았는데 그녀에게 흔들리고 있다는 것이 이상할 따름이다.

'그래, 음기 부족이야.'

시간을 더 두고 봐야 할 것 같아 호준은 주원에 대한 자신의 감정을 심각하게 담아두지 않기로 했다.

주원의 생각으로 머리가 복잡한 호준이 느린 걸음으로 로비로 들어설 때였다.

"호준 씨, 나한테 이러지 마요. 욱현 씨가 인정한다고 했잖아요.

그러니까 욱현 씨에 대한 무거운 마음 내려놓고……."

홀 앞에서 기다리고 있던 소영이 그에게 득달같이 달려들어 울먹이는 목소리로 매달렸다. 호준은 그런 소영을 매몰차게 뿌리쳤다.

"박소영, 여기서 끌려 나가기 전에 알아서 걸어 나가는 게 좋을 거야."

"호준 씨……."

"그리고 그 추악한 입으로 욱현이 이름도 올리지 마."

"아무리 그래도 내 마음 변하지 않아요."

소영을 지나쳐 가던 호준이 걸음을 멈추고 그녀에게 다가왔다.

"그 마음이 변하든 변치 않든 상관하지 않아. 하지만! 한 번만 더 내 여자한테 찾아가서 흰소리하면 당신이야말로 얼굴 못 들고 다니게 만들 거니까 알아서 해. 절대 내 여자 건드리는 건 안 봐줘. 경고야."

소영의 눈동자가 심하게 흔들렸다. 욱현의 여자로서 예의를 차리고 웃어주던 그때와 전혀 다른 모습에 그녀가 당황하는 기색이었다.

"욱현이 때문에 참고 있는 줄 알아."

등 뒤로 들리는 소영의 말을 무시하고 대표실로 올라왔다. 그 자리에서 끌고 나가 밖에 내동댕이치고 싶은 마음을 겨우 눌러 담았다. 그녀에 대한 욱현의 마음이 아직은 'ing'일 것 같다는 생각이 들었다. 사랑에 있어 바보스러우리만큼 순수한 욱현의 순정을 잘 안다. 아마도 욱현은 그 자신만이 상처 받고 끝나기를 바라고 있을 것이다. 그래서 더욱 소영을 용서할 수 없는 일이다.

5.

　거래하는 원단업체에서 좋은 원단들이 많이 들어왔으니 한번 나와보라는 연락이 왔다. 원단뿐 아니라 부자재 구입도 할 겸 주원은 동대문 시장을 돌아다니며 맘에 들거나 필요한 것들은 구입했다.

　그다음으로 그녀가 향한 곳은 백화점 속옷 매장이었다. 화려한 조명 아래 진열되어 있는 각양각색의 제품들을 보고 있노라면 일에 대한 열정과 함께 일상생활에 필요한 에너지도 생겨난다. 다른 날처럼 오늘도 진열되어 있는 제품들을 보며 에너지와 아이디어를 충전해갔다.

　노출의 계절을 앞두고 브라의 어깨 끈이 화려하고 독특하게 제작된 제품들을 유심히 보는 중에 남자 드로즈 앞에 놓인 광고 문구가 눈에 들어왔다.

UP! 올려주세요. 건강과 스타일 하나라도 놓치지 마세요.

'뭘 올리라는 거야? 설마…… 그걸 올리라는 건가?'

진열되어 걸려 있는 드로즈 하나를 꺼내 이리저리 살펴보았다. 중심 부분이 다른 드로즈에 비해 입체적으로 만들어졌다.

"어서 오십시오, 고객님."

직원이 다가왔다.

"이거 말이에요. 다른 드로즈들과 뭐가 다른 거죠?"

"이번에 새로 나온 제품입니다. 기존에 드로즈들은 아무래도 피트하게 붙다 보니까 스타일은 좋은데 땀이 차기 쉬운 단점이 있었거든요. 그런데 이 제품은 남성의 음경을 위로 올려서 착용하는 인체공학적 디자인으로 나온 제품이라서 땀이 차지 않아서 쾌적하고 항균 소재라서 위생적입니다. 스타일 잡아주는 건 기본이구요. 출시된 지 한 달뿐이 안 됐는데 한번 구입하신 분들이 다시 오셔서 재구입해가세요, 너무 좋다고. 인기 많은 컬러 95사이즈는 완판이라 구하기 힘들고 한 달 쯤 기다리셔야 될 정도예요."

궁금하다. 도대체 위로 해서 편한 게 뭐며, 이 드로즈와 자신이 만든 드로즈와의 차이점이 뭔지.

"이거 하나 주세요."

"네. 그런데 사이즈가 어떻게 되시죠?"

"사이즈는요…… 95."

95라는 사이즈를 말할 때 주원의 머리를 스쳐 가는 인물은 호준이었다. 그의 사이즈는 95. 그냥 봐도 딱 나오는 사이즈다. 그런데 왜 호준의 사이즈를 말했을까? 어차피 그에게 입혀볼 게 아니라면 다른 사이즈로 가져가도 무방한데.

"선물하실 건가요?"

"아니요. 그냥 주세요."

그렇게 드로즈 하나를 구입해 돌아오는 길에 주원은 성아에게 전화를 걸었다.

"성아야, 시크릿 바디에서 나온 업이라는 남성 드로즈 검색 좀 해서 전화해줘."

그리고 10분 후에 성아가 전화를 했다.

-이건 완전 대박인가 본데. 기사에도 출시 2주 만에 대히트라고 하고 무엇보다 제품 리뷰가 좋아. 착용감이 편하고 땀 차지 않아서 좋대.

"그렇구나. 좋긴 좋은가 보네. 알았어."

-드로즈…… 끝난 줄 알았는데 다시 시작인 거야?

"몰라. 그냥…… 좋다는 제품이 있으니까 어떤가 하고. 금방 들어갈게."

주원은 손에 들린 쇼핑백을 바라보았다. 이젠 그냥 만들기만 하면 되는 걸로 알았는데 또다시 잘 만들어야 한다는 강박관념에 사로잡혀 괴로운 시간들을 보내야 하는 건 아닌지 걱정이다.

그 걱정이 어두운 그늘을 만들어냈는지 매장으로 들어오는 주원에게 성아가 물었다.

"얼굴이 왜 그래? 나가서 무슨 안 좋은 일 있었어?"

"아니. 이영찬 씨 사이즈 어떻게 돼?"

"사이즈?"

묻는 질문 내용도 의외였지만 잔뜩 찌푸린 주원의 얼굴을 보며 성아는 바로 대답할 수가 없었다.

"이거. 맞으면 가져가봐. 대신, 알지? 착용 후기 알려줘야 하는 거."

주원이 백화점에서 사 온 드로즈를 성아에게 건넸다.

"이게 시크릿 바디에서 나온 그거구나?"

성아가 박스 안에 고이 접혀 있는 드로즈를 꺼내 펴 보며 이리 저리 살폈다.

"별거 없는 거 같은데 이게 그렇게 편하고 좋은가?"

"그러니까 네 예비신랑 이영찬 씨한테 입혀보라고."

"이건 루브르 사장한테 가야 하는 거 아니야? 혹시 그새 싸웠어? 표정 안 좋은 것도 그렇고. 한주원 그렇다고 남친 줄 속옷을 남한테 주는 건 좀 그렇다? 이거 영찬이한테 사이즈 맞지도 않지만 걔는 이런 거 안 입어. 트렁크만 입는 애야."

성아가 다시 고이 접어 주원에게 건넸다.

"그런데 남성을 위로 올려서 입으면 그 부분이 더 도드라지지 않을까? 아닌가? 음경과 음낭이 분리돼서 차라리 옷 입었을 때 그 부분이 슬림하게 보이나? 가끔 보면 남자들 보기 흉하게 거기가 불거진 사람들 있잖아."

결론을 알 수 없는 그 부분을 성아도 주원처럼 궁금한 것 같았다. 그 속옷을 입어본 남자가 말해주지 않으면 상상과 추측만으로 해석하고 결론을 내야 한다. 그러나 그렇게 추측해서 대충 따라 했다가는 더 큰 낭패를 볼 수 있다.

기능성 드로즈를 만들고 안 만들고를 떠나서 본격적으로 시작한 남성 속옷에 필요한 답을 얻고 싶었다.

'이걸 그냥 신호준, 그 사람한테 입어보라고 줘봐?'

들어줘야 할 부탁 한 가지를 성아의 결혼식으로 대신했으니 그에게 입어보라는 말을 할 수가 없다. 순간적으로 성아에게 결혼식을 물러보자 말할까 싶어 그녀를 바라보는데, 성아가 계약서를 내밀었다.

"영찬이랑 상의해서 작성한 거야. 그리고 주원아, 우리 결혼식, 그러니까 너하고 저기 루브르 사장이 무료로 협찬해준 이 결혼식…… 우리 집에 네가 해주는 게 아니라 영찬이가 하는 걸로 얘기했어."

"응? 영찬 씨가?"

"영찬이 우리 집에서 대접 못 받고 있는 거 알고 있잖아? 집 문제부터 뭐 하나 우리 가족들 맘에 드는 게 없었는데 결혼식은 정말 엄마하고 아빠한테 용서가 안 되는 부분이었거든. 그런데 네가 해준 이 결혼식 협찬을 영찬이가 비용 대서 하는 걸로 얘기했어. 그랬더니 우리 부모님 마음을 좀 푸시더라. 좀 푸시는 게 아니라 오늘 영찬이 우리 집에 와서 저녁 먹고 가란다. 밥 먹고 가라는 말 처음이야. 사위다운 대접을 이제 처음 받는다고. 너한테는 정말 미안하지만 그렇게 진행하면 안 될까?"

눈물까지 글썽이며 감격과 미안함을 함께 표현하고 있는 친구에게 무르자는 말을 할 뻔한 사실이 미안해졌다.

"주원아, 이 은혜 잊지 않을게. 영찬이도 꼭 신세 갚는다고 했어. 주원아, 도와줘. 제발. 이것마저도 영찬이가 아닌 너하고 네 애인이 해준 거라는 걸 알면 나, 우리 가족들하고 연 끊고 살아야 할지도 몰라."

시크와 쿨을 겸비하고 나름 제멋에 겨운 삶을 즐길 줄 아는 성아였다. 그런 그녀가 이렇듯 친구에게 사정을 하는 모습에 가슴이 아파왔다.

결혼이 뭐고, 사랑이 뭐기에.

"그렇게 해. 따지고 보면 사실 내 돈 들어가는 건 없어서 내가 해주는 것 아니니까."

"고마워."

성아에게는 어울리지 않는 눈물을 보자 영숙의 말이 떠올랐다.

'남자 무능하면 비참하고 불쌍해진다더니…… 저 지지배 앞으로 영숙 언니처럼 지지리 궁상에 저당 잡혀 사는 거 아니야?'

이왕 할 거 제대로 하자는 그가 마음을 단단히 먹었는지 주원에게 데이트를 하자는 전화를 해왔다. 데이트라는 말에 의미를 부여하기보다는 집에 가서 밥해 먹기 귀찮은 핑계로 주원은 호준의 데이트 신청을 받아들였다.

오늘도 호준이 매장 앞에서 차를 대놓고 기다렸고 주원이 그의 차에 올랐다.

그런데 차에 오르자마자 그녀의 시선이 향한 곳은 호준의 중심

부였다.

'저 남자는 위로 업해서 입었을까?'

주원의 시선이 자신의 아랫부분에 머물러 있자 호준은 정신 차리라는 의미로 헛기침을 했다. 그의 헛기침 소리에 주원이 당황했다.

"아직도 일에 대한 무언가가 풀리지 않았어요?"

빈 사장의 말로 인해 일에 대한 주원의 열정을 알기에 호준이 물었다.

"……풀릴 수가 없죠. 내가 남자가 되지 않는 이상."

"일단 저녁부터 먹으러 갑시다. 내가 도와줄 수 있으면 도와줄 테니까, 저녁 먹으면서 얘기해봅시다."

"정말요?"

호준이 고개를 끄덕이며 차를 출발시켰다.

답답하고 캄캄하게 막혀 있던 시야가 확 트인 기분이다. 이리 쉽게 해결될 수 있을 줄이야.

'가짜 아닌 진짜 같은, 진짜 아닌 가짜 같은 연애를 해봐?'

주원은 처음으로 이기적이고 계산적인 마음으로 호준을 바라봤다.

모델 뺨치는 보디에 배우 기죽일 만한 페이스. 남자를 몰랐다면 빠져들고도 남았을 남자다. 자신이 먼저 매달려 미친 듯이 좋아했을 남자다. 하지만 남자고 여자고 잘생기면 그만한 값을 한다는 걸 아는 주원은 훌륭한 외모의 소유자는 별로다.

그러니 지금 기회를 잘 이용하면 이 남자로 인해 일적인 부분에서 얻는 것이 많을 것 같다는 생각이 들었다.

'그래, 제대로 해보자는데 해보지, 뭐. 손해날 건 없는 것 같은데.'

그런 와중에서도 주원의 시선은 호준의 그곳을 향했고 운전을 하는 중에도 호준은 그녀의 시선이 자신의 중심부에 다녀간 것을 알았다.

'일에 대한 열정이 맞는 걸까? 아니면…… 처음 봤을 그때의 예상대로…… 변…… 태? 는 아닌데……. 변태였으면 그날 무슨 일이 있어도 있었을 테니까.'

그렇게 변태가 아닌 걸 확신하고 나니 자신의 그곳을 힐끔거리는 그녀가 귀여워 보인다. 이제 막 성적인 호기심을 보이는 소녀처럼 순수해 보여 괜히 미소가 지어지고 있었다.

호준이 주원을 데리고 찾은 곳은 깔끔하고 정갈한 한정식집이었다. 고급스럽다기보다는 솜씨 좋은 엄마의 밥상을 받는 것 같은 그런 곳이었다.

주원은 늘 엄마가 차려주었으면 했던 밥상을 그곳에서 받은 기분이 들었다.

호준의 엄마도 여느 평범한 엄마처럼 보이지 않았으니 그도 어쩌면 엄마의 밥이 그리워 이곳을 알아내지 않았나 싶었다. 괜히 동질감이 느껴지는 순간이었다.

마치 외갓집에서 손님 밥상을 받은 것 같은 식사를 한 후 호준과 주원은 그녀의 집 근처의 작은 바로 자리를 옮겼다.

"여기 계약서."

그녀가 계약서를 내밀었다.

"친구가 필요한 것들만 체크해서 적은 거예요. 모르는 내가 봐도 간소하게 치르려고 한 것 같은데…… 혹시라도 뭐 빠진 게 있거나 더 신경 써서 챙겨야 할 부분이 있으면 알아서 준비해줘요. 그 부분에 대해서는 제가 경비를 지불할게요."

"에이, 그럼 무료 서비스가 아니죠. 알아서 할 테니 주원 씨는 신경 꺼요."

모든 비용을 그에게 부담시키기는 싫었다. 호준이 진짜 애인이었어도 똑같은 마음이 들었을 것이다.

하지만 호준은 그런 주원의 마음을 받아들이지 않았다. 그 역시 주원이 진짜든 가짜든 그것과는 상관없는 그의 성격인 것 같았다. 이왕 하는 거 제대로 하는 걸 좋아하는.

그 문제로 왈가왈부 말싸움을 할 타이밍은 아닌 것 같아 주원은 더 이상 결혼식 이야기는 꺼내지 않고 화제를 돌렸다.

"허리는 괜찮아요? 어머니한테 맞은 거."

"일찍도 물어보네? 괜찮아요. 하도 맞아 이골이 나서."

농담인 것 같지만 어제 본 어머니의 이단옆차기 폼으로 봐서는 농담이 아닌 것도 같았다.

"자, 이제 궁금한 거 해결합시다. 일이 뭐가 안 풀려요? 말해 봐요. 내가 도와줄 수 있는 선에서 도와줄 테니까."

"음…… 지금 무슨 팬티 입었어요?"

"네? ……무슨 팬티라고 하면……?"

"삼각? 트렁크? 드로즈?"

"저번에 봐서 알 거 압니까?"

"아, 그때! 음…… 그럼 드로즈인데 그거 입을 때……."

주원은 앞에 놓인 칵테일 한 잔을 원샷해버렸다. 조금은 민망스러운 단어를 써서 질문을 해야 하기 때문에 약간의 용기가 필요했고 그 용기를 술로 한 잔 채우고 물었다.

"그러니까…… 음경을 위로 해서 입으셨나요? 그러니까…… 음경과 음낭을 분리했냐, 이 말이죠."

술을 마시고 있었으면 아마도 그녀의 얼굴로 다 뿜었을 것이다.

예상치 못한 질문에 당황스럽기도 하고 웃음이 나오기도 하고 기가 막히기도 했다. 그런데 오히려 그녀는 아무렇지 않은 표정으로 그의 대답을 기다리고 있는 것처럼 보였다.

그녀는 마치 모델을 대하는 디자이너 선생님처럼 감정 같은 것이 없어 보였다. 민망한 단어를 말함에도 불구하고 말이다.

그녀가 그러니 그도 그럴 수밖에 없어 마음을 가다듬고 대답했다.

"네, 위로 해서 입어요."

그러나 대답해놓고 민망해 죽을 것 같다. 그녀가 상상을 하는 게 아닌가 싶어.

호준의 대답을 듣고 주원은 칵테일 한 잔을 더 주문했다. 아무렇지 않게 얼굴 표정 변하지 않고 그와 대화를 하려니 한 잔 가지고는 안 될 것 같았다. 연인도 아닌 남자와 노골적이라면 노골적일 수 있는 대화를 나누려니 제정신으로는 힘이 든다.

주원은 바텐더가 만들어준 칵테일이 나오자마자 또다시 원샷으로 마셔버렸다.

"위로 해서 입는 거하고 아래서 해서 입는 거하고 뭐가 달라요?
그러니까 그게…… 위로 해서 입으면 더 편한 건가요? 아니면 위
로 하면 더 좋은 이유가 있나요? 이를테면…… 위로 해서 팬티를
입으면 옷을 입었을 때 그 부분이 덜 도드라져 보인다거나, 뭐, 그
런 거?"

"한주원 씨 몇 살이에요?"

성의 있는 대답이 나올 거라는 예상과 달리 호준에게서 뜬금없
는 질문이 튀어나왔다.

"네? 내 나이는 왜요? 그러는 신호준 씨 나이는 어떻게 되는데
요?"

"내 나이는 서른넷이고요, 도대체 여자 나이 몇이면 아무렇지
않게 음경, 음낭 이런 단어를 남자 앞에서 쓸 수 있나 해서요?"

"내 나이는 서른이고요, 어쨌거나 우리…… 가짜 같지 않게 사
귀는 사이 아니에요? 나이를 떠나서 그런 단어를 써도 되는 거 아
닌가?"

칵테일이 준 용기가 조금씩 채워지고 있나 보다. 이상하게 말이
쉽게 잘 나가고 있다. 가짜 같지 않게 사귀는 사이라니?

호준이 그녀의 말에 고개를 끄덕거린다. 마치, 음, 그래? 그렇다
면, 하고 뭔가 내지를 것 같은 심상치 않은 얼굴로.

"우리 가짜 같지 않게 사귀는 사이니까 우리 그럼 편하게 가는
거 어때? 한주원."

'엥? 느닷없이 반말을? 이건 아니지.'

무언가 주원이 따지려는 순간.

"그런 단어를 아무렇지 않게 말하고 들으려면 같이 반말하는 게 편하고 좋을 것 같지 않아?"

막상 대놓고 편하게 반말을 하라고 하니 오히려 쉽게 나오지 않았다.

"자, 이제 대답을 해주겠어. 주원이 말대로 음경과 음낭이 붙어 있으면 땀이 차기 쉽고 그럼 피부가 쉽게 짓무르면서 습진이 생기는 경우가 많지. 그래서 음경과 음낭을 분리해줘야 위생상, 건강상 좋은 거지."

"아! 팬티 안쪽에 구멍도 그래서 있는 거구나! 그 구멍에다 그걸 집어넣으면 그거하고 분리가 되게 되면서 살과 살 사이에 있는 원단으로 살이 안 붙게 되고, 그래서 습진 방지에 좋고…… 그거였구나!"

유레카를 외쳤던 아르키메데스가 이런 기분이었을까.

역시, 인터넷으로 배우는 학습은 한계가 있는 거다. 생생한 체험 학습이 최고다.

기분 좋아진 주원은 또다시 칵테일을 주문했다.

"그만 마시는 게 좋을 것 같은데? 이게 약해 보여도 쉽게 취하는 술이야."

자신의 고민을 해결해줘서 그런지, 아니면 취기가 서서히 올라와서 그런지 호준의 반말이 거슬리지 않았다. 자신보다 많은 그의 나이를 알기에 넘어갈 수 있는지도 모른다.

Trrrrr.

주원의 가방 안에서 휴대폰이 울렸다.

"누구야? 이 밤중에 잠 안 자고."

커다란 백팩을 열어 휴대폰을 찾는 와중에 그녀 손에 작은 박스가 하나 잡혔다.

"어, 이거?"

주원이 가방에서 꺼낸 박스를 빤히 쳐다보자 호준도 그 박스에 시선을 고정시켰다.

"이거."

주원이 호준에게 건네주었다.

"이거…… 뭔데? ……내 거?"

그녀가 고개를 끄덕인다.

박스 겉에 있는 '시크릿 바디' 상표를 봐서는 속옷 같았다. 그런데 자신의 숍을 운영하는 디자이너가 타 브랜드의 속옷을 선물로 주는 게 이상했다.

"입어보고…… 알죠? 착용샷하고 후기."

박스를 열어본 호준은 그저 웃음만 날 뿐이었다.

"에잇, 실제로 볼 수 있었는데, 그놈의 우정이 뭔지."

"보여줘?"

그냥 생각 없이 던진 말이었다. 그냥 별 뜻 없는 농담으로.

그런데 그녀의 반응이 의외다.

"네? 진짜요? 진짜?"

술 취해 몽롱해지려던 주원의 눈동자가 반짝거리기 시작했다. 하지만 그와 반대로 호준은 그런 그녀의 반응에 당황스러울 뿐이었다.

일에 대한 열정인지, 아니면 취기로 인한 호기인지 구분되지 않았다.

"농담이었는데……."

둘 사이의 대화로 잠깐 끊어졌던 주원의 휴대폰이 다시 울렸다.

"한주원, 전화부터 받아."

농담이라는 호준의 말에 단숨에 표정이 안 좋아진 주원이 호준을 못마땅한 시선으로 차갑게 바라보며 전화를 받았다.

"왜?"

-언니, 어디야? 왜 이렇게 안 들어와?

"너 먼저 자. 늦을지도 몰라."

-어딘데? 루브르 만나?

"응."

-술 마셨어? 술 무서워서 끊었다며? 지금은 안 무섭냐?

"왜 이렇게 잔소리가 많아? 네 잔소리가 더 무섭다, 야! 끊어, 언니 중요한 일 있어."

통화를 끝낸 주원의 얼굴은 계속 좋지 않았다.

"아직 궁금증이 안 풀렸단 말이에요. 남성을 업어서 입었을 때와 그렇지 않고 구멍에 넣거나 아래로 했을 때, 건강상 좋다고 하지만 겉옷에 나타나는 라인의 변화를 알고 싶단 말이에요. 그거 보고 싶어서, 그게 궁금해서 그러는데, 그건 해결해줄 수 없어요?"

술기운인가. 농담이라는 그의 말에 발끈 화가 나고 오기가 생겼다. 그러니 점점 집요해지고 꼭 보고야 말겠다는 투지가 타올랐다. 그리고 왠지 그를 잘 구슬리면 오케이를 받아낼 수 있을 것 같았다.

술에서 깬 것처럼 정신이 제대로 돌아온 것 같은데 또 한편으로는 술에 다시 취하는 것처럼 흥분되는 것을 감출 수가 없었다.

그런 주원과 다르게 호준은 지금의 상황이 당황스럽기만 했다.

"그래? 그럼 같이 보여주기 어때? 나도 속옷 디자이너의 속옷은 어떤지 궁금하거든."

주원이 망설이며 대답을 못하고 있다.

거절을 할 거라는 생각에 낸 제안이기에 그녀의 망설임이 호준에게는 다행으로 다가왔다. 사실 그녀가 어떤 속옷을 입는지 알고 있다. 술에 취한 그날 옷을 벗겨봐서 이미 볼 건 다 봤다고 할 수 있다.

딱 그녀다웠던, 무늬와 레이스가 전혀 없는 순백의 란제리가 떠올랐다. 그리고 동시에 젖은 머리와 맨얼굴로 그의 마음을 흔들었던 그날의 모습도 생각났다.

생각이 거기까지 미치고 나니 그녀의 대답은 망설임 끝에 나오는 거절이어야 했다. 그렇지 않고 그녀가 승낙을 하고 그녀의 속옷을 봤다가는 대형사고가 터질 것 같았다.

"그거 무슨 의미예요? 사람 그렇게 안 봤는데…… 너무한 거 아니에요? 어떻게 그런 말을 함부로 할 수 있어요? 내가 가벼워 보여요? 우스워요?"

주원이 자신의 의도를 오해하고 마구 쏘아붙였다. 사태를 수습하지 않으면 못된 짓을 하려는 쓰레기가 될 분위기다.

"뭔가 오해를 하는 모양인데……."

"됐고요! 무서워서 가짜 애인 노릇하는 거 못하겠어요. 이러다가 내가 언제 당신한테 무슨 봉변을 당할지 어떻게 알아요? 그래도 친구 생각하는 그쪽 마음 봐줘서 그러자 했는데, 이건 아닌 거 같네요."

주원이 벌떡 일어섰다.

"얘기를 끝까지 들어봐야 할 거 아니야? 내가 왜 그런 말을 했는지."

일어서서 나가려는 주원의 손을 잡아 앉힌 호준은 주원의 흥분도 가라앉히기 위해 차가운 물 한 잔을 부탁해 그녀에게 건네주었다. 그리고 같이 보여달라고 했던 그 말이 거절의 대답을 듣기 위한 의도였음을 차분하게 설명해주었다.

"진짜 그 뜻이었어요?"

그의 차분한 설명에도 그녀는 믿지 않는 눈치였다.

"맹세코."

그대로 있다가는 분위기만 나빠질 것 같아 호준이 다른 제안을 했다.

"업해서 입었을 때와 다운해서 입었을 때 겉옷 라인의 변화가 있는지 알고 싶다고 했지? 이거 착용하고 입은 거하고 다른 일반 드로즈를 입고 찍은 거하고 해서 인증샷 2개를 보낼 테니 이쯤에서 우리 표정 풀고 마음 푸는 거 어때?"

"겉옷 입지 말고 찍어서 보내줘요."

"겉옷 라인이 궁금하다며?"

"그것도 궁금하지만 실제로 봤을 때 어떤 게 더 시각적으로 보기 좋은지, 그러니까 손님들에게 좋은 걸로 어필해서 갈 게 어떤 것인지 아는 게 더 중요해서 그래요."

호준은 잠시 망설였다.

"좋아. 그렇게 해주지."

둘 사이의 극적인 타협안이 이루어졌다.

하지만 시간이 얼마 지나지 않아 표정과 마음을 풀었던 주원이 아예 정신까지 풀어놓았으니 스르르 호준의 어깨로 기대어 잠이 드는 것이 아닌가.

"이봐, 한주원! 안 돼! 오늘은 술 취하면 안 된다고!"

"안 취했어요. 안 취했어. 그냥 어지러워서 그러는 거예요."

"집이 어디야? 집에 데려다줄게, 일어나 가자."

"우리 집? 길 건너 한빛아파트."

"몇 동 몇 호?"

"그러니까…… 몇 동이냐면…… 105동, 그리고 1004호."

오늘은 무슨 일이 있어도 그녀를 그녀 집으로 데려다주어야 한다. 또다시 그녀가 여기저기 구토하는 것을 볼 수는 없다. 그로 인해 그녀의 옷을 벗기는 사태가 일어났다가는 그다음 어떤 불상사가 일어날지 모르는 일이다. 주원의 걱정대로 파렴치 불한당이 되고 싶지는 않다.

가까스로 주원을 바에서 데리고 나와 한빛아파트로 향할 때 주원의 휴대폰이 울렸다. 몸도 가누기 힘들면서 전화를 꼭 받아야겠는지 커다란 가방을 휘젓듯 하더니 주원이 휴대폰을 받아 들었다.

"왜?"

그리고 다짜고짜 소리부터 질렀다.

"언니 들어간다. 지금 아파트 입구에 있으니까, 그렇게 걱정되면 내려와!"

통화를 끝낸 주원이 호준과 시선을 마주하고 말했다.

"동생이 데리러 나온대요. 그러니까 그만 가세요."

"인수인계가 확실하게 끝나지 않으면 안 되겠어. 혼자 두고 가기에 지금 정신 상태가 정상이 아니니까, 동생 나오는지나 잘 봐!"

하지만 호준은 주원의 말을 듣지 않았음을 무척이나 후회했다. 주원을 데리러 나온 여동생의 만만치 않은 질문 공격에 진땀을 빼야 했다.

특히나 마지막 한마디가 아직도 그의 가슴에 박혀 빠지질 않고 있다.

"언니 두고 다른 여자한테 눈 돌리면…… 특히나 언니 친구한테 집적거렸다가는 내가 그냥 안 둬요."

한주원도 뭔가 사연이 깊은 것 같았다.

"그 남자 뭐 하는 사람이야? 완전 뺀질이 기생오라방같이 생겼던데? 루브르라는 단어가 왠지…… 룸싸롱 이름 같아."

호준이 데려다준 첫날은 그러려니 했다. 대학 때 첫사랑과 헤어진 이후로는 남자와 담을 쌓고 성아와 연인 같은 관계로 지내왔으니 술 취한 언니를 데려다준 남자가 궁금하기도 했을 것이다.

하지만 그냥 사업적인 관계라는 걸 믿지 않고 끈질기게 주원을 괴롭히고 있으니 주희에게는 호준과의 관계를 솔직하게 털어놔야 할 것 같았다. 정신 나간 거 아니냐는 비웃음을 살 게 빤했지만 대충 둘러대는 것도 힘들었다.

그러나, 그 진실을 털어놓기 전에 매장으로 주원의 모친인 애경이 찾아왔다.

"사장님, 어머니 오셨어요."

민정이 들어와 알리는 이애경 여사의 방문 소식은 중형 선고를 받은 것처럼 주원의 가슴을 무겁게 만들었다.

"이리 오시라고 해."

"나가봐라, 한 사장. 내가 자리를 피해줄 수 있을 만큼 일이 없는 게 아닌 거 알잖아?"

주원과 애경 사이의 감정이나 관계의 골을 잘 알고 있는 영숙의 말에 주원은 한숨을 쉬며 무거운 발걸음을 매장으로 옮겼다.

"이거 너무 예쁘다. 성아야, 이거 내가 입어도 괜찮을까?"

애경이 허니문 기획으로 나온, 레이스와 망사만으로 조화를 이룬 제품을 들고 서 있었다. 새신부처럼 들뜬 얼굴로 성아에게 묻고 있는 애경을 보자 짜증이 치솟았다.

"그럼요, 어머니. 어머니 몸매야 나하고 주원이보다 더 예쁘시 잖아요. 가슴도 하나도 안 처지시고 힙도 착 올라가있고. 어디 가서 처녀라고 해도 믿어요, 어머니 몸매는."

그냥 물었던 질문이 아니라는 걸 아는 성아가 애경에게 칭찬을 아끼지 않고 늘어놓았다.

그런 성아의 대답이 맘에 들었는지 애경의 얼굴이 더 환해지며 소녀처럼 웃기 시작했다.

"호호호. 하긴 내가 40대라고 했더니 30대 후반의 골드미스인 줄 알았다고 하더라. 호호호."

"왜? 쉰여섯이면서 40대라고 속이고 새로 연애할 상대 찾고 있었어?"

까칠하고 차가운 주원의 말에 애경의 얼굴에서 웃음이 사라졌다.

"그러고 싶어도 이젠 그럴 수가 없어 슬프다, 됐니? 네 엄마 그렇게 돼서 속이 시원해?"

"할 얘기 있어 온 것 같은데 나가서 얘기해. 여기 영업해야 하니까."

"구경 좀 더 하고. 성아야, 이건……. 야! 한주원!"

애경이 진열대에서 다른 제품을 꺼내려는 순간 주원이 애경의 손목을 잡고 밖으로 끌고 나오듯 나왔다.

"저 앞에 커피숍 생겼어. 엄마 카라멜 마끼아또 좋아하잖아. 그거 사드릴 테니까 가자고."

"취향 바꼈어. 이젠 화이트모카 프라푸치노야."

까라멜 마끼아또는 이름이 특이해, 있어 보이는 커피 같다며 애경이 늘 마시던 커피다. 화이트모카 프라푸치노는 더 있어 보이는 이름이기에 취향을 바꾼 게 분명했다.

"딱 엄마다운 취향으로 바꿨네. 가, 그거 사줄게."

"그거 후진 커피숍에는 없는 거야."

"엄마가 늘 가던 그 커피 전문점이야. 됐어?"

"하긴. 동네 레벨이 있는데 후진 게 있으면 질 떨어져 안 되지. 가자, 그럼."

커피전문점을 향해 가는 동안 주원은 애경이 왜 찾아왔는지를 고민했다. 폐경이 왔다는 말을 주희에게 들었지만 그 하소연을 하러 온 것 같지는 않았다. 그걸 들어줄 주원이 아니기에.

아르바이트생으로 보이는 훤칠한 청년의 맞이 인사를 받으며 모녀가 자리를 잡았다.

"엄마, 화이트 프라푸치노?"

"화이트모카 프라푸치노! 얘, 그냥 내가 주문할게. 너, 뭐 마실 거야?"

"아이스 아메리카노."

"촌스럽게 아메리카노? 너도 나하고 같은 거 마셔. 아니면 버블 티 마실래?"

"맘대로 주문하세요."

애경이 자리에서 일어나 주문하는 곳으로 걸어갔다.

주원도 불편해서 차려입을 때 빼고는 신지 않는 9센티미터 힐을 신은 애경의 걸음은 우아한 모델의 걸음과 다르지 않았다.

"주문 도와드리겠습니다."

20대 중반을 넘은 것 같은 청년의 얼굴에는 서비스 정신에 어긋나지 않은 친절한 미소가 배어 있었다.

주원은 그 미소가 어린 얼굴을 보며 애경이 친히 주문을 하러

간 이유를 알 것 같았다. 애경의 눈에는 저 청년도 남자로 보일 것이고 아들과 같은 어린 청년의 눈에 자신이 매력적인 여자로 보일 거라 착각하고 있을 것이다.

왜 내 엄마는 평범하지 못할까.

주원은 씁쓸한 한숨이 새어 나왔다.

"엄마 허리에 군살 붙은 것 같지 않니?"

주문을 끝내고 자리로 돌아온 애경의 입에서 하소연이 시작되었다.

"내 허리보다는 가느니까 괜찮아."

"네 허리보다 굵어 보여 하는 말이야. 아니면 너 살 빠졌어?"

굳이 대답이 필요한 질문 같지 않아 주원은 입 다물고 있었다.

"주희 말로는 너 연애하는 것 같다던데…… 뭐 하는 사람이야? 생긴 건 기생오라비같이 훤칠하게 잘생겨서 불안하다고 하더라. 아무리 물어봐도 네가 시원하게 대답해주지 않는 것이 수상하고 걱정스럽대."

"거래처 사람이야. 연애도 뭐도 아니니까 신경 쓰지 말고 엄마 찾아온 이유나 말해. 내 얼굴 보고 싶어 온 건 아닐 거 아니야?"

애경이 잠시 머뭇거렸다. 애경의 머뭇거림은 주원을 긴장시켰다.

또 무슨 폭탄을 터뜨리려나?

"……돈을 달라고 하려다가…… 돈 달란다고 그냥 줄 네가 아닌 거 아니까 차라리 까놓고 말할게. 나…… 한약 좀 해줘."

"한약?"

"응. 폐경이 오는 것 같아. 아는 사람이 폐경으로 1년 넘게 생리가 없었는데 그 한약 먹고 다시 생리를 한대. 60만 원이래."

"엄마, 엄마 나이에 폐경은 자연스러운 거야. 그걸 왜 굳이……."

"내 나이 60도 안 됐어. 외모만 보면 네 언니라고 해도 사람들 믿어. 나 아직 젊다. 마음하고 정신은 너보다 더 젊어. 그런데 나한테 폐경은 너무 가혹한 거 아니니?"

"젊은 게 아니라 철이 덜 들어 어린 거겠지?"

"해줄 거야, 안 해줄 거야?"

"그럴 돈 없어."

"안 해주면 네 아빠 찾아갈 거야."

"엄마!"

50을 넘은 중년의 여인이다. 이혼녀라고 하지만 결혼을 해봤고 두 아이의 엄마로 그만큼의 연륜이 되었으면 너그럽거나 우아하거나, 아니면 차라리 억척스럽거나. 적어도 그런 모습이어야 하지 않을까.

아직도 자신의 몸과 마음, 그리고 세상에서 바라보는 자신의 모습이 20대라 착각하고 사는 애경이 점점 측은해지기까지 했다.

"그러니까 빨리 대답해줘."

"엄마, 그 약 꼭 먹어야겠어?"

"응. 요새 내가 얼마나 우울하고 비참한 줄 아니? 만나고 있는 남자가 나 폐경 증상 있는 거 알고부터는 자꾸 만남을 피하려는 것 같아. 귀찮을 정도로 옆에 붙어 있던 사람이었어. 늘 내가 다른 남자 만나고 다닐까 봐 불안해하던 사람이 이제는 그런 것도 없어.

이젠 내가 불안해져. 그 남자가 나보다 더 젊고 어린 애하고 바람
날까 봐."

"생각해볼 테니까 좀 기다려."

듣고 싶지 않은 애경의 푸념을 중단시키기 위해 대답을 빨리 했
다. 하지만 생각해보겠다는 주원의 대답이 맘에 들지 않았는지 애
경의 표정이 싸늘해졌다.

"알았어. 그럼 생각해봐."

음료를 들고 애경이 먼저 일어났다.

"간다."

"아빠한테는 가지 마!"

주원의 말에 대답도 없이 애경은 밖으로 나갔다.

절대 저렇게 되지 말아야지.

애경으로 인해 무겁고 답답한 마음으로 매장에 돌아왔을 때다.
성아가 매장에서 남녀 한 쌍과 떠들고 있었다.

"저기 주원이 오네."

성아의 말에 등을 보이고 있던 남녀 한 쌍이 뒤를 돌아 주원과
마주했다.

"주원아, 오랜만이지?"

오랜만이기는 하다. 하지만 7년이란 오랜 시간이 흘렀음에도 앞
에 있는 두 사람이 반갑지 않아 대답을 하지 않았다.

"여기가 네 숍인 거 몰랐어. 지나가는 길에 속옷들이 너무 예뻐
서 들어왔는데 성아가 있어서 놀랐어. 더구나 사장이 너란 얘기 들

고······. 성공한 거 같아 보기 좋다."

과연 자신을 보는 저 두 사람의 마음이 편하고 좋을까? 대놓고 물어보고 싶었다.

특히나 인사를 건네는, 오래전 친구였던 수민 옆에서 아련한 얼굴로 자신을 바라보고 있는 대현에게 묻고 싶었다. 하지만 지은 죄가 있어서 조용히 입 다물고 서 있어야만 할 것 같은 대현이 주원에게 인사를 건넸다.

"잘 지냈어?"

대현의 말에 수민의 눈초리가 심상치 않게 변하며 그를 힐끔 보았다. 그런 수민을 대현도 의식했는지 아련했던 그의 시선이 어색한 미소로 어설퍼졌다.

주원은 그 짧은 순간 많은 고민을 했다.

차갑게 대꾸해주면 아직도 아픔을 지닌 못난 여자로 보일 것 같았고, 두 사람처럼 어색하게라도 웃으며 반갑게 인사를 해주자니 속없는 우스운 여자로 보일 것 같았다.

"보다시피 잘 지냈어. 성공을 말하기는 아직 이르고."

표정은 시크하게 목소리는 다정하게. 결론을 그렇게 내리고 입을 열었지만 쉽지 않았다. 주원도 어색하고 어설프기는 대현과 다르지 않았다.

"우리 그동안 외국에서 공부했던 거 알지?"

"아니. 그랬어?"

알았지만 모른 척했다.

"난 아직 공부 중이고 오빠는 무역회사에 취직했어. 여기 섬유

회사들하고 거래하는데, 너도 오빠한테 도움 받을 일 있으면 연락해. 오빠가 여기 원단회사들 많이 알고 있거든. 인연이 또 이렇게 이어지네."

마음에도 없는 소리를 하는 수민에게 웃어주었다.

"그래? 나야 좋지. 명함 좀 줘. 이것저것 도움 받을 일 많을 것 같은데."

주원의 반응이 예상과 달랐는지 여유를 부리던 수민의 얼굴이 어두워졌다. 게다가 해놓은 말이 있으니 싫다는 말도 못하는 상황에서 그녀는 거짓을 둘러댔다.

"오빠, 명함 가져왔어? 안 가져오지 않았어?"

사정 모르는 사람도 느낄 수 있을 만큼 안 가지고 왔다고 하라는 무언의 압력이 느껴지고 있었다. 그러나 대현은 그런 수민을 아랑곳하지 않고 지갑에서 명함을 꺼내 주원에게 건넸다.

"아니, 가지고 왔어. 여기, 주원아."

대충 보는 흉내만 내고 주원에 성아에게 건넸다.

"성아야, 잘 둬봐."

"우리 이번에 결혼식 올리려고 들어왔어. 양쪽 부모님들께서 들어와서 결혼식은 하고 나가라고 하도 성화를 하셔서."

불안을 결혼으로 포장하며 마치 숨겨둔 히든카드를 꺼내놓은 듯 결혼을 말하는 수민의 얼굴이 자만심으로 가득해지기 시작했다.

"주원이 넌 아직 결혼 안 했어?"

마치 난 있는데, 넌 없어? 난 이 정도인데 넌 아직 그 정도야? 하고 비아냥거리는 투다.

"응, 아직."

"그렇구나? 그래, 주원아. 일찍 결혼하는 것보다 나중에 능력 좋은 남자 만나 천천히 결혼해라. 나가 있어서 몰랐는데 결혼식 비용이 장난 아니더라고. 요 앞에 파티 홀에서 하우스 웨딩으로 치르려고 비용 알아봤는데 호텔 비용만큼이나 비싼 거 있지? 한국에서 결혼하려면 웬만한 능력 가지고는 결혼식 하는 것도 힘들겠더라."

7년 만에 만난 친구가 해주는 말치고 너무 우스워 헛웃음조차 나오지 않는다. 적어도 7년 만에 만나는 친구 사이라면 얼싸안고 깡충깡충 뛰며 마냥 헤헤거리며 웃어야 정상인 것을. 반가운 인사는 둘째치고라도 남들도 하지 않는 걱정을 해주고 있는 수민을 보자 7년 전 묵은 감정들이 치올라오고 있었다.

친구의 남자인 줄 알면서도 그 유혹에 넘어가 우정보다는 사랑을 택한 수민. 여자 친구의 절친임에도 불구하고 처음부터 너였다며 사랑을 우습게 배신했던 남자, 이대현.

"걱정 고맙고 볼일 보고 가라. 난 밀린 일들이 많아서……."

주원이 그들과 더는 말을 섞고 싶지 않아 작업실로 들어가려는 순간, 매장으로 호준이 들어왔다.

"안녕하십니까?"

양손에 뭔가 잔뜩 들고 반갑게 인사를 하고 들어오던 호준이 매장 안에 옹기종기 모여 있는 주원과 사람들을 보고 잠깐 멈칫했다.

"어? 여기서 또 뵙네요? 화해하셨습니까?"

호준이 대현과 수민을 보고 알은체를 했다.

"아, 네…… 뭐."

대현이 호준의 시선을 피하며 어쩔 줄 몰라 했다. 수민 역시 여태껏 자만심에 들떠 있던 표정은 온데간데없이 얼굴을 붉히고 있었다.

그 분위기를 주원은 물론 성아까지 눈치를 챘다. 주원만큼 두 사람을 보며 속이 뒤집어지고 있던 성아가 재빨리 호준에게 물었다.

"사장님, 두 사람 알아요?"

"안다기보다는…… 업장에 손님으로 오셔서 마주쳤던 것뿐입니다. 그런데 주원이하고 성아 씨하고는 아는 사이인가 봐요?"

"대학 동기예요."

대학 동기보다는 같은 대학을 다녔던 인간 망종들이라는 대답이 어울리는 두 사람이지만, 성아는 우아하게 동기라고 대답해주었다.

"그러시구나? 다시 인사드려야겠습니다. 저 주원이 남자…… 친구? 아니, 애인이 더 맞겠네요. 반갑습니다."

호준이 자신을 주원의 애인으로 소개하자 두 사람의 얼굴에 스미는 당혹감이 짙어졌다.

"네, 네. 반갑습니다."

호준은 악수를 청했다. 그 손을 대현이 잡는 모습을 보고 주원은 웃음이 터져 나올 뻔했다. 대현이 호준에 비해 어디 한 군데 잘나 보이는 곳도 없거니와 잘나고 못남의 차이가 너무도 컸다. 단순한 외모의 차이뿐이 아니었다. 호준이 지적이고 우아한 카리스마로 럭셔리한 분위기를 자아내고 있다면, 대현은 좀스럽고 비겁한 아저씨 같은 분위기를 풍겨내고 있었다.

호준의 준수한 외모야 이미 알고 있었지만 지금 보는 그의 모습에는 그전에는 알 수 없었던 남자다움과 우아함의 절묘한 조화가 보였다. 그리고 그 모습에 주원의 심장이 불규칙하게 뛰기 시작했다.

'이건 뭐지?'

심장만 불규칙하게 뛰는 것이 아니라 그를 향한 감정이 뒤흔들리고 있었다. 설렘과 두근거림이 그에게서 시선을 뗄 수 없게 만들고 있었다.

애경을 비롯한 수민과 대현으로 인한 정신적 혼란을 호준을 보면서도 겪는 거라 나름 해석해버렸다. 그런데 그의 목소리를 듣는 순간 그 혼란은 더욱 심해졌다.

"제가 좀 전에는 주원이 동기인 줄 모르고 그냥 보내드렸습니다. 주원이 대학 동기인 걸 아는 이상 그냥 있을 수가 없네요. 주원이가 하는 결혼선물이라 생각하시고 원하시는 시간에 예약부터 하십시오. 원하시는 만큼 디스카운트 서비스해드리겠습니다."

"생각해주시는 건 고마운데요, 아직 그쪽에서 하겠다는 결정도 내리지 않았고 부모님하고도 상의해야 할 것들이 많아서요. 주원아, 그럼 우리 가볼게."

내내 도도한 척 얼굴을 쳐들고 있던 수민이 대현의 등을 떠밀며 매장을 벗어나려 했다.

"호준 씨 말대로 하지 그래? 루브르 비용 만만치 않다면서 한국에서 결혼식 하는 거 웬만한 능력가지고 어림도 없다고 했잖아? 호준 씨 능력으로 해결해줄게."

잘난 남자를 자신의 남자라 자랑하고 싶었다. 호준에 대한 감정 수습은 뒤로하고 주원은 지금껏 수민이 그녀에게 했던 것처럼 똑같이 해주고 싶었다. 내 남자 능력이 정도야, 하는 자랑스러움을 도도하게 보여주었다.

게다가 성아까지 가세하기 시작했다.

"그래, 수민아. 나도 그래서 주원이 덕분에 루브르에서 거의 무료에 가까운 비용으로 결혼식 해. 나도 미안해서 좀 그랬는데 여기 루브르 사장님, 그러니까 주원이 애인 되시는 이분이 작은 거 연연해하시는 그런 분이 아니시고 무엇보다 주원이를 어찌나 끔찍하게 아끼시는지 주원이와 관련된 일이나 주원이가 부탁하는 일이라면 무조건 오케이시거든."

전세가 역전되는 분위기를 견딜 수 없었는지 수민은 생각해보겠다는 말만 남기고 부리나케 매장을 빠져나갔다.

"야, 저것들은 여전하다. 그치? 세월 흘러 나이 좀 먹었으면 저렇게 못할 텐데. 천성은 어쩔 수 없나봐? 아, 루브르 사장님. 인사가 늦었어요. 너무 감사해요, 제 결혼식."

"뭘요? 잘 아시지 않습니까? 제가 작은 거에 연연해하지 않고 주원이 일이라면 뭐든 오케이한다는 거."

"그거 저것들 꼴 보기 싫어서 둘러댄 건데, 맞는 거였나요?"

"네, 그렇습니다."

"어쨌거나 그래도 저는 감사의 인사를 꼭 드리고 싶네요."

"아, 그렇다면 주원이를 잠깐 데리고 나가도 될까요?"

"여기 사장은 한주원입니다. 저한테 묻지 마시고 한 사장 본인에게 물어보고 데리고 나가세요."

성아의 말이 떨어지자마자 호준은 주원에게 묻지도 않고 그녀의 손을 잡았다.

"이거는 간식입니다. 직원분들 나누어 드세요."

그렇게 자신이 가져온 간식거리를 성아에게 떠안겨주고 호준은 주원을 데리고 밖으로 나왔다.

"나 이렇게 노닥거릴 시간 없어요. 오늘 안으로 해야 하는 작업들이 많단 말이에요."

"노닥거리려고 데리고 나온 거 아니야."

그러더니 커피 두 잔을 사가지고 근처 공원으로 향했다.

그늘이 시원한 나무 밑 벤치에 앉아 아이스커피를 마시는 동안 호준은 별말을 하지 않았다.

짧은 시간이었지만 주원에게는 애경, 수민, 대현이 주고 간 마음의 혼란을 정리할 수 있었다. 그렇게 자신의 마음을 정리하고 호준을 쳐다보았을 때 자신을 바라보고 있던 그의 시선과 마주쳤다. 가까이에서 보는 그의 시선에 또다시 매장에서 느꼈던 자신의 감정이 되살아나고 있었다.

"아까 대학 동기들하고는 사이가 안 좋았어? 반가워하는 얼굴이 아니라 깨부수고 싶어 하던 얼굴로 있던데?"

"어떻게 알았어요?"

"얼굴에 딱 쓰여 있던데. 성아 씨 말도 그렇고."

순간 그를 보며 흔들리고 있는 자신의 감정도 얼굴에 쓰여 있는 건 아닌지, 그가 그걸 눈치채는 건 아닌지 걱정이 앞섰다.

"정말로 깨부수고 싶을 정도로 좋은 사이가 아니었다면…… 웃을 수 있는 얘기 하나 알려줄까? 아까 그 사람들, 로비에서 싸우고 있었어. 여자는 여기서 하고 싶다, 남자는 형편에 맞춰 하자. 여자는 네 돈 내는 것도 아닌데 왜 형편을 얘기하나, 남자는 더 이상 너희 쪽 도움 받고 싶지 않다. 여자는 여기 아니면 결혼식 안 할 거다, 남자는 그럼 하지 말자. 뭐, 이런 걸로 소리 높여 싸우던데."

이상하다. 자신을 생각해주는 그의 마음이 왜 이렇게 따뜻하고 다정하게 느껴지는 걸까?

"그 얘기를 이제 해주면 어떡해요? 아까 그것들 있을 때 했어야죠? 그래야 그 자리에서 내가 개…… 망신을 줄 수 있었을 텐데……."

"진짜 뭔가 단단히 틀어진 관계인가 보다? 혹시…… 돈 떼먹고 날랐어?…… 아차, 내가 진짜 할 얘기를 안 하고 있었네. 그 사진…… 그러니까 착용샷, 그거…… 꼭 봐야겠어?"

"싫으면 관둬요."

"싫다기보다는 솔직히 창피하지."

"편할 대로 하세요. 창피를 무릅쓰고까지 해줄 것까지는 없어요."

그어져 있어야 할 선이 지워지는 느낌이다. 넘어서는 안 될 선을 자꾸 넘어가는 기분이다. 그 사진을 받으면 선이 더 지워지고 아예 선을 넘어버릴 것 같아 성의 없이 대답해버렸다.

그리고 관계가 아닌 감정의 선을 선명하게 긋기 위해 주원은 자리에서 벌떡 일어섰다.

"가볼게요. 할 일이 많아요."

터벅터벅 걸어가는 주원의 뒷모습을 보며 호준은 그대로 앉아 있었다.

'한주원, 당신도 설마 감정이 남아 흔들리는 거야? 그건 내가 싫다.'

호준은 주원의 대학 동기라고 소개받은 남자가 주원의 과거 연인이었음을 직감했다. 그를 바라보는 주원의 눈빛이 아닌 그녀를 바라보는 남자의 눈빛과 함께 있던 여자의 눈빛에서 감지가 되었다. 아련하게 주원을 바라보는 남자와 그 남자와 주원을 번갈아 보는 여자의 불안한 눈빛으로 세 사람의 관계를 알아채는 건 어렵지 않았다.

예전, 배신이란 말에 치를 떨었던 주원을 생각하니 대충 어떤 그림인지 짐작할 수 있었다. 무엇보다 늘 자신을 향해 담담한 시선을 보내던 주원이 그때는 눈빛이 달랐다. 그들 앞에서 자신을 남자친구로 내놓고 싶은 마음이 강해서였는지 자신을 보는 그녀의 눈빛에는 연인을 보는 수줍음 같은 것이 들어 있었다. 그래서 그녀를 위해 더욱더 괜찮은 남자로 보이려 애썼다.

하지만 매장을 나가며 주원을 바라보았던 남자의 애절한 눈빛이 호준의 기분을 상하게 했다. 주원이 자신의 여자가 아닌데도 자신의 여자에게 보내는 추파로 느껴져 불쾌했다.

아무래도 주원에게 많은 미련이 남아 있는 걸로 보였고 주원을 다시 찾아올 것 같았다. 그런데 그게 싫었다. 그 남자를 다시 만나는 건 아닌가 하는 걱정을 뒤로하고 그녀를 밖으로 데리고 나왔다. 잔뜩 찌푸린 그녀 얼굴을 펴주고 싶어서였다.

하지만 막상 그녀를 보니 그녀도 그 남자에 대한 미련이 남아 있는 것처럼 보였다. 매장에서 자신이 느꼈던 모든 게 착각이라 여겨질 만큼 자신을 보는 그녀의 눈빛은 다시 무덤덤해 보였다.

마치 마음속에 다른 사람이 있는 것처럼 안절부절못하는 그녀가 불안했다.

아무리 위장연애라고 하지만 나 아닌 다른 남자를 마음에 품고 있는 건 싫다. 한주원 마음에 그 남자가 있다는 건 더더욱 싫다. 한주원은 꼭 자신의 옆에 있어야 할 사람 같았다. 이상하게 호준은 그녀를 자신 옆에 두고 싶어졌다.

착용샷을 보내주지 못하겠다는 이유로 삐친 것 같은 주원의 기분을 풀어주기 위해 호준은 팬티바람으로 셀카, 아닌 셀카를 찍었다. 하지만 주원에게 보내주지 못하고 있다. 자신이 봐도 낯 뜨겁기만 하다. 변태도 아닌데 이런 사진을 그녀에게 보내줘야 하나? 이 사진을 보고 그녀는 무엇을 생각할까? 혹시라도…… 자신의 그것을 상상하지 않을까?

휴대폰에 있는 사진을 보며 수없이 많은 고민 중에 있을 때 대표실 문을 노크하는 소리가 들렸다.

"네?"

문을 열고 들어온 주인공은 욱현이었다.

"야! 너! 김욱현!"

돌아올 것이라 믿었기에 그의 출현이 반갑고 고마웠다. 이젠 오해를 풀고 일에 매진할 생각에 그가 찾아온 거라 생각하고 반갑게 맞았다.

"언제 온 거야?"

"얘기 좀 하자."

그런데 욱현은 그와 달리 차갑고 냉랭하기만 했다.

"좋다, 내가 원하는 바야."

대표실에 있는 회의 탁자에 두 사람이 마주 앉자마자 욱현이 먼저 제 할 말을 하기 시작했다.

"소영이는 어떻게 된 거냐?"

도리어 소영을 자신에게 묻는 욱현을 보고 호준은 그가 아직 제대로 된 진실을 알지 못한다는 것을 알았다.

"왜 나한테 물어?"

"호준아, 나 때문이라면…… 상관없다. 소영이 너한테는 보낼 수 있을 거 같으니까…… 그 애 너무 힘들게 하지 말고 받아줘라."

한숨이 절로 나오는 말이었다. 20년 지기 친구에게서 듣는 그 말은 소영에게서 들을 때와 달리 끔찍했다. 비수를 꽂아도 이토록 끔찍하지 않았을지 모른다.

"그렇게 나를 모르냐, 김욱현? 왜 네가 그런 식으로 생각하고 해결하려는지 모르겠지만! 잘 들어라, 욱현아. 나 여자 있다. 그리고 그 여자가 없었어도! 네가 아니고서도 박소영은 아니야."

"신호준, 내가 너를 모르냐? 네가 여자가 없었다는 거 내가 모르냐고? 그러니까……."

"따라와."

호준이 자리에서 일어나 밖으로 나갔다. 욱현은 영문을 알 수 없었지만 묵묵히 그를 따라갔다. 루브르를 벗어나 길을 건너더니 란제리 숍으로 호준이 들어갔다.

"한주원 어디 있습니까?"

"왜 그러시는데요?"

굳은 얼굴로 묻는 호준이 걱정되어 성아가 되물었다.

"주원이를 보고 싶어 하는 사람이 있어서요."

호준 뒤에 있는 욱현을 보았지만 성아는 호준의 질문에 대답하지 않았다. 두 남자 사이에서 느껴지는 심상치 않은 기운이 주원에게 해가 될까 걱정될 뿐이었다.

"신호준, 그만하자."

욱현이 호준을 데리고 밖으로 나가려는데 작업실에 있던 주원이 매장으로 나왔다.

"성아야, 이거 손님이 원한 거야? 컬러 조합이 너무 웃겨. 어?"

작업 지시서를 들고 성아에게 묻던 주원이 매장에 있는 두 남자를 보고 흠칫했다.

"한주원, 이 자식이 내 말을 안 믿는다. 네가 내 여자라는 걸 안 믿고 제 여자를 나보고 받아주란다. 이 자식을 친구로 계속 봐야겠니?"

어이없는 얼굴로 두 사람을 바라보던 주원이 욱현에게 가까이 다가왔다.

"저기요, 심한 말일 수 있지만 제 마음을 솔직하게 말해드릴게요. 그런 쓰레기 같은 여자는 그쪽이 알아서 처리하셨으면 해요. 남자들 사이의 길고 깊은 우정을 우습고 가볍게 알고 기만하는 그 여자가 적어도 내 눈에는 인간 같지 않거든요. 그러니 우정도 사랑도 다 우습게 아는 그쪽이 처리해야 하지 않겠어요?"

여기까지 말하는 동안 주원은 침착하고 차분했다. 표정의 변화도 없이 그저 애인의 친구에게 좋게 충고해주는 정도였다. 그런데 갑자기 그녀의 목소리가 성나기 시작했다.

"이 사람한테 친구로서 준 상처를 치유해주지는 못할망정 상처에 소금은 뿌리지 말아야죠. 그래도 친군데 그 정도 예의와 도리는 지켜야 하지 않겠어요? 그리고 난 내 거 절대 안 뺏겨요. 나보다 인격적으로 훌륭한 여자도 아닌 그런 말종에게 저런 남자를 넘길 거 같아요?"

욱현의 얼굴이 심하게 일그러졌다. 흥분과 화 때문인지, 아니면 정곡으로 찔러버린 주원의 악담으로 인한 부끄러움 때문인지 그의 얼굴은 이내 붉어졌다.

"신호준, 꼭 이래야만 했냐?"

"당신은 왜 그렇게밖에 할 수 없었나요? 친구잖아요! 친구면 친구를 믿고 그 여자를 버렸어야지! 당신이 친구를 배신한 것도 아니면서 바보같이 왜 친구를 잃어? 왜 그런 여자한테 휘둘려서 자신이 받은 상처를 고스란히 다른 사람한테도 주려고 하냐고!"

"주원아."

흥분하는 주원을 성아가 말리려 할 때 호준이 먼저 그녀의 어깨를 감싸 안으며 다독였다.

"괜찮아, 주원아. 나는 괜찮으니까 흥분하지 말고."

"저 사람하고 이젠 친구 하지 마요!"

"알았어, 알았어. 나가자, 욱현아."

주원의 어깨와 등을 다독인 후 호준이 욱현을 데리고 매장을 나가려 할 때 주원이 욱현을 불렀다.

"저기, 친구분이요!"

호준과 욱현이 뒤돌아 주원을 보았다.

"그 여자하고 호준 씨가 눈 맞아 배신을 했다고 해도 그런 한가한 말을 했을지 의심스럽네요. 친구인 저 남자에게 고마워하세요. 당신은 여자한테만 상처를 받았지 친구한테는 상처 받지 않았잖아요. 그게 얼마나 고마운 일인지 살면서 느낄 날이 있을 거예요. 적어도 생각이란 게 있다면."

주원이 작업실로 들어갔고 호준과 욱현도 매장을 나갔다.

"매니저님, 사장님…… 무슨 사연 있죠?"

민정이 성아에게 은밀하게 물어왔다.

"있지. 완전 막장이었던 사연이 있지."

그래서 루브르 사장과 마음을 나눌 수 있었던 건 아닌지.

서로를 잘 보듬어주는 좋은 연인이 될 것 같아 주원을 걱정하는 성아의 염려가 사라져 갔다.

욱현은 그대로 사라졌고 루브르로 돌아온 호준은 일이 손에 잡히지 않았다. 욱현과의 관계가 이토록 꼬일 거라고는 예상하지 못했다. 시간이 지나면 욱현이 털어버릴 거라 생각했던 자신의 예상이 보기 좋게 빗나가버렸다. 하지만 그보다 그에게 소영을 받아주라는 그 말이 지금도 충격으로 남아 그를 힘들게 만들고 있다.

'나쁜 자식.'

주원의 말이 맞다. 배신을 하고 상처 준 사람은 따로 있는데 왜 자신과 욱현이 서로를 잃어야 하는지 답답하기만 하다.

'만난지 며칠 안 된 한주원보다 나를 헤아릴 줄도 모르냐?'

호준은 욱현에게 쓰지만 틀리지 않은 독설을 날리며 자신을 대변해주었던 주원에게서 위로를 받고 싶었다. 20년 지기 친구를 잃은 지금의 현실에서 제대로 된 위로를 해줄 사람은 그녀밖에 없는 것 같았다.

"한주원, 좀 보자."

호준은 주원에게 전화를 걸었다.

-친구하고 아주 끝났어요?

"그래."

-그런데 왜 나를 봐요?

"위로를 해주면 안 되나?"

-……남자가 그거 가지고 위로를 받은 만큼 마음이 약해서 뭐에 써요? ……아, 정말 일 밀려 있는데…… 어디서 봐요?

"빈?"

-빈은 너무 사생활이 공개되는 위험 부담이 있어 싫어요.

"그럼, 그때 마셨던 당신 집 앞?"

-거기 낫겠네요. 그리고 난 술 안 마셔요.

듣던 중 반가운 소리다. 그녀가 마신다고 하면 말리고 싶은 심정이니까.

"마시라고 강요 안 해. 데리러 갈게."

둘은 만날 약속을 하고 통화를 끝냈다.

6.

　한 차 안에 단둘이 있었던 때가 지금 이 순간이 처음이 아닌데
도 오늘은 다른 때와 다르다. 자꾸 그에게 시선이 간다. 대현이 다
녀간 날 이후로 그녀의 마음을 흔들었던 그가 지금은 측은해 보인
다.

　오죽했으면 친구를 그녀에게 데리고 와서 확인을 시켰을까. 왜
그 친구는 친구로서 의리와 도리를 다 하는 이 남자의 마음을 헤
아려주지 못하는 걸까. 뜨거운 배신을 맛본 사람은 사랑을 잃은 그
친구가 아니라 이 남자 아닐까.

　그에게서 스며 있는 남자다운 외모와 분위기에 설레고 있었다
면 지금은 그의 진실하고 여린 마음에 가슴이 움직인다.

　'이런 남자는 여자에게도 배신 같은 거 하지 않겠다. 어쩌면 보
이는 것과 달리…… 생각보다 꽤 괜찮은 남자…… 일 수도…….'

그럼 뭐하나? 두 사람 사이는 연인 아닌 연인 같은 사이일 뿐인걸.

자신의 마음을 다 잡지 않으면 혼자 우스운 꼴이 될 것 같아 주원은 심호흡을 했다.

'내 남자가 아니니라. 아깝지만 이 남자는 내 남자가 아니니라.'

그러는 사이 주원의 집 근처 술집에 도착했고 주원은 주스를 호준은 칵테일을 한 잔 앞에 두고 마주 앉았다.

친구로 마음 아파하는 그에게 어떤 말로 위로를 해야 하나 고민하고 있을 때, 호준이 그녀에게 먼저 말을 걸어왔다.

"아직도 아파, 한주원?"

"네?"

"남자와 친구가 준 상처로 아직도 아프냐고?"

어떻게 알았냐고 묻지 않았다. 자신이 너무 많은 티를 냈다는 생각에 창피할 뿐이었다.

"아프지는 않아요. 그냥…… 너무 어렸던 그때 그런 상처로 인해 힘들게 보낸 게 억울하고 화나고 짜증날 뿐이지."

주원은 자신의 마음을 있는 그대로 그에게 말해주었다.

그의 질문에 대한 그녀의 대답이 솔직하게 느껴져 호준도 편하게 마음을 드러내기 시작했다.

"그래, 차라리 어렸으면 저 자식 저러는 거 봐 넘길 수 있는데…… 저 자식이 철이 덜 든 걸까? 아니면…… 정말 그 여자를 사랑하는 걸까?"

"철이 덜 든 것도 있겠고, 진정한 사랑이 뭔지 모르는 우매함도 있겠고……. 한마디로 못나서 그런 것 같네요, 내가 보기에는."

진지한 분위기가 막 무르익기 시작할 그때 주원의 휴대폰이 울렸다.

받을까 말까 고민하던 주원이 전화를 받았다.

"네, 새엄마."

확인하지 않아도 자신을 황당하게 바라보고 있을 호준의 시선이 느껴졌다. 그러나 주원은 아랑곳하지 않고 통화를 이어갔다.

"그래요? ……아니에요, 엄마가 아쉬운 게 있어서 아빠를 찾은 거예요. 저한테 한 부탁이 있었는데 생각해보겠다고 하고 답을 안 줬더니 아빠 찾아가신 거예요. 아빠한테 절대 가지 말라고 하니까 시위 차원에서 일부러 더 찾아가신 것 같으니까 신경 쓰지 마세요. ……아빠를 믿으세요. 아빠도 엄마한테 질리고 지치셨다는 거 잘 아시면서. 아빠는 이제 새엄마 없으면 안 돼요. 그러니 신경 쓰지 마세요. 제가 엄마 만나 해결할게요."

호준은 통화 하는 주원에게서 시선을 뗄 수 없었다.

숨기고 싶은 부모님의 재혼을 그 앞에 아무렇지 않게 드러내는 그녀가 특별해 보인다. 치부라고 하면 치부인데도 거리낌이 없다. 그만큼 스스로에게 떳떳하고 자신감이 있어서가 아닐까. 어떡해든 자신과 엮이기 위해 거짓과 위선으로 중무장한 이전의 여자들과 많이 달랐다. 젖은 머리와 말간 민낯으로 정신을 헷갈리게 할 때와 또 다른 그녀의 느낌이 가슴을 움직이게 하고 있다.

"놀랐어요? 새엄마가 있어서?"

"아니. 난 세 번 결혼하신 어머니가 있어서 아버지가 셋이야. 새

엄마는 놀랄 일도 아니지."

그녀를 위로하기 위해 그냥 지어내는 말은 아닌 것 같았다. 세 번이나 결혼하신 어머니라……?

그럼 그의 어머니도 남자 없이 못 사는, 양기를 그리워하는 그런 여자일까 싶었다. 하지만 얼마 전 그의 사무실에서 본 어머니의 모습을 기억해보자면 그건 아닌 것 같았다. 애경과 같은 공주과 아주머니라면 아들을 향해 무지막지한 발차기를 날리지 않으니까.

적어도 호준의 모친이 애경과 같지 않다는 것이 왜 이리 다행이고 안심인지 주원에게 괜한 안도감이 밀려왔다.

"새엄마라는 분하고 사이가 좋은가 봐?"

"사이가 좋아서가 아니라 세 분의 교통정리를 해야 하는 위치라서요."

"힘들겠네."

호준의 단순한 그 한마디가 그 순간 주원의 가슴에 작은 파문을 일으켰다.

한 번도 그녀에게 힘들겠다는 말을 해준 사람도, 해준 적도 없었다. 세 사람, 아니 늘 바뀌는 애경의 애인까지 네 사람 사이에서 그 균형과 조화를 맞추며 관계가 깨지고 틀어지지 않게 하기 위해 애쓰는 그녀를 알아준 사람도 없었다. 그들의 친부모, 새엄마조차도 그런 그녀의 씀씀이를 당연하게 받아들였다. 하지만 호준이 그녀의 마음을 처음으로 알아주며 읽어주고 있다.

그도 세 번이나 결혼한 엄마를 두고 있어 이해하고 있는 것일까. 단순한 한마디이지만 그 안에 들어 있는 그의 진성성이 보였다. 그녀가 부모에게 원했던 따뜻하고 다정한 말투와 표정이 그에게서 보이고 있기 때문이다.

네 마음이 어떤지 잘 안다는 얼굴로 다정하게 바라보는 그 시선에 주원의 마음은 이미 그에게로 걷잡을 수 없이 흘러가버렸다.

"우리는 비슷한 게 많네."

"그렇게 따지면 그러네요."

그사이 호준은 두 번째 칵테일 잔을 비워냈다.

"친구가 그 사람밖에 없어요?"

"친구라고 할 만한 놈은 그놈밖에 없지. 나머지는 친구의 탈을 쓴 도둑놈들이고."

"인간관계를 좁고 깊게 가는 스타일인가 봐요?"

"굳이 말하자면 그런 스타일 맞아."

"남자는 인간관계를 그렇게 하면 성공하지 못하는 거 아니에요?"

"나 이미 성공한 남자로 안 보여?"

"이미 성공한 남자요? 루브르 정도의 업장을 가지고 있어서? ……솔직히 그거 호준 씨 능력 아닌 거 아니에요? 부모님 재력으로 인해 차려진 거 아니냐고요?"

"……부모님이 아닌 어머니 재력이지. 맞아, 손 여사께 차용증 써드리고 돈 빌려오기는 했지만 결국 어머니 재력이지."

"그게 무슨 성공이에요? 그런 건 성공으로 안 쳐줘요. 루브르를 대한민국에서 제일 좋은 파티 홀로 올려놓으면 모를까."

"한주원."

그녀의 이름을 부른 호준이 말없이 그녀를 바라보기만 한다. 칵테일 두 잔에 취했을 리 없는데 취한 사람처럼 고개를 삐딱하게 하고 그녀를 보기만 한다.

"뭐예요? 취했어요?"

"너같이 얘기해주는 친구가 그 녀석이었어. 내 어머니가 가진 황금열쇠에 눈이 어두워 달려드는 머리 빈 인간들의 꿀 발린 소리가 아닌…… 손 여사 덕에 호강하는 별것 없는 놈이라고 제대로 말해줄 수 있는 친구였는데……."

그보다 더하게 솔직한 여자, 주원을 보고 있자니 그녀도 옥현처럼 머물렀다 흘러가는 것이 아닌가 불안해졌다. 그녀와 함께한 시간이 길지 않음에도 불구하고, 그녀와의 관계가 정해져 있지 않음에도 불구하고 그녀마저도 그의 곁에 없다면 견딜 수 없을 것 같다.

"한주원…… 당신 계속 내 옆에 있어라."

"내가 무슨 닭이에요? 누구 대신 있게?"

계속 옆에 있으라는 말이 그녀의 심장을 덜컹이게 했지만 친구의 자리를 대신하고 싶지는 않았다. 물론 연인인 척 계속 이어가는 관계도 싫다. 정리하지 않으면 자신만이 수렁에 빠져 허우적거릴 것 같아 눈을 치떠가며 싫은 척했다.

호준은 그녀의 반응에 어떤 말도 하지 않고 또 한 잔의 술을 마셨다.

"대신이라는 말은 안 했는데."

"……대신이라는 말을 직접적으로 하지는 않았지만…… 그게 그 뜻이잖아요."

호준은 고개를 가로저었다.

"네가 내 마음을 흔든 적이 있었어."

잘못 들은 줄 알았다. 그녀의 마음을 흔들어놓은 이는 그이건만 그가 흔들렸다고 하다니. 게다가 자신은 그에게 아무것도 해준 것도, 보여준 것도 없는데.

"그랬던 적이 있는데…… 그때 잠깐 흔들렸다고 생각했는데…… 흔들렸다 끝난 게 아니었나 봐. 흔들리다 무너진 것 같아…… 한주원 당신한테."

그의 초점은 정상이다. 술은 마셨지만 어디 하나 흐트러짐이 없다. 말을 조금 느리게 할 뿐 그에게서는 취기가 느껴지지 않는다. 그러니 지금 하는 그의 말은 취중에 하는 횡설수설이 아닌 것 같다. 하지만 그 내용이 너무 갑작스럽고 뜬금없어 주원은 설레는 와중에도 불안했다.

호준은 또다시 술을 마셨다. 친구 때문이 아니라 이제는 취하기 위해 마시려는 것 같아 주원이 말렸다.

"이제 그만 마셔요. 정말 취하겠어요."

고개를 끄덕인 호준이 침묵을 지키고 있다 일어났다.

"가자."

"대리기사 불러야 하지 않아요?"

"당신이 해줄래?"

"네? 지금 나보고 대리기사를 하라는 거예요?"

호준이 피식 웃더니 휴대폰으로 어딘가에 전화를 했다.

"호준입니다. 죄송합니다. 제가 술을 좀 마셨어요."

그러더니 지금 있는 위치를 설명해주고 통화를 끝냈다.

"누구…… 운전해주실 분이 있어요?"

"응. 좀 못 미더운 사람."

술집을 나와 주원의 아파트까지 호준은 함께 걸어가 주었다. 하지만 지금 불안하고 걱정되는 건 호준이다. 칵테일에 얼마나 센 주량을 가지고 있는지는 모르지만 칵테일이란 술이 한 번에 훅 가는 술이 아니던가. 그런데 못 미더운 사람에게 대리기사를 시켰으니 혹시라도 불상사가 생기면 어쩌나 주원은 그 걱정으로 집 앞에 와서도 그를 쉽게 보내지 못하고 있다.

'내가 그냥 운전해줄 걸 그랬나? 아니야, 괜히 비싼 외제차 몰다 접촉사고라도 나면 그 뒷감당을 어떻게 하려고.'

"들어가."

그녀의 마음을 모르는 호준이 그녀를 들여보내려 했다.

"저기…… 내 차로 데려다줄까요?"

"그래준다면 고맙고."

한 번쯤은 거절할 줄 알았다. 하지만 그는 정말 자신이 데려다주기를 바라는지 그러면 고맙다는 대답을 했다.

주원은 이미 꺼낸 말을 도로 넣을 수 없어 아파트 주차장에 있는 주희의 차를 끌고 나왔다. 호준의 차를 타고 왔기 때문에 자신의 차는 매장 주차장에 있었으니 놀고 있는 주희의 차에 호준을 태우고 출발하려 할 때였다.

"잠깐. 내 차 있는 곳으로 가자."

호준은 자신의 차가 있는 곳으로 가서 누군가를 기다렸다. 그리고 그가 전화했던 사람인지 검정 양복을 차려입은 누군가에게 차 키를 건네주었다.

차 안에서 그 모습을 본 주원은 호준을 데려다준다 하길 잘했다는 생각을 했다. 호준의 차 키를 받아 든 사람은 거의 조폭 같은 분위기를 풍겼다.

검정 정장에 깍두기 머리와 각 잡히고 절도 있어 보이는 행동이 그렇게 보였다.

'뭐야? 어머니가 황금열쇠를 가졌다더니…… 사채재벌…… 이런 건가? 차용증 써주고 엄마한테 돈도 빌렸다고 하더니…… 어머니라는 분도 그 포스가 만만치 않던데…….'

호준의 어머니에 대한 이런저런 상상을 하는 순간 호준이 그녀의 차에 올랐다. 얼핏 보니 검정 정장의 깍두기 아저씨가 호준의 차를 운전하며 그곳을 벗어나고 있었다.

"아는 사람이에요?"

"응."

어떻게 아냐고, 인상이 안 좋다고 말하고 싶었지만 입을 다물었다. 괜한 호기심으로 자신의 마음을 그에게 들킬까 싶어 말을 돌렸다.

"내비에 어떻게 찍어야 해요?"

"논현동 팰리스 빌리지."

호준의 말에 주원은 무심한 듯 내비게이션에 논현동 팰리스 빌리지라 찍고 있지만 그녀는 속으로 적잖이 놀라고 있는 중이다.

'헐, 거기가 팰리스 빌리지였단 말이야? 어쩐지 다른 세상 같더라니…… 어머니가 황금열쇠가 아닌 황금 돼지를 축사 수준으로 가지고 계신 모양이네.'

톱스타 부부의 집이 방송에 공개되면서 최고급 수준으로 잘 지어져 유명해진 빌라다. 그 빌라에서 혼자 살고 있다니 그가 말한 어머니의 황금열쇠가 어떤 것인지 짐작이 간다.

'그러니 여자가 남자 버리고 달려들지. 누구하고 똑같이.'

"한주원."

잘못된 상상이나 생각을 하고 있었던 것도 아닌데 그가 부른 자신의 이름에 주원이 흠칫하고 놀랐다.

"우리 이제 끝내자."

"뭘 끝내요?"

"이런 우스운 가짜 연인 관계."

"맘대로 하세요. 어차피 강요와 협박으로 먼저 시작했으니 끝내는 것도 알아서 하세요."

아무렇지 않은 듯 마음대로 하라는 말을 내던졌지만 괜히 서운했다. 그에게 흔들리기는 했지만 그가 준 것은 아무것도 없는데 왜 이리 허전하고 서운한지 모르겠다.

"이 관계 청산하고 진짜 연인 하자."

"맨정신 들고 후회할 말은 취중에 하는 게 아니에요."

술김에 하는 농담이라는 생각이 들었다. 그래서 그 말이 가슴을 뛰게 만들면서도 더 큰 상처가 될 것 같은 염려로 들려왔다.

별것 없는 잠깐의 만남에도 헤어짐이 서운하고 허전한데 진짜 연인으로 있다가 헤어지는 그 아픔은 주체할 수 없을 것 같다. 애초에 시작을 하지 않는 게 약이다.

어리고 철모를 때의 사랑과 이별은 인생을 배우면서 별거 아니었음을 알게 되었지만 나이 들어 겪는 사랑과 이별은 상처로 고스란히 남을 것 같았다.

"내가 술에 취해가고 있는 건 맞아. 하지만 후회할 말 같은 건 안 해. 특히나 여자 앞에서는 맨정신에라도 이런 얘기는 안 하지. 여자 앞에서 입 잘못 놀리고 몸 잘못 놀렸다가는 우리 손 여사한테 죽거든."

혼란스럽게 하는 호준의 말에 주원은 좌회전을 하지 못하고 그대로 직진을 해버렸다.

"아, 정말! 좌회전해야 하는데 못했잖아요! 그냥 자요, 자. 쓸데없는 소리 하지 말고."

그의 말이 진심인지 술김인지 알 수는 없었다. 하지만 지금 그에게 자신의 마음을 들키고 싶지 않아 짜증을 부렸다.

그러나 심란한 자신과는 달리 호준은 좌석 깊숙이 몸을 기대어 눈을 감고 있었다.

'뭐야, 이 남자? 진짜 사귀자는 거야? 아니면 술 취해서 헛소리한 거야?'

주원의 마음은 뒤죽박죽 엉망이 되어갔다.

그의 말이 진심에서 나온 것이라면 그 대답을 어떻게 해야 하는지. 취중허언이었다면 또 그 응징은 어떻게 해야 하는지. 고민의 끝을 보지 못한 채 호준의 집에 도착했다.

"어떻게 오셨습니까?"

출입문이 닫혀 있는 입구에서 경비원으로 보이는 사람이 번개같이 뛰어나와 주원의 차 앞에서 물었다.

"이분 아시죠? 여기 사시는 분인데 술이 좀 취하셔서……."

주원이 차창을 열어 조수석에서 잠들어 있는 호준의 모습을 경비원에게 확인시켜주었다.

"아, 예."

호준을 확인한 경비원이 문을 열어주어 주차장으로 내려왔다.

"신호준 씨! 다 왔어요. 일어나요."

그녀의 목소리가 제법 컸음에도 호준은 일어나지 않았다. 잠이 깊이 든 것 같아 주원이 그를 흔들어 깨우려 할 때 그가 눈을 감은 채 잠꼬대를 하는 것처럼 조용히 입을 열었다.

"한주원, 당신 젖은 머리와 맨얼굴 때문에 내가 흔들렸던 적이 있어. 그냥 그때 잠깐 흔들렸던 거라고 생각했는데…… 그게 아니었어. 흔들린 게 아니라……."

호준이 말을 끝내지 못하고 입을 다물었다.

그가 확실하게 취한 거라는 생각에 주원의 목소리가 차갑게 나갔다.

"내려야 내가 갈 거 아니에요. 빨리 내려요."

"한주원."

그가 눈을 뜨고 그녀를 똑바로 바라보았다.

"내가 너를 좋아하나 보다."

마주한 그의 눈동자가 그녀에게 가까이 다가오고 있었다.

"신…… 호준 씨…… 왜 이러……."

눈동자가 가까이 다가오고 있다고 생각했는데 입술이 더 가까웠나 보다. 차갑지만 부드러운 그의 입술이 그녀의 입술을 살포시 누르듯 포개져 왔다.

피할 겨를도 없었지만 포개진 입술 사이로 전해져 오는 알싸한 칵테일 향에 피하고 싶은 생각 따위는 없었다.

오히려 남자의 입술이, 그리고 가벼운 입맞춤이 달콤하다는 사실을 새롭게 깨닫고 있는 중이다.

맞물린 두 입술이 촉촉하고 여린 상대의 안쪽의 입술을 감질나게 맛본 후 떨어졌다.

"술기운에 한 거 아니야. 그래서 후회할 것도 없어."

"설마 지금…… 날 가지고 노는 건 아니죠?"

"난 사람 가지고 안 놀아."

주원이 호준을 빤히 쳐다보았다.

느닷없는 고백일 수 있는 그의 말에 주원이 황당해하는 것 같지는 않았다. 그렇다고 그를 정신 나간 사람 취급하듯 바라보는 것도 아니었다. 조금은 진지하게, 조금은 의심을 담고 있는 것 같은 그녀의 시선이 그에게서 떠날 줄 몰랐다.

좁은 차 안에서, 감정이 차오르는 남녀의 대화가 끊기고 고문과도 같은 침묵의 시간이 흐르는 중이었다.

"한주원, 내일 다시 말해줄까? 술 마시지 않고 맨정신인 상태에서 내가 너를 좋아한다고 말하고 다시 키스하면 내가 진심이라는 것을 믿겠어?"

그렇게 하지 않아도 그의 진심이 그녀의 마음에 와 닿고 있다. 술을 마셨음에도 흔들림 없는 눈동자와 격하지 않고 부드러웠던 그의 입술에서 그의 마음과 그에 대한 믿음이 느껴졌다.

하지만 확인은 하고 싶었다. 그의 진심을 그의 입을 통해 다시 한 번 확인은 하고 싶었다.

"네. 내일 술 마시지 않고 맨정신에 다시 말해요."

"대신! 거절은 안 돼."

"……."

"키스까지 해놓고 거절하면 네가 날 가지고 논 거니까."

"뭐라고요? 아니, 무슨 그런…… 키스도 아니고 뽀뽀를, 그것도 기습적으로 마음대로 해놓고…… 그런 말을 하는 신호준 씨야말로 양심 없는 거 아니에요? 대답도 듣기 전에……. 읍."

그가 다시 입술을 부딪쳐왔다. 입술 사이로 그의 혀가 빠르게 파고들어 그녀의 입술 안쪽을 맛보는가 싶더니, 더 깊숙이 입속으로 들어와 꼬리치듯 유혹하며 자유로이 돌아다녔다. 그 유혹과 달콤함을 견디지 못한 주원은 그가 했던 것처럼 그녀도 유혹하듯 뜨거운 키스를 퍼부었다.

조금 전 감질난 입맞춤을 끝낸 후의 아쉬움보다 더 짙은 아쉬움을 서로의 입술에 남긴 채 두 사람이 서로에게서 떨어졌다.

"한주원, 설마 지금 네가 날 가지고 논 건 아니지?"

"나도 사람 가지고 안 놀아요."

키스를 끝낸 후에 오가는 말치고 어이없어 보였지만 두 사람에게는 키스로 서로의 마음을 다시 한 번 확인하고 싶은 대화였다.

"굳이 내일까지 가지 않아도 내 말, 그리고 네 대답 모두 듣고 답한 것 같은데."

"뭐…… 그런 것 같기는 한데…… 묻고 싶은 거 있어요. 나한테 언제 흔들렸어요? 뭐 때문에?"

그녀도 그에게 흔들렸다. 쩨쩨하거나 비겁하지 않아 보이는 남자다움에 마음이 흔들렸다. 그런 그가 그녀의 어떤 점에 흔들렸는지, 아니 무너졌는지 궁금했다. 모든 여자들을 쥐고 흔들 수 있는 재력과 외모를 가진 그를 자신이 무엇으로 그를 흔들어놓았는지 궁금했다.

그가 생각에 잠긴 얼굴로 대답을 쉽게 하지 못하고 있었다. 그런 그의 모습을 보며 그의 말이 거짓은 아니었는지 불안한 마음일 때 그에게서는 질문에 대한 대답이 아닌 다른 말이 튀어나왔다.

"그런 얘기를 주차장 차 안에서 해야겠어? 집으로 올라갈까?"

이 남자, 무슨 의도로 집으로 올라가자는 걸까?

순간 주원이 드는 생각은 그거였다.

혼자 사는 남자가 키스를 끝내고 고백을 하면서 집으로 데리고 가려는 저의가 수상했다. 그걸 눈치챘는지 호준이 장난기 어린 얼굴로 물었다.

"내가 촌스럽게 물어보길 바라?"

"……?"

"나 못 믿어? 하는 그런 촌스러운 질문을 하길 바라냐고?"

"그럼 나도 촌스럽게 말해줘요? 음…… 아무 짓 안 할 거죠, 라고?"

"솔직히 여기서 나는 바로 집으로 올라가고 너는 혼자 운전하게 만들어 보내는 거 싫다. 그리고 더 솔직하게 말하자면 한주원, 너하고 더 있고 싶어. 아무 짓 안 할 거죠, 라는 질문에는…… 그렇다 대답해줄 수가 없어. 적어도 지금처럼 키스는 할 것 같고…… 그다음은 나도 장담할 수 없어. 단! 네가 싫다면 네가 걱정하며 말하는 아무 짓은 안 할 거야."

"신호준 씨…… 말하는 게 은근 고수 같은데요?"

"올라가자."

주원은 아주 잠깐 갈등을 겪었다. 올라가야 하나, 말아야 하나.

지금 순간 드는 생각은 그와 올라가 어떤 일이 벌어지더라도 후회는 하지 않을 것 같다. 그와 잠을 자더라도, 그리고 그와 그렇게 하룻밤으로 끝내더라도 그녀는 다 감당해낼 수 있을 것 같았다. 술을 마신 사람은 호준인데 자신이 마신 것처럼 평소와 달리 대담해지고 용감해지고 있었다.

자신을 바라보는 호준을 다시 한 번 쳐다보았다. 자신을 바라보고 있는 그의 눈빛은 여자를 가지기 위한 욕정의 것은 아니었다. 오히려 너무도 담담하게 바라보고 있으니 함께 잘 수도 있다는 생각을 한 자신이 창피할 정도로 그의 눈빛과 미소는 순수해 보였다.

주원은 차 키를 뽑으며 대답을 행동으로 대신했다.

호준도 그녀의 그런 행동이 무엇을 말하는지 알아채고 차에서 내렸고 주원도 그를 따라 차에서 내렸다. 주차장을 지나 엘리베이터 앞에 서자 주원은 새벽녘에 쫓겨났던 그날이 떠올랐다.

"아, 맞아. 나 여기에 안 좋은 추억 있는데……."

주원이 샐쭉해진 얼굴로 호준을 바라보자 호준이 겸연쩍게 웃었다.

"나도 좋은 추억은 아니야. 미안해하고 후회하고 있으니까, 그날 차 태워준 걸로 용서하고 넘어가줘."

"하는 거 봐서……."

엘리베이터 안에서의 대화는 두 사람을 그 공간만큼 가까워지게 만든 느낌이었다. 넓은 바깥세상에서와는 달리 밀실 같은 그곳에서 아주 가깝게 붙어 있으니 주원도 호준도 진정 연인이 된 기분이었다.

그런 느낌은 집에 들어가서도 가시지 않았다.

호준이 샤워를 하는 동안 그를 기다리는 주원도, 그녀를 자신의 공간 안에 들여놓은 호준도 불편이나 어색함보다는 설렘이 더 강했다.

샤워를 끝낸 호준이 이름을 알 수 없는 붉은빛 도는 차 한 잔을 소파에 앉아 휴대폰으로 게임을 하던 주원에게 가져다주었다.

"구기자차야. 뭐, 여기저기 만병통치약같이 좋은 차래."

"이런 것도 챙겨 마셔요?"

"아니. 챙겨 마시라고 어머니가 보내는 주시는데, 잘 안 마시지."

"어머니께서…… 보기와 달리 다정하고 자상하신가 봐요?"

아직도 호준의 허리를 향해 이단옆차기를 날리는 그의 어머니 모습이 선하다. 그러나 차까지 챙겨주는 세심한 모정이 있는 평범한 엄마라는 것이 부러운 순간이었다.

"우리 손 여사님이 다정…… 하고는 좀 거리가 멀지. 다정보다는 열혈에 가깝지."

"자, 그럼 이제 말해봐요. 언제 나한테 왜 흔들렸는지."

주원은 그와의 대화 주제가 부모로 흘러갈까 봐서 얼른 화제를 돌렸다. 그에게 아직은 그녀의 부모에 대해, 더 정확히는 애경에 대해 알려주고 싶지는 않았다.

그런 주원의 마음을 모르는 호준은 소년처럼 조금은 부끄러운 듯 미소를 짓더니 그녀에게 오히려 질문을 던졌다.

"한주원, 스스로 예쁠 때가 언제야?"

"스스로 예쁠 때? ……글쎄요, 뭐…… 화장하고 거울 볼 때?"

호준이 고개를 저었다.

"아니야. 화장기 없는 맑은 얼굴이 제일 예뻐. 거기다가 젖은 머리로 있는 네 모습이…… 그래, 처음엔 그 모습에 흔들렸어. 그런데 내숭이나 가식 없는 네 솔직함에 내 마음이 다 갔다고 하면 믿겠어?"

그의 말에 호준의 젖은 머리가 눈에 들어왔다. 이어서 깨끗한 그의 얼굴도 그녀의 눈에 들어왔다.

'이건가? 그가 말한 화장기 없는 맑은 얼굴과 젖은 머리의 모습이라는 것이.'

그의 마음을 이해할 수 있을 것 같다. 아니, 그의 말을 믿을 수 있을 것 같다.

깔끔한 슈트 차림과 그에 어울리는 단정한 헤어와 달리 젖은 머리에 물기 머금은 것 같은 얼굴, 그리고 편한 옷차림이 거짓 없는 그의 속성을 보여주고 있는 것 같았다. 순수해 보이고 어린 소년 같은 천진함이 그 안에 보였다.

"어떤 느낌이고 마음이었는지 알 것 같아요."

"그래서 하는 말인데…… 샤워할 생각은 없어? 다른 뜻이 있는 건 아니고…… 그냥 그런 네 모습이 보고 싶어서……."

"점점……? 됐거든요! 자기는 뭐, 보여달라고 해도 안 보여줬으면서. 그리고 인증샷을 보내준다고 해놓고 안 보내주고서는, 쳇."

호준이 주원의 말에 급하게 자신의 휴대폰을 가지고 왔다. 그리고 그녀 앞으로 내밀고 진지하게 말했다.

"여기, 그러니까 갤러리 안에 그 인증샷이 있어. 샤워하고 나오면 이거 바로 보내줄게."

황당해하는 주원의 눈길이 호준에게서 떠나지 않았다.

"이게 말이 된다고 생각해요? 자고 갈 것도 아니고……."

"자고 가."

"신호준 씨."

"그게 말이 안 되면 아무리 일이라지만 팬티 입은 모습을 보고 싶어 하는 한주원 너도 말이 안 되는 거야? 난 거의 벌거벗은 거에 가까운 몸을 보여주는 건데, 그것도 아무리 속옷으로 가렸다고는 하지만 남자의 제일 중요한 부분을 대놓고 보여주는 것과 다름없는데, 너는 괜찮고 나는 이상하고. 이건 아니지 않아? 서로 보여줄 거면 보여주고, 아니면 말고."

그의 말이 틀린 것 같지는 않았다.

'그래, 어차피 잘 것도 각오하고 올라왔는데 그깟 샤워쯤이야.

그리고 인증샷을 받을 수 있는데…… 하지, 뭐.'

"좋아요. 그럼 나 샤워하는 동안 그거 내 휴대폰에 보내놔요. 안 그럼……."

"안 그럼?"

"……그 휴대폰…… 부숴버릴지도 몰라요."

"걱정 마. 내가 또 그렇게 치사한 사람은 아니니까. 그리고 너무 과격한 거 아니야?"

"그만큼 내가 지금…… 큰맘 먹은 거라구요."

"알았어."

호준은 자신의 옷들 중 주원이 편하게 입을 수 있는 옷을 쥐여 주고 욕실로 들여보냈다. 그리고 주원과 약속한 대로 주원이 준 속옷을 입고 찍은 사진 한 장과 다른 속옷을 입고 찍은 사진을 그녀의 휴대폰으로 전송해주었다.

사진을 보내놓고 민망하고 부끄러웠지만 주원이 욕실에서 나오는 순간 그런 민망함과 부끄러움 사라졌다. 그리고 자신이 파놓은 함정에 자신이 빠진 느낌처럼 후회가 앞섰다.

자신의 집 욕실에서 샤워를 끝내고 나오는 그녀는 예전 그녀의 집 앞 차 안에서 보았던 그 모습과 느낌이 또 달랐다.

그때는 순수와 섹시가 공존하는 가운데 순수함이 더 도드라지고 컸다면 지금은 그 맑은 얼굴과 젖은 머리가 섹시하기만 하다. 마치 자신을 유혹하러 나오는 게 아닌가 싶을 정도로 그의 몸과 마음이 심하게 요동치고 있다.

그저 소녀처럼 예뻤던 그때의 모습을 보고 싶었을 뿐인데 상황이 묘하게 꼬이며 흘러가고 있다.

'한주원, 오늘 너 때문에 제대로 고문당하게 생겼다. 내가 과연 견딜 수 있을까?'

그렇게 심하게 괴로운 호준과 다르게 주원은 나오자마자 자신의 휴대폰부터 확인했다.

휴대폰에는 그가 보내준 사진이 있었다. 배꼽 라인부터 허벅지 반까지 나온 하반신 사진이었다.

'흡!'

하마터면 탄성이 밖으로 튀어나올 뻔했다.

최근 수많은 남성들의 속옷 화보를 보아왔지만 그 어떤 화보도 남자의 몸이 눈에 들어온 적이 없었다. 오직 그들이 입고 있는 속옷만 눈에 들어왔다. 패턴과 디자인, 컬러에만 집중했지 남자의 몸은 관심도 없었다.

그런데 이게 웬일인가.

그가 입고 있는 속옷은 눈에 보이지도 않는다. 오히려 그의 치골라인과 치골 위로 보이는 잔근육이 그녀의 시선을 사로잡는다.

과하지 않는 허벅지 근육과 라인은 또 어떤가. 그린 것 같은, 그려도 나오기 힘들 것 같은 허벅지다. 탈의실에 보고 놀랐던 그의 몸은 대충 보고 만 것이었다.

이토록 그녀의 눈을 홀린 적은 없었다. 눈만 홀리는 것이 아니라 마음도 홀려 얼굴이 붉어질 정도다.

휴대폰에서 떼어진 주원의 시선이 자연스럽게 그의 그곳으로 향했다.

'뭘 입었을까?'

"왜? 사진으로 만족이 안 돼?"

그녀의 시선이 머문 곳이 어디인지 아는 그가 물었다.

주원의 얼굴이 이제는 화끈거리기까지 했다.

"아니에요. 고마워요."

"궁금증 해결에 도움이 되는 거 같아?"

"네."

과연 도움이 될까? 이 사진 보다가 남자들처럼 코피 터지는 것
이 아닌가 걱정이다.

"입어보라고 준 거 편하긴 편하던데."

"그래요? 그럼 내가 만든 것도 줄 테니까 그것도 입어보고 2개
한번 비교해서 알려줘요."

"그럴게."

그가 대답을 하며 그녀 곁으로 가까이 왔다.

주원은 자신도 모르게 긴장을 하며 침을 꼴깍 삼켰다.

호준이 그런 주원에게서 들고 있는 휴대폰을 손에서 빼내 테이
블에 놓았다.

"아까 내가 했던 말 기억나?"

"……무슨 말?"

"키스는 할 것 같다고."

"아, 그 말……?"

"지금 하려고."

어떤 틈도 주지 않고 호준이 키스해왔다.

서로의 몸이 밀착된 상태에서 하는 키스는 상대의 숨결과 심장 소리가 서로의 몸에 전달되었고 그것이 호준을 자극했다.

이성이 끊어지기 전에 여기서 끝내야겠다는 생각이 호준의 머리를 스쳐 가는 순간 그녀의 손이 그의 머리카락을 어루만지기 시작했다.

"네가 거부하지 않으면 계속할 것 같아."

자신을 향한 그녀의 손길이 허락이길 바라고 거부하지 않기를 바라는 마음에서 나온 말이었다.

"오늘 하룻밤으로 끝날 것 같으면 하지 마요."

그의 온몸과 마음을 휘감는 부드러운 손길과 다르게 말투는 단호했다.

"하룻밤으로 끝날 것 같으면 여기로 불러들이지도 않았어."

그가 귓가에 속삭이는가 싶더니 그녀의 귀를 살며시 물었다 놓았다.

귀에서 시작된 그의 촉촉한 입맞춤이 목선을 따라 아래로 내려왔고 그의 손은 어느새 그녀의 가슴에 머물러 있었다.

옷 위에서 만져지는 말랑한 가슴의 중심에서 뾰족하게 솟은 정점이 그의 손끝에 느껴졌다. 절로 손끝에 힘이 가해지면서 손가락 끝으로 만지작거리자 주원에게서 여린 신음이 흘러나왔다.

"으음."

다시 호준이 벌어진 그녀의 입술 사이로 혀를 집어넣고 부드럽고 촉촉한 그녀의 혀를 탐닉하며 뜨거운 키스를 퍼부었다.

그로 인해 주원의 몸은 더 뜨겁게 반응하기 시작했다. 가슴 끝에서 그가 주는 짜릿한 자극에 가슴이 움찔거리고 그의 촉촉하고 뜨거운 키스에 그녀의 은밀한 부분도 촉촉하게 젖어가는 느낌이다.

주원이 그의 목을 더 끌어당기려 할 때 그가 그녀의 티셔츠 속으로 손을 넣어 빠르게 브래지어를 위로 올렸다. 그녀의 가슴을 쥐고 펴기를 반복하더니 엄지와 검지를 이용해 옷 위에서 했던 것처럼 정점을 누르고 비벼댔다.

그의 체중이 그녀에게 옮겨오는가 싶더니 이내 그가 그녀를 밀어 눕히듯 소파에 쓰러뜨렸다.

서로를 바라보는 두 눈동자가 마주쳤다.

여자를 안기 전 바라보는 그의 눈에는 이글거리는 뜨거운 욕정이 아닌 다정한 미소가 서려 있었다.

그는 그런 눈동자로 그녀를 보며 그녀가 입고 있는 티셔츠를 벗겼다.

자신의 몸을 올라타고 옷을 벗기고 있는 호준의 눈동자를 똑바로 볼 수 없어 주원은 눈을 감았다.

호준이 그녀의 부끄러움을 감싸주려는 것인지 감은 그녀의 눈꺼풀에 입을 맞추며 그녀의 브래지어 끈을 옆으로 내렸다.

하얗고 탐스러운 주원의 가슴이 그대로 노출되었다.

"예쁘다."

탄성과 같은 그의 한마디가 들리는가 싶더니 뜨거운 그의 손바닥이 그녀의 가슴에 와 닿았다. 그녀의 가슴은 뜨거운 그의 손과 달리 차가웠다. 하지만 차가운 것과 다르게 부드럽고 폭신했다.

손바닥에서 느껴지는 감촉에 취해 호준이 손이 가지 않은 다른 쪽 가슴에 얼굴을 묻었다. 코끝에 묻어나는 그녀의 향기에 취한 것처럼 그는 이성을 잃은 듯 그녀의 가슴을 세차게 빨아대고 혀로 간질이다 살며시 물기도 했다.

주원의 몸이 뒤틀리기 시작했다. 손끝으로 가슴의 정점을 자극하는 것과 다르게 그의 혀끝에서 놀아나는 느낌은 그녀의 흥분지수를 빠르게 상승시켰다.

"하앗."

주원에게서 나오는 야릇한 신음이 이번에는 호준을 흥분시켰다.

호준의 손이 거침없이 그녀의 허벅지를 더듬으며 다리 사이로 들어갔다.

주원은 본능적으로 다리가 오므라졌고 그는 집요하게 그 사이를 파고들었다.

그의 끈질긴 공략에 항복을 하듯 주원의 다리가 살며시 벌어졌고 그 틈을 놓치지 않고 호준이 그녀의 은밀한 부분을 차지했다.

남자의 손길이 낯설 텐데도 그녀의 그곳은 그의 손길을 반기는 것처럼 뜨겁게 달아올랐다.

천천히 아주 약하게 그녀의 꽃잎 사이를 쓰다듬는 손길에 주원에게서는 여린 신음이 간헐적으로 흘러나왔다.

호준이 남은 그녀의 옷을 벗기고 자신의 옷도 벗어버리고 난 후 그녀의 몸 위로 완전하게 올라탔다.

그리고 그녀의 입술부터 다시 시작한 키스가 목을 지나고 가슴을 지나 배꼽 근처에서 배회할 즈음 다시 한 번 그녀의 여린 속살을 손끝으로 쓰다듬었다.

촉촉하게 젖어 있는 그녀를 확인하고 자신의 중심부를 그 여린 꽃잎 사이로 천천히 삽입하기 시작했다.

"하앗."

"하악."

"흐으음."

자신의 몸을 헤집고 들어오는 그로 인해 오랫동안 잊고 있던 통증이 전해지자 주원에게서 단말의 신음이 터져 나왔다.

호준 역시 좁은 주원의 몸으로 들어가며 느껴지는 쾌감의 소리가 절로 튀어나왔다.

"아파?"

자신과 다르게 힘들어하는 것 같은 그녀에게 호준이 물었다.

"조금."

"미안. 살살 할게."

말처럼 거칠거나 급하지 않게 자신을 소중하게 다루듯 들어오는 그로 인해 통증은 점점 그녀를 짜릿하게 만들고 있었다.

그의 허리가 그녀의 허리 위에서 조금씩 강하게 튕겨져 갔고 그때마다 그녀에게서는 몸으로 느끼는 희열의 숨소리가 뜨겁게 흘러나왔다.

그 역시 거친 숨소리가 더 거칠고 뜨거워지면서 움직임도 맹렬해졌다.

호준의 몸이 자신의 몸을 들락거리며 뜨겁게 달구어가는 만큼 그녀의 머리는 처음 느껴보는 알 수 없는 쾌감으로 점점 더 하얘져 갔다.

맹렬하게 움직이던 그가 동작을 멈추었다. 그가 더 이상 들어오지 않자 미칠 것같이 허전하고 참을 수 없을 만큼 그가 그리웠다.

"계속해줘요…… 빨리."

그가 씨익 웃었다.

"우리 참 잘 맞는 거 같아."

인상을 찌푸리며 그녀가 한마디 하려는 순간 그의 웃음은 사라졌고 동시에 그녀의 몸을 뒤로 엎어뜨렸다.

뒤에서 은밀하게 밀고 들어오는 그의 몸이 반가웠다. 하지만 그가 손을 배 아래로 밀어 넣으며 연약하고 민감한 꽃잎을 건드리고부터는 또다시 머리가 하얘지고 말았다.

"하윽. ……하핫."

견디기 힘든 희열에 새하얀 신음이 끝없이 흘러나왔다.

"안 돼! 이상해…… 더는…… 안 되겠어……. 그만…… 제발…… 그만."

그녀의 몸부림을 신호로 그 역시 파정을 향해 더 깊고 강하게 그녀를 밀어붙였다. 그리고 그녀와 함께 절정을 맛보았다.

훌쩍, 훌쩍.

늘 조용하다 못해 고요했던 아침 시간, 신경을 건드리는 낯선 소음에 눈이 떠졌다. 처음엔 잘못 들은 거라 생각했다. 하지만 완전히 잠에서 깨어난 상태에서 들리는 그 소음은 잘못 들은 게 아니었다. 주원이 욕실과 이어져 있는 파우더룸에서 거울을 보며 눈물을 찍어내고 있었다.

옷을 입은 채 다시 눈물을 닦으며 살금살금 밖으로 나오는 모습이 호준의 잠을 깨우지 않으려는 노력으로 보여 계속 자는 척해주고 싶었다. 하지만 울음을 삼키면서 방이 아닌 집에서 빠져나가려는 모습에 그냥 눈 감은 채 자는 척할 수는 없었다.

"한주원."

그의 목소리에 소스라치게 놀란 주원이 그 자리에 우뚝 멈춰 섰다가 호준에게서 재빨리 등을 보이며 뒤돌아섰다.

"일어났어요? 집에 빨리 가야 할 거 같아서……."

"우는 거야?"

"동생이 걱정하고 있을 거예요."

침대에서 내려가 그녀 곁으로 가자 그에게서 떨어지며 주원은 방문 손잡이를 빠르게 잡았다.

"왜 우는지 말해줘."

"……."

"설마, 같이 잔 거…… 후회스러워서 우는 거야?"

대답 없는 그녀의 침묵, 그리고 눈물로 얼룩진 얼굴이 그의 마음을 상하게 하고 있었다.

"한주원."

자신의 이름을 부르는 그의 싸늘한 목소리를 무시하고 거실로 빠르게 나와 소파 한쪽에 얌전히 놓여 있는 자신의 가방을 집어들었다.

"얘기 좀 해."

세수를 하고 나온 시간이 얼마 되지 않았는지 그녀의 앞머리가 살짝 젖어 있었다. 투명한 피부 위로 눈물 자국은 보이지 않았지만 눈 주위에 물들어 있는 붉은 기는 가시지 않고 그대로였다.

"어디 아픈 거야?"

호준이 조심스럽게 물었다. 하지만 주원은 대답 없이 현관으로 직행했다.

"한주원, 이런 식으로 나올래? 서로 마음 확인한 거 아니었어? 하룻밤으로 끝내는 거 아니었잖아!"

주원의 그런 행동이 서운하기도 하고 마음 상하기도 해 호준은 큰 소리를 내고 말았다.

"신호준 씨 당신 때문이 아니에요."

"그럼? 그럼 설마 자책하는 거야? 후회하는 거냐고!"

"갈게요."

"한주원!"

그녀를 잡으려 했지만 호준보다 주원이 더 빨랐다. 후다닥 호준도 빠르게 뛰어나가 엘리베이터 앞에 서 있는 그녀를 잡았다.

"이대로 도망가면 끝일 거라 생각해? 내가 너를 이대로 보낼 것 같아?"

"보낼 수 없으면 따라올 거예요? 그런 모습으로?"

주원의 말에 호준의 팬티 하나 달랑 걸친 반라의 모습으로 서 있는 자신을 발견했다. 위에서 내려오는 엘리베이터가 그들 앞에서 멈추고 문이 열렸다.

안에 사람들이 없기 바랐지만 그건 호준의 바람일 뿐. 그 안에 있던 나이 지긋한 부부가 두 사람의 모습을 보고 놀라고 있었다.

안에 있는 부부와 호준의 눈이 마주치고 그가 당황해하는 순간 주원은 승강기에 올라탔다. 그리고 그가 그녀의 이름을 부를 새도 없이 빠르게 문을 닫았다.

엘리베이터를 타고 내려가는 주원도, 복도에 황량하게 서 있는 호준도 한숨이 흘러나왔다.

'도대체 뭐가 어디서부터 잘못된 걸까?'

그리고 두 사람은 같은 고민에 휩싸였다.

7.

밤늦은 시간, 언성을 높이며 부부싸움을 하는 소리에 주원의 눈이 떠졌다. 부모들의 사소한 말다툼은 흔한 일이었지만 그날 밤 두 사람 싸우는 분위기는 여느 때와 많이 달랐다. 거실 건너편에 있는 안방에서 싸우는 소리가 자신의 방에까지 고스란히 들려왔고 이혼이라는 말에 주원은 불안에 떨기까지 했다.

"이혼은 안 돼."

"당신 계속 이렇게 살고 싶어? 나는 이렇게는 못 살겠어."

"애들은? 애들은 어떡할래?"

"애들이 문제야? 당신과 내가 사는 게 지옥인데."

"그러니까 나가서 네가 하고 싶은 대로 해. 내가 다 눈감아주고 모른 척해주겠다고."

"대놓고 죄지으며 살라는 거야?"

"죄짓는 거라는 건 알고 있어?"

"그러니까 이혼하자고! 왜 고문을 하려는 건데?"

중학교 1학년의 나이에서는 이해할 수 없는 대화였다. 어떤 문제로 부모가 싸우는지 알 수 없었다. 그날 밤은 그저 부모가 화해하고 이혼을 하지 않았으면 하는 바람으로 밤을 새웠다.

다음 날, 밤에 잠을 이루지 못한 이유와 불안한 마음으로 아프다는 핑계를 대며 학원을 가지 않고 낮잠을 청했다. 하지만 깊이 잠들지 못해 뒤척이기만 했고 그 와중에 이모가 방문을 했다.

이번에는 방문 너머 거실에서 들리는 자매의 대화에 귀가 기울여졌다.

"애가 둘이야. 저 어린애들을 두고 이혼이 말이 되니? 주원 아빠 같은 사람이 어디 있다고 이혼이야? 애경아……."

"주원 아빠 같은 사람? 주원 아빠가 어떤 사람인데? 착실하게 사업 잘해서 돈 잘 벌어다 주는 사람? 가정적이고 애들한테 친구 같고 와이프한테는 애처가? 모르는 소리 마."

"뭐가 문제야? 난 너희 부부, 아니 네가 이해가 안 간다. 도대체 뭐가 모자라서 매일 이혼 타령인지."

"언니…… 까놓고 얘기해줄게. 나 주원 아빠한테 권태가 느껴져. 그리고 자꾸 다른 남자들이 눈에 들어와. 게다가 주원 아빠가 밤일을 못해. 그 스트레스가 나도 그렇고 그 사람도 그렇고 말도 못하게 심해. 오죽했으면 자기가 다 봐줄 테니까 나가서 연애하래. 이 정도야, 우리."

"뭐?"

"주원 아빠하고 있으면 내가 무슨 색골에 화냥년 같아서 자존심도 상하고…… 점점 나이 들어 아저씨가 되면서 나도 아줌마로 만들려는 주원 아빠 보면 짜증이 나서 살 수가 없어."

"애경아, 아직도냐? 애 둘이 낳고 중학생 학부형이 되어도 그 병은 고쳐지질 않는 거야? 너도 이제 마흔을 코앞에 둔 중년이야. 영원히 네가 처녀같이 살 수는 없어."

"나 밖에 나가면 아직도 처녀인 줄 알아. 이렇게 살림만 하고 사는 거 지겨워. 밖에 나가서 자유롭게 살고 싶어. 그리고 나……남자 만났어. 그 사람하고 편하게 연애하고 싶고."

"뭐? 너, 너 미쳤니? 너 미쳤어? 결혼생활에 만족하고 하는 주부가 몇이나 될 것 같니? 그리고 그거 하면서 좋아 죽을 것 같은 부부가 몇이나 될 것 같아? 그냥 사는 거야. 나이 들어가고 애들 커가는 거 보면서 힘들고 불만스러운 것들 다 묻으면서 그렇게 산다고. 그런데 권태가 느껴진다고 애들 두고 바람나서 나가겠다는 게 말이 돼, 이년아! 엄마, 아버지가 무덤에서 뛰쳐나오시겠다. 정신 차려, 이 미친 것아!"

이모와의 대화를 들으며 엄마가 바람을 피웠다고 생각했다. 그게 아니길 바랐지만 정확하게 두 달 후에 부모는 이혼했다. 그리고 지워지지 않았던 자매간의 대화가 정확하게 해석된 건 고등학교 2학년 때였고 그때부터 애경을 경멸하고 미워했다.

어린 나이에 이해할 수 없는 애경의 삶은 첫사랑을 겪으면서 또 한 번의 상처로 다가왔다.

대학 시절 처음으로 사랑에 눈을 떴다.

새 학기를 시작 하고 떠난 MT에서 첫눈에 반한 4살 연상의 복학생 선배. 입대 전부터 그의 인기는 대단했을 정도로 훈남이었다. 그가 주원에게 말을 걸어주고 따뜻한 미소를 보여주며 가슴을 설레게 만들었다.

"주원아, 네가 자꾸 보고 싶고 생각난다. 사귈래?"

행복했다. 수많은 여학생들의 시선과 관심을 받는 그에게 선택되었다는 기쁨과 그의 여자 친구가 되었다는 행복감에 세상을 다 가진 기분이었다.

함께 손을 잡고 캠퍼스를 걷고, 함께 차를 마시고, 늦은 시간 집까지 데려다 주는 꿈같은 시간은 건조하게 살고 있던 그녀에게 단비였다.

"우리 백일 기념 여행 갈까?"

대현의 제안에 주원은 어떤 고민이나 갈등도 없이 승낙을 했다.

그리고 여름이 끝나가고 가을이 들어오는 무렵 둘은 부산으로 향했다.

백일 기념으로 떠나온 여행이었지만 바닷가를 두 손 잡고 거니는 게 다였다. 그러나 주원에게는 살아오면서 가장 설레고 들떠 있었던 시간이었다.

밤이 되고 예약한 콘도에 들어와서야 약간의 어색함이 그녀를 긴장시켰지만 알아서 저녁을 준비하고 챙겨주는 대현을 보며 그와 함께함에 행복했다.

별것도 없는 라면에 소주, 그리고 즉석밥에 김이 다인 차림을 보면서도 주원은 대현의 정성에 감동했다.

"나중에 졸업하고 취업해서 돈 벌면 우리 주원이 부산에서 제일 비싼 횟집에서 회도 사주고 제일 좋은 호텔에서 재워주고 또 버스가 아닌 차로 모셔오고 할 테니까…… 오늘은 우리 이걸로 만족하자. 자, 백일을 축하하며 건배!"

가볍게 술을 마시고 저녁을 먹고 주원이 대현의 어깨에 기대어 TV를 보고 있을 때였다.

대현이 그녀에게 키스를 해왔다. 그러나 평소 때와 달리 그의 키스는 길지 않고 짧았다. 그러고는 자리에서 벌떡 일어나 주원에게서 멀리 떨어져 앉았다.

"오빠……?"

"안 되겠다. 이대로 있다가는 너 그냥 안 둘 것 같아서…… 후우."

대현이 긴 심호흡을 내쉴 때 주원이 대현에게 다가갔다.

"오빠, 나 어리지 않아요. 1박 2일 여행인 거 알고 따라올 때에는 아무 생각 없이 온 게 아니에요. 오빠가 얼마 전에 그랬잖아요. 우리 관계 가볍게 생각하지 않는다고. 나도 그래요."

"어리지 않기는? 키스도 제대로 못했으면서."

"그거야…… 첫 키스였으니까…… 그랬던 거고…….."

"그뿐이냐? 가슴 한 번 만졌다고 손가락 부러뜨리려고 했잖아?"

주원은 자신이 애경처럼 밝히는 여자가 될 것 같아 대현이 스킨십을 해올 때마다 조심스러웠다. 여자가 더 많이 원하게 되면 불행하게 끝난다는 생각에 늘 선을 그어 절대 넘어오지 못하도록 했었다.

"이젠…… 안 그럴 거예요. 오빠가 나와의 관계를 가볍게 생각하지 않으니까. 오빠가 내 생각 해주는 마음이 어떤 건지 확실하게 믿으니까."

"진짜?"

"네."

"그럼 어디 시험해볼까?"

대현이 주원의 가슴에 손을 가져다 댔다. 낯선 느낌이 가슴 끝에서 느껴졌지만 주원은 거부하지 않았다.

"어? 가만있네?"

가슴에 손을 얹기만 했던 대현이 이번에는 그녀의 가슴을 밀가루 반죽하듯 지분거렸다. 자신의 시선을 피하지 않고 그를 똑바로 보고 있는 주원에게 대현은 키스를 했다. 그의 손은 그녀의 티셔츠 속의 브라까지 파고들어 가슴 끝 정점에 머물러 손끝으로 지그시 눌러댔다.

가만히 자신의 손길을 받아들이며 거부하지 않는 그녀를 보며 그보다 더하고 싶은 욕구가 솟아났다. 셔츠를 올리고 브라를 옆으로 벌려 그녀의 가슴을 베어 물었다. 아기가 엄마의 젖을 빨 듯 굶주린 사람처럼 그녀의 가슴을 물고 빨던 대현이 주원의 귀에 대고 속삭였다.

"우리 주원이 가슴도 예쁘네."

쑥스럽게 웃고 있는 그녀를 보며 대현은 더 은밀한 목소리고 속삭였다.

"주원아, 오늘 너 허락한 거지? 우리 같이 자는 거."

주원이 눈만 깜빡이며 그를 빤히 보다가 고개를 끄덕였다.

"진짜 예쁘다."

그날 밤 주원은 첫 경험의 아픔을 맛보았고 아프고 힘들었던 육체적 결합이 사랑을 키워주고 단단하게 지켜줄 거라 믿었다. 그 이후로 대현은 자주 요구해왔고 주원은 그를 사랑이라 생각하고 그가 원하는 대로 함께 있어주었다.

주원은 몸뿐 아니라 마음마저도 온전하게 그에게 기대고 맡겼다. 애경으로 인해 힘들었던 학창 시절까지 그에게 털어놓으며 그에게 위로받고 위안을 얻었다.

첫사랑인 대현과 결혼하는 날까지 그저 행복하게 사랑하며 지낼 것만 같던 어느 날, 성아가 주원에게 믿을 수 없는 말을 꺼냈다.

"주원아, 나 어제 대현 선배 봤는데……."

성아가 머뭇거리며 그 뒷말을 잇지 못했다. 불길한 기운이 그녀를 불안하게 만들었다. 하지만 애써 태연한 척 물었다.

"왜? 여자랑 있었어?"

성아가 고개를 끄덕였다.

"대현 오빠한테 들러붙는 여자들이 한둘이니? 밥 사달라, 커피 사달라, 귀찮게 하는 후배 아니었을까?"

이번에는 성아가 고개를 가로저었다.

"주원아, 심각해."

"……왜? 그 여자하고 키스라도 했어?"

"그보다 더한 거."

"……그보다…… 더한 거?"

"모텔 들어갔어."

배신보다는 충격이 너무 커 머리가 하얘졌다. 온몸을 타고 도는 한기로 인해 몸이 덜덜 떨리고 다리에 힘이 풀렸다. 하지만 그건 다음에 들어야 할 충격적인 말에 비하면 아무것도 아니었다.

"그런데 문제는……."

문제는? 모텔에 다른 여자와 들어간 거 말고 또 다른 문제가 있단 말인가. 그보다 더한 문제가 있을 수 있는 건가.

차라리 듣지 말까, 하는 생각이 드는 순간 성아는 그녀에게 사형선고보다 더한 말을 터뜨렸다.

"그 여자가…… 정말 믿을 수 없겠지만…… 수민이야."

서 있을 수가 없었다. 자리에 풀썩 주저앉아 겨우 숨만 쉬고 있을 뿐이었다.

잘못 본 게 아니었냐는 말조차도 나오지 않았다. 그저 모든 게 꿈인 것 같은 현실에 주원은 절망을 맛보아야만 했다.

성아와 함께 셋이 친구였던 수민은 대현과의 연애 사실을 인정했다. 물론 대현도 그 사실을 인정했고.

어떻게 그럴 수 있냐고 대현에게 따져 물었다.

대현은 변명 같은 말들을 늘어놓았다. 그 수많은 변명 중 주원은 오직 한마디만이 가슴에 비수로 꽂혀 아직도 상처로 남아 있는 말이 있다.

"넌 어린 게 너무 밝혀. 너희 엄마도 그랬다더니 너도 그런 성향이 있는 거 같아서 부담스러워."

함께 느끼며 사랑을 나누는 것에 행복해 그와 자는 것이 좋았을 뿐이다. 또한 대현이 좋아하는 것 같아서, 자신이 적극적일수록 대현이 더 만족스러워하는 것 같아서 주원이 더 적극적일 때가 있었다. 그런데 그게 밝히는 것이었다니. 어쩌면 대현의 말이 틀린 게 아닐 수 있다는 생각이 주원에게 지울 수 없는 상처가 되었다.

"야, 수민이 돈 보고 간 거야. 그런 인간은 잊어. 그리고 양심도 없이 친구 남자가 대시해온다고 친구 배신한 수민이 그년도 인생 목록에서 지워버려. 그것들은 천벌 받을 거야. 주원아, 그냥 털자. 생각해봐야 너만 아프니까 털어버려. 똥 밟았다고 생각하자."

옆에 있는 성아도 그녀의 상처를 아물게 하지는 못했다.

상처와 아픔, 그리고 충격이 너무도 커 처음으로 죽고 싶다는 생각을 하며 인사불성으로 취해 눈물 콧물 짜며 주사를 부렸다. 그 주사로 인해 주희가 대현과의 일을 알았다.

김정일도 무서워했다는, 당시 중2였던 주희가 홧김에 친구들을 데리고 대현과 수민을 찾아왔다. 대현의 얼굴에 침을 뱉어주고 수민에게는 따귀를 때려주었다. 화가 난 대현이 주희의 빰을 때렸고 학교 캠퍼스에서 대학생과 여중생과의 난투극이 벌어지는 사태까지 일어났다.

그 이후로 주원은 애경을 더 경멸했고 다시는 남자를 만나고 싶지 않았다. 애경과 같은 삶을 살까 봐 한사코 남자를 피해 왔다. 그런데 바로 어제, 그녀는 호준과 섹스를 하면서 밝히는 자신의 모습을 보았다.

소파에서 한차례 폭풍 같은 사랑을 나눈 두 사람은 포개진 몸으로 소파에 누워 있었다.

"큰일인데?"

"뭐가요?"

"젖은 머리와 화장기 없는 네 모습에 흔들렸다가 솔직하고 털털한 성격에 혹 하고 넘어갔는데 한 번 하고 나니까 이제는 너한테 헤어나올 수가 없을 것 같아서."

"칭찬인 거예요?"

"아니. 네가 많이 좋다는 말이야."

그 말이 듣기 좋았다. 담백하게 말하는 그의 목소리가 거짓을 말하고 있는 것 같지 않아 그 말 그대로 귀와 마음에 담았다.

"자고 가라."

그의 손이 그녀의 머리를 쓰다듬듯 어루만졌다. 그의 손길에서 느껴지는 따뜻함이 진심으로 다가왔다. 그래서 자고 가라는 그의 말에 고개를 끄덕였다.

뜨거운 사랑을 나눈 몸이 지칠 대로 지쳐 운전을 하고 가기엔 이미 피곤에 젖어 있었고 움직이기도 귀찮은 상태였다.

간단하게 샤워를 하고 호준과 침대에 누워 잠이 들었다.

그리고 새벽, 잠자리가 바뀌어서인지 깊은 잠을 이루지 못한 주원이 잠에서 깨어났다. 반라로 잠이 들어 있는 호준을 보았다.

'내가 어쩌다가 이 남자하고…….'

어스름한 상태에서 보는 호준의 얼굴선이 눈에 들어왔다. 그냥 봐도 잘생긴 남자지만 실루엣만으로도 어디 하나 흠잡을 곳이 없을 만큼 완벽에 가까운 남자로 보였다.

'신호준, 당신…… 이 얼굴로 얼굴값 하고 다니지는 않겠지?'

상체에 자리 잡은 잔근육의 실루엣이 눈길만 사로잡는 것이 아니라 손길을 부르는 섬세한 선으로 보였다. 그리고 그 아래 허리선. 탈의실에서도 그렇고 사진에서도 그랬듯이 그녀를 사로잡은 허리와 치골은 아쉽게도 시트에 덮여져 볼 수가 없었다.

주원은 그 아쉬움을 그냥 놔둘 수가 없어 덮여져 있는 시트를 살며시 걷어 그의 하체를 시선에 담았다.

주원의 손이 홀린 듯 그에게 가까이 갔다. 손등과 손가락으로 그의 허리에서 치골선에 이르기까지 조심스럽게 쓸어내렸다. 이번에는 좀 더 손을 위로 하여 가슴에서부터 허리까지 한 번 스윽 훑어 내렸다.

'그만. 일내겠다, 한주원.'

주원이 그에 대한 감상을 끝내고 다시 누우려 하는데 그가 덥석 그녀의 손을 잡았다.

"흑!"

너무 놀란 주원에게서는 비명도 나오지 않았다.

"시작을 했으면 끝을 봐야 할 거 아니야?"

"안 자고 있었어요?"

그를 감상한 자신을 들킨 것 같아 무안했다.

"잘 수가 있겠어? 유혹의 손길이 내 몸을 더듬는데."

"그게…… 그러려고 그런 게 아니라……."

어떤 변명을 해야 하나 고민하는 사이 그가 그녀의 손을 잡아 자신의 허리에 올려놓았다.

"시작만 해놓고 내빼는 건 반칙이야. 하던 거 계속해줘."

호준은 계속해달라고 하면서 그녀의 손을 잡고 가슴부터 허리까지 오르락내리락하면서 그녀의 입술을 찾았다.

그의 손에 잡혀 반강제적으로 그의 몸을 더듬는 꼴이 되어버린 주원이 그의 손에서 자신의 손목을 빼내면서 그의 몸을 타고 올랐다.

엉덩이 부분에서 터질 듯 부풀어 있는 그의 몸이 느껴졌다. 주원이 골반을 움직이자 짜릿한 자극에 반응하는 그의 표정이 어스름한 어둠 속에서도 고스란히 눈에 들어왔다. 그의 허리를 잡고 더 강하게 골반을 움직이자 이번에는 아쉬움을 담은 그의 탄성이 들려왔다. 낮은 저음의 목소리는 무척이나 섹시했다. 그 목소리가 더 듣고 싶어 주원은 그의 허벅지를 타고 내려가며 하나만 걸친 그의 팬티를 천천히 아래로 내렸다.

여명의 약한 빛을 받으며 나체로 있는 그의 모습에 주원은 자신을 내던지고 싶은 강한 욕망이 꿈틀거렸다.

자신의 옷도 벗어버린 주원이 그의 허리로 다시 올라와 앉으며 그녀를 기다리는 듯 꼿꼿하게 서 있는 그의 남성을 그녀의 몸속으로 맞이해주었다.

"흐흡"

"하아."

처음부터 두 사람은 격한 호흡을 쏟아냈고 자신의 몸을 호준의 남성으로 가득 채운 채 주원은 골반을 튕기며 움직이기 시작했다.

시리면서도 뜨거운 감각이 그녀의 온몸을 타고 돌기 시작했지만 무언가 채워지지 않는 갈증 같은 것이 느껴졌다. 해갈을 위한 본능이었는지 주원은 그의 손을 잡아 자신의 가슴 위에 올려놓았다. 그가 그녀의 가슴을 움켜잡았다가 엄지로 유두를 건드려주자 깊은 수렁으로 빨려 들어가는 듯한 아찔함에 허리가 뒤로 휘어졌다.

그녀의 그런 몸짓에 호준 역시 허리를 그녀의 움직임에 맞춰 튕겨주니 그 환희가 주는 쾌감의 신음이 방안을 가득 채우고 있었다.

오로지 몸에서 느끼고 있는 감각에만 모든 걸 맡긴 채 빠르게 절정으로 치달아가기 시작했다. 그 순간은 어떠한 부끄러움도 없이 오로지 격한 신음을 뱉어내며 좀 더 깊고 빠르게 그를 받아들이는 데만 집중했다.

"아…… 아아…… 앗."

"홋…… 으읏…… 흐읏."

성적 유희의 그 끝을 본 주원이 호준의 가슴으로 무너져 내렸다. 마주한 가슴에서 서로의 빠른 심장 소리가 전해져 왔다.

"한주원, 나 미치게 만들려고 작정했어? 하, 죽을 것 같이 좋았어."

그녀의 머리를 쓰다듬으며 가벼운 입맞춤을 여러 번 해주는 그의 품에서 호흡을 고르며 마음을 가다듬을 때까지는 몰랐다. 하지만 그의 몸에서 떨어져 누워 있는 동안은 그런 자신의 행동에 두려움이 들었다.

'이 사람이 아직은 사랑이 아닌데…… 어떻게 그렇게 미친 듯이 섹스를 할 수 있는 거지.'

감정이 아닌 본능에 의해, 그것도 오로지 쾌감에만 빠져 그의 몸 위에서 자신의 허리를 돌리고 튕겼다는 사실에 겁이 났다.

그렇게 육체적인 사랑에 눈이 멀고 아직도 젊은 처녀인 줄 착각하며 남자를 밝히는 애경의 모습이 자신에게서 보이는 것 같았다.

'이러면 안 되는데……'

불행해질 것 같았다. 자신은 물론이고 막 설렘을 가지게 만든 남자까지도.

그래서 도망치듯 호준의 집에서 빠져나온 것이다.

출근을 하고 싶지 않았다. 몸이 무겁고 가슴이 답답한 이유도 있었지만 호준이 그녀의 매장으로 들이닥칠 것 같아 피하고 싶었다. 더 솔직하게는 그의 얼굴을 마주하는 것이 두려웠다. 성아에게 전화를 걸어 못 나간다고 할까 고민하는 순간 오히려 그녀에게 전화가 걸려왔다.

-주원아, 미안해. 나 오늘 못 나갈 것 같아. 어제부터 다 토해내고 먹지도 못해서 기운이 너무 없어.

"어, 그래? 알았어. 그런데 계속 그렇게 먹지 못해서 어떡해?"

-정 안 되면 병원에 가서 영양제라도 맞을라고. 엄마 되는 게 쉬운 게 아니다.

"푹 쉬고 기운 차려."

-그래. 민정이도 이제 익숙해져서 잘하니까 괜찮을 거야.

"응. 매장 걱정은 하지 말고 네 몸이나 챙겨."

남 걱정해줄 입장이 아니면서도 입덧으로 고생하는 성아를 걱정해주고 출근을 서둘렀다.

예상대로 호준이 셔터가 내려진 매장 앞에서 그녀를 기다리고 있었다. 딱딱하게 굳어 있는 얼굴이 그의 감정 상태가 어떠한지 나타내주고 있었다.

"얘기 좀 해."

"할 얘기 없어요. 있어도 나중에 해요."

"아니, 나중은 없어. 할 얘기 없어도 난 들어야 할 말이 있어. 가자."

호준이 그녀의 손목을 잡아끌었다. 하지만 주원은 그 자리에 박힌 듯 버티고 서서 움직이지 않았다.

"한주원!"

"없다고요. 없어요. 그냥 가요. 나 매장 오픈도 해야 하고……."

"그럼 여기서 얘기할까? 그냥 이 길거리에 서서 얘기해? 왜 그랬어? 가지고 논 거였어? 자고 나니까 별거……."

"가요. 그럼 어디 조용한 데 가서 얘기해요."

지나가는 사람들은 없었지만 지나가는 사람이 있다 하더라도 호준은 개의치 않고 계속 자신의 말을 이어 나갈 것 같았다. 아침부터 길거리에 서서 남녀가 싸우는 모습도 꼴불견인데 잠자는 이야기까지 오가며 싸우는 모습에 자신이 서 있고 싶지 않았다.

호준은 그녀의 손을 잡고 루브르로 향해 걸었다.

"지금 루브르로 가려는 거예요?"

"응. 내 사무실만큼 조용하고 프라이버시가 보장될 만한 곳은 없어."

그를 따라가고 싶은 곳은 아니었지만 커피숍에 가더라도 다른 사람들이 옆에 있으니 길거리와 다를 게 뭐가 있는가. 어쩌면 그의 말대로 그의 사무실이 가장 적당할 수도 있어 주원은 조용히 호준을 따라갔다.

"마실 거라도 줄까? 아침은 먹었어?"

표정은 당장 목이라도 조를 듯 험악한데 질문을 하는 그의 말투에는 걱정해주는 진심이 담겨 있었다.

"괜찮아요."

마시고 싶은 것도, 먹고 싶은 것도 없는 그녀에게 호준이 가져다준 것은 키위주스였다.

투명한 유리잔에 담긴 초록이 싱그러워보였지만 호준의 얼굴을 마주하는 순간 먹구름이 세상을 덮는 것 같았다.

"마셔."

"괜찮다고요."

"시원할 때 마셔. 마시지 않으면 얘기도 안 할 거고, 여기서도 못 나가."

"협박의 달인이시군요."

"뭐라고 해도 좋으니까 마셔. 네 얼굴……."

그녀의 얼굴이 어떻다는 건지 호준은 말을 끝까지 잇지 못하고 입을 다물었다. 하지만 화가 난 것 같은 표정은 사라지고 안쓰러운 얼굴로 그녀를 보고 있었다.

주원은 고집 피우며 시간을 끌고 싶지 않아 주스의 반을 단번에 비웠다. 테이블에 잔을 내려놓는 소리가 그녀의 마음만큼이나 시끄러웠다.

"더 마시라고 하지 말아요. 다 마시면 체할 것 같으니까."

"체하면 내가 따줄 테니까 걱정 마."

"돌팔이한테는 싫어요."

"왜 그랬어?"

호준의 표정이 다시 사나워졌다. 잘생긴 얼굴이 싱거워 보일 정
도로 늘 옅은 미소를 머금고 있던 그였다. 최고의 서비스업장을 대
표하는 사람이라 표정에 친절이 배어 있어 그럴 거라는 생각을 했
던 적이 있었다. 그런데 지금 그는 낯설 만큼 무겁고 차가워 보였
다.

"그게 중요해요?"

"응, 중요해."

"중요할 거 없어요. 그냥…… 그냥 그랬어요. 나도 모르게."

"그냥 눈물이 나왔다고? 그냥 울었다고? 그 자리에서 울고 끝났
으면 그냥 그랬다는 그 말 믿겠어. 하지만 도망치듯 나가버린 건
그냥 그런 게 아니야. 뭐야? 분명 너도 좋아했고 너도 원했어. 그런
데 운 이유가 뭐야? 도망 간 이유가 뭐야? 혹시 옛 남자가 그리웠
어? 아니면 그때 그놈하고 자지 못하고 엉뚱한 놈하고 잔 게 후회
스러워서……."

짝. 호준의 뺨을 때린 주원이 싸늘하게 그를 노려보았다.

"말조심해요."

"심했다면 미안하다."

자신이 심하게 흥분했음을 인정한 호준이 사과를 했다.

"그럼 내가 너한테 실수한 게 있어? 내가 뭐, 잘못한 거라도 있냐고?"

"아니요."

호준의 말투는 차분해졌지만 주원의 말투는 차가웠다.

"난 너를 장난으로 데리고 잔 게 아니야. 너를 안으면서 처음으로 여자를 향해 두근거리며 뛰는 내 심장이 느껴졌어. 그동안 널 향한 혼란스러운 마음이 한 번에 정리되면서 이 여자구나, 확신을 했어. 그런데! 그런데 함께 행복하게 맞이해야 할 아침에, 그 여자가 울고 있는 모습을 봤어. 피가 거꾸로 솟는 기분이 들었다면 이해하겠어? 그렇게 훌쩍 도망쳐버린 너한테 버려진 기분이 들었다면 이해하겠냐고? 그러니까 주원아, 솔직하게 말해줬으면 좋겠어."

그가 애절해 보였다. 마치 그녀가 그에게 상처를 준 것처럼 그가 그녀를 너무도 애절하게 바라보며 그녀의 진심을 원하고 있었다.

긴 한숨이 새어 나왔다. 수치스럽고 부끄러운 자신의 속을 어떻게 드러낼 수 있단 말인가. 하지만 주원은 대담하고 솔직해지기로 했다. 대현과 같이 마음을 다 주고 난 후에, 밝히는 여자로 낙인찍혀 상처 받고 싶지 않았다. 차라리 처음부터 말하고 시작을 하지 말자는 생각이 들었다. 감정이 들어선 기간이 짧은 만큼 헤어짐의 상처나 아픔 역시 짧은 법이니까.

"호준 씨, 당신이 잘못하고 실수한 거 없어요. 나 때문에, 나한테 화가 나서 운 거고, 당신 얼굴 보기 부끄럽고 창피해서 도망간 거예요.”

주원이 마주한 호준의 눈빛을 피해 시선을 아래로 떨어뜨렸다. 그리고 작아진 목소리로 물었다.

“나 같은 여자 감당이 될 것 같아요?”

“너 같은 여자가 아니라 너여서 감당돼. 너 아닌 여자가 감당이 안 되는 거지.”

“내가 어떤 여자인지 모르잖아요?”

“널 감당하기 위해서 알아야 할 게 뭔데?”

“내가…… 색…… 기가 있어서 너무…… 밝히는 여자여도요?”

“너한테 색기가 있다고? 너무 밝힌다고? ……혹시 매일 밤, 잠자리 상대를 찾아 헤매고 다니니?”

“미쳤어요!”

“아니면 밤마다 남자가 그리워 잠을 못 자?”

“지금 농담하는 거 아니에요.”

“나도 농담 아니야. 한주원! 너 색기가 뭔지 제대로 알고 말하는 거야?”

“모르지는 않아요.”

가슴이 아릴 정도로 자신은 아프고 심각한데 호준은 그녀의 말을 심각하게 받아들이지 않는 것 같았다. 그뿐 아니라 피식피식 웃기까지 한다.

“호준 씨.”

“혹시 어제 너무 느끼고 좋아했던 게 창피해서 그래? 아니면 네가 새벽에 네가 먼저 시작한 거 때문에 그러는 거야?”

"……."

대답 대신 그녀의 얼굴이 심각하게 어두워졌다.

"주원아! 널 어떡하니?"

마주 앉아 있던 호준이 그녀 옆으로 다가와 앉았다. 그리고 그가 그녀에게 자주 그랬던 것처럼 머리를 쓰다듬으며 자신의 어깨에 그녀의 머리를 기대게 만들었다.

"그런 게 색기라면 난 행복한 남자야."

"호준 씨, 가볍게 생각할 문제가 아니에요. 우리 부모님 이혼한 거 알 거예요. 이혼 사유가 뭔지 알아요? 엄마가 아빠한테 만족을 못하고 다른 남자하고 바람이 났었어요. 그리고 이혼하고 나서는 여러 남자들을 수시로 바꿔가면서 연애하고. 난 절대 엄마를 닮고 싶지 않았어요. 사랑하는 남자 아니면 절대 몸도 마음도 주지 않겠다고 다짐했는데……."

더 말해도 되는 걸까? 더 숨김없이 다 드러내도 되는 걸까? 잠시 갈등을 겪으며 고민했지만 주원은 결국 자신의 진심을 모두 드러냈기 시작했다.

"어제 당신하고 자면서…… 아직 감정이 깊지 않은 상태에서 그럴 수 있다는 게…… 엄마와 같아지는 것 같아서…… 엄마의 그런 밝힘증이 주변 사람들을 얼마나 힘들고 불행하게 하는지 알기 때문에…… 난 그러고 싶지 않아요. 그래서 이쯤에서 끝내는 게, 더 깊게 정 들고 좋아지기 전에 끝내는 게 좋을 것 같아요."

"그렇게 따지면 나도 너한테 똑같은 말로 너를 떠나야 해. 아버지는 우리 어머니 재산을 보고 결혼했어. 당신의 출세욕을 위해 마음에도 없는 어머니와 결혼을 해서 원하는 대로 욕망을 채우고서는 가진 건 돈밖에 없는 무식한 여자하고 사는 게 창피하다고 조강지처하고 자식을 버리고 사랑하는 여자 찾아 떠난 사람이야. 그 아버지 피를 받은 나도 언제 그럴지 모르니 우리 헤어지자고 해야 하나?"

동병상련. 그 순간 호준을 보며 주원은 동병상련의 감정이 느껴졌다.

얼마나 아팠을까. 부모의 이혼도 상처지만 자신의 친부모를 미워하며 살아야 하는 아픔 또한 무겁고 힘들다.

혹시 그도 자신의 아버지를 닮을까 여자를 멀리하고 있었던 건 아닐까.

그 아픔을 호준도 견디며 살았을 걸 생각하니 그가 가여워 보였다.

"주원아, 우리 처음 빈에서 하이파이브를 할 정도로 둘이 맞았던 게 있었는데, 기억나?"

"……?"

그 당시 술에 취해 있던 주원의 기억에는 그와 했던 하이파이브는 없었다.

"사랑하는 한 사람을 배신하지 않고 끝까지 지키고 책임질 줄 알아야 한다는 거. 상대에게 배신으로 상처를 주는 인간을 제일 경멸하다는 거."

기억이 가물거렸지만 그 말은 맞다. 그녀가 제일 경멸하는 인간이 배신하고 상대에게 아픔을 주는 사람이다. 애경이 그랬고 대현이 그랬다.

"우리는 여러 가지로 잘 맞는 게 많다."

호준이 그녀의 턱을 들어 올려 그녀와 눈을 맞췄다.

서로의 얼굴이 가까운 거리에서 뜨겁게 마주 보았다. 자석처럼 그의 입술이 다가와 그녀의 입술에 달라붙었다.

입술을 벌려 그 달콤한 맛을 보려는 순간 노크 소리가 들려왔다.

호준은 그 소리를 무시하고 그녀의 달콤한 입속으로 더 깊숙하게 들어가려 했지만 주원이 화들짝 놀라며 그에게서 튕기듯 떨어져 나갔다. 그러고는 자신의 매무새를 점검했다.

"대답하지 않고 없는 척 조용히 있으면 그냥 갈 거야."

"사장이란 사람이 모양 빠지게 그러고 싶어요? 나도 가서 매장 오픈해야 해요."

주원이 자리에서 일어서자 호준이 그녀의 뺨에 입맞춤을 하고 밖을 향해 대답했다.

"네."

조리부장이 서류철을 들고 들어오다 주원을 보고 움찔하고 놀라는 반응을 보였다.

"가볼게요."

주원이 대표실을 빠르게 나갔고 호준보다 조리부장이 겸연쩍어했다.

"나중에 올 걸 그랬나 봅니다?"

"아닙니다. 딱 타이밍 좋게 오셨습니다."

만일 그가 오지 않았다면 그 자리에서 큰일을 벌였을지도 모른다. 방해한 조리부장이 얄밉지만 한편으로 그가 온 게 다행이었다.

"저분이십니까?"

"네. 주십시오."

호준은 조리부장이 내미는 서류를 검토하기 시작했다. 그리고 조리부장은 사입해야 할 식자재 리스트를 보며 괜히 실실 웃는 대표의 이상한 모습을 보아야 했다.

실실 웃는 사람은 호준만은 아니었다.

민정에게 성아의 결근을 알리고 작업실로 들어온 주원 역시 실실 웃으며 원단이 들어 있는 수납장을 들여다보고 있었다. 딱히 찾을 원단이 있는 것도 아니었다. 그렇다고 할 일이 없는 것도 아니었다. 그러나 일을 하기에 정신 집중이 되지 않았고 그렇다고 가만 앉아 있을 수 없어 그냥 원단만 뒤적거리는 중이다.

새벽, 그의 집에서 눈물 콧물 뺄 때와 다르게 지금은 설레는 감정이 살랑살랑 그녀를 간질이고 있었다.

그 남자를 탐했던 자신의 원초적 본능이 이제는 두렵거나 무섭지 않았다. 애경을 닮아 자신과 사랑하는 사람의 삶이 불행해질까 하는 염려도 접었다.

'그래, 난 엄마와 달라. 신호준 씨를 나도 모르게 많이 좋아하고 있었던 거야. 숨은 감정이 그렇게 본능적으로 나온 거고. 그걸 그 사람이 이해해주고 받아들여준 거고. 그 사람 말대로 우리는 잘 맞는 거고, 잘 맞는 게 많은 거야.'

다독거려주었던 그의 다정함과 동병상련을 느꼈던 자신의 감정이 그의 입술을 느끼며 사랑이라는 것을 알게 되었다. 단순한 설렘이 아니라 그를 자신도 모르게 마음에 담고 있었다는 것을 깨달았다.

　'우리 그럼…… 진짜 연인이 된 건가?'

　수줍게 미소가 번지는 순간에 그녀의 눈에 원단 하나가 눈에 들어왔다. 화려한 레오파드 패턴의 원단이 그녀의 손에 잡혔다.

　'잘 어울리겠는데…… 히힛.'

　주원과 함께 점심을 할 생각으로 메뉴를 고민하고 있을 때였다.

　"신호준!"

　대표실 문이 열리며 허스키한 목소리가 들려왔다. 노크도 없이 문을 열고 들어오는 사람은 단 한 사람밖에 없다.

　"어머니, 연락도 없이 어쩐 일이세요?"

　"왜? 내가 내 아들한테 오는데 꼭 연락하고 와야 할 이유가 있냐?"

　"그동안 연락을 먼저 하고…… 오셨…….'

　손 여사가 연락도 없이 들이닥친 이유를 알 것 같았다.

　손 여사가 데리고 다니는 운전기사 겸 비서 겸 재무관리자인 김 실장이 어제 차를 가져다놓고 아무래도 호준의 귀가까지 체크해서 손 여사에게 보고한 모양이다.

　하긴, 주원과 함께 서 있는 모습을 보았으니 김 실장 입장에서도 그다음이 궁금했을지 모르지.

"신호준, 내가 꼭 결혼하고 싶은 여자한테만 씨 뿌리라고 했지?"

"네."

"그래서?"

"……."

"한 대 처 맞아야 이실직고할래? 결혼할 여자? 아니야?"

"결혼해도 괜찮을 것 같은 생각이 막 들기……."

손 여사가 손에 쥐고 있던 클러치백으로 호준의 등을 후려쳤다. 핸드백이 등에 꽂히는 것 같은 통증이 그의 등을 타고 흘렀다.

"옥! 아, 어머니!"

"결혼할 생각도 없이 일단 씨부터 뿌린 거냐? 이 나쁜 놈의 쉬끼!"

"도대체 손 여사는 누구 어머닙니까? 걱정 마십시오! 내가 뿌린 씨 알아서 거둘 테니까!"

"신호준이! 일주일 시간 준다. 내 앞으로 데리고 와 인사시켜."

손 여사가 일어서서 인사도 없이 가버렸다.

어느 여자가 저런 시어머니의 모습을 보고 좋다고 시집을 올까.

'주원이도 안 하겠다고 하면…….'

손 여사로 인해 호준의 생각이 앞서 달리기 시작했다.

예고도 없이 다년간 손 여사가 터뜨린 폭탄으로 인해 주원과 점심식사를 하지 못한 호준은 짜장면으로 저녁식사를 함께하는 중이다.

주원을 데리러 민트 러브 매장에 들어갔을 때 그곳에 있는 여직원이 호준에게 귀띔해준 말이 있었다.

"우리 사장님은요 짜장면을 안 먹어요. 왜냐면요, 비비는 게 귀찮다고 먹고 싶어도 안 드세요. 오늘 매니저님이 안 나오셔서 점심을 안에서 해결해야 해서 배달을 시켰는데 짜장면이 드시고 싶다면서도 비비는 거 귀찮다고 혼자 김밥 사다 드셨어요. 우리가 비벼주는 게 미안해서 더 안 드시거든요. 그러니까 오늘 저녁에는 짜장면 사주세요. 그리고 꼭 비벼서 앞에 놓아주세요."

그 말을 듣고 호준이 주원을 데리고 온 곳은 중국집이었다. 예상대로 그녀는 짜장면이 아닌 다른 음식을 주문하려 했지만 호준은 그녀에게 짜장면을 시켜주었다. 그리고 나온 짜장면을 정성껏 비벼 그녀 앞에 놓아주었다.

"어? 어떻게 알았어요? 난 짜장면 누가 비벼주지 않으면 먹기 싫은데."

"이게 뭐, 힘들다고 먹고 싶은 것도 제대로 못 먹어?"

"그러게요. 오랜만에 먹으니까 정말 맛있다."

비벼준 짜장면 한 그릇에 만족해하며 후루룩 면을 넘기는 그녀가 귀여웠다. 하지만 호준은 그녀의 귀여운 모습을 보며 한가로이 짜장 면발을 넘길 수 없었다. 손 여사가 던지고 난 폭탄을 처리하는 게 고민이었다.

"이거 비벼준 대가로 선물 하나 줄게요."

"뭔데?"

그릇을 거의 다 비운 주원이 잠시 망설이더니 가방에서 그에게 작은 박스 하나를 내밀었다. 민트색의 박스에 하트가 그려진 '민트 러브'의 선물박스였다.

"혹시……?"

자신의 매장 박스를 선물이라고 건네주니 그 안에 무엇이 들어 있는지 짐작하는 일은 어렵지 않았다.

그의 짐작을 알아챘는지 주원이 고개를 끄덕이며 호준에게 박스를 건넸다.

"이거…… 내가 만든 거예요. 그러니까…… 그 정성 생각해서…… 인증샷 보내줘요."

그놈의 인증샷은. 실제로 보면 될 것을.

호준이 대답하지 않고 박스를 열었다.

"헛?"

기대와 궁금증이 그를 들뜨게 했다. 그녀가 어떤 마음으로 만들었는지 궁금했고, 그녀가 그를 위해 어떤 컬러를 선택했는지 기대되었다.

블랙? 블루?

어제 그의 속옷을 봤으니 그의 취향을 알 것이고 그에 맞게 만들어왔을 것이라 예상했다. 하지만 박스를 열어본 호준은 예상을 뒤엎는 그녀의 선물에 입이 딱 벌어졌다.

"왜요? 맘에 안 들어?"

"맘에 안 드는 게 아니라, 이렇게 화려한 걸 접해본 적이 없어서."

"그 패턴을 사용한 여자들 속옷이나 옷은 섹시한 느낌이잖아요. 남자는 어떤 느낌인지 궁금했어요."

"뭐야? 남자는 어떤 느낌인지 궁금하다고? 이걸 오로지 나를 위해 만든 게 아니라 궁금증 해결을 위해 만들었단 말이야? 그래서 인증샷을 보내라는 거고?"

그건 아니다. 오로지 신호준 한 사람만을 생각하며 그를 위해 만들었다. 그것을 입은 호준의 모습이 너무도 보고 싶었다. 그 누구보다 섹시한 느낌을 잘 살릴 수 있을 것 같아 혼자 상상하며 키득거리기까지 했는데 호준이 뭔가 오해를 하고 있는 것 같았다.

"여기서 말하는 남자는…… 신호준 씨…… 를 말하는 거거든요!"

"그럼, 호준 씨가 입을 게 궁금했다고 말해야지."

"어린애예요? 그렇게 말해줘야 알게?"

"응. 이제부터 나를 정확하게 지칭해줘. 루브르 사장님, 신호준 씨, 그쪽, 저기, 남자, 이런 호칭은 사절이야. 정확하게 호준 씨! 아니면 다른 사람들이 흔하게 사용하는 자…… 기?"

"저기요."

"거봐, 저기요? 다시 불러봐."

"저기…… 아니, 호준 씨."

"얼마나 듣기 좋아? 내가 란제리 사장, 어이, 한 사장, 이봐, 이런 식으로 부르면 좋겠어?"

원래 연애가 이렇게 호칭부터 정하고 들어가는 것이던가. 가슴으로 서로에 대한 좋은 감정이 스미듯 젖어가는 것이 연애 아니던가.

그러나 연애는 또 유치한 게 아니던가. 그런 호준의 투정이 듣기 싫지는 않았다.

"이거 인증샷이 필요해?"

"당연 필요하죠. 그거 만들면서 내가…… 얼마나 정성을 다했는데. 입은 거 보여줘야죠."

그 정성으로 만들어서 준 선물이기 때문에 보고 싶은 게 아니다. 그런 마음이 없는 건 아니지만 사실은 그걸 입고 있는 섹시한 그를 보며 눈이 즐거워지고 자신이 만든 제품에 대한 만족감을 느끼고 싶은 거다. 하지만 그 진실을 말하기에는 너무 노골적인 것 같아 주원은 정성으로 포장해 대답했다.

"이것만 달랑 입고 셀카 찍는 거 생각보다 많이 민망하거든. 익숙하지 않은 셀카에, 그것도 민망한 부분만 찍는 거 좀 그래."

듣고 보니 그렇다. 하지만 연인을 위해 그 정도는 해줄 수 있는 거 아닌가.

이해는 하면서 섭섭한 마음이 들었다.

"그러니까, 그냥 봐."

"네?"

"어차피 볼 거 휴대폰 사진으로 보지 말고, 네 눈으로 직접 확인해서 보라고."

좋으면서도 부끄럽고, 부끄러우면서도 빨리 보고 싶었다.

"그렇게까지 하지 않아도……."

"보여줄게, 가자."

"네?"

"우리 집에 가자고."

놀라면서 동그래진 주원의 눈이 점차 가늘어지면서 그 눈빛이 곱지 않았다.

집에 가자는 것이 순순하게 그녀를 위한 것인지, 아니면 다른, 어제와 같은 시간을 보내기 위한 것인지. 아무래도 후자 쪽에 가까운 그 저의를 파악하고 싶었지만 호준의 검은 눈동자에는 음흉함이 들어 있지 않았다.

"뭐, 거기까지 가요? 우리 매장 작업실로 가요."

"나름 첫 선물인데 그런 곳에서 착복식을 하는 건 네 선물에 대한 예의가 아니라고 보는데."

말에는 분명 그의 집으로 그녀를 끌어들이기 위한 다른 꿍꿍이가 느껴지는데 눈빛에서는 그런 검은 속내가 보이지 않는다.

"가자, 가자."

갈까, 말까. 고민을 할 수도 없게 호준이 주원의 손을 잡고 일어났다.

그의 손에 끌려 반강제로 호준의 집에 도착했다.

호준이 주원을 데리고 집으로 들어오면서 현관문이 닫혔다. 문이 닫히자마자 호준이 주원을 벽으로 밀어붙였다. 두 사람은 마치 하나인 것처럼 포개져 벽으로 붙어 섰다.

"왜, 왜 이래요?"

"아까부터, 아니 오전에 내 사무실에서 네가 나가는 순간부터 이러고 싶었어."

호준이 성급하게 주원 얼굴을 부여잡고 입술을 탐닉하기 시작했다. 그런 호준의 키스를 받으며 주원은 호준의 벨트를 서서히 풀었다. 그리고 그의 바지를 아래로 내렸다.

그 스피드에 맞춰 호준이 그녀의 티셔츠를 벗기고 브래지어를 내려 그녀의 탐스러운 가슴을 한 입 베어 물며 향기로운 그녀의 체향에 취하려 할 때 주원이 그의 머리를 잡고 자신의 가슴에서 그를 떨어뜨렸다.

주원을 갈구하는 눈빛을 보내는 호준의 표정과 다르게 그녀의 얼굴은 알 수 없는 야릇한 미소를 보이고 있었다.

"이거부터."

주원의 어깨에 겨우 걸쳐 있는 가방에서 그녀가 무엇인가를 꺼냈다. 굳이 확인하지 않아도 그게 무엇인지 아는 호준은 어안이 벙벙한 얼굴로 그녀가 내미는 그것을 펴 보았다.

"주원아."

"입어봐요, 얼른."

"나중에……. 지금은 이게 먼저야."

호준은 손에 든 레오파드 무늬의 팬티를 멀리 던지고 그녀를 번쩍 안아 침실 문을 박차고 안으로 들어갔다.

"보고 싶은데…… 그걸 입은 당신 모습 보고 나서 하면 더 좋을 것 같은데……."

"이따가. 이따가 입고 보여줄게. 그때 또 하면 돼. 하아, 주원아."

거친 숨결을 뱉어내는 그의 입술이 그녀의 배꼽 주변을 배회하다 아래로 내려가기 시작했다.

'설마…….'

낙인을 찍고 가는 것 같은 그의 키스가 싫지 않았지만 점점 아래로 내려가는 것이 불안했다. 아직은 그의 입술을 허락하고 싶지 않은 그곳에 어느새 그의 뜨거운 숨결이 느껴졌다.

"안 돼요."

주원이 상체를 벌떡 일으켜 심하게 거부하자 호준이 더는 깊게 내려가지 않고 그녀의 입술에 키스를 해왔다.

"창피해하지 않아도 괜찮아. 너의 뭐든 다 가지고 싶어."

그래도 그곳은 싫다는 의미로 주원은 고개를 저어댔다.

"그럼 이건?"

그의 손이 그녀의 여린 속살을 향해 가는 손길은 거침없었다. 체모의 숲을 지나 여린 꽃잎 사이에 손이 닿는 순간 그녀가 그의 목을 힘껏 끌어안았다. 두 눈을 꼭 감은 채 입술을 앙다물고 있는 그녀의 모습이 지독히도 섹시해 보였다.

손가락으로 조심스럽게 그녀의 꽃잎을 쓰다듬으며 그 안의 숨어 있는 보석과도 같은 진주알에 자극을 주었다.

"하웃."

그녀의 입에서는 낮은 신음이 터져 나왔고 더는 참을 수 없던 호준이 그녀의 몸속으로 자신을 밀어 넣었다.

"네가 느낄 때마다 심하게 조여지는 거 아니? 그게 미치게 만들어. 하아."

그의 몸이 그녀를 향해 강하게 돌진해올 때마다 생소한 감각들이 그녀를 자극한다. 눈을 뜰 없게 시리기도 하고 온몸이 강하게 떨리기도 하는 그 느낌을 그도 함께 느끼고 있나 보다.

그리고 그 감각이 최고조로 향해 갈 때 그가 속삭였다.

"이렇게 하면 네가 더 많이 느끼고 있다는 걸 알 수 있어."

그의 손이 그녀의 가슴을 주무르기 시작했다. 그리고 유두를 살며시 비비자 그녀의 몸에서 폭풍이 불어대기 시작했다.

"봐봐, 또 심하게 날 조여와. 흐윽."

호준이 그녀의 다른 쪽 가슴의 정점을 이로 약하게 잘근거리며 씹다가 혀로 간질이자 주원의 허리가 절로 튕겨졌다.

두 사람의 엉덩이는 서로를 향해 강하게 움직였고 그 강한 움직임만큼 숨소리와 신음 소리 역시 커져갔다.

그리고 마지막 함께 절정을 느끼며 서로의 품속으로 무너져 내렸다.

"한주원, 큰일이다. 너 없이 이제는 못 살 것 같다."

"이거 때문에?"

"아니, 그냥 너 때문에."

그 말이 진실인지 아닌지 알 수는 없지만 주원도 느껴졌다. 그 없는 생활이 힘들 것 같다는 것이.

주원이 침대 시트를 말아 몸을 가리고 욕실로 들어갔다. 샤워를 끝내고 다시 침실로 나오니 그가 그녀가 주었던 레오파드 패턴의 팬티를 입고 서 있었다.

상상했던 것보다 훨씬 더 섹시한 자태에 입이 벌어진다. 한 마리의 표범보다 더 거칠고 우아한 카리스마와 섹시미에 넋이 나가고 있다.

"이거 보여?"

표범이 화를 내는 것처럼 불룩해진 그의 중심부.

"그거 입을 때 위로 해서 입었어요? 아니면 그냥 입었어요? 위로 해서 입어도 흥분하면 그렇게 불룩하게 솟아나네. 아, 그럼 안 되는데. 어떠한 경우에도 겉옷 라인에 변화를 주면 안 되는데. 뭐가 문제지?"

그에게 다가온 주원이 이리저리 속옷을 뜯어보았다. 뜯어보면서 이리저리 팬티 안을 들춰도 보고 옆으로 손을 넣어보기도 했다.

"한주원, 지금 이거 안 보여?"

"그러니까 이렇게 되면 안 된다고요. 이게 이렇게 차분하게 눌려져 있어야 한다고."

그녀가 그의 불룩하게 솟아 있는 그의 중심부를 그의 몸 안쪽으로 밀어 넣었다.

"이거 실패다, 한주원."

"그러게. 이러면 안 되는데."

"그게 아니라! 이걸 보면 여자가 못 참고 달려들어야 하는데 달려들지는 않고 이리저리 연구만 하고 있으니 남자한테는 불합격점인 팬티라고."

그의 말뜻이 뭔지 알아채는 데 시간은 오래 걸리지 않았다.

"무슨 말인지 알겠어. 이리 와!"

손을 잡고 침대로 쓰러지는 호준과의 뜨거운 사랑은 그날 두 차례나 더 있었으니 몸을 열어주며 사랑을 나누는 만큼 마음도 깊어갔다.

8.

　자주 다니던 시장 골목을 돌아다니는 발걸음이 오늘은 무겁거
나 힘들지 않았다. 복잡한 길을 따라 사람들과 어깨 부딪치기 싫어
이리저리 피해가는 일도 짜증스럽지 않았다. 한 남자를 사랑하고
연애를 하는 마음이 세상을 너그럽게 대할 수 있게 만들었다.

　무엇보다 원단 선택의 기준 없이 맘이 내키는 대로 마구잡이로
구입했던 주원에게 기준이 생겼다.

　'저거 괜찮을 것 같은데.'

　머릿속으로 호준이 입고 있는 모습을 상상해보고 잘 어울릴 것
같은 원단으로 구입한다. 즉, 호준이 기준이 되었다. 뭐든 잘 어울
리니 그중 골라내는 것이 더 어려운 것이 문제지만 그에게 딱 맞
는 원단을 찾아내는 기쁨이 있어 시장 오는 시간이 즐겁기만 하다.

　오늘도 호준에게 만들어줄, 그리고 제품으로 만들 원단을 구입

해 가벼운 마음으로 매장에 거의 도착했을 때였다. 그녀의 매장 앞에서 사람들이 웅성이며 안을 들여다보고 있었다.

무슨 큰일이 터진 것 같아 빠르게 매장 안으로 들어갔다. 그리고 매장 안에서 벌어지는 일을 보고 자신이 보고 있는 현실이 꿈이 아닌지 의심했다.

"이년아! 내가 산전수전 공중전까지 다 겪은 여자야! 너 같은 피라미는 우습지도 않아, 야! 대가리에 피도 안 마른 게 겁도 없이 어디서 생지랄을 떨어?"

"생지랄? 진짜 생지랄이 뭔지 보여줘? 이 미친 아줌마야!"

영숙과 소영이 서로의 머리채를 잡고 속옷들이 난장판으로 흩어져 있는 바닥에서 뒹굴며 싸우고 민정이 그 옆에서 발만 동동 구르고만 있었다.

"이게 무슨 일이야? 언니! 그만해요."

주원이 둘을 떼어놓으려 했지만 비집고 들어갈 틈도 없이 엉켜 붙은 두 사람은 험악한 말을 내뱉기만 했다.

"언니, 그만하라고요!"

어떡해든 두 사람을 뜯어 말리기 위해 안간힘을 쓰던 주원도 어느새 그 틈에 끼어 만신창이 되어갈 때였다.

"그만들 해요! 남의 영업장에서 뭐 하는 짓들입니까? 경찰 불러야 그만두겠습니까?"

쩌렁쩌렁하게 울리는 남자의 목소리에 세 사람이 바닥에 널브러진 채 움직임을 멈췄다.

"주원아, 괜찮아?"

대현이었다. 그가 주원의 손을 잡고 일으켜 세우려 하자 그녀가 그의 손을 뿌리쳤다.

"뭐야? 숨겨놓은 남자가 있었던 거야? 하, 기가 막혀서! 내가 이럴 줄 알았어. 네가 이러고 신호준을 차지할 줄 알았어? 웃기지 마! 내가 가질 수 없는 남자 너 같은 거한테 빼앗기는 게 내 자존심이 그걸 허락하지 않았는데. 뭐, 뺏기고 안 뺏기고의 문제가 아니네. 알아서 물러나. 그 남자 너 같은 여자 제일 경멸하니까."

소영이 자리에서 일어나 매무새를 다듬으며 주원에게 경고하듯 차갑게 말했다.

"한 사장! 저년 뭐야? 저쪽 사장하고 무슨 관계야? 뭔데 여기 와서 장사도 못하게 지랄이냐고! 저런 건 내 손에 한번 죽어나야 정신 차리는데. 야! 너 오늘 운 좋은 줄 알아!"

"아줌마! 아줌마야말로 운 좋은 줄 알아. 여기 이 남자 아니었으면 내가 아줌마 경찰서에 처넣었어."

격렬한 싸움을 한 것 같지 않은 얼굴로 도도하게 매장을 빠져나가는 소영의 발밑에 주원과 영숙이 만들어낸 제품들이 밟혔다.

"야, 이년아! 뭘 밟고 가는 거야? 이게 어떤 건데!"

그러나 소영은 영숙의 말을 무시했다.

"주워."

주원이 소영의 팔을 잡아 가는 길을 막으며 단호하게 한마디 했다.

"이깟 거 돈 줄게. 얼만데?"

"주우라고."

지갑에서 돈을 꺼내려던 소영이 주원의 차가운 목소리와 살벌한 표정에 움찔했다.

"이거면 되겠지?"

기가 한풀 꺾인 것 같은 목소리로 소영이 지갑에서 수표 한 장을 꺼내 주원 앞으로 내밀었다.

"주우라는 말이 뭔지 몰라!"

주원이 화를 폭발하며 소영의 멱살을 잡았다.

"주원아, 그만해."

주원을 말린 것은 영숙도 민정도 아니었다. 대현이 그녀를 말리며 소영에게서 떨어뜨려놓았다.

"곱게 주워놓고 가는 게 좋을 것 같은데요."

살기가 흐르는 주원의 눈빛과 그녀의 보디가드처럼 그녀 옆에 우뚝 서 있는 건장한 남자로 인해 소영은 이를 악물고 바닥에 어지럽혀져 있는 속옷들을 주워서 테이블 위에 올려놓았다.

"저렇게 든든한 남자를 옆에 두고 신호준 씨한테 어떻게 그럴 수 있었나 몰라? 양심도 없어, 진짜."

일그러진 표정으로 소영이 나가고 나서야 매장이 조용해졌다. 싸움을 들여다보던 구경꾼도 모두 사라지고 나서야 영숙이 주원에게 물었다.

"한 사장, 저년 저거 뭐야? 저쪽 사장 얼굴값 하느라 여자관계 복잡한 거 아니야? 들어오자마자 디피되어 있는 거 죄다 바닥에 내팽개치면서 고함을 지르더라. 둘이 잘되는 꼴 절대 못 본다고. 한 사장 나오라고. 처음엔 말리다가 눈에 뵈는 게 없이 굴기에 내가 먼저 머리채 휘어잡고 흔들었다. 왜 싸웠냐고 뭐라 해도 난 저년 더 패놓지 못한 게 억울하니까 한 사장 잔소리할 거면 차라리 날 잘라."

분이 풀리지 않는지 영숙은 아직도 씩씩거리고 있었다.

"아니에요, 언니. 잘하셨어요."

주원의 반응이 생각과 달랐는지 영숙이 멈칫하다 대현을 보며 주원에게 물었다.

"그런데 저 총각은 누구?"

"아…… 여기 왜 왔어?"

영숙으로 인해 그제야 대현의 존재가 인식되었다.

"너 보려고. 할 말도 있고……."

"난 들을 말이 없거든. 보다시피 상황도 그렇고. 돌아가."

"잠깐 차 한잔하자."

"돌아가라고! 들을 말 없다는 내 말 못 알아들어? 무슨 말인지 해석이 안 돼? 돌아가라는 말이 뭔지 몰라?"

"알았다. 지금 화가 많이 난 것 같아서 일단 돌아갈게. 주원아, 한번 시간 내서……."

"다시는 내 앞에 나타나지 마. 내 앞에 오려거든 수민이하고 함께 오든지."

대현을 무시하고 작업실로 들어가는 주원의 발걸음이 무척이나 사나웠다.

욱현이 유니폼을 챙겨 입고 출근을 했다. 그게 어떤 뜻인지 아는 호준은 그전에 그에게 서운했던 마음은 이미 사라졌다.

직원들과 인사를 나눈 후 욱현이 대표실로 들어왔다.

"내가 없으면 이 업장 힘들게 돌아가겠다고 생각했는데, 내 자만이 너무 컸다. 네 능력이 이 정도일 줄은 몰랐어. 총지배인으로 다시 일하는 게 부담스러울 정도야."

"자리 비운 동안 일처리 똑바로 못했다고 총지배인한테 잔소리 듣기 싫어 엄청 신경 쓰면서 일했으니까. 늙은 거 안 보이냐? 이젠 자리 비우지 마라."

피식 웃는 욱현의 미소가 편안해 보였다.

"소영이…… 완벽하게 내 여자 만들었다."

"……그건 혹시……?"

"임신했을 수도 있어. 이젠 너 귀찮게 하지 않을 거야."

호준은 욱현이 그렇게 소영과 계속 엮이는 게 싫었다. 그런 여자에게 욱현은 너무 아까운 남자다. 욱현이 사랑을 잘못 알고 있는 것 같아 답답했다.

"나 아니면 그 애, 사람 되기 힘들어. 나마저 버리면 여기저기 민폐형으로 살아갈 게 빤한데…… 그걸 알면서 버릴 수는 없더라. 정인지 사랑인지 모르지만 차마 그렇게는 못하겠더라고. 그래서…… 일 저질러버렸다."

"설마……?"

"걱정 마. 강간은 아니었으니까. 뭐, 아침에 소영이가 엄청 후회하면서 울기는 했지만. 그래도 억지로 하기 싫다는 거 한 건 아니니까 그런 눈으로 보지 마라."

욱현이 선택한 사랑에 호준은 뭐라 말할 수 없었다. 아쉽고 답답하기는 했지만 친구가 선택한 사랑은 존중해줄 수밖에 없었다.

"축하해주리? 10년을 바라본 여자를 드디어 안은 거."

욱현이 쑥스럽게 웃고 있을 때 대표실 문이 노크도 없이 벌컥 열렸다.

"신호준 씨! 당신 대단한 사랑을 하고 있는 줄 알지? 당신 여자는 한없이 순결한 줄 알지?"

"박소영!"

욱현이 그 자리에 있는 것도 모른 채 흥분해서 큰소리를 내던 소영이 자신의 이름을 부르는 욱현의 목소리에 입을 다물었다.

"이리 나와!"

욱현이 소영의 팔목을 잡고 억지로 밖으로 끌어내려 했다.

"이거 놔봐! 저 사람도 알 건 알아야 할 거 아니야! 그 여자, 란제리 파는 그 여자한테 남자가 있다고! 보통 사이도 넘는 남자가 있단 말이야!"

"너, 무슨 소리 하는 거야? 정말 이럴래? 너 정말 이것밖에 안 돼?"

"잠깐, 욱현아. 무슨 말인지 들어봐야 할 것 같다."

주원에게 남자가 있다는 소영의 말을 그냥 지나칠 수 없었다. 그녀가 헛소리를 하는 거라 여기고 넘길 수도 있는데 그게 쉽게 되지 않았다. 남자가 있다는 그 말이 그냥 지나칠 수 없게 거슬렸다. 소영을 마주하는 게 불편했지만 호준은 그녀의 이야기를 들어야겠다는 생각이 들었다.

호준이 욱현을 말리자 소영은 의기양양해져 호준에게 거짓 섞인 대현의 존재를 그에게 알려주었다.

"매장에 잠깐 들러 욱현 씨하고 다시 시작했다는 말을 하려고
갔어요. 그런데 그곳 직원하고 안 좋은 일이 생겨서 다툼이 생겼고
호준 씨 그 여자가 말리는 과정에 있었는데 웬 남자가 들어오더니
나에게 위협을 가하면서 그 여자를 감싸더라고요. 그 여자 이름이
주원이 맞죠? 이름을 하도 다정하게 불러서 알았어요. 솔직히 호
준 씨보다 더했어요. 나한테는 무섭게 하고 그 여자한테는 다정하
게 하는 정도가 호준 씨보다 더했다고요."

지금 소영이 하는 말이 진실일까? 하지만 남자가 있었고 그 남
자가 주원의 이름을 다정하게 부르며 따뜻하게 대했다는 것은 사
실인 것 같았다. 그리고 호준의 머릿속에 떠오르는 얼굴 하나가 있
으니, 얼마 전에 만났던 그녀의 옛 연인이다.

약혼녀와의 관계가 좋지 않은 것 같은 그가 그녀를 찾아왔을 수
도 있다는 생각에 갑자기 피가 거꾸로 솟는 기분이다.

호준은 앞뒤 가리지 않고 그대로 대표실을 뛰어나갔다. 그리고
그대로 길 건너 민트 러브로 향했다.

"헉헉, 주원이 어디 있습니까?"

그녀가 있는 곳은 매장이 아닌 작업실이라는 사실도 그 순간에
는 떠오르지 않았다. 매장에 그녀가 없다는 사실 하나만으로 불안
했다.

"사장님 지금 작업실에 계신데요, 불러드릴까요?"

"아닙니다. 제가 들어가죠."

그녀에게 알리러 가고, 그녀가 나오는 시간까지 기다릴 수 없는 호준은 그대로 작업실로 달려 들어갔다.

"한주원!"

"엄마야!"

문을 열며 갑자기 들이닥친 호준을 보며 놀라는 사람은 주원이 아닌 애경이었다. 하지만 그의 눈에 애경은 들어오지 않았고 호준은 그녀를 다그쳤다.

"누구야?"

호준이 말하는 '누구'가 함께 있는 애경을 묻는 줄 알았다.

엄마라는 대답을 해줘야 하지만 선뜻 애경에게 호준을 인사시켜주고 싶지 않았다. 벌써부터 호준을 바라보는 애경의 시선이 심상치 않다. 척 봐도 명품으로 보이는 슈트에 어디 하나 흠잡을 곳 없는 외모의 호준이 애경의 눈에는 연애 가능한 연하의 남자로 보일 것이다.

그런 애경을 호준에게 엄마로 소개하는 것이 창피하고 마음에 내키지 않았다.

"엄마예요."

"엄마?"

그제야 호준의 눈에 주원 옆에 서 있는, 엄마라고 보기엔 너무나 젊고 세련된 여인이 눈에 들어왔다.

"아, 어머니. 안녕하십니까? 신호준이라고 합니다."

불에 타고 있는 것처럼 뜨거웠던 머리와 심장이 차갑게 얼어붙으며 식은땀이 온몸에 맺히는 기분이다.

"누구?"

귀엽지만 애교가 없는 주원과 다르게 그녀의 엄마는 비음이 들어간 목소리부터 살며시 웃는 미소까지 여자다운 애교가 흘러넘쳤다.

"혹시 주희가 말한 그 사람?"

주원이 고개를 끄덕였다.

"반가워요. 나 주원이 엄마. 이름만 말하지 말고 주원이하고 어떤 관계인지 설명도 해줘야지 않겠어요?"

호준을 머리부터 발끝까지 훑어보는 애경의 시선에 호준은 쩔쩔매며 어색하게 웃고만 있었다.

"엄마, 그건 내가 설명해줄 테니까 이제 가봐."

"그런 게 어디 있어? 엄마인 내가 당연히 알아야 할 부분이야. 안 그래요?"

"아, 네. 당연히 아셔야죠. 저는 주원이하고 만나고 있는, 그리고 결혼까지도 생각하고 있는 주원이 남자입니다."

"에?"

주원이를 만나고 있다는 말까지는 이해가고 인정하는 부분이지만 결혼이라니!

이 남자, 엄마 앞에서 제대로 긴장 타고 있는 건가!

"그래요? 아깝다. 내가 한 10년만 젊었어도 내가 잡았을 텐데."

"엄마!"

호준은 애경의 말을 농담으로 받아들이며 겸연쩍게 웃고 있지만 그 말이 진심임을 아는 주원은 불같이 반응했다.

"아까 엄마가 한 말 알아들었으니까, 가봐."

"어머, 애는. 이렇게 만났는데 식사라도 해야 하는 거 아니니?"

주원의 얼굴이 일그러질 대로 일그러져 무섭게 애경을 바라보자 애경이 아쉽다는 듯 한숨을 내쉬며 백을 집어 들었다.

"신호준 씨라고 했죠? 우리 주원이 참 냉정하고 차가운 거 알아요? 내 딸이라고 해서 편들어주고 싶은데 그럴 수 없을 만큼 쌀쌀맞아요. 혹시 주원이에 대해서 더 알고 싶으면 나한테 따로 연락해요. 내가 쟤 단점들, 그리고 약점들 다 알려줄 테니까."

"네."

애경이 그에게 무엇을 내놓으라는 듯 손을 내밀었다.

"……?"

"명함. 내 딸이 만나는 사람이 뭐 하는 사람인지, 어디서 일하는지 알아야 할 거 아니에요?"

"옳으신 말씀입니다. 여기 있습니다."

호준이 주머니에서 꺼내 애경에게 건네는 명함을 주원이 낚아채려 했다. 하지만 애경이 더 빠르게 호준에게서 명함을 빼앗듯 받아냈다.

"갈게요. 함께 식사하지 못해 아쉽지만 나중에 해요. 그리고 한주원! 엄마가 말한 거 준비해줘."

"다음에 꼭 모시고 식사 자리 마련하겠습니다, 어머니."

"호호호. 어머니란 말 나 진짜 안 좋아하는데 주원이 만나는 남자라 봐줄게요. 엄마 간다."

애경이 나가자 지친 모습의 주원이 자리에 주저앉아 깊은 한숨을 토해냈다.

"명함을 왜 줬어요? 하, 정말······."

"왜? 남도 아니고 어머니잖아."

호준이 애경으로 인해 자신에게 실망할까 걱정이 앞섰다. 그의 업장으로 찾아가 애경이 어떤 주책을 떨지 벌써부터 눈앞이 캄캄하다.

"호준 씨 우리 엄마는 당신이 생각하는, 다른 사람들이 일반적으로 생각하는 엄마와 달라요."

"저번에 대충 들어서 알고 있어. 어머니가 어떠하든 상관없어. 말했잖아, 나도 아버지란 존재가 부끄럽다고. 다 이해해. 그러니까 그런 얼굴로 걱정하지 마. 어머니가 준비해달라는 건 뭐야?"

"아니에요."

그가 부드럽게 그녀의 머리를 쓰다듬는다.

그런 그를 볼수록 그에게 편하게 안주하고 싶은 마음이 든다. 따뜻하고 포근할 것 같은 그의 마음을 차지하고 욕심이 그녀를 휘감기 시작했다.

"우리 엄마 온 줄은 어떻게 알았어요?"

"엄마? 엄마 온 줄은 몰랐는데······. 참, 그것 때문에 온 게 아니지. 누구야? 네 이름 다정하고 따뜻하게 부른 남자 누구냐고!"

그녀를 온화하게 바라보던 그의 눈빛이 순식간에 이글거렸다.

다정하게 자신의 이름을 부르는 사람은 신호준 본인밖에 없건만 그가 왜 그리 활활 타오르는지 이해가 가지 않아 왜 그러는지를 따져 물으려는 순간, 얼마 전에 생긴 사달이 떠올랐다.

"내 이름을 다정하게 부르는 남자가 있다고 알려준 사람은 그럼 누구예요?"

"그건 중요하지 않아. 네 이름을 부른 남자가 있다는 게 중요하지."

"아니요. 난 내 이름을 누가 불렀는지 중요하지 않아요. 난 그걸 호준 씨에게 말해준 주인공이 누구인지가 중요해요. 그리고! 앞뒤 상황도 듣지 않고 내가 다른 남자를 만나고 있는 여자처럼 그렇게 몰아붙이는 호준 씨도 이해할 수 없어요."

주원의 말이 틀린 건 아니었다. 차근차근 소영에게 들었던 상황을 설명하고 어떻게 된 건지, 그가 궁금해하는 남자는 누구인지 물었어야 정상이다. 그런데 그녀의 말을 이해하면서도 그리고 주원에게 미안하면서도 그가 누구인지 빨리 말해주지 않으면 열이 나는 심장이 터져버릴 것 같았다.

"박소영이 그랬어. 여기에 다녀갔는데 너를 감싸면서 다정하게 네 이름을 부르는 남자가 있다고. 그 말에 화가 나서 참을 수가 없었어. 지금도 누구인지 알지 못하면 폭발할 거 같아. 네가 다른 남자하고 있었다는 걸 못 견디겠어. 네 말대로 하는 게 맞는 순서인데 그렇게 이성으로 해결이 안 돼. 그러니까 말해줘. 그 남자 누구였는지."

폭풍 질투라고 이해해야 하는지. 지금 그의 상태가 질투인지 아니면 도를 지나친 의처증 증세의 일종인지 감이 잡히지 않았다.

박소영의 행패 때문에 힘들었을 자신을 위로해줘야 정상인데 그가 화내는 것이 이상했다.

"그때 봤던 그 남자예요. 할 말이 있다고 찾아왔다가 박소영이 행패 부리는 것을 보고 말려줬을 뿐이에요. 몸싸움까지 심하게 벌어진 그 상황에서 그 남자 내 이름을 다정하게 불렀으면 얼마나 다정했을 거며, 감싸줬으면 얼마나 뜨겁게 감싸줬겠어요? 그 여자로 인해 다친 곳은 없는지, 그런 싸움에 놀라지는 않았는지, 그 거지 같은 여자한테 다 밟힌 내 자식 같은 상품들 때문에 마음은 아프지 않은지, 그런 것부터 물어야 정상 아니에요?"

아직도 미련 버리지 못해 자신의 매장을 찾아와서 행패를 부리고 간 박소영에게 불같이 화가 났다. 여전히 그 여자가 미련을 가질 정도로 딱 잘라내지 못한 것인가. 박소영에게 어떤 틈을 보인 것은 아닌지. 그리고 박소영이 그를 찾아가 대현의 존재를 알렸다는 것도 화가 났다. 왜 그는 그녀를 만나 그런 얘기를 듣고 있어야만 했는지. 말을 하다 보니 그 화가 더 커져만 갔다.

"얼마나 무섭게 패악을 부렸는지 영숙 언니 머리카락이 한 줌은 빠졌고, 난 여기 멍까지 들었단 말이에요. 내가 힘들게 만든 옷들도 발로 밟았단 말이에요. 그렇게 만든 그 여자를 잡아다가 내 앞에 사과시켜도 분이 안 풀릴 판인데 그 여자 말만 듣고 달려와서는 남자가 누구냐고요? 어떻게 그럴 수 있어요?"

"주원아!"

씩씩거리며 그를 무섭게 노려보던 그녀를 호준이 와락 품으로 안았다.

"왜 이래요?"

"알았어. 내가 널 얼마나 많이 사랑하는지. 그냥 단순한 연애감정이 아니라는 거. 다른 남자가 있다는 그 말에 피가 솟구치는 기분이 왜 드는지 알았다고. 그리고 못 견디겠어. 네가 나 아닌 다른 남자하고 있다는 거. 누가 네 이름을 부르는 것도."

주원이 그의 품에서 빠져나가려 할수록 그는 그녀를 더욱더 힘을 주어 안았다.

"사랑해."

사랑이라는 말이 그녀의 귓가에 메아리쳐 울렸다.

"네가 처음이야. 여자한테 마음을 준 것도, 그리고 사랑한다는 말을 한 것도. 그리고 미치도록 보고 싶고, 안고 싶고, 사랑받고 싶은 여자는."

그에게 정말이냐 묻고 확인받고 싶었지만 심하게 뛰는 그의 심장 소리와 그녀를 뜨겁게 바라보는 그의 눈동자가 그녀에게 그의 사랑을 확인시켜주고 있었다.

그녀는, 마음을 준 것도 미치도록 보고 싶고 안기고 싶은 남자가 호준이 처음은 아니었지만 그에게 대답을 해주었다.

"나도 그래요."

민트 러브를 나와 루브르로 가는 길에 호준은 욱현에게 문자를 보냈다. 마음 같아서는 박소영의 목을 조르고 싶었다. 주원의 말대로 데려다가 주원 앞에 무릎 꿇리고 사과하게 만들고 싶었다. 하지만 이제 친구의 여자가 되어버린 그녀에게 그렇게 모질게 할 수는 없는 일이다. 그렇다고 욱현의 얼굴을 마주하고, 하고 싶은 말을 다 할 수도 없는 노릇이다. 고민 끝에 문자를 찍어 보냈다.

[박쏘영 씨 사람 좀 만들어라. 네 능력을 믿는다.]

하나하나 제자리를 찾아가는 것 같았다. 욱현이 업장으로 돌아
오고 소영도 그의 여자가 되었다. 거슬릴 것도 없고 신경 쓰일 일
도 없으니 호준의 생각은 오직 주원에게 쏠려 있었다.

어디를 갈 것인지, 무엇을 먹을 것인지, 그동안 한 번도 해본 적
없는 고민을 하며 주원에게 퇴근을 앞당겨 하자는 문자를 보냈다.

하지만 그녀에게서 온 문자는 그의 마음을 순식간에 무너뜨렸
다.

[오늘 재고 정리해야 해서 제시간에 퇴근도 어려워요.]

재고 정리? 사장이 그런 것도 하나? 그런 재고 정리는 직원이
해야 하는 거 아닌가.

"재고 정리를 꼭 오늘! 그것도 사장인 네가 직접 해야 하는 거
야?"

문자로 이것저것 묻고 답을 듣는 과정이 답답해 호준은 주원에
게 전화를 걸었다.

-네. 오늘 해야 여름 시즌 제품들 제작하는 데 지장 없어요.

"직원들한테 맡기면 안 돼?"

-성아는 입덧이 심해서 안 되고, 막내는 판매 전문이고 영숙 언
니는 바느질 전문이라 재고 정리를 어떻게 해야 하는지 몰라요. 그
리고 내가 해야 속 편해요. 남한테 맡길 일이 아니에요.

"내일로 미루자."

-그동안 호준 씨 때문에 밀린 일도 산더미예요. 그리고 재고 정리는 미룰 수가 없어요.

"알았어."

호준은 주원에게 재고 상품보다 못한 취급을 받는 것 같아 심술이 났다. 그래서 일방적으로 전화를 끊어버렸다.

누구는 일이 없어 만나자고 조른 줄 아나.

눈이 멀 정도로 보고 싶고 환청이 들릴 정도로 그녀의 목소리가 듣고 싶다. 촉촉한 그녀의 입술을 맛보고 싶고 보드랍고 고운 그녀의 살결을 느끼고 싶어 온몸이 쪼그라드는 기분인데, 그녀는 전혀 그렇지 않은 것 같아 서운하다.

그런데 더 화가 나는 건 그렇게 전화를 끊었는데도 그녀에게서는 전화도 문자도, 하다못해 톡이라는 것도 오지 않는다.

'이 여자…… 이제 볼 거 다 본 사이라고 무시하나!'

연애라는 것이 이런 건가. 아니면 이런 것을 두고 밀당이라고 하는 것인가.

사랑하는 사이라면 열 일 제쳐놓고 백 리 길도 마다하고 달려오고, 달려 나가는 것이 연애요, 사랑인 걸로 안다.

그런데 주원은 그게 아닌 것 같다. 사랑한다는 말에 그녀도 그렇다며 그의 품에 안기기는 했지만 이제는 그것마저도 진심이었는지 의심이 간다.

서운함이 화로 변해갔고, 두고 보자는 마음으로 휴대폰을 노려보지만 잠잠하기만 하다. 시간이 갈수록 기다리는 연락은 오지 않고 그의 속만 타들어가고 있었다.

'아, 정말! 한주원, 너무한 거 아니야!'

참다못한 호준은 그대로 뛰어나가 민트 러브로 돌진했다.

"어서 오세요."

성아는 이미 퇴근을 했는지 막내 민정이 그를 맞이해주었다.

"아, 예. 사장님 안쪽에 계시죠?"

"네. 들어가 보세요."

평소라면 주원의 막내 직원에게 일상적인 안부를 살갑게 물었을 텐데 지금은 그럴 여유가 없다. 더구나 재고 정리를 하지 못하는 그녀로 주원이 고생하고 있고 또 그로 인해 데이트를 할 수 없는데 그 직원에게 다정한 인사가 나올 리 없었다.

"네."

초간단 대화를 끝내고 제작실로 향했다. 애인보다 더 소중하게 여기는 것 같은 재고 상품 사이에서 그녀를 데리고 나올 작정으로 문을 벌컥 열었다. 그리고 그녀의 이름을 불렀다.

"한주원!"

이젠 그녀의 손목을 잡고 나가면 된다. 그런데 호준은 그렇게 할 수가 없었다. 한 손에는 햄버거를 들고 한 손으로는 작은 속옷을 정리하고 있는 그녀의 모습이 안쓰러워 그 자리에 우뚝 멈춰서고 말았다.

"어? 퇴근한 거예요?"

"밥을 제대로 챙겨 먹지, 왜 건강에 좋지도 않은 햄버거를 먹고 있어?"

터질 것 같은 서운함이나 보글거리던 화는 언제 그랬냐는 듯 사라지고 햄버거를 씹고 있는 그녀가 안쓰러울 뿐이었다.

"밥 챙겨 먹을 시간 아껴서 일 빨리 끝내려고 그러죠. 그래야 완전 삐친 것 같은 누구 만나러 갈 수 있죠."

그녀의 말에 달리 할 말이 없었다. 그저 자신이 너무 옹졸했음이 느껴졌고 이제는 미안하기까지 하다.

호준은 그녀의 손에서 햄버거를 빼앗아 버렸다.

"밥 먹으러 나가자."

"그냥 이걸로 때워도 돼요."

"안 돼! 완전 삐친 것 같은 누구 안 만나러 가도 되니까 밥부터 먹자."

호준이 그녀의 손을 잡고 제작실을 빠져나왔다. 그녀를 데리고 나오겠다는 마음이었지만 함께 좋은 시간을 보내려 했던 의도와는 달리 그녀를 근처 식당으로 데리고 가서 저녁을 챙겨 먹였다.

"삐친 거 풀렸어요?"

식사를 마친 후, 매장으로 향하는 길에 주원이 그를 보고 물었다.

"아니."

"남자가 겨우 그런 거 가지고 삐치면……."

"겨우 그런 거? 겨우? 나를 재고 상품보다 못한 취급을 해놓고서는 겨우 그런 거?"

"에이, 내가 언제 호준 씨를 재고보다 못한 취급을 했다고 그래요? 만나지 못하고 일해야 하는 내 마음 알아주지 못한 호준 씨한 테 삐쳐도 내가 삐쳐야 하는데, 괜히 선수 쳐서 사람 미안하게 만들기나 하고."

"미안? 미안했다고? 그런데 왜 전화 한 번 안 해? 문자로라도 일 빨리 끝낼 테니까 좀 기다려달라는 그런 문자라도 보내줬으면……."

안절부절못하고 속이 타들어가지는 않았을 것 아닌가.

"문자나 전화로 삐친 거 달래주는 것보다 직접 달려가서 달래줘야 제대로 먹힐 거 아니에요."

"이제 보니 아주 선수시네."

그의 말에 주원이 생긋 웃었다.

그녀의 미소 한 방이 밥만 챙겨 먹이고 들여보내려던 마음을 계속 함께 있고 싶은 욕심으로 바꾸어버렸다.

매장으로 돌아온 호준은 되돌아가지 않고 주원을 따라 제작실로 들어왔다.

"계속 여기 있을 거예요? 일 빨리 끝내고 연락할 테니까 호준 씨 사무실에 가서 있어요."

그녀를 원하는 만큼 볼 수 있는데 사무실로 돌아가라니, 말도 안 되는 소리다. 호준은 고개를 저으며 제작실 한쪽에 자리를 잡고 앉았다.

"여기 있을 테니까 신경 쓰지 말고 일해. 커피 심부름 시키고 싶으면 시켜도 돼."

"정말?"

"응."

"그럼 아이스 카페라떼 한 잔 사다 줄래요?"

"네, 사장님."

주원의 부탁을 들은 호준은 번개와 같은 속도로 커피 전문점을 다녀와 그녀가 주문한 아이스 카페라떼를 대령했다.

"부려먹는 이 느낌…… 좋은데요."

"좋으면 계속 부려 먹으세요, 사장님."

"그러죠. 일단 일부터 하고요."

주원은 호준이 사다 준 커피를 한 모금 마시고 비닐 포장을 뜯어내 상품을 확인하고 재포장했다. 그 후 여러 개의 박스에 분리해서 담아가며 재고 상품을 정리해 나갔다.

"그것들이 다 재고야?"

가만 보고 앉아 있는 게 지루했던 호준이 그녀 옆으로 자리를 잡고 앉아 그녀가 포장을 뜯어낸 제품을 보며 물었다.

"네."

"재고의 기준이 뭐야? 속옷도 재고가 있어? 계절에 상관없이 안에 입는 옷인데."

"안 팔리면 재고가 되는 거예요. 어떤 건 기대도 안 했는데 반응이 좋아서 잘 나가는 게 있고 또 어떤 건 기대와 달리 팔리지 않아서 재고로 남는 게 있거든요. 이게 그런 거예요. 이건 정말 우리 모두 대박일 거라고 생각하고 엄청 만들어놨거든요. 그런데 반응이 영 별로여서 만든 거 그대로 쌓여 있어요."

주원이 포장을 벗겨 호준에게 보여준 제품은 핑크와 블랙이 조화를 이룬 여성 속옷세트였다. 특이하다면 뒤에 있는 후크가 앞에 있다는 점이다.

"컬러도 너무 예쁘고 후론트후크로 되어 있어서 남자 친구하고 준비된 첫날밤에 입기 좋은 컨셉이라고 생각하고 손님들한테 어 필했는데 의외로 앞에 후크가 있는 걸 별로 안 좋아해서 망한 제 품이에요. 아니, 앞에 있어야 남자가 브라 벗길 때 편하지 않나? 안 그래요, 호준 씨?"

"그럴 수도 있지. 그런데 말해주지 않는 이상 뒤에서 벗기는 걸 상식으로 알고 있어서 손이 자동적으로 뒤로 갈 것 같은데."

"그런가?"

"한번 입어봐. 내가 시험 대상이 되어줄게. 자동적으로 내 손이 뒤로 가는지도 보고, 또 앞에서 벗기는 게 편하고 좋은지 날 상대 로 해보면 될 거 아니야."

호준이 그녀 손에 들린 브라를 빼내서 그녀의 가슴에 가져다 대 보았다.

"입으면 예쁘기는 하겠다."

"지금 뭐 하는 거예요?"

주원이 호준에게서 브라를 빼앗아 다시 포장을 했다.

"하여튼 얘는 정말 만들어놓고 안 팔린 게 속상한 애예요."

정말로 팔리지 않은 게 속상한지 수십 개나 되는 그 제품들을 박스에 넣는 그녀의 표정이 좋지 않았다.

"그 재고는 그럼 어떻게 처리하는 거야?"

"시즌별로 파격 세일해서 처리해요. 그래도 안 팔리는 것들, 그러니까 이쪽에 있는 이것들은 그냥 나중에 사은품으로 내보내기도 해요. 그래서 얘들은 안타깝지만 80% 파격으로 팔려고요. 솔직히 그렇게 팔기도 아까워요. 얘네는 원단도 비싸고 부자재도 고급으로만 써서 마지막까지 지켜보자 했었는데 결국 이번에 정리하네요."

그렇게 좋지 않은 얼굴로 제품을 정리하고 다른 박스 안에서 물건들을 꺼낼 때였다.

"사장님, 저 퇴근할게요."

민정이 제작실로 들어와 퇴근을 알렸다.

"어, 그래. 조심해서 들어가고 내일 보자."

"네, 들어가겠습니다."

주원이 매장 문단속을 하고 다시 제작실로 들어왔을 때 호준이 가터벨트를 손에 들고 있었다.

"야, 이거 죽이는데. 이런 것도 만들 줄 알아?"

"그거야말로 그냥 구색이나 맞추려고 만든 거였어요. 그건 주로 인터넷으로 팔리는 제품이라 별 기대 없이 몇 개 만들었는데 어찌나 잘 팔리는지."

호준의 손에 들린 가터벨트를 빼내 비닐 포장에 넣을 때였다.

"주원아, 그건 얼마야?"

"뭐요? 이거?"

설마 싶어 손에 든 가터벨트를 내밀었더니 호준이 덥석 잡아 옆에 놓더니 주머니에서 지갑을 꺼낸다.

"그래, 이거. 얼마냐고?"

"지금 이걸 사겠다는 거예요?"

"응."

"누구 주려고?"

"애인."

"헐. 미안하지만 내가 그걸 만들기는 해도 입지는 않거든요. 그러니까 안 사도 돼요."

그녀가 호준 옆에 놓인 가터벨트를 집어 들려고 했지만 그의 손이 더 빨랐다. 그녀에게서 더 멀리 떨어뜨려놓고 지갑에서 5만 원지폐 2장을 꺼내 한쪽에 놓인 재봉틀 위에 놓았다.

"설마 이것보다 더 비싼 건 아니지?"

"호준 씨."

"빨리 일해. 그래야 나가서 놀지."

"분명 말했어요. 나 안 입는다고. 그리고 한 장이면 되니까 한 장은 도로 넣어요. 그리고 거스름돈, 현금 영수증 이런 거 없어요."

"응, 알았어."

뭐가 좋은지 호준의 표정이 싱글벙글이다. 그런 그의 표정이 찜찜하게 거슬렸지만 주원은 일부터 마쳐야 했기에 빠르게 재고를 정리했다.

"끝났다!"

기지개를 펴듯 두 팔을 뻗어 올리며 홀가분해하는 주원의 뒤로 간 호준이 그녀의 어깨를 주무르기 시작했다.

"수고했어."

사랑을 담아 꾹꾹 눌러주는 그의 지압에 뭉친 어깨가 풀리면서 스트레스도 풀리는 기분이다. 그만하라는 말이 나오지 않을 정도로 시원한 느낌에 주원은 아예 눈을 감아버렸다.

"앉아봐."

호준은 주원을 의자에 앉힌 채 어깨뿐 아니라 목까지 안마와 지압으로 부드럽게 뭉친 근육을 풀어주었다.

"됐어요, 이젠."

뭉친 근육이 다 풀린 것 같은 느낌도 들고 호준이 힘들 것 같은 생각에 자리에서 일어나려는 주원을 그가 번쩍 안아 작업대에 앉혔다. 그리고 다리를 벌리고 그 사이로 서서 그녀에게 가벼운 입맞춤을 했다.

"여기서 하자고 하면 싫다고 하겠지?"

주원이 망설일 것도 없이 고개를 끄덕였다.

"그럼 빨리 집으로 가자."

일할 때까지도 얌전하게 앉아 있던 호준이 급하게 서두르기 시작했다.

운전을 하면서도 감시카메라 따위는 안중에도 없는 듯 전속력을 다해 집으로 향했다.

그의 집에 도착해서도 그녀의 옷을 벗기는 손길은 무척이나 다급했다.

"왜 이래요? 나 오늘 일하는 거 봤잖아요. 땀 많이 나서 샤워해야 해."

티셔츠가 벗겨지고 바지가 반쯤 벗겨진 상태에서 주원이 그를 밀쳐냈다.

"알았어. 샤워부터 해, 그럼. 대신 이거."

호준이 주머니에서 무언가 꺼내 주원에게 내밀었다. 언제 챙겼는지 그의 손에는 가터벨트가 들려 있었다.

"이거 안 입는다고 했잖아요."

"나도 취향에 맞지 않는 표범무늬 팬티 입어줬잖아. 한 번만 입어주라. 응? 이거 보는 순간부터 네가 입은 거 보고 싶어서 죽는 줄 알았어. 네가 왜 그렇게 나보고 보여달라고 했는지, 그 마음이 어떤 거였는지 이해가 되더라. 제발, 주원아, 한 번만! 응? 한 번만 입어줘."

싹싹 비는 호준을 보고 주원이 고민에 휩싸인 얼굴로 한참을 망설였다.

"그렇게 보고 싶어요?"

"응."

"그런데 호준 씨도 내가 보고 싶어 할 때 바로 안 보여줬죠? 나도 지금은 바로 안 보여줄 거야."

주원이 호준에게서 가터벨트를 빼앗아 들고는 욕실로 들어가 버렸다.

"한주원! 정말 그러기야! 주원아, 한 번만 봐줘라!"

하지만 호준의 간절한 애원에도 불구하고 주원은 그날 밤 입지 않았다.

파격세일을 위한 준비를 할 때였다. 구체적인 가격을 결정하기 위해 주원과 성아가 작업실에서 머리를 맞대고 있었다.

"매니저님, 우리 그거…… 핑크색으로 된 후론트후크 상품 있죠?"

"응. 왜?"

"어느 손님이 오셔서 후크가 앞으로 되어 있는 걸 찾으시는데 컬러도 핑크로 찾으시더라고요."

"정말? 여기 있어. 사이즈는?"

"80A요."

주원이 박스에서 찾아준 제품을 들고 민정이 매장으로 나갔다.

"웬일이야? 이걸 먼저 찾는 손님이 다 있고?"

"그러게. 80% 세일하려고 했는데 손님이 찾으니 갑자기 또 그 가격에 내놓는 게 아까워지려 하네."

성아도 아끼는 제품이기에 그걸 파격적인 가격으로 내놓는 게 아까웠는지 손에서 놓지 못하고 있었다.

"일단 이건 나중에 결정하고 다른 것들부터 해결하자."

다른 재고 상품들의 할인율과 가격이 거의 다 결정돼가고 있을 때 민정이 다시 제작실로 들어왔다.

"아까, 그거요. 후론트후크 그거 75B로 하나 더 주세요."

"응? 또?"

"네."

주원은 민정에게 여러 개를 건네주었다.

"이거 잘 다려서 사이즈별로 디피해봐."

"네."

민정이 나가고 성아와 주원은 의아해하며 서로를 바라보았다.

"누가 TV나 영화에서 저걸 입고 나왔나? 왜 갑자기 오늘 저게 2개씩이나 나가는 거야?"

"그러게. 이상하네……."

이상하다는 주원의 생각 사이로 호준의 얼굴이 떠올랐다. 그의 얼굴이 떠오르는 것도 이상했지만 이미 손님들에게 기억에도 없는 제품이 호준에게 설명했던 어제에 이어 바로 오늘 팔려 나간다는 것에 그를 생각하지 않을 수도 없었다.

그리고 그 이후로도 몇 날 며칠을 그 제품은 인기리에 판매가 되었다.

아끼던 제품이 맘 아프게 헐값에 팔려나가는 불상사(?)는 면했지만 뭔가 풀리지 않는 수수께끼는 남아 있는 것 같았다.

주원의 친구인 원성아 신부의 결혼식이다. 사정을 자세하게 알려주지 않아 모르겠지만 무료 결혼식을 치러야 하는 주원의 친구에게 대충 형식만 차려진 결혼식을 제공해주고 싶지 않았다. 주원에 대한 사랑도 있지만 친구를 생각하는 주원의 마음을 만족시켜주고도 싶었다.

그런데 그런 자신의 정성을 아는지 모르는지 주원은 대표실로 와서 얼굴만 삐죽 보이고 사라졌다.

신부 옆에서 할 일도 많겠지만 그래도 함께 커피 정도는 마셔줄 수 있었을 텐데 그대로 사라진 주원이 야속하기만 하다.

호준은 주원이 보고 싶은 마음을 이기지 못하고 자리에서 일어나 결혼식이 치러지는 홀로 내려갔다.

하객은 많지 않았지만 결혼식다운 북적거림은 여느 결혼식과 다르지 않았다.

"신부 옆에 있는 친구 봤어? 완전 내 스타일이야."

"야, 웃기지 마. 내가 찜했어."

"나이는 우리하고 동갑. 디자이너래. 이미 조사 끝냈어."

신랑 친구들로 보이는 남자들이 모여 서서 하는 대화가 호준의 귀에 들어왔다.

'저 인간들이! 애인이 있다는 것도 모르고 뭔 조사를 끝냈다는 거야!'

인상을 구기고 이를 바득바득 갈며 호준이 신부대기실로 향했다. 신부와 신랑에게 자신이 어떤 존재인지 확실하게 각인시키지 않으면 다른 남자들 입에서 주원이 계속 오르내릴 것 같아 불쾌했다.

거친 발걸음으로 대기실에 들어서는 순간 호준은 새하얀 드레스의 신부보다는 사랑스러운 피치색 원피스를 입고 있는 주원이 눈에 박혀 시선이 떨어지질 않는다.

대표실 문을 열고 고개만 빼꼼 내밀었을 때는 몰랐는데 날씬한 다리가 드러나는 짧은 원피스를 입고 있는 것 아닌가.

데이트하는 동안 한 번도 입은 적이 없는 원피스를 입은 모습에 예쁘다는 생각은 잠시고 괜히 뿔딱지가 나기 시작했다.

제다가 얼굴은 또 어떤가. 아무리 그녀의 생얼에 반했다고 하지만 연한 메이크업으로 화사하게 웃고 있는 그녀의 얼굴은 그동안 봐왔던 얼굴하고 또 달랐다. 그 순간은 여신이라는 말이 절로 떠올랐다.

"어머, 호준 씨."

호준을 먼저 알아본 건 주원이 아닌 성아였다.

"어, 여기 왜 내려왔어요?"

반갑게 맞이하는 성아에 비해 자신의 연인은 왜 내려왔냐며 의아해하고 있다.

"불편하신 건 없나 해서요."

"아니요. 너무 감사해요."

"그럼 주원이 좀 잠시……."

"아, 네. 그러세요."

호준이 재빠르게 주원의 손을 잡고 조금 전 신랑 친구들이 몰려있는 곳으로 데리고 갔다.

"왜요? 어디 가는 거예요?"

주원의 질문에 대답하지 않고 그녀의 허리를 감아 자신에게 밀착시킨 후 그들 곁으로 다가가며 주원의 귀에 대고 말했다.

"자기 오늘 왜 이렇게 예뻐? 누가 채갈까 봐 그냥 못 두겠다."

하지만 그 소리는 작지 않았다. 옆에 서 있던 신랑 친구들이 고개를 돌려 두 사람을 바라볼 정도였다.

"뭐예요? 간지럽게."

주원이 자기라는 말에 얼굴을 붉히며 부끄러워했다.

"이 여자는 비공식적인 유부녀 아줌마라고 써 붙일까?"

호준이 주원의 허리를 더 자신 쪽으로 당겨 안았다. 그리고 그녀의 입술에 가볍게 입을 맞추었다.

"어머! 왜 이래요? 사람들이 보잖아."

옆에 있는 신랑 친구들이 두 사람을 넋 나간 얼굴로 보고 있었다.

'봤냐! 자식들아! 이 여자가 누구 여자인지. 감히 어디에 눈을 돌려!'

볼수록 예쁜 내 여자지만 내 눈에만 예뻐야 하는데 다른 남자들 눈에 예뻐 보이는 게 못마땅하고 불안했다. 그 불안함을 떨치기 위해 호준은 좀 더 깊고 진하게 키스를 했다. 누가 봐도 부러울 만큼 사랑하는 연인인 것처럼.

공개된 장소에서, 그것도 바로 옆에 신랑 친구들이 있음에도 불구하고 키스를 한 호준이 맘에 들지 않았다. 한마디 쏘아붙이고 싶었지만 이미 사람들에게 구경거리가 되어 더 이상 창피를 당하고 싶지 않아 새치름한 시선으로 쳐다보았다.

"한 번만 더 창피하게 이러면 접근금지 시킬 거예요."

"그럼 이렇게 예쁘게 하고 오지 말았어야지."

"호준 씨, 아침에 뭐 잘못 먹었어요? 오늘따라 왜 이래요? 능글능글."

"올라갈게. 땡땡이치고 네 옆에만 있고 싶지만 거래처하고 미팅이 있어서."

진심으로 그녀 옆에만 붙어 있고 싶었다. 왜 하필 납품 거래처와의 미팅이 오늘 잡힌 건지, 일정을 잡은 욱현이 원망스러웠다.

"알았어요. 결혼식 끝나고 사무실로 올라갈게요."

그렇게 호준을 사무실로 올려 보내고 신부대기실로 돌아오는 길에 화장실에 들른 주원은 반갑지 않은 말을 듣고 말았다.

"대현 선배하고 수민이 온 거 봤어? 진짜 뻔뻔스럽지 않아? 주원이가 있을 거 뻔히 알면서 어떻게 올 수 있냐?"

"누가 아니래? 야, 중건 선배가 그러는데 대현 선배는 수민이네 집에서 완전 마당쇠래. 거기에 수민이는 의부증이 너무 심해서 대현 선배 사는 게 너무 불쌍하대."

"벌 받는 거야. 주원이 그렇게 만들어놓고 벌 받는 거지. 주원이는 성공한 거 같던데."

대학 동기들이 참석한 결혼식에 대현이 온 게 잘못된 일은 아니지만 그 옆에 찰싹 붙어 있는 수민과 그들을 사이에 두고 숨어서 입방아 찧는 동기들이 거슬렸다.

하지만 좋은 날 자신의 감정 그대로를 드러낼 수 없어 주원은 애써 밝은 얼굴을 유지했다.

식이 시작되면서 주원은 비어 있는 조용한 홀로 들어가 의자에 앉았다. 평소에 신지 않는 힐로 인해 다리가 아파 종아리를 툭툭 두드리는데 그 홀로 누군가 들어왔다.

반갑지 않은 대현이었다.

"그날 일은 잘 해결됐어?"

"응."

"남자 친구는 안 보이네? 여기 사장이라더니."

"바빠."

"주원아."

"혼자 있게 나가줬으면 좋겠어."

그러나 대현은 머뭇거리기만 할 뿐 나가지 않고 있었다.

"주원아…… 미안하다. 내가 너무 너한테 못할 짓을 했어. 수민이한테 가는 게 아니었는데…… 그렇게 너한테 등 돌리고……."

"그게 미안해? 수민이한테 간 게 미안하고 못할 짓이었어?"

큰죄를 지은 사람처럼 대현이 고개를 떨어뜨렸다.

"아니야, 잘한 짓이야. 오히려 고맙지. 그렇게 나를 떠나줘서."

"주원아."

"진심이야. 고마워. 그리고 이렇게 불쑥불쑥 내 앞에 나타나지 않으면 더 고맙겠어."

무엇을 잘못하고 무엇으로 그녀가 상처를 받았는지 모르는 인간하고 말조차 섞기 싫어 주원은 그 자리를 벗어나 홀 밖으로 나오는데, 그 앞에 수민이 서 있었다.

"둘이 무슨 얘기 했어?"

"네 남자한테 물어봐."

"왜 말 못해? 단둘이 아무도 없는 데서 무슨 짓을 한 거냐고!"

"수민아, 그만하고 집에 가자."

대현이 홀에서 나와 흥분하며 펄펄 뛰는 수민을 말리려 했지만 쉽지 않았다.

"왜 가려고 하는데? 뭐, 찔리는 게 있나 보지? 한주원, 너 네 엄마 닮아 남자 잘 후린다며? 아직도 오빠한테 미련 남아 한번 후려보려고 했니?"

지금 이 자리가 성아의 결혼식이 아니었다면 수민의 머리털은 죄다 뽑혀 나가고도 남았을 일이다. 하지만 자리가 자리이고 날이 날이니만큼 터질 것 같이 끓어오르는 화를 눌러 담으며 일부러 미소를 보였다.

"내 남자보다 못한 남자를 후려 뭐하겠니? 너나 네 남자 잘 후려봐."

이글거리는 수민의 눈동자를 봐서는 자신보다 더 많은 화를 참고 있는 걸로 보였다.

"그리고 충고 하나 할까? 그런 싼티 나는 말투는 될 수 있으면 내뱉지 마라. 너 정말 싸게 보여."

뒤돌아 가는 주원의 뒤통수가 몹시 따가웠지만 주원은 아랑곳하지 않았다. 하지만 망가진 기분은 회복될 줄 몰랐다.

이 순간 주원은 호준이 보고 싶었다. 그의 얼굴을 봐야 너덜너덜해진 기분을 위로받을 수 있을 것 같았다. 거래처와의 미팅이 있다는 그의 말이 떠올라 망설여졌지만, 발걸음이 절로 그의 사무실을 향해 움직였다.

반쯤 열려 있는 사무실 문 사이로 그가 있는지 확인하려 하는 순간 그 안에서 호준이 아닌 수민의 목소리가 들려왔다.

"후회하실 거예요, 주원이 만난 거."

이어서 들리는 호준의 낮은 웃음소리.

"그 애 부모님이 왜 이혼했는지 그 이유는 아세요? 그 애 많이 난잡하고 문란해요. 학교 다니던 그때부터 남자를 밝히는 애였어요."

낮게 웃었던 호준의 웃음소리가 이제는 그 톤이 커지고 높아졌다.

"할 일이 꽤나 없었나 봅니다. 그리고 내가 많이 우습게 보였거나."

"가볍게 생각하지 마세요."

"난 한주원이 난잡하고 문란했어도 그녀가 사랑스럽고 남자까지 밝힐 줄 알아서 더 좋다면 믿겠습니까?"

껄껄거리며 웃던 호준의 목소리가 낮아졌다. 그리고 낮아진 만큼 차가워졌다.

"내가 당신 말을 그대로 믿을 거라 생각했나? 그대로 믿는다고 해도 난 주원이에 대한 마음이 변하지 않을 건데 어쩌지?"

"단단히 빠졌군요. 하지만 분명 후회할 거예요."

"미안하지만 난 한가한 사람이 아니니 나가줬으면 하는데."

씩씩거리며 나오는 수민의 모습을 보고 몸을 숨겼다.

그런 수민의 모습에 통쾌하기보다는 그녀의 가슴을 뒤흔드는 감동에 눈물이 고여왔다.

'호준 씨⋯⋯.'

생각보다 단단한 그의 사랑에 그녀는 더 이상의 슬픔도, 아픔도, 느껴지지 않았다.

오직 그의 사랑에 감사하고 벅찰 뿐이다.

말 많고 탈 많았던 성아의 결혼식이었다. 거의 모든 부분이 서비스로 치러지는 결혼식이지만 어느 하나 소홀함 없이 성대하고 고급스럽게 준비된 결혼식이었다.

"고마워요, 정말."

여러 가지로 우여곡절이 많았던 결혼식이 끝나고 주원이 대표실로 올라왔다. 그리고 그에게 고맙다며 눈웃음을 보이고 있었다.

고맙다는 그 말 안에는 성아의 결혼식이 아닌 그의 믿음과 사랑에 대한 고마움이 있었다.

"말로만?"

그는 수민이 이상한 말을 하고 갔음에도 아무 변화가 없었다. 난잡하고 문란했다는 수민의 말을 듣지 않은 사람처럼 그는 늘 그대로의 미소와 다정함으로 그녀를 바라보고 있었다.

"말로만이라니? 대가를 원해요?"

"응."

호준이 소파에 앉으며 주원을 자신의 허벅지 위에 앉혔다. 그리고 그녀의 블라우스 단추를 하나씩 풀렀다.

"정신 나갔어요? 여기서 왜 이래요? 오늘 정말 이상해. 아까 사람들 많은 데서 뽀뽀를 하지 않나."

사실 그가 원하는 건 모두 해주고 싶었다. 성아의 결혼식을 빌려 대가라는 말로 포장을 했지만 그에게 못해줄 게 없을 만큼 다 해주고 싶었다. 다만, 그곳이 그가 원하는 것을 해주기에 적합하지 않다.

놀란 주원이 그의 손길을 뿌리쳤지만 호준은 벌어진 블라우스 사이로 얼굴을 파묻었다.

"오늘은 친구 결혼식인데 네가 더 예쁘게 꾸미고 오면 어떡해?

신랑 친구들이 널 보는 눈들이 다 음흉했던 거 알아? 내 여자라고 선포하고 그 앞에서 일부러 뽀뽀한 거야. 키스로 하고 싶은 거 겨우 참았어."

"쳇. 그래도 여기서는 안 돼요."

호준의 얼굴을 가슴에서 떼어내고 블라우스 단추를 채우고 그의 허벅지에서 내려오려 했지만 그가 그녀를 내려주지 않고 허리를 꽉 잡았다.

"나, 지금 퇴근할까?"

그의 손이 그녀의 허벅지를 쓰다듬으며 스커트 속으로 들어갔다.

"오늘 결혼식 완전 서비스여서 적자 봤을 텐데 그거 채우려면 열심히 일해야 되는 거 아니에요? 뭐…… 퇴근한다고 해도 말리지는 않겠지만."

새침하게 웃는 그녀의 미소에는 분명 유혹의 뜻이 들어 있었다. 그 유혹을 참지 못한 호준이 그녀의 입술에 키스를 했고 그 키스가 점점 깊어질 때, 벌컥 대표실 문이 열렸다.

"허걱."

놀란 두 사람이 튕기듯 서로에게서 떨어졌고 호준의 몸에서 내려오던 주원이 중심을 잃고 휘청거리자 호준이 그녀를 안아주며 바로 세워주었다.

"잘들 한다!"

"어, 어머니."

"집에서도 모자라 사무실에서까지 이러고 있어?"

무시무시한 손 여사의 출현으로도 모자라 매섭게 내지르는 말에 주원은 그 자리에서 사라지고만 싶었다.

"한주원, 그냥 도망가라."

"네?"

이러지도 저러지도 못하는 난처한 상황에서 진땀만 흘리는 주원이 안쓰러웠는지 호준이 그녀에게 도망가라는 말을 했다.

"신호준! 너야말로 한 대 쳐 맞을래? 아니면 둘이 곱게 앉아 어떤 사이인지 이실직고할래?"

손 여사의 살벌한 말에 호준이 아닌 주원이 호준에게 대답했다.

"인사드려야죠."

"그래, 인사드리는 게 맞지. 신호준이 너보다 낫다. 아가씨 도망갔으면 호준이 얼굴 보는 거 오늘이 마지막이었어."

손 여사가 상석에 자리를 잡고 앉았다. 어디 인사 한번 받아보자는 폼으로 허리와 머리를 꼿꼿하게 세우고 주원을 아래위로 훑어보았다.

"안녕하세요? 한주원이라고 합니다."

"미스 한이 우리 호준이 집에서 수시로 자고 가는 아가씨 맞아?"

"네?"

손 여사의 말에 주원의 얼굴이 홍당무가 되어갔다.

"아, 정말 김 실장님……."

아무래도 손 여사의 지시에 의해 김 실장이 호준을 감시했고 주원이 여러 번 다녀간 사실이 보고된 모양이다.

"내가 호준이한테 일주일 시간 줬어. 쟤가 함부로 여자 데리고 집에 들락거리는 애가 아니고 결혼할 여자 아니면 씨를 뿌리지 말라는 가훈 때문에 미스 한을 그냥 데리고 잤을 리는 없어서 데리고 와서 인사시키고 날 잡자고 했어. 그리고 일주일 시간을 줬는데 일주일 연장을 시키더라고. 거기까지는 봐줬는데 이제는 기간 연장도 없고 인사도 안 오고 해서 내가 직접 왔어. 서로에게 책임질 행동들 했지?"

무서운 아줌마, 아니 무서운 어머니다. 호준이 저 성격을 닮지 않아 다행이다.

"손 여사님, 여기 미스 한은 보내주시고 저하고 얘기해요. 여기 이 사람도 바쁜 사람이에요."

"바쁜 사람 붙들고 넌 왜 입술 부비고 있었는데?"

"손 여사님, 자꾸 이렇게 삐딱하게 나오시면 세 번째 새아버지한테……."

"신호준!"

자신의 세 번째 결혼 사실을 낯선 아가씨에게는 알리고 싶지 않은지 손 여사가 호준의 말을 가로막았다.

"바쁘다니까…… 미스 한은 그럼 일단 가봐."

"네, 안녕히 계세요."

겁먹은 얼굴로 나가는 주원이 귀여워 호준은 싱글벙글 웃어댔다.

저 여자도 남자 친구의 모친을 무서워하고 어려워하는구나.

"실없이 웃지 마, 이놈아!"

어김없이 손 여사의 클러치 백이 그의 등을 강타했다.

"요점만 간단히 얘기하자. 언제 날 잡을 거야?"

"아, 오늘 프러포즈하려고 했는데 손 여사님이 다 망쳐놨다는 것만 알고 계세요. 그리고 그렇게 무지막지하게 나오면 저 여자가 시어머니 무서워서 결혼 승낙이나 하겠어요? 알아서 다 할 텐데 왜 여기까지 오셔서……."

"그래? 그럼 미안하고. 뭐, 오늘 프러포즈한다고 하니까 잘해봐라."

두 사람 심장을 들었다 났다 해놓고서는 아무 일도 없이 태평한 얼굴로 손 여사는 사무실에서 나갔다.

호준이 일어나 책상 서랍에서 준비한 반지를 꺼냈다.

일찍 퇴근을 하고 양평에 있는 별장에 가서 사랑을 나눈 후 반지를 주면서 프러포즈하려던 모든 계획이 물거품이 되어버리는 건 아닐지 걱정되었다.

'하, 손 여사 보고 식겁해서 결혼 안 하겠다고 하면 어쩌지?'

은은한 조명 아래 분위기 타기 좋은 피아노 선율이 흐르고 달콤한 와인 한 잔은 청혼을 하기에 좋은 조건들이었다.

하지만 청혼을 하려는 호준도, 그걸 모르는 주원도 서로의 눈치만 살피고 있었다.

손 여사가 터뜨리고 간 폭탄으로 인해 주원은 생각지도 못한 호준과의 결혼 문제가 최대 고민거리가 되어버렸다.

결혼이라는 걸 생각해본 적이 없었다. 웬만한 책임 의식 없이는 유지되기 힘든 가정을 자신이 잘 지켜갈 것인가. 자식에게 자신과 같은 상처를 주지 않고 훌륭하게 키워낼 수 있을 것인가. 모두가 자신 없는 부분이었다. 그래서 차라리 사랑하는 사람이 생기면 동거를 하자는 주의였다.

그런데 그 마음이 호준으로 인해 흔들렸다. 호준과 함께라면 현명하게 헤쳐 나갈 수 있을 거라는 막연한 기대감이 있었다. 적어도 손 여사를 만나기 전까지는.

"우리 손 여사 보고 많이 놀랐지?"

주원은 고개를 끄덕였다.

"다혈질이셔. 시장에서 장사를 하셔서 드세시지. 그렇다고 막무가내 드센 분은 아니야. 그 이면에는 아픔도 많고 상처도 많아서 드러나지 않는 연약한 부분이 더 많아."

애경과 다르다는 생각이 들었다. 겉으로는 연약한 척하면서 그 이면에 드세고 거친 면을 숨기고 사는 애경과 다르다는 생각에 손 여사에 대한 마음의 빗장이 풀리기 시작했다.

"우리 외할머니, 남대문 시장에서 구르마에 커피 가지고 다니면서 파셨고 그렇게 고생해서 상가 하나 장만하신 걸 엄마가 키워서 지금은 시장에 엄마가 가진 상가가 많아. 몇 개인지 나도 모를 정도로."

역시. 황금열쇠를 가진 게 아니라 황금 돼지를 축사로 키우는 수준의 부다.

"외할머니께서 어렵게 장사하시면서 사람들한테 무시당하고 그러신 게 한으로 남아서 엄마는 그렇게 살게 만들고 싶지 않아서 교수 부인 만들어주겠다고 아버지 집에 땅 사주고 집 지어주고 작은 아버지들 공부까지 다 시켜주는 조건으로 결혼시켰어. 그런데 아버지가 교수가 되고 본가에 돈이 쌓이니까 어머니를 무시하더니 다른 여자하고 살림 차리고 아이까지 낳고 이혼하셨어."

아픈 상처로 기억되는 과거임에도 그는 무척이나 담담해 보였다. 그런 그가 주원의 눈에는 더 안쓰러워 보여 그의 손을 잡았다.

"사실 그동안 어머니 상처를 이해하고 아버지를 경멸했어. 그런데 머리로만 이해하던 어머니 상처가 가슴으로 이해가 됐어. 그날…… 다른 남자가 네 이름을 불렀다는 것만으로도 피가 거꾸로 용솟음치는데 다른 여자와 함께 아이를 낳고 사는 남편을 보는 어머니 마음은 어땠을까? 두 번째 남편도 돈 보고 달려들었다가 다른 여자하고 놀아났으니 그 삶이 얼마나 아프겠니? 우리 손 여사 잘 봐줘라, 주원아."

배신당한 그 아픔을 어찌 모를까. 모친의 그 삶을 보고 있었던 호준의 아픔은 또 어땠을까. 주원의 눈에 눈물이 핑 돈다.

"여태껏 나한테도 그런 여자들만 들러붙었어. 겉만 보고, 돈만 보고. 사람이 아닌 겉만 보고 달려들어 마음에도 없는 소리 해가면 엉겨 붙는 여자들. 온통 가식으로 무장한 채 솔직하지 못한 여자들. 그런데 넌 그런 여자들과 달랐어. 눈빛이 달랐고 말투가 달랐고. 신호준을 신호준 그대로 봐주는 너한테서 헤어 나올 수가 없다. 그래서…… 너하고 같이 살고 싶어."

그가 주머니에서 반지 케이스를 꺼내 주원 앞으로 내밀었다.

"지금……."

"맞아. 청혼하는 거야. 결혼하자고."

주르륵. 그녀의 뺨을 타고 눈물이 흘러내린다.

"나…… 결혼이 너무 두렵고 무서워요. 나도 호준 씨 당신하고
는 살고 싶은데 결혼은…… 잘못하면 여러 사람을 아프게 만들어
서 무서워요."

"한주원, 난 널 믿는데 넌 날 못 믿니? 난 네가 영원히 나만 사랑
하고 나만 바라볼 것을 믿는데. 넌 나를 못 믿어?"

그녀를 믿어주는 그가 든든하다. 무조건 믿으라는 말을 하는 다
른 남자들과 다르게 그는 그녀를 믿는다고 한다. 그런 그를 어찌
안 믿을 수 있을까.

"아니. 믿어요."

"그럼, 이거."

호준이 반지 케이스에서 반지를 꺼내 주원의 손가락이 내밀어
지길 기다렸다.

그와 눈을 한 번 마주친 주원이 주저 없이 손가락을 내밀어 그
가 끼워주는 반지를 꼈다. 하얗고 긴 손가락에 그가 건네준 마음이
반짝였다.

"사랑한다, 한주원."

9.

　결혼이 결정되었다. 손 여사에게 주원이 정식으로 인사드렸고 이번 주말은 주원의 부친과 새엄마에게 인사를 가기로 했다.

　욱현도 업장으로 돌아와 마음잡고 일을 하니 모든 일이 술술 잘 풀리고만 있었다.

　"이거."

　오늘도 호준의 집으로 퇴근해서 온 그녀가 그에게 박스를 내밀었다.

　오늘 박스 안에는 또 어떤 무늬의 어떤 디자인이 들어 있는지 궁금했다.

　"야, 한주원! 이거 너무한 거 아니야?"

　"뭘 만들어줘야 하나 고민, 고민하다가 인터넷을 찾아보는데 그게 눈에 쏙 들어오잖아. 오늘 이거 만들면서 이 시간이 오기를 얼마나 기다렸는지 알아요? 얼른, 얼른 입어봐."

그동안 그녀가 만들어준, 그리고 그녀를 위해 입은 팬티가 몇 벌이던가.

취향에 맞지도 않는 표범에서부터 얼룩말과 뱀 등의 주로 동물 무늬만 만들어오더니 어느 날부터는 해골 같은 엽기적인 무늬로 만들어왔다. 그런데 오늘은 무늬가 아니라 디자인에 놀라고 있는 중이다. 그동안은 무늬가 문제였지 디자인은 평범함 드로즈였다. 그런데 지금 그녀가 입어보라 재촉하는 것은 코끼리 모양의 팬티다. 코끼리 코로 중심을 넣게 만들었으니 이런 엽기적인 팬티는 누가 입는지. 그걸 만들어다 입히고 있는 한주원의 눈빛은 왜 이리 반짝이는지.

"아이고, 내 팔자야. 다음엔 혹시 버섯 모양으로 만들어오는 거 아니니?"

"와우! 생각도 못했는데. 그거 괜찮은데, 버섯 모양."

"버섯 모양으로 만들어올 거면 네 건 조개 모양으로 만들어 입고 와라. 그래야 입어줄 거야."

"어우, 야해."

"야해? 이걸 입으라고 만들어다준 사람 입에서 야하다는 말이 나와?"

투덜거리면서도 호준은 그녀가 만들어준 코끼리를 입기 위해 바지를 벗었다.

"호준 씨, 들어가서 입고 나와."

"응?"

"여기서 다 벗고 입으면 신비감 떨어져서."

"참으로 골고루 하십니다. 어차피 다 볼 거, 그냥 벗고 입으면 안 돼?"

"응."

한숨을 내쉬면서도 호준은 이번에도 욕실로 들어가 코끼리를 입고 나왔다.

아무리 좋아서 하는 거라지만 이번에는 그 민망함이 너무 크다. 20대만 됐어도 괜찮을 것 같은 코끼리 팬티는 30대가 입기에 너무 경망스러웠다. 마음이 그러니 욕실에서 나오는 호준의 표정이 좋을 리는 없었다.

그런데 마음만큼이나 무거운 얼굴로 나오던 호준의 얼굴에 급작스레 화색이 돌기 시작했다. 축 처져 있던 코끼리 코도 힘차게 뻗어 오르는 것이 아닌가.

"주원아."

이름을 불러놓고 벌어진 입도 다물어지지 않는다.

그런 그와 다르게 주원은 까르르거리며 웃느라 정신이 없다.

"그럴 줄 알았어. 대박, 대박! 웃기면서도 여자한테 묘한 흥분을 만들어주는데."

그녀의 말대로 코끼리가 여자에게 묘한 흥분을 가져다준다면 지금 주원이 입고 있는 가터벨트는 남자에게 어마무시한 흥분을 안겨준다.

웃음을 그친 주원이 호준에게 다가왔다.

"고마워, 싫다고 하지 않고 입어줘서. 그리고 나…… 봐줄 만

해요?"

그녀는 만들기만 할 뿐 입고 싶지 않다고 했다. 그리고 그녀는 한 번만 입어달라는 그의 애원에도 불구하고 거절에 거절을 하며 그의 마음을 새카맣게 태워놓았었다.

그래서 포기했고 아예 잊고 있었다.

"나도 고맙다고 해야 하나? 입고 싶지 않은 거 입어줘서."

"입고 싶지 않았는데…… 이상하게 호준 씨 앞에서는 입고 싶어졌어요. 그리고 이것도."

주원이 입고 있는 브라를 손으로 가리켰다. 앞에 후크가 달린 브라다.

"이따가 뒤로 손 가면 안 돼요."

이 여자, 왜 이렇게 사랑스러운 걸까?

그냥 보고만 있어도 정신이 아득해지는 기분인데 그녀가 갑자기 코끼리의 코를 살짝 쥐었다.

주원의 작은 손놀림에 호준의 몸이 화르륵 불타오르며 뜨거워졌다. 벌써부터 그의 호흡이 거칠다.

"또 이런 것도 호준 씨라 할 수 있어요."

서 있던 주원이 침대에 걸터앉으며 코끼리 코와 마주했다. 그러고는 살며시 코를 입에 머금었다.

"하윽."

그가 아무리 원해도 허락받지 못했던 곳. 손은 허락해도 입술로는 허락하지 않았던 그녀가 그의 중심부를 입에 머금고 있으니 호준의 머리는 진공상태가 되어갔다.

처음부터 끝까지 철저하게 그를 위한 그녀의 사랑으로 불태운 시간을 보내고 둘은 단잠에 빠져들었다.

그녀가 있어야 할 자리에 주원이 없었다. 욕실에도 불이 꺼져 있는 걸 보면 그곳에도 없는 모양이다.

호준이 거실로 나가자 발코니 한쪽에서 전화를 받고 있는 주원이 보였다.

"그런 돈 나한테 없어. 약 해먹는다고 해서 저번에 돈 보내줬잖아. 그거면 됐지, 왜 엄마 남자 친구하고 해외여행 가는 경비를 내가 대야 하는데? 그걸로 이 새벽에 전화하는 엄마가 어디 있어? 지겨워서 못 살겠어, 정말. 버는 만큼 쓰고 살아. 분수에 맞게 하고 살라고. 남자 문제도 모자라서 이제는 돈 문제로 괴롭히는 거야? 엄마 마지막 양심은 좀 지켜."

울먹이는 주원의 목소리가 새벽 시간 호준의 마음을 쓰리게 만들었다. 누구와 통화를 하는지는 굳이 확인하지 않아도 알 것 같았다.

"주희한테도 손 벌리지 말고 아빠한테도 손 벌리지 마. 나한테도 이런 전화 그만하고. 정신 좀 차려. 더는 안 돼."

통화를 끝내고 한숨짓는 주원의 모습을 뒤로하고 호준은 침실로 들어왔다. 그리고 그녀의 통화를 엿들은 적은 없는 것처럼 계속 자는 모습으로 눈을 감았다.

그녀가 들어오는 소리와 함께 한숨 소리가 그의 귀를 아프게 때렸다.

침대에 누운 그녀가 그의 품으로 파고들었다. 그를 그가 따뜻하게 안으며 다독거렸다.

그가 잠결에 그녀를 다독이는 거라 생각한 주원은 조용히 들릴 듯 말 듯 혼잣말로 읊조렸다.

"당신 없었으면 나 어떻게 견뎠을까? 사랑해, 호준 씨."

-대표님, 한주원 씨 어머님께서 예약실에 와 계십니다.

예약실에서 인터폰이 들어왔다.

"이쪽으로 안내해주겠어요?"

-네.

아침에 주원이 샤워하는 사이 그녀의 휴대폰을 검색해 애경의 전화번호를 알아냈다. 그리고 전화를 해 주원에게 알리지 말고 회사로 오시라 말했다. 지체하지 않고 오전 중으로 그를 찾아온 걸 보면 그의 의도를 어느 정도 알아챈 것 같다.

"안녕, 신호준 씨."

30대 후반이라고 해도 믿을 만큼 고운 얼굴과 20대의 몸매가 주원의 엄마가 아닌 이모나 언니 같은 느낌이다.

"안녕하셨습니까? 어서 오십시오."

"우리 주원이가 나하고 다르게 남자 복은 있나 봐."

"아니요, 제가 여자 복이 있는 거죠."

"호호호. 겸손하기까지. 주원이는 좋겠다."

저 우아한 웃음이 주원을 아프게 한다고 생각하니 그 웃음을 보고 싶지 않았다. 그녀를 낳아준 건 한없이 고맙고 감사한 일이지만 그녀에게서 한숨을 만들고 눈물을 빼는 건 그냥 넘길 수가 없다.

"여기는 사장 손님이 왔는데 커피 한 잔 안 가지고 오나?"

"네. 저는 여직원들에게 그런 커피 심부름을 시키지 않습니다. 커피 드시고 싶으세요? 타다 드릴까요?"

"인스턴트 믹스커피라면 사양."

"얘기 금방 끝내겠습니다, 어머니. 커피는 나가서 드십시오."

"어우, 주원이하고 만나더니 닮아가는 것 같아. 나가서 한 잔 사 줘야 하는 거 아니야? 아니면 식사시간에 맞춰 불러서 밥이라도 사주든가. 그래서 남자는 여자 하기 나름이라는 말이 생긴 거야."

호준이 애경의 말에 대꾸 없이 그녀 앞으로 통장과 카드 하나를 내밀었다.

"이게……?"

당황할 만도 한데 애경의 표정은 예상한 것처럼 옅은 미소를 보이고 있었다.

"제 이름으로 되어 있는 상가가 있습니다. 이 통장에 그동안의 임대료가 들어 있습니다. 그리고 이 통장으로 그 상가의 임대료가 들어올 겁니다. 주원이한테 말하지 마시고 이걸로 생활하십시오. 앞으로 주원이에게 손 벌리지 마시고. 그거면 남자 친구와 한 달에 한 번 해외여행 가는 데는 지장 없을 겁니다."

"주원이가 부탁해서 주는 거 아니야?"

"주원이를 그렇게 모르십니까? 이 사실을 알면 아마 그 통장, 다시 저한테 올 가능성이 큽니다. 그거 통장 지키고 싶으시면 주원이에게는 아무 말 마십시오."

한 치의 망설임 없이 애경이 통장과 카드를 백으로 집어넣었다.

"고마워, 신호준 씨."

예비사위를 향해 신호준 씨라 부르는 애경을 보며 주원이 느꼈을 아픔 같은 것이 그에게도 느껴졌다.

"어머님, 저를 신 서방이라고 불러주십시오. 장모님이 사위에게 신호준 씨로 부르는 건 아니지 않습니까?"

"내가 장모라는 호칭하고 신 서방, 이라는 호칭에 익숙지 않아서. 이름 부르는 게 기분 나빴다면 미안."

평범한 어머니의 모습이라고는 찾아볼 수 없는 애경을 보며 호준은 한숨을 흘렸다.

'얼마나 힘들었니? 나도 힘들었는데…… 잘 컸다, 주원아.'

높은 하이힐의 굽 소리를 내며 나가는 애경을 보며 더 이상 그녀가 주원에게 아픔과 상처가 되는 생모가 아니었으면 하는 바람이었다.

결혼 선물이라며 애경이 주원에게 내민 것은 고가의 명품백이었다. 남자 친구와 해외여행 갈 경비를 달라고 그녀를 괴롭혀 딱 잘라 거절했다. 그 이후로 전화도 없던 애경이 수백에 호가하는 명품백을 가지고 와서 결혼 선물이라며 내밀고 있으니 주원은 불안하기만 하다.

그럴 만한 능력이 없는 걸 아는데 이 백은 어떤 돈으로 샀을까? 그럴 만한 돈이 있다고 해도 자신의 치장에만 돈을 들이는 애경이 결혼하는 딸을 위해 그 돈을 썼을 리는 만무하다.

"재벌의 새 남자 친구라도 생겼어?"

"음…… 그렇다고 봐도 돼."

생글거리며 웃는 애경으로 봐서는 돈 많은 새 남자를 만난 게 분명해 보였다. 그 연애 기간이 얼마나 갈지는 모르지만 당분간 주원이 애경으로 인해 신경 쓸 일은 없을 것 같아 다행이었다. 결혼을 앞둔 시기에 애경으로 인해 예민해지기는 싫었다.

"새신부가 신혼여행 가는데 이런 거 하나 들고 가야 폼이 나지. 그래야 잘사는 네 시댁 체면도 세우는 거야. 어차피 결혼식에서 초에 불도 못 켜고 혼주 자리에 앉지도 못하는 거, 난 결혼식에 안 갈 거야. 네 새엄마가 나 대신 그러는 거 보다가는 배알 틀려 짜증날 것 같아. 그래도 딸 결혼하는데 엄마가 돼가지고 아무것도 안 해줄 수는 없잖아. 혼수야 네 아빠하고 새엄마가 오죽 잘 챙겨주겠니. 그래도 이런 센스는 없는 사람들이라 내가 챙겨서. 고맙지?"

"이런 거 챙겨주는 것보다 신경 쓰지 않게 엄마 혼자 알아서 잘 살아주는 게 더 고맙겠어."

"찬 기집애. 야, 너 그렇게 차면 신호준 씨가 나중에 질려 해. 너, 같이 잠은 자봤니? 너 성관계할 때도 그렇게 차게 구니?"

"엄마!"

친한 친구 사이에서도 오갈 수 없는 낯 뜨거운 질문을 아무렇지 않게 하는 애경에게 화가 났다.

"왜 이렇게 화를 내? 너 걱정돼서 하는 말이야. 혹시라도 너도 나 닮아서……."

"내가 제일 경멸하는 사람이 엄마야. 그런데 내가 왜 엄마를 닮아? 엄마 딸이라는 게 수치스럽고 창피해 죽겠는데 내가 왜 엄마를 닮아?"

"너 어떻게 그렇게 심한 말을 할 수 있어? 그래도 난 네 엄마야!"

"나이 50 넘어 60 바라보고 있는데도 남자 없으면 못 사는 엄마하고……."

"야! 시끄러! 누가 50 넘어 60이야? 그리고 너나 잘하고 살아! 나중에 너도 내 꼴 날 줄 누가 알아!"

참을 수 없는 화로 얼굴이 붉어진 애경이 자리에서 일어나서 가 버렸다.

너무 심한 말을 한 건 아닌지 짧은 후회가 밀려들었다. 그래도 딸이라고 좋은 선물 들고 온 엄마에게 너무 모질었던 것 같아 미안하기도 했다. 엄마 닮았다는 말이 제일 두려운 말이지만 그냥 한 귀로 듣고 한 귀로 흘릴 걸 그랬다 싶게 마음이 쓰였다.

마음이 좋지 않아 주원은 퇴근을 서둘렀다. 호준과 연애를 시작하면서 소홀했던 주희와 약속이 잡혀 있었다. 함께 살면서 일 년에 반 정도밖에 얼굴을 못 보는 동생이지만 이제는 그나마도 못 볼 수 없다는 서운함에 호준과의 약속을 물리고 잡은 시간이다.

주희가 아르바이트를 하고 있는 곳으로 가서 동생을 태우고 집으로 오는 길이었다.

"저 쇼핑백 뭐야? 설마 저 안에 저 쇼핑백과 똑같은 브랜드의 백이 들어 있는 건 아니지?"

"한주희, 너 엄마 지금 만나는 남자에 대해 알아?"

"엄마 지금 남자 친구?"

"저 백, 엄마가 결혼 선물이라고 해준 건데, 엄마 성격에 저런 걸 선물로 척 해줄 리 없잖아. 남자가 바뀐 것 같은데…… 저걸 엄마가 나한테 사줄 정도면 그 남자 재력이 보통이 넘어야 한다는 거지. 어떤 남자를 만나는지 걱정돼서."

"나도 잘은 모르겠고, 얼핏 들었는데 무슨 임대사업을 하는 사람인가 봐. 임대료가 들어오는 통장을 줬다는 거 같던데. 그래서 그런지 엄마 얼굴이 활짝 폈어."

"그래?"

임대료가 들어오는 통장을 줬을 만큼 애경을 사랑하는 남자일까. 아니면 그만큼 애경이 남자를 구워삶은 능력이 대단한 걸까.

엄마지만 같은 여자로 혀를 내두르고 싶을 만큼 싫은 부분이다.

주희와 함께 저녁을 먹고 술을 한잔하는 사이 호준에게서 전화가 걸려왔다.

-아직도 처제랑 데이트 중?

"네."

-나도 껴주라.

"오랜만에 자매끼리 갖는 오붓한 시간이에요. 방해하지 말아요."

-원래 처제하고 형부 사이는 친해져야 제맛인 사이야. 얼굴 보기 힘든 처제라며? 지금 아니면 언제 친해져? 응, 껴주라.

주희와 인사를 나눈 적은 있지만 처제와 친해져야 한다는 이유로 징징거리는 호준을 술자리에 합석시켰다.

"우리 언니 어디에 반했어요? 우리 언니가 좀 예쁘기는 하지만 여자로서 매력은 별로 없는데."

"음…… 신호준 보기를 돌같이 한 거?"

"헐! 형부 보기를 돌같이 했다고요? 우리 언니가 아무리 보석인지 돌인지 구분을 못하는 둔녀이기는 해도 그건 너무했다."

이후로 주희는 주원의 단점들을 나열하기 시작했다.

"우리 언니는 속옷은 칼 같이 세트로 입으면서 옷은 대충 아무거나 걸쳐요. 깔맞춤이 아주 남다른 편이라 평소 데리고 다니기 힘드실지도 몰라요."

잘 안다. 청바지에 티셔츠 차림의 그녀. 그러나 그 안에 입고 있는 그녀의 속옷은 그를 늘 아찔하게 만든다.

어느 날은 수녀처럼 순백으로 깔끔하게 입을 때도 있고, 어떤 날은 핑크의 레이스가 사랑스러운 차림으로 그를 황홀하게 만들 때도 있었다. 또 아주 가끔은 화려한 색감과 과감한 디자인으로 그대로 그녀를 향해 돌진하게 만들 때도 있었다.

그리고 요새는 그가 좋아하는 가터벨트 종종 착용해주시니 겉옷을 어떻게 입든지 상관없다. 그만이 볼 수 있는 속옷으로 그만이 행복하면 되는 것을.

"그리고 또, 잘 때 가끔 잠꼬대도 해요."

그것도 안다. 어서 오세요, 손님. 블랙보다 화이트로 하자. 언니, 이거 바느질이 삐뚤어졌어요. 아, 엄마 그만 좀 해. 여태껏 그가 들어본 그녀의 잠꼬대다.

서운한 게 있다면 그녀의 잠꼬대에서 자신의 이름이 한 번도 나오지 않았다는 점이다. 그의 이름과 함께 사랑한다는 말까지 함께 그녀의 잠꼬대를 기대하고 있다.

"짜장면 비벼 먹기 싫어서 좋아하면서도 안 먹어요. 진짜 이상하죠?"

그것도 알지. 비벼준 적도 있었으니. 그래서 그가 잘 가는 중국요리 전문점 지배인에게 아예 부탁을 해놨다. 어느 여자가 와서 신호준 씨 이름을 대며 짜장면을 시키면 꼭 비벼서 내주라고.

혼자 짜장면을 먹을 일도 없고 그곳에 혼자 갈 일도 없겠지만 말이다.

"형부, 그 표정 뭐예요? 그래도 완전 좋아 죽겠다는 얼굴인데?"

맞다. 한주원이라면 뭘 해도 예쁘고 뭘 해도 귀엽다. 주희 말대로 좋아 죽겠다.

"형부 한마디만 할게요. 두 사람 사이에 형부가 갑이에요. 외모로 보나, 능력으로 보나, 뭘로 보나 형부가 갑인데 왜 이렇게 을인 것처럼 그래요?"

"처제, 사랑은 계약 관계가 아니기 때문에 갑과 을이 없는 거야."

"아주 콩깍지가 제대로 씌었네요. 아, 배 아파."

그렇게 즐거운 시간을 보낸 후 주원의 집 앞에 도착했다.

"작별의 키스를 나눌 수 있게 먼저 들어갈게요. 오늘 즐거웠어요, 형부."

주희가 짓궂은 표정으로 아파트로 들어갔고 둘은 단지 내 벤치에 자리를 잡고 앉았다.

"나도 오늘은 같이 들어가서 자면 안 되나?"

"우리 집은 자매만 사는 금남의 집이에요."

"에이, 남편이고 형부가 될 사람인데."

"됐어요. 주희한테 책잡히고 싶지 않으면 그냥 돌아가요."

한참을 재워달라고 조르는 호준을 겨우 달래서 집으로 보내고 주원도 집으로 들어왔다.

"나 아까 형부 보면서 무슨 생각 했는지 알아?"

"무슨 생각?"

"저 형부는 언니한테 잘못한 게 있어도 못 때리겠다."

"응? 그게 무슨 말이야?"

"솔직히 언니가 나한테 엄마 같은 존재잖아. 그리고 엄마 때문에 언니가 얼마나 힘들었니? 밥 안 하고 밖에 나갔다가 밤늦게 들어오는 엄마 대신해서 밥하고 설거지하고, 내 교복까지 빨아주고. 그래서 언니 힘든 게 싫어. 그때 그놈 얼굴에 침 뱉은 것도 그래서 그런 거고. 하여튼 형부라고 해도 언니 아프고 힘들게 하면 그냥 안 두겠다고 생각했는데…… 하는 거 봐서는 언니한테 그럴 리도 없겠지만, 언니 아프게 해도 나 형부한테 함부로 못 할 거 같아. 너무…… 잘생겨서."

"뭐?"

"잘 살아라, 언니. 그리고 이거. 선물이야."

어떻게 만들었는지 호준과 자신의 피규어였다. 화이트 속옷에

베일을 쓰고 부케를 들고 있는 주원과 턱시도를 잘 차려입은 호준이 언밸런스하면서도 잘 어울렸다.

"한주희, 귀엽고 예뻐서 고마운데…… 난 왜 이렇게 홀딱 벗고 있는 거야? 벗기려면 같이 벗기고 입히려면 같이 입혀야지."

"언니, 그거 모르지?"

"뭐?"

"언니는 입은 몸보다 벗은 몸이 더 예뻐. 아무래도 형부가 그거에 반한 거 같아. 옷도 겉보다 속을 더 잘 차려입잖아."

"이런! 죽을래?

"싫어. 나도 나중에 형부 같은 남자 만나서 결혼은 해봐야지."

호준이 애경에 대해 힘들어하는 주원을 보며 그래도 낳아주신 것만으로 감사하자는 말을 한 적이 있었다. 주원은 지금 애경에게 감사하는 마음이 들었다. 그래도 이런 동생 하나 낳아주셨으니 말이다.

"야, 그런 남자 아무나 못 만나. 그리고 그런 남자는 세상에 또 없어!"

상견례도 끝나고 날도 잡았다. 디데이까지 견디기 힘들다는 호준은 그녀를 자꾸 집으로 데리고 가려 했지만 결혼 전에 그의 집을 너무 드나든다는 것이 손 여사 보기 별로일 것 같아 거절했다.

"아이 하나 만들어 가면 손 여사가 더 기특하게 생각할 텐데."

"됐거든요!"

호준이 집으로 데려가기 위해 아무리 어르고 달래도 주원은 단호했다.

"오늘은 왜 만들어온 속옷도 없어! 자꾸 이러면 다음에 입어달라고 해도 안 입어줄 거야."

삐친 것 같은 호준이 그녀를 잡아놓고 시간만 보내고 있는 중이다.

"대신, 첫날밤에 내가 자기 코피   터지는 걸로 만들어 입고 뜨겁게 유혹해줄 테니까, 그때까지만 좀 참는 걸로 해요. 응?"

"더 못 참겠어. 이 녀석 요동치는 거 안 보여?"

호준이 자신의 중심부를 손가락으로 가리켰다.

"항상 보고 싶어 했잖아. 이젠 낡였다고 별로 관심도 없는 거야? 서운해, 한주원."

"어차피 이젠 매일 볼 사이인데, 뭐. 굳이 지금 보지 않아도 돼요."

한참을 호준과 실랑이를 벌인 후에 겨우 헤어지고 집으로 가는 길에 주원의 휴대폰이 울렸다. 손 여사였다.

"네, 어머니."

-어디냐?

걸걸한 허스키의 목소리였지만 언제나 부드럽게 말을 건네는 손 여사였다. 그런데 오늘은 그 거친 목소리에서 까칠한 감정이 느껴졌다. 평소와 다른 손 여사의 목소리에 무슨 일인지 덜컥 겁부터 났다.

"집에 가는 길인데요."

-잠깐 보자.

"네."

차를 돌려 손 여사의 집으로 향했다.

무슨 심기 불편한 일이라도 있었는지 호준에게 묻고 싶었지만 그녀만 조용히 부르는 걸로 봐서는 호준이 끼어들 문제가 아닌 것 같았다. 그 불안감은 집에 도착해 손 여사의 표정을 보았을 때 무언가 일이 터졌다는 생각에 두려움으로 바뀌었다.

"내가 상가를 여러 개 가지고 있다."

반기는 인사도 없고 그녀를 위해 차 한 잔도 내주지 않은 상태에서 손 여사가 하는 말의 시작만으로는 어떤 말을 하려는지 감이 잡히지 않았다. 다만, 손 여사가 무언가 단단히 화가 나 있다는 것만 알 수 있었다.

"그중의 몇 개는 임대료가 호준이 이름으로 된 통장으로 들어간다."

경제권에 대한 이야기를 하시려나. 그런데 왜 저렇게 자신을 향한 눈빛이 무섭고 차가운지 손 여사를 똑바로 바라볼 수가 없었다.

"호준이는 그 돈에 한 번도 손을 댄 적이 없다. 하는 사업도 대학 시절부터 아르바이트로 모은 돈에 직장생활을 하며 번 돈 그리고 나한테 빌려간 돈으로 시작했어. 그리고 나한테 빌려간 그 돈도 이자까지 쳐서 따박따박 잘 갚고 있다. 그런데 얼마 전에 상가 하나가 나온 게 있어서 그걸 그 돈으로 매매해서 호준이 이름으로 하나 더 해주려고 은행에 갔었다. 그런데 그 많던 돈이 빠져나갔더구나. 그것도 최근에."

자신과 상관없는 돈 애기를 하는 이유를 그때까지도 알 수 없어

주원의 머릿속은 복잡하기만 했다. 혹시 호준이 자신을 핑계로 그 돈을 빼서 썼나? 아니면 혹시 사업이 어려워진 걸까?

"호준이 자존심에 사업이 어려워졌다고 말하는 성격이 아니라 알아봤다. 호준이 사업에는 문제가 없고 그 돈을 빼서 쓴 사람이 따로 있다는 걸 알게 됐지."

돈을 빼서 쓴 사람이 따로 있다는 말에 불길한 예감이 들었다. 설마, 아니겠지, 라는 마음으로 떨리는 가슴을 진정시키려고 해도 심하게 뛰는 심장은 그 속도를 더해만 갔다.

"네 엄마가 그 돈을 쓰고 다니더구나. 조금씩 빼서 쓴 것도 아니고 물 쓰듯 아주 펑펑. 그래서 좀 알아봤다. 네 엄마가 어떤 여자인지. 난 호준이의 선택을 믿었다. 단 한 번도 여자한테 눈길이나 마음을 준 적이 없는 애를 등신같이 히죽거리게 만들어준 네가 고마웠다. 그런데 결국 너도 돈 때문에 호준이한테 달려든 게냐? 네 엄마의 난잡하고 문란한 생활에 뒷돈 대주려고 우리 호준이를 잡은 거냐고!"

아니라고, 그게 아니라고 대답해야 하는데 말이 나오지 않았다. 목이 메고 심장이 멎은 듯 숨쉬기조차 곤란해 어떤 말도 할 수가 없었다.

창피하고 수치스러워 얼굴을 들고 있을 수도 없었다. 그냥 그대로 세상이 끝나버렸으면 하는 마음뿐이었다.

"죄송합니다."

자신은 알지 못했던 일이지만 죄송하다고 머리를 조아렸다. 그런 엄마를 둔 자신이 처절하고 가엾어 참을 수 없지만 주원은 손 여사에게 고개를 숙이며 연신 죄송을 읊조렸다.

"됐다. 이 결혼 없었던 걸로 하자. 너도 할 말은 없을 게다. 있다면 사람이 아니지. 호준이한테는 내가 알아서 얘기할 테니 너도 입다물고 조용히 정리해라."

처참하게 갈라지고 찢어진 마음으로 손 여사 집을 나섰다. 변명 한마디 하지 않고 그대로 나오는 발걸음이 땅으로 꺼지는 기분이었다. 가슴은 먹먹해 숨도 제대로 쉬어지지 않는다.

호준이 보고 싶어 미칠 것 같았지만 이젠 정리해야 할 사람이다. 보고 싶은 마음을 눌러 담지만 그 설움과 아픔에 몸과 마음을 가눌 길이 없다.

결혼을 반대할 수밖에 없는 손 여사의 입장과 걱정을 이해한다. 손 여사가 헤어지라는 말을 하지 않았어도 자신이 스스로 물러났을 것이다. 자신이 생각해도 애경의 행동은 용서가 되지 않는, 파혼하기에 충분한 이유였다.

그와의 추억이 머리와 가슴을 헤집고 돌아다녔다. 길 한쪽에 차를 세워둔 채 주원은 그 추억을 눈물로 곱씹으며 펑펑 울기만 했다. 그러다 이 모든 게 자신이 아닌 애경으로 인한 것이라 생각하니 절로 악이 써졌다.

"악!"

가슴에서 비명이 쏟아져 나왔지만 아픔이나 처절함은 함께 튀어나오지 않고 더 그녀의 가슴을 후비기만 했다.

호준에게서 전화가 들어왔다. 두 번은 받지 않았지만 더 받지 않았다가는 그 성격에 집으로 달려갈 것 같아 울음을 삼키며 전화를 받았다.

"여보세요?"

-어디야? 왜 이렇게 전화를 안 받아? 걱정되게. 처제한테 전화했더니 아직 안 왔다고 하는데 어디야, 지금?

그의 화난 목소리에서 그녀를 걱정해주는 마음이 전달되어왔다.

"오는 길에 친구를 만나서 얘기 좀 하느라 끝내고 들어가는 길이에요."

-너, 우니?

티를 내지 않으려고 해도 그는 그녀의 상태를 금세 알아차렸다.

"친구가…… 사랑하는 사람하고 헤어졌다고…… 정말 사랑하는 사람인데 헤어져야 한다고…… 너무 서럽게 우는 바람에……."

-아이고, 그럴 때는 또 왜 그렇게 마음이 약하신지. 내가 가서 달래주리?

"아니. 내가 헤어진 것도 아닌데."

-보고 싶은데…….

나도. 하지만 그 말이 나오면 자신에게 달려올 그를 알기에 주원은 그 말을 삼켰다.

마지막으로 한 번은 보고 싶다는 간절함에 자칫 보자는 말을 꺼낼 뻔했다. 하지만 한 번 더 보면 그만큼 잊어야 하는 아픔이 크고 고통스러울 것 같아 피곤해서 자고 싶다는 핑계를 대고 통화를 끝냈다.

'호준 씨, 당신 없이 견딜 수 없을 것 같은데…… 어떡하지, 나?'

아무리 생각해도 여지가 없었다. 자신의 실수라면 잘못했다고 빌고 기회를 달라고 매달릴 수 있었겠지만 이건 그런 문제와 차원이 다르다.

그저 애경이 원망스럽고 자신이 그런 애경의 딸이라는 게 한스러울 뿐이었다.

다음 날 주원은 출근을 하지 않고 곧바로 애경이 사는 집으로 갔다. 애경의 집을 자주 가지는 않았지만 18평짜리 아파트 내부가 예전과 다르게 바뀌어 있었다.

인테리어를 새로 한 것은 물론이고 가구들마저도 모두가 새것들이었다.

"왜, 웬일이야? 아침부터."

지은 죄가 있어서 그런지 애경은 아침부터 들이닥친 주원의 눈치를 보고 있었다.

힐끗 본 침실에는 남자가 자고 나간 흔적이 보였다. 구토가 올라올 정도로 역겨웠다.

'내가 왜 이 여자의 딸로 태어났을까.'

울컥하고 올라오는 뜨거운 감정을 애써 눌러 담으며 애경에게 손을 내밀었다.

"뭐?"

"내놔."

"뭘?"

"엄마, 딸 내세워 장사하는 포주야?"

"야! 무슨 그런 심한 말을 해! 저번에도 사람 염장을 뒤집어놓더니 너 왜 그래?"

"그런데 그 돈을 가져다 써?"

"뭐야? 기가 차서. 지가 먼저 입 다물라고 단속시키더니 결국 지가 입 연 거야? 아, 자식 못쓰겠네. 야, 내가 달라고 안 했어. 신호준이 먼저 나를 불러서 준 거야. 난 달라고 한 적도 없고 돈 얘기는 벙긋도 안 했어. 알아서 걔가 챙겨준 거라고."

억울한 사람처럼 펄쩍 뛰는 모습을 보고 있는 것도 싫었다.

"내놔."

"야, 치사하고 더러워서 준다, 줘. 그런 남자하고 결혼하지 마! 치사하게 줬다 뺐냐? 결혼 그만두자고 해!"

애경이 침실에서 가져온 통장과 카드를 가지고 나왔다. 하지만 쉽게 그녀에게 넘겨주지는 못했다.

보다 못한 주원이 애경에게서 통장과 카드를 빼앗아 버렸다.

"결혼 안 해. 아니, 못 해. 그 남자, 엄마한테 저당 잡혀 살게 하기 싫어서 이 결혼 안 하기로 했어. 그렇게 알아."

"너 그게 무슨 소리야?"

주원은 대답 없이 애경의 집을 나와 곧장 매장으로 출근했다.

"성아야, 당분간 매장 관리 좀 해줘. 맞춤은 받지 말고 영숙이 언니가 만드는 일반 사이즈들만 팔아."

퉁퉁 부어 있는 눈이 의심스러웠는지 성아가 그녀를 제작실로 데리고 가 앉혔다.

"무슨 일 있어?"

"아니. 그냥 좀 쉬려고."

"결혼 앞두고 쉬다니?"

"엄마하고 안 좋은 일이 있어서."

애경과 좋지 않은 일이라면 자세한 건 알지 못해도 주원이 무척 피곤해하고 힘들어하는 일이라는 것을 성아는 안다. 결혼을 앞둔 딸을 무슨 이유로 힘들게 하는 것인지 알 수 없지만 성아도 애경에 대한 감정이 좋지 않았다.

"또 왜 그러신다니? 이번엔 또 뭐가 문제야? 명품백 사다 주고 잘하시는 것 같더니."

"그냥, 엄마 때문에 머리 식힐 일이 있어. 그렇게만 알고 매장 일 좀 봐줘. 몸도 무거워지는데 미안하다."

성아가 주원의 어깨를 두드려 주었다. 10대 시절부터 엄마로 인해 힘들게 살아온 친구의 마음을 달래주는 따뜻한 손길이었다.

그런 친구의 손길에도 눈물이 왈칵 쏟아질 것 같았다. 익숙하지 않은 친구의 손길에도 마음이 이토록 쓰라린데 익숙해진 호준의 손길을 그리워하며 그 없이 살 수 있을까.

성아가 나가자 주원은 이내 눈물을 터뜨리고 말았다.

'호준 씨…….'

하지만 그렇게 울고만 있을 시간이 없었다. 혹여라도 호준이 매장으로 찾아올까 봐 주원은 서둘러 매장 일을 정리하고 우체국으로 향했다.

애경에게서 받은 통장과 카드는 택배로 손 여사 앞으로 보내고 간단한 짐만 싸서 무작정 고속버스를 탔다.

서울에서 멀어지는 만큼 호준에게서 멀어지는 기분이 들었고 그 아픔에 눈물만 하염없이 흘러나왔다.

집에 처박혀 며칠 동안 출근도 않는다는 보고를 받은 손 여사가 호준의 집을 찾았다.

술병으로 나뒹구는 지저분한 거실은 그래도 봐줄 만했다. 망가진 아들의 모습은 차마 눈을 뜨고 보기 힘들 정도였다.

깎지 않은 수염으로 지저분해진 얼굴은 거의 죽은 사람에 가까워 보였다. 집안에서 진동하는 술 냄새보다 호준에게서 나는 찌든 술 냄새가 더 지독했다.

그런 아들의 모습이 안쓰러우면서도 여자 하나 때문에 그렇게 무너져 내리는 아들에게 실망감도 느껴졌다.

"겨우 여자 하나 가지고 이 꼴로 있냐? 야, 나는 네 아버지 집에서 나갈 때 눈 하나 깜짝 안 하고 나가서 장사했어. 그깟 사랑이 뭐라고 이러고 있어! 못난 놈아!"

귀 먹은 사람처럼 그리고 눈 먼 사람처럼 호준은 손 여사에게 눈도 돌리지 않고 대꾸도 하지 않았다.

소파에 누워 이마에 손을 올린 채 멍하니 허공만 응시하고 있었다.

"일어나, 이 새끼야! 내가 너 이러라고 이 악물고 키운 줄 알아? 그리고 여자가 걔 하나냐! 어차피 돈 보고 달려든 애야. 걔 아니고서도 그런 여자는 널리고 널렸어. 뭐가 아쉬워서 이러고 자빠져 있는 거야!"

그래도 호준은 꿈쩍하지 않았다.

　　"야! 이 우라질 놈아! 여자 때문에 속 타는 네 애미는 눈에 보이지도 않냐? 30년 넘게 너만 바라본 이 애미는 보이지도 않냐고!"

　　손 여사가 화풀이를 하며 누워 있는 호준을 마구잡이로 때렸다. 그래도 호준은 그대로 맞고만 있을 뿐 어떤 반응도 보이지 않았다.

　　"나쁜 놈! 우라질 놈! 제 엄마 닮아 남자 밝히다가 너한테 못할 짓 할까 봐 그랬다! 너도 나 같은 상처로 아파할까 봐, 그 꼴은 죽어도 보기 싫어서 그랬다! 네가 아무리 이래도 난 걔 허락 안 해."

　　제풀에 겨워 지친 손 여사가 철썩 주저앉았다.

　　호준이 자리에서 일어나 앉았다. 그 반응이 반가운 손 여사의 얼굴이 피었다.

　　"그런 생각은 안 해보셨습니까? 주원이가 제 엄마 닮아 그럴 게 걱정되었다면…… 난 혹시 아버지를 닮아 그 여자를 버리는 건 아닌가, 그 여자뿐 아니라 자식까지 버리고 나가는 건 아닐까, 그런 걱정 말입니다."

　　처음으로 보는 아들의 모습에 손 여사는 가슴이 서늘해졌다. 살가운 말을 건네는 아들은 아니지만 농담과 놀림 속에 애정을 담아 툭툭 던지는 아들이었다. 자상한 미소를 자주 보여주는 아들은 아니었지만, 그렇다고 냉정한 얼굴을 보여준 적도 없는 아들이다. 그런 아들이 자신을 차갑게 바라보고 있다. 처음 보는 아들의 말과 표정이 그녀의 가슴에 비수가 되어 꽂혔다.

　　"아버지가 나가셨을 때 어머니 마음 어땠습니까? 겨우 버티고 참고 있는 겁니다. 아무 말 마시고 돌아가십시오."

차라리 왜 그랬냐고 소리 지르고 화를 내는 게 보기 좋을 것 같았다. 죽어가는 얼굴로 차갑게 말하고 냉정하게 방으로 들어가는 아들 모습은 오랫동안 잊고 있던 눈물을 만들어냈다.

"나쁜 놈. 나쁜 놈!"

손 여사의 설움이 텅 빈 거실에 메아리쳤지만 방으로 들어간 호준은 끝내 손 여사가 돌아가는 순간까지도 방에서 나오지 않았다.

/ 0.

새로운 콘도에 들어서 체크인을 했다. 이로써 2주 동안 5개의 콘도를 전전한 셈이다.

하는 것이 없어 시간이 더디 흐르는 것인지, 아니면 아픔으로 보내는 시간이 고통스러워 하루가 긴 것인지 모르겠다. 많은 시간이 흐른 것 같은데도 겨우 버틴 시간은 2주일밖에 되지 않는다. 2년은 흐른 것 같은데, 아니 20년도 더 되는 시간이 지난 것 같은데 이제 겨우 2주밖에 지나지 않았다.

바다도 지겹고 파도도 지겹다. 그런데 잊어할 사람은 잊히지 않고 그리움만 커져가고 있는 삶도 지겨워질 법한데 눈을 뜨고 감는 순간까지 온통 한 사람 생각뿐이다.

'다른 곳으로 가면…… 괜찮아질까? 바다가 아닌 산으로 가볼까?'

이 콘도에서 체크아웃을 하면 아예 다른 지역으로 옮길 생각이었다. 하지만 룸에 들어선 주원은 좀 더 길게 이곳에서 지내고픈 마음이 들었다. 발코니 너머로 보이는 푸른 바다가 그녀의 마음을 사로잡았다. 지겨워서 더 이상 보고 싶지도 않고 듣고 싶지도 않았던 바다와 파도가 이상하게 그녀의 마음을 끌어당기고 있었다. 짙은 외로움으로 지쳐가는 그녀에게 파도의 움직임은 바다의 생명력으로 느껴졌고 그 힘이 그녀에게 전달되어왔다.

'겨우 이거 가지고…… 살다 보면 이건 아무것도 아닐 수 있는데.'

그렇게 위로해도 호준에 대한 그리움은 평생 짊어지고 갈 아픔과 상처라는 것이 그녀의 가슴을 또다시 찢어놓았다.

"보고 싶다."

발코니에 서서 내려다본 바다를 보며 호준을 떠올렸고 자신도 모르게 튀어나온 말이었다. 오늘따라 유난히 그가 보고 싶다.

하지만 보고 싶어도 지금 이 위기를 이겨내지 못하면 호준에게서 영원히 벗어날 수 없다는 걸 알기에 이 악물고 버티는 중이다. 그의 얼굴을 보지 못한 2주 동안 안 보고 살 수 있을 거라는 자신감을 얻지는 못했지만 그래도 2주를 버텨냈으니 좀 더 버티면 적응되어가지 않을까. 흔들리지 말고 이렇게 하루하루를 버텨내야만 한다.

견디기 힘든 그리움에 가만히 서 있는 게 힘들었다. 습한 바닷바람을 피해 거실로 들어온 그녀에게 문득 달력이 눈에 들어왔다. 오늘이 며칠인지, 무슨 요일인지 알 수도 없게 지내다가 직원들의 월급이 떠올랐다.

성아에게 매장 운영을 맡겼지만 월급마저 그녀가 마음대로 주지 못했을 거라는 생각에 주원은 로비로 내려가 공중전화를 잡았다.

'설마…… 추적해서 날 찾아내는 건 아니겠지?'

헛된 기대감이라는 걸 알면서도 자신을 찾아내면 어쩌나 하는 걱정이 생겼다. 하지만 그야말로 헛된 기대감일 뿐이다.

주원은 공중전화를 들어 매장으로 전화를 걸었다.

-네, 민트 러브입니다.

성아의 목소리만으로도 눈물이 나올 것 같았다. 이제는 성아조차도 그립고 보고 싶다. 입덧은 끝났는지, 배는 좀 더 나왔는지. 영숙 언니의 사랑 담긴 거친 입담도 듣고 싶었다.

"나야."

-야! 너 어디야? 어떻게 된 거야? 지금 얼마나 걱정하고 있는 줄 알아?

"걱정 마. 잘 있어. 어제가 월급날이었는데 챙겼나 하고. 영숙언니는 월급 하루라도 밀리면 힘들어하잖아."

-야, 한주원! 지금 월급이 문제야! 야, 루브르 사장 다 죽게 생겼어. 완전 폐인 됐다고. 너 사라지고 사업이고 뭐고 손 놓고 있다가 지금 루브르 부도나기 직전에 놓였다고! 빨리 와서 루브르 사장 좀 어떻게 해봐!

"이제는 나하고 상관없는 사람이야. 월급 알아서 챙기고 언니하고 민정이도 챙겨줘. 나중에 다시 전화할게."

성아와 통화는 끝냈지만 그 내용이 신경 쓰여 한시도 마음이 편하지 않았다.

정말 루브르가 부도 위기에 놓여 있는지. 그가 자신 때문에 모든 걸 손 놓고 있는지. 그렇다면 자신은 어떻게 해야 하는지.

하지만 그게 진실이 아닐 거라는 생각이 들었다. 손 여사가 그대로 두지 않았을 게 빤하다. 그녀를 돌아오게 만들기 위한 성아의 거짓이라는 결론을 내렸다. 하지만 성아를 통해 들었던 호준의 소식은 그녀를 더욱 안절부절못하는 그리움으로 옭아매고 있었다.

한주원이 이토록 독한 여자인지 미처 몰랐다. 숨어도 너무 꼭꼭 숨어 찾아낼 수가 없었다. 전화 한 통 없고 문자 한 통 보내지 않는다.

아무 말도 없이 사라져서는 찾아내지도 못하게 숨어버렸다.

자신은 그리움에 숨도 쉬지 못할 정도로 가슴이 아파 매일 휴대폰을 잡고 전원이 꺼져 있는 그녀에게 수십 번도 넘게 전화를 하는데 그녀는 아무것도 없다.

처음엔 자신만큼이나 힘들어하고 그리워하며 아파할 그녀 생각에 견딜 수가 없었다. 자신이 느끼는 고통과 아픔을 그녀도 겪는다고 생각하니 차라리 그녀에게서 잊어지는 게 나을 것 같았다. 하루가 지나고 이틀이 지나고 일주일이 지나면서는 두려워졌다. 그녀가 정말로 자신을 잊은 건 아닌지. 이제 그녀에게서 자신은 무의미한 남자로 타인이 된 건 아닌지. 그보다 더 두렵고 고통스러운 것도 없었다.

아닐 거라고 위로를 해도 시간이 흐를수록 초조함은 커져만 갔다.

혹시나 손 여사가 자신이 찾을 수 없는 먼 곳에 가둬버린 건 아닌지 걱정했다. 하지만 아무리 그래도 그런 비인간적인 일을 저지를 손 여사는 아니다.

그녀의 휴대폰과 신용카드 추적을 해보아도 어디 하나 그 흔적이 나오는 곳이 없었다. 혹시나 나쁜 생각을 가진 건 아닌지 하늘이 무너지고 땅이 꺼져가는 고통 속에서 매일을 피 말리며 살고 있었다. 최후의 수단으로 실종신고를 하려는 와중에 주원에게 전화가 왔다는 성아의 말을 듣고 호준은 민트 러브로 달려왔다.

"이게 전화번호예요. 아무래도 공중전화였는지 다시 해보면 발신전용 전화라는 멘트가 나와요. 지역번호는 강원도고."

"고마워요."

"주원이 꼭 데리고 오세요."

"네."

성아에게서 받은 번호의 공중전화의 위치를 찾아내는 건 어렵지 않았다. 강원도 한 콘도에 있는 공중전화라는 걸 알아낸 호준은 강원도로 떠나기 전 손 여사를 찾았다.

폐인과도 같이 씻지도 않던 아들이 말끔한 모습으로 나타나자 손 여사는 아들이 주원에 대한 마음을 접은 것이라 여겼다.

한 치의 오차 없이 제 할 일을 잘하는 아들이기에 인생에 있어, 결혼에 있어 무엇이 중요한가를 알아차리고 정신을 차린 것이라 생각했다. 그래서 그를 맞는 미소가 화사하기만 했다.

"그래, 이제 좀 마음이 잡힌 거냐? 자식, 홍역 한번 더럽게 심하게 앓네."

"어머니, 주원이 잡으러 갑니다."

"뭐?"

"어디 있는지 찾아냈어요. 지금 잡으러 갈 겁니다. 그리고 어머니 앞에 함께 오겠습니다. 그때까지 어머니도 마음 정리하고 계십시오. 우리를 받아줄 건지, 아니면 내칠 건지. 저는 어떠한 경우에도 주원이하고 함께할 겁니다."

"뭐, 뭐야?"

"다 가져가셔도 좋습니다. 제가 가지고 있는 것들 중 어머니 것이 있다면 다 회수해가셔도 좋습니다. 미련 없습니다. 하지만 주원이는 내가 가질 겁니다. 어머니께 다 내주고 그 여자 하나 가질 수 있다면 어느 거 하나 미련이 없습니다."

"이런 호로 새끼!"

불같이 화를 내는 손 여사를 뒤로하고 호준은 그대로 주원이 있는 콘도로 향했다.

'한주원, 겨우 그 정도에 나를 버리고 숨어? 내가 그렇게 너한테 못 믿을 존재였니? 바보.'

그녀를 그리워했던 마음이 서운함으로 변했다. 그녀가 어디 있는지 알게 되자 피를 말리던 불안함이 이제는 피를 끓게 만드는 화가 되어버렸다.

자신의 사랑을 믿지 못하고 숨어버린 주원에 대한 화와 서운함이 차의 속도를 더 빠르게 했다.

콘도에 도착해 프런트로 뛰어 들어가 한주원으로 투숙되어 있는 룸을 알아내려 했다. 하지만 그녀의 이름으로 되어 있는 투숙객은 없었다.

원성아, 한주희, 이애경, 하다못해 자신의 이름인 신호준으로도 투숙객은 없었다.

'한주원, 내가 꼭 찾아내고 만다. 내가 널 꼭 찾아내고 만다고.'

호준은 로비에 자리를 잡고 앉아 오가는 사람들을 놓치지 않고 쳐다보았다.

'언젠가는 나오겠지. 밥을 먹기 위해서라도 나오겠지.'

호준의 눈이 바쁘게 움직였다.

인간의 몸은 왜 이리 정직한지 모르겠다. 때가 되면 배가 고프다. 처음 서울을 떠나 와서 한동안은 먹지도 자지도 못했다. 눈 뜨면 그가 그립고 보고 싶어 정신을 잃을 정도로 취해만 있었다. 하지만 시간이 지나면서 술도 소용이 없었다. 스스로의 이성으로 다스리지 않으면 안 되기에 술을 끊었다. 그러고 나니 때가 되면 배가 고프다.

여행객이 들끓는 식당에 앉아 혼자 밥 먹는 것도 볼썽사나울 것 같아 장을 봐서 해 먹기도 했지만 새로 투숙한 콘도라 해 먹을 먹거리가 없었다.

장을 보러 내려가는 길에 투숙 기간을 더 늘리기 위해 프런트에 먼저 들렀다.

"가능하십니다. 언제까지 연장해드릴까요?"

직원의 말에 1주일을 더 연장하고 지하로 내려갔다. 슈퍼마켓으로 가는 길에 주원의 눈에 중국 식당이 눈에 들어왔다.

혼자 짜장면을 먹어보고 싶었다. 비비기 싫은 짜장면을 스스로 비벼 먹고 싶었다. 인생은 그렇게 혼자 헤쳐 가는 것이라는 것을, 우습게도 짜장면 한 그릇에 의미를 담아 짜장면을 주문했다.

'그래, 이제는 이걸 비벼줄 사람은 없어. 내가 혼자 해야 하는 거야. 그렇게 살아내야 하는 거다, 한주원.'

시커먼 짜장면 소스 위로 투명한 눈물이 한 방울 떨어졌다.

훌쩍이며 눈물을 훔치고 짜장면을 비비려는 순간 누군가 그녀 앞에 놓인 짜장면을 휙 하고 앞으로 가져가며 그녀 맞은편에 자리를 잡고 앉았다.

"이리 내. 비벼줄게. 너 이거 제일 귀찮아하는 거잖아."

눈물로 인해 헛것이 보이는 줄 알았다.

"왜 이걸 네가 비벼서 먹어? 비비는 거 귀찮아해서 전용 식당 하나 만들어줬잖아! 왜 여기서 이걸 비비고 있냐고."

헛것이 아니었다. 그가 그녀 앞에서 짜증스럽게 짜장면을 비벼 주고 있었다. 그도 그녀로 인해 마음고생이 심했는지 수척해지고 까칠해진 모습이었다. 가슴이 뛰고 설레어서 어떤 말도 꺼낼 수가 없었다. 그사이 눈물은 그녀의 뺨을 타고 계속 흘러내리기만 했다.

"호…… 준 씨."

호준이 짜장면을 비비다 말고 거칠게 젓가락을 탁자에 내려놓았다.

탁. 그 소리가 너무도 요란스러워 사람들의 시선이 모두 집중될 정도였다.

"차라리 죽는 게 나을 거 같았어. 너 없이 사느니 차라리 죽는 게 나을 것 같았다고! 그 마음이 어떤 건지 알아?"

그 마음을 왜 모를까. 그녀도 똑같이 그랬었는데.

붉게 물든 그의 눈을 주원이 바라보았다.

"널 쉽게 포기하고 보낼 거였으면 시작도 안 했어. 그 정도밖에 안 되는 감정이었으면 너한테 사랑한다는 말도 안 했어."

흑흑흑. 주원이 흐느끼기 시작했다. 그의 사랑이 너무도 벅차고 고마워서 자신의 감정이 주체가 되지 않았다. 자신이 그리워하는 만큼 그리워해주길 바라면서도 얼른 털고 일어나 갈 길 가길 바랐다. 하지만 지금 앞에 있는 호준을 보며 자신의 가식이었음을 알았다.

그녀를 잊지 못해 괴로워해주어서 고마웠다. 자신을 사랑해줘서 미안하고 행복했다. 이제 어떤 일이 있어도 그를 떠날 수 없음을 깨달았다.

"미안해. 미안해요."

"미안해요, 가 아니지. 이렇게 사람을 다 죽여놓고 미안하다는 말로 되겠어?"

"보고 싶었어. 호준 씨 당신 너무 보고 싶었어. 호준 씨 당신한테 가고 싶은 거 참느라고 나도 죽는 줄 알았어. ……고마워요, 날 찾아줘서."

호준이 그녀 옆으로 와서 조용히 주원을 안았다.

"찾아주길 바랐으면 적당히 숨어야지."

그의 손길이 그리웠던 그녀의 머리 위를 그가 예전처럼 쓰다듬어 주었다.

중국집에서 남녀가 짜장면 한 그릇을 두고 눈물 콧물 빼고 있는 모습이 희한한지 사람들의 시선이 모두 둘에게 향해 있었다. 하지만 호준은 그런 시선은 아랑곳하지 않고 주원을 달래주기에만 여념이 없었다.

주원의 흐느낌이 잦아들고 안정을 찾은 것 같자 호준이 그녀의 귀에 대고 속삭였다.

"눈물 젖은 짜장면은 맛이 없으니까 그냥 나가자."

둘은 중국집을 나와 룸으로 올라왔다. 그리고 룸에 들어서자마자 서로를 그리워한 만큼 뜨겁고 급하게 서로를 안았다.

폭풍 같은 키스로 서로의 입술을 맛보고 입술을 삼킬 듯 빨아들였다. 하지만 외롭고 서러웠던 마음을 채우기에 모자랐다.

호준이 주원의 티셔츠를 벗겨내며 배꼽에서부터 가슴까지 입술로 타고 올랐다. 기억에 남아 있는 그녀의 체향에 브래지어를 걷어내고 뾰족하게 서 있는 정점을 입으로 물었다.

"하아."

듣고 싶었던, 환청으로 들리기도 했던 그녀의 여린 신음 소리. 더 이상 참을 수 없었다. 더 이상의 전희도 필요 없을 만큼 손끝에서 느껴지는 주원의 여성도 촉촉하게 젖어 있었다.

주원을 벽에 세운 체 그대로 그녀의 몸속으로 자신의 남성을 밀어 넣었다. 그를 기다린 것처럼 주원이 뜨겁게 그를 조였다.

그녀의 오른쪽 허벅지를 팔에 걸치고 더 깊숙이 밀고 들어가자

그녀가 그의 목을 끌어안은 채 손가락으로 그의 머리카락을 헤집
으며 뜨거운 숨을 뱉어냈다.

단 한 번 움직였을 뿐인데 벌써부터 몸 구석구석에서 감전된 것
처럼 짜릿하게 아우성을 쳐댔다.

"약속해. 이제 절대 숨지 않는다고."

"으응."

신음인지 대답인지 알 수 없는 낮은 목소리에 호준이 자신의 몸
을 한 번 더 강하게 밀어붙였다.

"무슨 일이 있어도 내 눈에서 사라지면 안 돼."

"으으응."

더 강한 허리놀림이 주원의 머리를 하얗게 만들어갔다. 그렇게
주원만이 희열을 느끼는 것 같았지만 호준은 더 이상 이성적으로
버티기 힘든 지경에 이르렀고 빠른 움직임으로 주원도 자신이 빠
져 들어가는 열락의 세계로 끌어들였다.

쉽게 잦아들 것 같지 않은 격한 호흡을 내쉬며 두 사람은 벽에
기댄 채 그대로 서 있었다.

"너를 안는 이 느낌…… 다시는 못 느낄 것 같아 두려웠어. 그리
고 이 얼굴, 다시는 못 볼 것 같아 미치는 줄 알았다고."

"나도…… 나도 그랬어요."

호준이 그대로 그녀의 허리를 붙잡아 안았고 그녀가 그의 허리
에 다리를 둘렀다.

그대로 침대로 직진한 두 사람은 또 한 번 격하게 사랑을 나누
었다. 떨어져 있던 시간을 보상받으려는 듯 떨어지지 않은 채 잠시

숨을 고른 후 둘은 또다시 서로를 찾았다.

그녀를 데리고 바로 서울로 갈 줄 알았던 호준은 오히려 그곳에 눌러앉을 기세로 짐을 늘려가며 떠날 생각을 하지 않고 있었다.

하루는 전통시장을 돌아다니며 일바지와 슬리퍼, 그리고 커다란 밀짚모자까지 구입하더니 다음 날에 인터넷 쇼핑으로 많은 양의 택배들이 콘도 룸으로 배달되어왔다.

"이게 다 뭐예요? 누가 보면 여기에 살림 차리는 줄 알겠네."

"맞아. 우리 지금 여기에 살림 차리는 거야."

진짜 살림을 차리기로 작정했는지 배달되어온 박스 안에는 생각지도 못한 물건들이 있었다.

제일 먼저 뜯은 박스에는 낚시도구가 들어 있었다. 바다낚시는 주원도 한번 해보고 싶었던 터라 낚시도구가 무척이나 반가웠다.

"바다낚시 가려고요?"

"응. 가봤어?"

"아니요. 그런데 정말 해보고 싶었어요. 바다에서 바로 잡아서 회로 먹는 게 그렇게 맛있다는 얘기를 듣고부터 정말 낚시가 하고 싶었어요. 그 회맛 한번 맛보고 싶어서. 술을 마셔도 취하지도 않는데요."

"내가 내일 월척을 잡아 올려서 그 회 맛보게 해줄게. 기대해."

"재미있겠다."

벌써부터 그 기대감이 한껏 업되고 있었다.

"이건? 이걸 더 재미있어할 것 같은데."

그리고 두 번째로 뜯은 박스에는 가정용 재봉틀이 들어 있었다.

"이거······."

"지금 입고 있는 거 너무 불편해서. 이젠 네가 만들어준 거 아니면 불편해서 못 입겠어. 그러니까 여기서 만들어달라고."

어이없는 웃음이 새어 나왔다. 다소 말도 안 되는 부탁이지만 그 부탁 안에 들어 있는 그의 마음이 느껴져 눈물이 핑 돌았다.

속옷은 핑계에 불과하다. 며칠 전 밑단이 뜯어진 커튼을 보며 주원이 중얼거린 말이 있었다.

"재봉틀 한 방이면 해결되는데······ 바느질을 하다가 안 해서 그런가. 저걸 보면 손이 근질거려요. 깔끔하게 박아버리고 싶어서."

그 말을 그가 기억하고 주문했다는 확신이 들었다.

이토록 자신에게 세심하고 자상한 남자를 떠나서 살려고 했다니, 지금 생각하면 너무도 어리석었다.

이제 더는 호준을 떠나서는 살 수 없고 자신을 찾아와 준 그가 고맙기만 했다.

싱싱한 회맛을 보여주겠다고 호언장담하던 호준이 낚싯대를 드리운 채 몇 시간을 성과 없이 허비하고 있었다.

"어떡하냐, 주원아?"

기대한 회맛을 보지 못하는 주원도 아무렇지 않게 기다리는데 호준이 그녀에게 그 맛을 보여주지 못해 안달이 났다.

"꼭 오늘만 날인가? 나중에 나와서 잡으면 되는 거지, 어떡하긴 뭘 어떡해요? 그리고 배멀미가 시작돼서 먹어도 무슨 맛인지 모를 것 같아."

자식에게 아무것도 먹이지 못한 부모의 마음으로 한숨을 내쉰 호준은 그 자리에 아예 누워버렸다.

그 순간 세상 부러울 것이 없었다. 고기를 잡지 못해도 위로해주는 주원이 옆에 있고 비릿하지만 시원한 바닷바람이 가슴을 시원하게 해주는 지금, 이곳이 천국으로 느껴졌다.

이대로 이렇게 살아가도 행복할 것만 같았다.

"주원아, 다 버리고 아무도 없는 곳에서 우리 이러고 살까?"

"이러고 사는 게 어떻게 사는 건데요? 자기는 고기 잡고, 나는 그 고기로 찌개 끓이거나 장에 내가 팔거나, 뭐, 이런 삶?"

"고기는 내가 내다 팔게."

"그러지, 뭐. 그렇게 사는 것도 괜찮겠네. 그런데 호준 씨 낚시 솜씨로는 먹고살기 힘들 거 같다는 생각 안 들어요? 도대체 잡아 올린 고기가 없어. 지금 몇 시간째인데."

주원의 말에 호준이 키득거렸다. 그의 웃음소리에 주원도 따라 웃었다. 그와 함께 지내면서부터는 항상 웃는다.

비록 잡아 올린 고기가 없어 하루 먹을 것이 없어도 서로가 옆에 있으면 지금처럼 웃으며 살 수 있을 것만 같다.

서로가 옆에 없어 보낸 지옥을 또다시 경험하고 맛보느니 차라리 궁하더라도 서로의 얼굴을 보고 숨결을 느끼며 사는 게 낫다.

그런 마음이 통했는지 호준이 또다시 물었다.

"나 서울에 있는 것들 다 포기하고 빈털터리가 돼도 괜찮지?"

"내가 먹여 살릴게요."

"뭘로? 네가 고기 잡을래?"

"아니. 야한 속옷 만들어서 인터넷으로 파는 거 어때요? 호준 씨가 재봉틀도 사줬잖아."

주원이 고개를 숙여 누워 있는 호준의 귓가에 대고 조용히 속삭였다.

"호준 씨가 먼저 말했던, 버섯 모양 팬티하고 조개 모양 팬티하고 그런 거 만들어서 팔면…… 대박이지 않을까?"

그러자 호준이 주원의 귀에 대고 속삭였다.

"내 몸을 모델로 해서 사진 찍으면 더 대박이겠지?"

"안 돼!"

"왜?"

"음…… 호준 씨는 내 거니까, 나만 봐야 돼. 남들한테 보여주기 싫어."

호준이 기분 좋게 껄껄거리며 웃기 시작했다.

"듣기 좋다, 내 거."

그리고 또다시 그녀의 귀에 은밀하게 속삭였다.

"난 지금 내 거 보고 싶다. 미치도록."

"응?"

"선장님! 그만 잡고 돌아가죠! 집에 급한 일 생겼습니다!"

급한 일이라는 게 뭔지 모르는 배의 선장은 다급한 호준의 목소리에 뱃머리를 육지로 돌렸다.

바다에서 육지로 돌아와 그들이 기거하는 콘도로 돌아오기까지 긴 시간을 인내하고 참았던 호준의 몸과 마음이 그날 밤 뜨겁게 룸을 달구었다.

주원을 잡으러 가겠다던 아들이 돌아온 건 한 달 뒤였다.

김 실장의 보고에 의하면 강원도 콘도에서 둘이 신선놀음을 하고 있다는 것이었다. 화가 치솟았지만 호준을 잘못 건드렸다가는 아들 마음을 돌이킬 수 없게 될 것 같아 도 닦는 마음으로 아들을 기다린 손 여사다.

그렇게 한 달을 기다리고 인내심이 극에 달할 때쯤 호준은 말한 대로 주원을 데리고 집으로 왔다. 하지만 손 여사는 끝내 둘의 얼굴을 보지 않고 돌려보냈다. 속상하고 답답해하는 자신의 마음은 안중에도 없고 한 달을 신선놀음하며 편하게 보낸 두 사람이 괘씸하기만 했다.

게다가 와서 몇 날 며칠을 허락해달라고 빌어도 모자랄 판에 그렇게 돌아간 아들은 코빼기도 보이지 않고 있다. 그 울화가 이제는 주원을 향하기 시작했다.

손 여사는 민트 러브로 주원을 찾아왔다.

"어, 어머님."

"누가 네 어머니야? 어디 조용한 곳으로 가자."

"저 아래 커피숍이 있는데……."

"남들 눈 있고 귀 있는 곳은 싫다."

"그럼…… 누추하지만 저 안쪽에 제작실이 있는데, 그곳으로 가시겠어요?"

"앞장서라."

주원이 앞장서 손 여사를 제작실로 안내했다.

"언니, 손님이 오셔서 그런데 자리 좀……."

안에서 일을 하고 있던 영숙이 주원 뒤에 서 있는 손 여사를 힐끗 보고 자리에서 일어났다.

"알았어."

그리고 두 사람을 위해 자리를 피해주려던 영숙이 손 여사를 비껴가다 말고 걸음을 멈춰 섰다.

"저기, 혹시…… 떼떼방…… 손 사장님……?"

"뉘신데…… 엥? 영숙이?"

"아이고, 맞네, 맞아. 이게 얼마만이에요? 사장님 그대로시네."

"그러게. 장 대리하고 눈 맞아 도망간 영숙이를 여기서 만나네."

여고동창이라도 만난 소녀들처럼 상기된 얼굴로 두 사람은 두 손을 꼭 잡고 반가워했다.

안부를 묻는 건지, 서로의 옛날을 그리워하는 건지 두 사람은 옆에 있는 주원은 아랑곳하지 않고 대화를 이어갔다.

"그래, 장 대리하고 야반도주하더니 둘이 같이 살아?"

"그럼 그렇게 도망쳐 나왔는데 살아야지, 별수 있어요. 어유, 내가 그때 왜 사장님 말씀을 안 듣고 그 남자한테 빠졌는지 아직도 땅을 쳐요, 내가."

"우라질 놈이 왜? 바람피워? 아니면 도박해? 데리고 와! 내가 아끼는 우리 공장 최고 기술자를 데리고 도망간 그놈을 확 그냥!"

"사장님은요? 이혼했다는 소식까지는 전해 들었는데."

"누구하고 이혼했다는 소식 들었어? 신 교수?"

"네."

"그 인간하고는 진즉에 했지. 그리고 나 또 결혼하고 또 이혼했어. 호호호. 그리고 지금은 여섯 살 어린 남자하고 살아. 호호호."

"그래요? 아이고, 능력도 좋으셔. 그런데 여기는……?"

그제야 주원을 인식한 손 여사가 정색을 하며 목소리를 내리깔았다.

"여기 미스 한하고 할 얘기가 있어서. 그런데 여기서 일해?"

"네. 혹시 손 사장님이 저 길 건너 저쪽 사장 어머니셔요?"

"맞아."

"아이고, 사장님! 두 사람 허락해줘요! 요새 이런 처자 드물어요. 내가 장담해."

"그건 내가 알아서 할 일이고. 우리 얘기 좀 하게 비켜줘."

"딱 한마디만 할게요. 우리 한 사장 놓치면 당첨된 로또 버린 거하고 똑같아요. 그렇게만 아셔요."

그런 영숙의 말에도 불구하고 손 여사의 눈에는 주원이 휴지보다도 못한 걸레조각으로 보였다. 그녀의 엄마였던 이애경이라는 여자를 알고부터 주원이 그렇게 보였다. 아들과의 관계 개선을 위해 아무리 좋게 보려고 해도 엄마 피를 물려받은 것 같은 주원이 좋게 보여지지 않았다.

"헤어져라."

"그렇게 하려고 했습니다. 그런데……."

"그런데 뭐? 뭐가 아쉬워서. 돈? 네 엄마한테 들어갈 돈이 아쉽니? 그건 내가 주마. 그러니까 헤어져."

영숙과 아는 사이로 보여 마음이 좀 놓였다. 무섭기만 하던 손 여사가 영숙을 보며 여느 아낙네 못지않게 평범한 모습을 보일 때는 손 여사가 어렵게 보이지만은 않았다.

하지만 지금 또다시 손 여사가 무섭다. 그리고 더 무서운 건 호준과의 이별이기에 주원은 마음을 가다듬고 손 여사에게 자신의 마음을 털어놓았다.

"어머니, 저는 저희 엄마하고 다릅니다. 엄마를 보며 받은 상처가 있기 때문에 저는 제 남편에게도 그리고 제 자식들에게도 그런 상처를 주기 싫다는 생각으로 살았습니다. 엄마를 미워하고 살면서도 천륜을 끊을 수는 없습니다. 하지만 제 엄마로 인해 호준 씨가 상처 받고 아파할 일은 없을 겁니다. 제 엄마의 몫은 철저하게 제가 짊어지고 갈 거니까요. 그러니 어머님, 허락해주세요. 잘하겠습니다. 호준 씨에게도, 어머니께도."

"됐다! 네 말대로 천륜이 쉽게 끊어지는 일도 아니고 부부 사이에 어떻게 네 엄마가 문제가 되지 않겠니? 나는 허락 절대 못한다. 아버지와 인연 끊고 사는 호준이 나하고도 인연 끊어 생고아 만들고 싶으면 알아서 해라."

손 여사가 매몰차게 일어나 뒤도 돌아보지 않고 제작실을 벗어나 매장으로 나왔다. 그곳에 영숙을 비롯한 직원들이 손 여사의 눈치를 살피고 있었다.

"이제 어디 있는지도 알았으니 나중에 좋을 때 한번 봐, 우리."

주원과의 관계가 있어서인지 손 여사가 만날 때와는 다른 태도로 영숙을 대하고 있었다.

"가볼게."

영숙에게 인사를 하고 밖으로 나가려는 손 여사에게 영숙이 폭탄이 될 만한 한마디를 투척해버렸다.

"사장님! 우리 한 사장…… 임신한 거 같던데."

잠시 멈칫하고 섰던 손 여사는 그 말에 어떤 대꾸도 하지 않고 그대로 매장을 벗어났다.

"어우, 무서워. 호준 씨하고 다르게 저분은 완전 기 센 시어머니인데요."

"기가 세지. 내가 알지. 그런데 뭐, 어쩌겠어. 제 손주가 들어섰는데."

"진짜예요? 주원이 진짜 임신했어요? 언니가 어떻게 알아요?"

"난 그냥 척 보면 알아. 인생 거저 산 줄 알아? 나이는 거저 먹는 게 아니야."

민트 러브를 나와 길 건너 루브르를 향하는 손 여사의 발걸음이 무척이나 사나웠다. 오랜만에 만난 영숙이 반가웠다. 하지만 그녀를 만난 장소가 주원의 매장이고, 그것도 하필 주원 아래서 일하고 있다는 사실이 맘에 들지 않았다. 주원을 허락하라는 말에 주원의 사람인 게 느껴졌다. 반가운 마음이 낯설음으로 변했다. 게다가 주원의 임신까지 운운하며 대놓고 편을 드니 반가움보다는 차라리 만나지 않았으면 더 좋았을 것 같다는 생각까지 든다.

주원만 아니었어도 영숙과 과거의 재미난 일들을 떠올리며 진한 수다를 떨었을 텐데 그렇게 할 수 없어 주원이 더 미워진다.

'임신? 뭐, 임신은 아무나 하나? 그래도 호준이 그렇게 무책임하지는 않을 거야.'

그렇게 심난하고 어지러운 마음을 붙들고 대표실로 쳐들어갔다. 하지만 호준은 그곳에 없었다.

예약실에 있나 싶어 아래로 내려가던 중에 3층에 있는 홀에서 호준의 목소리가 들려왔다. 그런데 그 목소리가 심상치 않게 크고 성나 있었다.

그 목소리를 따라 3층 로비로 들어서는데 홀에 붙어 있는 현수막이 눈에 들어왔다.

<신규상 교수님 출간 기념 및 사은회>

아들이 운영하는 곳이라는 걸 알고 이곳에서 이런 행사를 하는 것일까? 하는 의문이 드는 순간 호준의 목소리가 들렸다.

"행사 못한다고 하지 않았습니까? 예약금하고 보상금까지 다 돌려드릴 테니, 당장 이 책들 치우고! 현수막 내리고! 다들 나가세요."

"아니, 그런 게 어디 있습니까? 이게 예약금하고 보상금 내준다고 될 일입니까?"

"신규상 교수한테 가서 이야기하면 그렇게 하자 할 겁니다. 그러니까 조용히 행사 접으십시오."

"이보세요!"

"조용히들 하고. 신호준, 잠깐 나하고 얘기 좀 하자."

언성을 높이며 싸우는 두 사람 사이로 중후한 목소리가 들려왔다. 굳이 얼굴을 확인하지 않아도 그게 누구의 목소리인지 알 수 있다.

"할 말 없습니다. 여기서 창피 당하시기 전에 학생들 데리고 나가십시오."

"신호준."

"자식도 잘 키워내지 못한 양반이 학생들을 가리키고 있는 상황이 얼마나 우스운지 일인지 이 자리에서 낱낱이 밝히기 전에 나가시라고요!"

저토록 화를 내는 아들의 모습은 처음이다. 신 교수가 짐을 싸들고 나갈 때에도 아들은 담담했다. 아니, 오히려 엄마를 위로했다. 한 번도 제 자식에게 살갑게 해주지 않았던 신 교수에게 호준은 감정이라는 게 없는 줄 알았다. 미움조차도 없는 줄 알았다. 그토록 호준에게 생부의 존재는 아무것도 아니라 생각했다.

그런데 신 교수에게 화를 내는 호준을 보니 가슴이 미어왔다.

미움도 감정이 있어야 생기는 거다. 사랑받고 싶은데 그 마음을 채워주지 못하거나, 자신의 사랑을 받아주지 않아 생기는 감정이 미움이다.

자신을 사랑하지 않는 남편을 미워했다. 자신을 마음을 한 번도 헤아려주지 않아 남편이 미웠다. 하지만 그가 떠나고 그의 자리에 다른 사람이 자리 잡으면서는 전남편에 대한 미움은 없었다. 우연이라도 길에서 마주쳐도 별 감정 없이 지나칠 수 있을 만큼 담담해져갔다.

그런데 호준이 아버지에 대한 원망과 미움을 격하게 토해내고 있었다. 부친의 사랑을 받지 못한 아픔이 원망으로, 주고 싶은 마음을 받아주지 못한 감정이 미움으로, 아들 호준이 아버지인 규상에게 쏟아내고 있었다.

아들에게 미안해졌다. 그리고 주원의 말이 생각났다.

엄마를 미워하지만 천륜을 끊을 수는 없다는 그 말이 생각났다. 어쩌면 호준도 그 천륜을 끊지 못하고 제 아비를 미워하며 힘든 삶을 살고 있는 건 아닌가. 두 사람의 관계를 억지로 끊어내기 위해 만남조차 허락하지 않았던 자신이 호준의 그런 삶을 만든 건 아닌가.

손 여사는 두 사람 눈에 띄지 않기 위해 대표실로 올라가 호준을 기다렸다. 그리고 눈을 감고 조용히 아들이 원하는 게 뭔지, 그리고 진정으로 아들을 위해 자신이 어떤 결정을 내려야 할지 고민에 빠졌다.

"어떻게 일을 그렇게 처리해?"

"예약실에서 네 아버지 이름하고 집안 사정까지 알 리는 없잖아. 그리고 나라도 처리했어야 하는데 내가 비운 사이에 예약을 해서 검토가 안 된 거고. 그만 흥분해. 너 사람들 앞에서 교수님 창피 줄 만큼 줬어. 그러니까 그만 흥분 가라앉히고……. 어, 어머니? 언제 오셨어요? 건강하시죠?"

대표실에 앉아 있는 손 여사를 욱현이 먼저 알아봤다.

"너 때문에 건강 못하다, 이 자식아! 친구를 믿지 못하고 여자한테 홀려서 똥인지 된장인지 구분 못하는 네놈 때문에 속이 뒤집어져서 건강하지 못해."

손 여사의 말에 욱현이 얼굴을 붉혔다.

"죄송합니다."

"호준이하고 할 말 있어 왔다."

"네, 말씀 나누세요."

욱현이 자리를 피해 나가려다 말고 손 여사에게 다가왔다.

"왜?"

"결혼 허락해주세요. 한주원 씨 현명한 여자입니다. 제가 한주원 씨 때문에 정신 차렸습니다, 어머니."

"시끄러!"

욱현이 도망치듯 대표실을 나갔다.

호준은 결혼에 대한 문제 때문인지, 아니면 신 교수로 인한 심기가 좋지 않아서인지 어두운 얼굴로 손 여사에게 인사도 하지 않았다. 더구나 자신의 맞은편 자리도 아닌 책상 앞에 가서 자리를 잡고 앉으니 잔뜩 찌푸린 얼굴이 신 교수가 아닌 손 여사에게 이유가 있는 것 같았다.

"십수 년 만에 만난 아버지한테 그게 뭐냐? 아주 자식 교육 잘 시켰다고 나를 얼마나 우습게 알 거야? 네 아버지가."

"됐습니다. 그냥 가십시오. 어머니하고도 할 얘기 없습니다."

손 여사가 자리에서 벌떡 일어나 호준에게 가까이 갔다.

"야, 이놈아! 빼도 박도 못하게 씨 뿌려놓으니까 좋냐? 아주 네

놈하고 똑같은 놈으로 딱 셋이나 낳으라고 내가 고사를 지낼 거다, 이노무 쉬키야! 나쁨 놈의 쉬키! 결혼할 여자 아니면 씨 뿌리지 말랬더니…… 결혼 허락받으려고 씨 뿌려 새싹까지 틔웠냐? 우라질 놈! 잘 먹고, 잘 살아라. 이 나쁜 놈아!"

핸드백으로 얼굴을 한 대 칠 것 같이 높이 올리던 손 여사가 그대로 팔을 내리고 밖으로 나갔다.

"뭐라시는 거야?"

신 교수로 인해 마음이 상해 있었다. 단순하게 아내와 자식에게서 철저하게 등을 돌린 신 교수가 미워서가 아니다. 우습게도 책 제목이 『사랑하며 살아가기』다.

사랑하며 살아가는 것이 얼마나 아름다운 삶인지 잘 안다. 주원으로 인해 알게 된 사랑이 삶에 있어 어떤 변화를 만들어내고 지탱시켜주는지도 잘 알고 있다.

그러나 부친은 그 사랑을 제대로 알지 못하는 사람이다. 사랑을 입에 올릴 자격도 없는 사람이 사랑하며 살아가기라니.

그 이기적이고 가식적인 모습을 그냥 두고 볼 수 없어 눈에 뵈는 거 없이 화를 폭발시키고 말았다.

욱현이 말리지 않았으면 테이블 위에 놓여 있던 신 교수의 책을 모두 쓸어버렸을지도 모른다. 치솟아 있는 욱한 감정을 겨우 다스려 앉혔는데 사무실에 손 여사가 와 있었다.

오늘만큼은 손 여사와 얼굴을 마주하며 싸우고 싶지 않았다. 한 남자에게 상처 받은 영혼끼리, 오늘만큼은 손 여사와 으르렁거리고 싶지 않았다.

하지만 손 여사는 알 수 없는 말들만 화난 목소리로 늘어놓고 가버렸다.

어쨌든 잘 먹고 잘 살라고 소리를 바락바락 질렀으니 허락인 건가 싶을 때, 문득 씨 뿌려 새싹까지 틔웠냐고 하던 말이 떠올랐다.

설마……?

손 여사가 다녀간 뒤로 두통이 심해져 일을 할 수가 없었다. 거기에 영숙과 성아는 하지도 않은 임신을 축하한다고 너스레를 떨었다.

그렇게 힘들고 고된 하루를 보내고 나니 매장 앞에서 기다리고 있는 호준이 두 배로 반가웠다.

"피곤해 보이네? 안색도 창백하고."

분명 안쓰러운 마음에 걱정해주는 말인데 그의 얼굴에는 미소가 번져 있었다. 그런 그의 모습이 곱게 보이지는 않았지만 손 여사로 인해 예민해진 신경을 자극하고 싶지 않아 따지지 않았다.

"응. 많이 피곤해요."

"좋은 거 먹어야겠다. 뭐 먹고 싶어?"

"없어. 그냥 집에 가서 쉬고 싶어요."

"처제도 여행 떠나 없는데 혼자 집에 있는 거 외롭고 무서울 텐데 논현동으로 가자."

"그냥 옥수동 우리 집으로 가서 편하게 쉴래요."

그러나 호준은 집에 가고 싶다는 주원의 말을 듣지 않고 그녀를 자신의 집으로 데리고 왔다.

"여기 오면 어머니가 어디서 감시하다가 나타나시는 거 아닌가, 신경 쓰이고 걱정된단 말이에요."

"그런 걱정은 이제 접고 편하게 있어. 어머니 이제 안 나타나실 거야. 그런 걱정 접고, 내가 딱 하나 잘하는 요리가 하나 있는데 그 거 해줄게. 그동안 편하게 쉬고 있어."

호준은 그녀가 편하게 입을 수 있는 옷을 준비해주고 주방에서 뚝딱거리기 시작했다.

'저 남자를 갖는 건 욕심인가? 그래도 살면서 이런 욕심은 당연 한 거 아닌가.'

피곤해 보이는 자신의 여자에게 뭐 하나라도 먹여야겠다는 마 음으로 분주하게 움직이는 그를 보자 그에 대한 욕심이 더 커졌다. 그리고 무엇을 주어도, 그를 위해 무엇을 버려도 아깝지 않을 만큼 의 사랑이 커졌다. 예비 시어머니의 반대가 심해도 그를 포기하고 싶지 않아졌다.

"다 됐다."

주방에서 거실까지 친히 모시러 와준 호준의 손을 잡고 주방에 들어가자 식탁 위에는 국수 두 그릇이 놓여 있었다.

"무슨 국수예요? 잔치국수는 아닌 것 같고…… 쌀국수도 아니 고."

"소고기 버섯탕면."

"이런 것도 만들 줄 알아요?"

"'이런 것도'가 아니라 '이것만' 만들 줄 알아."

소고기와 채소로 우려낸 국물에 각종 버섯이 들어가 있으니 담백하면서 그 향이 입맛을 돌게 했다.

"짜장면같이 비비지 않아서 일단 좋다. 헤헤."

간단하지만 호준의 정성이 들어간 국수로 저녁을 먹자 잠이 몰려오기 시작했다.

"집에 가야 하는데…… 가서 자야 하는데……."

말은 그렇게 하면서도 엉덩이를 떼지 못하고 소파에 앉아 졸고 있는 그녀에게 호준이 무언가를 불쑥 내밀었다.

"이게 뭐……. 호준 씨!"

호준이 내민 것은 임신 테스터였다.

"이걸 왜?"

"왜라니? 내 눈으로 직접 확인하고 싶어서."

"오늘 정말 왜들 그래요? 나 임신 안 했어요. 그건 영숙 언니의 근거 없는 말이었단 말이에요."

"아…… 니야?"

호준이 실망하는 기색을 보였다.

"네."

"정말 아닌 거야? 그거 있잖아…… 그러니까…… 한 달에 한 번 하는 그거. 그거…… 했어?"

"워낙 불규칙해서 더 있어야 해요. 그리고 임신해서 결혼하는 거 싫어요. 신혼도 없이 결혼하자마자 바로 부모의 책임과 의무를 짊어지고 싶지는 않아요."

호준이 고개를 끄덕여주었다.

"뭐, 아니라면 할 수 없고. 그래, 신혼도 없이 바로 애 낳는 것도 그렇기는 하다. 우린 연애 기간도 짧은데 더 많이 사랑하고 즐겨야 하는데. 그래도 사왔는데 아깝잖아. 그냥 재미로 한번 해보기나 하자."

끈질긴 호준의 요구에 못 이겨 주원은 테스터기를 들고 욕실로 들어갔다.

'왜 다들 멀쩡한 처녀를 임신시키지 못해 안달들이야? 아니라는데 왜 안 믿는 건데?'

여러 가지로 짜증스러운 오늘, 그냥 집으로 돌아가야겠다는 마음으로 욕실 문의 손잡이를 잡았다. 그리고 다른 손에 쥐고 있는 테스터기를 무심코 쳐다보았다.

"응? 이게…… 이게 어떻게 된 일이야?"

믿을 수 없는 현실이 벌어졌다. 그녀의 손에 들려 있는 테스터에는 선명하게 붉은 줄이 2개 그어져 있었다.

아닐 거라는 부정을 해보아도 선명한 줄은 1개가 아니고 2개였다.

'임신으로 결혼 승낙 받고 싶지는 않았는데.'

천천히 욕실에서 나오는 주원이 시무룩해 있었다. 그녀도 내심 기대를 했다가 막상 아니라는 결과에 실망한 거라 여겼다.

"에이, 신혼을 즐기자며. 생각해보니까 네 말이 맞아. 혼전 임신은 아무리 생각해도 아니야. 내가 좋아하는 그거 임신하고 배 나와서 입는 건 별로일 거 아니야. 말 나온 김에 오늘 한번 입어주면 안 될까? 내가 그거 고이 모셔놨는데. 나는 뭘 입을까? 코끼리 입어줄까?"

주원의 실망이 생각보다 큰 것 같아 그녀의 마음을 달래주고 싶었다. 그녀가 까르르 넘어갈 정도로 웃었던 코끼리 팬티를 꺼내고 또한 임신하지 않은 그녀의 몸이 예쁘다는 걸 확인시켜주기 위한 가터벨트를 가지러 가려는데, 그녀가 그의 손을 잡았다.

"호준 씨."

"미안하다. 괜히 해보자고 해서."

그녀의 등을 두드려주는데 그에게 그녀가 테스터기를 내밀었다. 호준은 생각 없이 쓰레기통으로 바로 던져버렸다.

"그걸 왜 버려요?"

"버리지 뭐해?"

"그게…… 당신 아빠 된다는 증거인데도."

"응? 아빠 된다는 증거? ……그럼?"

"아, 몰라! 몰라! 책임져!"

울상인 주원에 비해 호준의 입꼬리는 한없이 위로 올라가고 있다.

"물론 책임지지. 누구 씨인데. 책임지지 않으면 손 여사한테 죽어. 우리 손 여사님이 씨 잘못 뿌리면 고자 만든다고 했거든! 하하하."

"그렇게 좋아요?"

"그럼, 당연하지."

"당신 좋아하는 그거 배불러서 입으면 보기 흉할 텐데도?"

"왜 흉해? 더 섹시하고 예쁘지. 최고의 섹시 글래머 몸매가 될 텐데. 흐흐흐."

벌써부터 배부른 모습으로 가터벨트를 하고 있는 그녀가 상상이 되는지 호준의 웃음이 음흉스러웠다.

"어허, 이걸 어쩌나?"

그녀의 임신을 알게 된 호준이 다음 날 바로 주원과 함께 병원에 왔다.

그런데 임신이라고 하던 의사의 표정이 초음파를 보면서부터는 심상치 않았다. 아이로 인해 겨우 받아낸 결혼이다. 혹시라도 잘못되는 날에는 손 여사와의 싸움을 처음부터 다시 시작할 수도 있다. 그러고 싶지 않다. 그리고 무엇보다 아이가 잘못되는 걸 바라지 않는다.

"왜 그러십니까? 문제가 있습니까?"

"문제라고까지는 할 수는 없지만 평범하지는 않습니다."

"네?"

"어허, 세쌍둥이네요."

"네?"

호준과 주원의 입에서 동시에 비명이 터져 나왔다.

어떻게 세쌍둥이가 자리를 잡았을까.

주원을 잡으러 간 그날 호준은 주원과 세 번의 사랑을 나누었다. 그녀의 몸에서 빠져나오지 않은 채 그녀의 몸에 머물렀다가 다시 시작하고 끝내기를 세 번.

물론 그렇게 사랑을 나누었다고 세쌍둥이가 생긴 건 아니지만 호준과 주원은 그날을 떠올렸다.

"아, 정말. 그때 그렇게 하지만 않았어도."

세쌍둥이를 낳아서 키워야 하는 주원은 눈앞이 캄캄하기만 했다. 그 탓을 호준에게 돌리며 그의 가슴을 팍팍 쳐댔다.

"네 번, 다섯 번 하지 않은 게 얼마나 다행이야? 하하하."

하지만 주원에게 한 말과 다른 말이 그의 가슴에 메아리쳤다.

'엄마가 셋이라고 했으니 망정이지, 다섯이라고 했으면……'

그래도 좋다. 셋이든 다섯이든. 주원과 함께라면 말이다.

에필로그

결혼은 했지만 주원을 바라보는 손 여사의 시선과 마음은 쉽게
풀리지 않았다. 자신을 맘에 들어 하지 않는 시어머니께 점수를 따
볼까 싶어 호준의 생일날 거한 생일상을 차려놓고 손 여사를 초대
했다.

남편의 외국 출장만 아니었으면 거절했을 아들 부부의 초대에
어쩔 수 없이 온 손 여사의 표정은 냉랭하기만 했다.

"어머니, 호준 씨 낳아주시고 잘 키워주셔서 감사해요. 주고 싶
지 않은 저한테 주셔서 더욱 감사하고요."

"호준이가 물건이냐? 주네 마네 하게. 그리고 사위의 첫 생일은
처갓집에서 차려줘야 하는 거 몰라?"

"에이, 손 여사 또 히스테리 부리시네. 새아버지 출장 가셔서 많
이 외로우신가 봐요?"

"이놈의 쉬키! 입 다물어."

"알았어요, 알았어. 식사나 해요. 이거 주원이가 이 배를 하고서 손수 다 만든 거예요. 화학조미료 하나도 안 쓰고 유기농 재료들만 사다가……. 난 주원이가 만들어주는 게……."

"네 마누라 칭찬은 다른 데 가서 하고 입 다물고 먹기나 해라."

식사 하는 내내 주원은 손 여사 눈치를 살폈다. 그런 주원을 호준이 안쓰럽게 바라봤다.

일부러 애쓰지 말라고 했다. 그래서 생일에도 손 여사는 부르지 말라고 했는데 주원은 초대를 해야 마음이 편하다며 기어코 손 여사를 집으로 오게끔 했다.

밤새 만든 음식은 남편의 생일을 위해 만들었다기보다는 시어머니 마음을 돌리고 점수를 따기 위한 음식들이다. 그런데 손 여사는 주원의 정성이나 마음을 읽어주지 않고 차갑게 외면만 하고 있다.

이제는 호준도 손 여사에게 짜증이 나고 서운해지기 시작했다.

띠리리. 띠리리.

경비실에서 손님의 방문을 알렸고 그 손님은 생각지도 못한 주희였다.

"형부! 해피 해피 벌스 데이! 축하! 축하! 왕축하요!"

사돈어른인 손 여사가 있는 줄 모르고 주희가 요란하게 폭죽을 터뜨리며 들어왔다.

"주희야! 그만하고 형부 어머님께 인사드려."

주원이 주희에게 제대로 얌전하게 인사하라는 사인을 보냈다.

"안녕하세요?"

허리를 반으로 접어가며 인사를 하는 주희 역시 손 여사는 못마 땅한 얼굴로 쳐다보았다.

"처제, 저녁 안 먹었지? 우리도 막 시작하는 중이었어. 밥부터 먹자."

"에이, 술이 빠졌네. 그럴 줄 알고 이거."

주희가 손에 든 검정 비닐봉지를 내밀었다. 그 안에는 막걸리 두 통이 들어 있었다.

"와, 이거 손 여사님이 유일하게 마실 줄 알고 유일하게 좋아하 는 막걸리인데. 그러고 보니 처제하고 우리 손 여사님하고 술 취향 이 딱 맞네."

호준이 잔을 가져다가 손 여사에게 막걸리 한 잔을 따라주었다.

"어머니 좋아하는 막걸리예요."

내키지 않은 표정이었지만 손 여사가 아들이 따라준 막걸리 한 잔을 들이켰다.

"손 여사님, 어머니! 낳아주셔서 고맙습니다. 그리고 이렇게 잘 키워주셔서 감사하고요. 그리고 또! 주원이한테 장가보내주셔서 진짜진짜 감사합니다."

"술맛 떨어져. 어디서 얄은 수작을 부리고 있어?"

"어머! 사돈어른 너무 멋있으세요."

엥? 지금 사돈처녀가, 처제가, 주희가 왜 저러지? 하는 얼굴로 세 사람의 시선이 주희에게 향했다.

"저는 가식으로 우아 떨고 이런 분들 별로 안 좋아하거든요. 아줌마들 내숭이 젊은 여자들보다 더 무서워요. 제가 알바 생활 이제 8년 차 들어서는데요, 대한민국 아줌마들 정말 무서워요. 그런데 사돈어른은 그런 흔한 아줌마들과 다른…… 뭐랄까, 여장부? 그런데 그냥 여장부가 아니라 고상한 여장부라고 해야 하나? 명품 여장부? 뭐, 그래요. 어쨌든 멋지세요.

그것도 칭찬이라고 어린 사돈처녀가 하는 말이 듣기 싫지는 않았다. 특히나 명품 여장부라는 말이 듣기 좋았다.

"한 잔 더 받으세요."

손 여사가 잔을 비우자마자 주희가 그 빈 잔을 채워주었다.

"사돈처녀도 한 잔 줘?"

"주시면 감사한데…… 사돈어른께 술 받는 건 동방예의지국에서 가능한 건가요?"

"내가 주면 되는 거야. 내가 법이야. 걱정 마."

그렇게 해서 손 여사와 주희가 막걸리 대작을 하기 시작했다.

주거니 받거니 하며, 나이와 관계에 상관없이 쿵짝이 잘 맞는 두 사람을 호준과 주원은 그냥 바라볼 뿐이었다.

"사돈처녀는 몇 살이야?"

"꽃 같은 나이 스물다섯입니다."

"남자는?"

"없습니다. 형부 같은 남자가 없어서 곁에 둘 남자가 없습니다."

술김에 주희가 손 여사에게 실수를 하지 않을까 싶어 조마조마한 상태다. 하지만 점점 취해가는 모습을 보이는 손 여사로 인해 그 불안감은 사라졌다. 그리고 아예 인사불성으로 취해 안방 침대를 차지하고 누운 손 여사를 볼 때는 친근감이 들었다.

"잘 드시는 줄 알았는데 술에 약하신가 봐요?"

"술 잘 못 드셔. 주량이랄 것도 없이 막걸리 몇 잔이 다인데 오늘 처제 때문에 너무 무리하셨어. 젊은 사람도 아니면서 무슨 술을……. 하하하."

갑자기 호준이 웃어대기 시작했다.

"왜 그래요?"

"주원아, 이제 걱정하지 마라."

"뭘?"

"이제 손 여사 눈치 볼 일 없어. 우리 세쌍둥이도 봐주실 거다."

"호준 씨…… 알아듣게 얘기를 해줘요."

"미리 얘기해주면 재미없어."

무슨 꿍꿍이로 그러나 궁금하게 만들더니 호준이 주희를 따라 옥수동에 가 있으라는 말을 건넸다.

"왜?"

"그냥 가서 하룻밤 처제하고 수다 떨고 와."

"아무리 그래도 오늘 자기 생일인데 나 주희하고 옥수동에 다녀와도 돼요?"

끝내 호준의 의도를 알아채지 못하고 주원은 더는 묻지 않고 옥수동을 향했다.

그리고 아내와 처제를 내보낸 호준은 거실에 카펫을 접어서 숨겨버렸다. 그에게서 만족스러운 미소가 배어 나왔다.

다음 날 이른 아침, 손 여사가 숙취로 인해 괴로워하며 안방에서 천천히 걸어 나왔다.

술에 취해 아들 집 안방 차지하고 잠들었다는 사실이 민망한지 손 여사의 기가 한풀 꺾인 느낌이다.

"얘, 호준아, 두통약 좀 줘라."

거실에 떡하니 버티고 있는 호준에게 손 여사가 두통약을 부탁했다.

"지금 두통약이 문제입니까?"

"그럼 두통 말고 다른 게 문제 될 게 뭐 있는데?"

"어쩌실 겁니까?"

"아, 뭐가?"

짜증이 극도에 달한 것 같은 손 여사의 표정에 호준은 아랑곳하지 않고 제 말만 이어갔다.

"기억 안 나십니까?"

"기, 기억?"

짜증으로 가득했던 손 여사의 얼굴이 순식간에 어두워졌다. 기억을 더듬으려 이리저리 눈동자를 굴려보지만 사돈처녀와 술을 마신 기억밖에는 없다.

"식탁에서 1차 구토."

"뭐? 내가?"

"거실에서 2차 구토로 카펫 세탁 보냈습니다."

그러고 보니 거실에 깔려 있던 카펫이 보이지 않는다. 차디차보이는 대리석 바닥이 반짝이고 있을 뿐이었다.

"그리고 신혼부부 침대에 3차 구토."

"진짜야? 너 그거 거짓말이면······."

호준이 자신의 휴대폰을 손 여사에게 보이며 흔들었다.

"확인시켜 드려요?"

"설마 그걸 휴대폰으로 다 찍어놓은 거야?"

"이러실 줄 알고 찍었습니다. 절대 내 말을 믿지 못하실 것 같아서. 나도 손 여사님 그런 모습을 처음 봐서 신기하기도 해서······. 윽!"

호준의 다리로 손 여사의 발길질이 시작됐다.

"이런 배라먹을 놈! 그래서 내가 안 온다고 했지! 사람 불러놓고 이렇게 개를 만들어놔! 이노무 쉬키!"

"그만하세요! 자꾸 이러시면 어머니의 추태를 새아버지께 보내드릴 겁니다."

손 여사의 발길질이 멈췄다. 벌게진 얼굴로 씩씩거리는 손 여사의 얼굴이 호준의 눈에는 귀엽게 보였다. 아들에게 속는 줄도 모르고 어쩔 줄 몰라 하는 손 여사를 보며 미안하기도 했지만 가정의 평화를 위해서는 어쩔 수 없는 일이다.

"네 애미 목매서 죽는 거 보고 싶으면 그렇게 해!"

"살벌하게 왜 그런 말씀을 하십니까? 곧 있으면 한 번에 손주가 세 명씩이나 생기는데. 손 여사님 창피해할까 봐 주원이하고 처제는 옥수동으로 보냈으니까 흥분 가라앉히세요. 내가 손 여사님을 위해 해장에 좋은 소고기 버섯탕면 끓여드릴게요. 청양고추 넣고 얼큰하게. 준비해놓을 테니까 씻고 나오세요."

망신스러운 약점을 잡혔으니 이젠 아들에게 꼼짝없이 엎드려 살아야 한다는 사실에 숨이 막혀왔다.

"저것도 아들이라고 키워서 내가 장가를 보냈으니…… 누굴 탓해. 다 내 죄지. 아이고, 내 팔자야!"

그날 밤.

호준은 주원에게 칭찬을 들을 줄 알았다. 이제 더 이상 손 여사가 그녀를 힘들게 하지 않으니 그것으로 그녀가 기뻐할 줄 알았다. 어떻게 그런 머리를 썼느냐 기특해할 줄 알았다.

그런데, 이야기를 들은 주원이 그를 날카롭게 바라본다.

"신호준 씨."

그를 부르는 목소리마저도 살벌하다.

"왜? 왜 그래?"

"나한테도 똑같은 수법으로 협박한 거였죠?"

"그게 무슨…… 한주원! 어떻게 그런 생각을 해? 내가 뭐가 아쉬워서 너한테 그런 거짓으로 협박을 했겠어?"

"아쉬운 게 있었잖아요."

"그리고 그게 뭐가 중요해? 지금 우리 둘이 이렇게 있는 게 중요한 거 아니야?"

"내가 그때 얼마나 창피하고 수치스러웠는지 알아요? 살면서 그런 수치심은 처음이었단 말이에요. 자기 만나서 좋기는 한데, 그래도 그때 생각하면 아직도 심장이 벌렁거리고 얼굴이 화끈거려요."

흥분하는 주원을 호준이 꼭 끌어안는다.

"고마워."

"왜 이래요? 괜히 이런 식으로 넘어가려고? 난 진실을 좀 밝혀야……."

"그때 그렇게 진상 떨어줘서."

"뭐라구요?"

"그러지 않았으면 곱게 너를 돌려보내고 그걸로 인연 끝났을 거 아니냐. 내 옷에다 그리고 차에다, 여기저기 토하고 진상 떨어줘서 고맙다고. 그래서 지금 이렇게 행복하게 살게 해주는 것도 고맙고. 이 녀석들도 고맙고."

호준이 주원의 배를 쓰다듬었다. 이제는 그녀의 머리가 아닌 배를 쓰다듬는 그의 손길이 너무도 따뜻하고 다정하다.

"나는 그럼…… 진짜였던 거예요?"

울상을 짓는 주원과 달리 호준이 말없이 웃기만 한다.

"어차피 이렇게 같이 살 사이였는데 그때 너무 모질게 해서 미안해."

"그러게. 어차피 다 볼 사이였는데 관음증 환자라는 소리까지 들어가면서 난 왜 그렇게 자기한테 호기심을 가졌을까? 별것도 아닌데."

"뭐? 별게 아니야?"

"응."

"환상적인 라인이니, 신이 만들어낸 조각이니 했으면서 별거 아니라니?"

주원이 볼록해진 배를 내밀며 소파에서 일어섰다.

"이젠 봐도 별로예요. 하도 봐서 그런가."

새침한 얼굴로 호준에게서 등을 돌려 들어가는 주원의 표정에 짓궂은 미소가 가득했다. 그걸 모르는 호준이 그녀의 등 뒤에서 소리쳤다.

"한주원! 오늘 신이 내린 몸이 어떤 건지 보여줄 테니까, 다시 잘 봐봐."

침실로 들어간 주원을 따라 들어가는 호준의 발걸음이 목소리만큼이나 급하다.

외전 /. 주원이 모르는 비밀

어젯밤 주원이 재고 정리를 하면서 보였던 표정이 지워지지 않고 있었다. 허전해 보이는 그녀의 표정도 마음이 쓰였지만 사실은 그녀의 정성이 그냥 버려지는 것 같아 마음이 더 좋지 않다.

일에 대한 그녀의 열정을 모르면 모를까. 그 작은 속옷 한 벌을 만들기 위해 그녀가 쏟아부었을 땀과 수고를 아는 호준은 그녀가 아끼는 제품들이 80%나 싼 가격에 팔리는 것을 두고 볼 수가 없었다.

호준은 욱현을 대표실로 불러들였다.

"왜?"

"욱현아……."

욱현을 불러놓고도 호준은 용건을 말하지 못하고 한참을 망설였다.

평소와 뭔가 달라 보이는 호준이지만 욱현은 자신을 부른 용건을 재촉하지 않았다.

"저기 말이야…… 예약실 직원들하고 친하지? 아니, 예약실뿐 아니라 회사 내 여직원들하고 모두 친하지? 조리부 찬모님하고도 농담 주고받는 것 같던데."

"그런데?"

호준이 책상 위에 놓인 봉투 여러 개를 욱현에게 내밀었다.

"이게 뭐야?"

"여직원들한테만 주는 선물."

욱현이 봉투 안의 내용물을 확인해보았다. 설마 했지만 그 안에는 현금이 들어 있었다.

"뭐야? 보너스도 아니고 선물을 현금으로 주는 경우가 어디 있어? 그것도 여직원들한테만. 남자 직원들이 가만있을 것 같아? 무슨 성차별하는 것도 아니고. 너답지 않게 왜 이래?"

욱현의 말이 틀리지 않았다는 걸 인정하는지 호준은 잠시 심각하게 고민하는 것처럼 보였다.

"그럼 나머지 남자 직원 선물도 봉투로 준비해줄게. 단, 너는 제외야."

"생각보다 영업이 잘되고 있는 건 맞는데, 그래도 상반기 결산도 하진 않고 현금으로 주는 보너스는 아닌 것 같다고 본다."

"보너스가 아니고 선물이라고 했을 텐데."

"선물? 이게 어떻게 선물이야? 돈이지. 상품권도 아니고."

호준이 잠시 욱현의 눈치를 살폈다.

"직원들한테 주면서 말해. 상품권을 줄 수 없어 현금으로 주는 건데 이 현금은 길 건너 민트 러브에서 속옷을 살 수 있는 상품권하고 같은 거라고."

이해가 가지 않는 얼굴로 욱현이 호준을 빤히 바라보고 있었다.

"대표 체면에 속옷을 사서 돌릴 수는 없잖아. 더구나 여직원들한테. 민트 러브 매장에 상품권이 있으면 좋겠는데 그건 없고 해서 이렇게 현금으로 준비했다. 그러니까 네가 적당히 둘러대서 직원들한테 돌려라. 꼭 길 건너 민트 러브에서 사야 한다고 하고."

호준은 똑똑한 친구다. 성격이 유하고 좋은 것 같아도 칼같이 냉정할 때는 무서우리만큼 냉정하고 차갑다. 사람들에게 잘 웃어주지만 절대 휩쓸리지 않는 호준이다. 그런 그가 사랑하는 여자를 도와준답시고 내놓은 방법이 하도 기가 막혀 웃음도 나오지 않는다.

"적당히 하자, 신호준."

"아니. 적당히 할 수가 없어."

"그쪽 매장 사정이 많이 어려워?"

"차라리 그런 거라면 적당히 할 수 있어."

호준은 욱현에게 하소연하듯 주원의 상황을 설명해주었다.

욱현은 그런 호준의 마음은 이해할 수 있었다. 자신 같았어도 충분히 그런 마음으로 나서고도 남았을 테니까. 다만 여자가 생겨도 얽매이지 않고 너는 너, 나는 나로 가슴이 아닌 머리로 사랑을 할 것 같던 호준이 그런다는 것이 기가 막힐 따름이다.

들어주기 어렵고 곤란한 부탁이지만 욱현은 들어줄 수밖에 없었다.

호준은 소영과 얽힌 오해 속에서도 자신을 끝까지 믿어주고 기다려준 친구다. 그가 아니었으면 우정도 사랑도 다 잃고 아직도 암흑 속에서 방황하고 있을지 모를 일이다. 그런 호준의 존재를 일깨워주고 자신이 어떻게 처신해야 하는지 알려준 사람이 호준의 여자 한주원 사장이다. 그러니 소중한 존재의 두 사람을 위해 그 부탁은 거절 아닌 승낙이어야 한다.

욱현이 테이블에 놓인 봉투들을 집어 들었다.

"남자 직원들 것도 준비해라. 괜한 소리 듣고 싶지 않으면."

"고맙다. 아, 그리고 하나 더."

"또 뭐?"

"여직원들한테 후크가 앞으로 된 속옷을 사라고 해줘. 핑크하고 블랙으로 된 거."

"야! 너무한 거 아니야! 차라리 사표를 받아! 괜히 성희롱으로 잡혀가게 만들지 말고!"

"총지배인의 리더십을 믿는다. 직원들과의 관계가 그 정도로 끈끈할 거라고 보고 있으니까."

썩은 얼굴을 하고 일어난 욱현에게 미안했지만 어쩔 수 없는 일이다.

혹시라도 만약의 경우 주원이 이 사실을 알았을 때 마지막으로 발뺌을 하기 위해서라도 욱현이 전면에 나서야 했다.

"난 모르는 일이야. 욱현이 주원이 네 독설로 자기 정신 차렸다는데 그게 고마워서 그런 거였대."

……하고 방패를 만들어놓지 않으면 주원 자존심에 가만있지 않을 테니까 말이다.

그리고 그날, 호준은 주원에게 욱현의 능력을 듣게 되었으니,

"어제 호준 씨한테 보여준 후론트후크라고 해서 앞에 후크가 있었던 브라 생각나요?"

"응."

"오늘 그게 4개나 나간 거 있죠?"

"그래? 잘됐네. 그거 귀한 녀석이라고 할인해서 파는 거 마음 아파하더니."

"처음엔 사실…… 호준 씨가 그런 내 마음 알고 뒤에서 도와주는 게 아닐까 싶었는데…… 손님들도 다 여자고 어느 분은 회원 고객이었다고 하더라고요."

환하게 웃는 그녀의 미소가 보기 좋았다.

앞으로 그 미소가 그녀에게서 떠나지 않게 해주고 싶었다.

외전 2. 호준이 모르는 비밀

회사 내 이상한 소문이 돌기 시작했다.

"총지배인님 애인하고 대표님이 바람났었대. 그래서 총지배인님이 사라졌었던 거고."

"아니야. 그게 아니고 대표님이 총지배인 애인을 좋아했는데, 총지배인님이 사랑보다 우정을 선택해서 애인을 양보했대. 대표님은 그게 또 양심에 걸려서 그 애인을 안 받아준 거야."

"대표님한테 숨겨놓은 여자는 따로 있다던데, 뭐. 여자 하나가 친구 사이를 왔다 갔다 하면서 간 보다가 대표님 여자 있는 거 알고 총지배인님한테 간 거래."

호준의 애인인 척 회사를 들락거리며 여기저기 들쑤셨던 소영이 이제는 욱현과 함께 있으니 직원들의 상상이 한 편의 드라마가 되어 요상한 소문이 나돌기 시작한 것이다.

문제는 거기서 끝나는 게 아니었다.

"오늘도 또 봤다니까. 아니, 하루도 아니고 거의 매일을 거기에 간다는 건 문제가 있는 거라니까."

"또?"

"그래. 그래서 나 또 못 사고 그냥 지나쳤어. 그거 사이즈 다 나가기 전에 꼭 사고 싶은데."

길 건너 란제리 매장의 쇼윈도에서 눈에 쏙 들어오는 속옷을 발견했다.

그런데, 컬러며 디자인이 너무도 맘에 들어 매장에 들어가려는 순간이었다.

그 안에 있는 회사 대표를 보고 말았다. 약국이나 편의점이 아닌 남우세스러운 여성용 속옷이 가득한 매장에 회사 대표와 마주치면 서로가 민망할 것 같아 루브르 예약실장은 그대로 그곳을 지나쳐 버렸다.

가격도 궁금하고 사고 싶은 마음이 간절해, 근무를 마치고 퇴근 후에 그곳에 다시 들렀을 때 예약실장은 그곳에서 또 한 번 대표의 모습을 보고 말았다.

'저기서 도대체 뭐 하시는 거야?'

처음엔 선물이나 자신이 입을 속옷을 사는 거라 여겼다. 여성용 속옷이 주를 이루고 있지만 커플로 판매하는 남성용 속옷도 있으니까.

그런데 같은 날, 저녁 시간에 그곳에 또 와 있다는 것이 쉽게 이해가 가지 않았다. 낮에 산 제품을 교환이나 반품하러 온 것이려니

하고 넘기려 해도 뭔가 이상한 느낌이 들었다.

"실장님, 저 거기서 점심시간에 대표님 봤어요."

"거기, 어디?"

"길 건너 속옷 매장이요."

"어? 또?"

예약실 막내 여직원의 말에 아무 생각 없이 어디냐고 물었던 예약실장이 기겁을 하며 놀랐다.

"그래서 저도 들어가 보지도 못했어요."

"왜 거기를 그렇게 드나드시는 거지? 거기는 남자 속옷보다는 여자 속옷 전문으로 파는 곳인데. 한두 번은 그렇다 쳐도 도대체 매일을 왜 거기에 계시는 건데?"

예약실 여직원들의 고민과 궁금증이 시작되었다.

그곳에 애인이 있나 싶지만 루브르 대표의 애인이 속옷 가게를 한다는 것은 좀 아닌 것 같았다.

그렇다면 잘 아는 사람이 하는 매장인가? 그것도 아닌 것 같다. 아는 사람의 매장이라고 해서 하루에 몇 번씩 드나들며 노닥거릴 만큼 대표가 한심한 남자는 아니다.

그것도 아니라면 혹시…… 요상한 취미를 가진 여성 속옷 마니아? 아닐 것이다. 그 어느 남자 배우에 비교해도 손색없는 완벽한 외모뿐 아니라 성격마저 좋은 우리의 신호준 대표님이 그럴 수는 없다.

하지만 그날 이후로도 거의 매일을 '민트 러브'의 속옷 가게에서 진을 치고 있는 대표의 모습을 목격하니, 여직원들의 우상이

었던 호준의 이미지는 소영과 얽힌 소문과 함께 추락해가고 있
었다.

"김 실장님, 신부대기실에 있는 신부 소파를 바꾸자고 하셨잖습
니까?"

대기실에 소파가 앉아 있기 불편하다는 신부들의 컴플레인이
여러 번 들어오고 있다며 예약실장이 교체를 하는 것이 어떠냐며
욱현에게 건의했었다.

그런 상황을 호준에게 보고했고 호준도 검토 중인 사항이었다.

"네."

"얼마 전 대표님이 다녀온 파티 홀에서 괜찮은 소파를 보셨나
봅니다. 사진을 찍었다고 하는데 한번 보시겠어요?"

"그래요? 보여주세요."

욱현은 호준에게서 사진 전송을 받지 못해 호준에게 전화를 걸
었다.

그런데 호준이 예약실로 들어오고 있었다.

"전화하고 있었습니까?"

"네. 아르떼에서 보셨다던 소파 사진을 좀 보려구요."

"여기 있습니다."

호준이 휴대폰으로 욱현과 예약실장이 보고 싶어 하는 소파 사
진을 찾아 건네주었다.

"어, 괜찮은데요. 보기에도 편해 보이고 고급스러워 보이네
요."

"그 뒤로 사진 더 보면 아르떼 가든 홀 사진이 있을 겁니다. 의자 한번 보세요. 우리도 그런 스타일의 의자를 놓으면 어떻겠습니까?"

"의자요?"

예약실장이 다음 사진을 보기 위해 손가락으로 휴대폰의 화면을 옆으로 밀면서 의자 사진을 천천히 살폈다. 야외 홀 전체 컷이 나왔다. 그렇게 다음으로 넘기니 의자만 가까이서 찍은 사진이 나왔다.

의자 자체보다는 꽃과 리본으로 데코를 잘해 놓아 분위기를 살린 의자라는 생각을 하며 계속 사진을 넘기던 예약실장은 기겁할 만한 사진을 발견하고 말았다.

딱 봐도 셀카로 보이는, 팬티만 입고 있는 사진 한 장.

너무도 당황해 손놀림이 빨라졌다. 대표와 총지배인이 신부대기실 소파나 야외 홀 의자에 대한 업무 얘기를 해도 귀에 들려오지 않았다.

'우리 대표님은…… 취미가 요상한…… 겉과 속이 다른…… 음흉한 대표님.'

예약실장의 마음 속 말은 '너만 알고 있어.' 하는 말과 함께 옆자리 대리에게 옮겨졌고, 또 대리만 알고 있어야 할 그 말은 끝내 막내를 거쳐 회사 내 모든 직원들 사이를 돌고 돌았으니, 그 사실을 모르는 이는 호준과 욱현뿐이었다.

그러나 다행히도 호준의 결혼이 발표되고 신부가 길 건너 민트러브의 사장으로 알려지면 오해는 자동적으로 풀렸다. 그리고 변태적 취향을 가진 요상한 사람이라 오해한 미안함에 직원들은 대표님에게 더 상냥하게 인사하며, 더 열심히 회사를 위해 일하고 있다.

그가 주원이 만들어준, 정상적이지 않은 속옷을 입고 한 여자 앞에서 아양을 떠는 것도 모른 채.

-마침-

작가 후기

로맨스를 읽는 것만큼 즐거운 일은 없었습니다. 쓰는 일은 더 재미있을 거라는 생각이 들었습니다. 그래서 무모한 열정 하나 가지고 그것도 19금 작품에 도전해봤습니다.

로맨스를 쓰는 일은 재미있는 일이 아니었습니다. 이토록 힘든 줄 몰랐습니다. ㅠ.ㅠ

그렇다고 중간에 때려치울 수도 없었습니다.

19금 로맨스를 쓰기 위해 다운받아 본 영화도 많습니다. 물론…… 그중 19금 영화도 있었겠지요. ^^

쓰면서 왜 시작했을까 하는 후회도 들었지만, 마지막 작업 후 후기를 쓰고 있자니 후회보다는 뿌듯함이 앞섭니다.

힘들었지만 완결을 했다는 것에 의미를 두고 싶습니다. 물론 독자님들께서 재미있게 읽어주시면 원이 없겠지만, 모자란 초보 작가의 글을 중간에 덮지 않고 마지막까지 읽어주시는 것만으로도 행복할 것 같습니다.

　다른 작가님들은 후기도 멋지게 잘 쓰시는데 저는 후기 쓰는 것도 어렵네요.

　후기에 꼭 넣고 싶었던 고마우신 분들이 계십니다.

　제 마음에 자리 잡고 계신 그분께 먼저 감사드립니다.

　그리고 가족들과 지인들, 와이엠북스의 대표님과 김은지 팀장님, 모두 감사드립니다.

　마지막으로 유일한 제 팬(?)이자 용기를 주시는 정 여사님 감사해요.

　앞을 노력하는 작가가 되겠다는 다짐을 하며 여기서 줄이겠습니다.

-나린 (Na Rin) 드림.